AUFERSTANDEN
AUS DER DUNKELHEIT

Die Tochter und der Tod (Buch 1)
Die Geliebte und die Sünde (Buch 2)
Die Erbin von Bael (Buch 2.5)
Die Prinzessin von Bael (Buch 3)
Der Sohn und das Chaos (Buch 4)

Die Geliebte und die Sünde

und

Die Sünde

USA-Today-Bestseller-Autorin

Lexi C. Foss

Titelbild entworfen von: Covers by Juan

Fotografie: Wander Aguiar

Models: Pat, Joli, & Chaun

Herausgegeben von: Ninja Newt Publishing, LLC

eBook:

ISBN: 978-1-68530-024-1

Taschenbuch:

ISBN: 978-1-68530-025-8

Besuchen Sie Lexi im Netz!

www.lexicfoss.com

www.facebook.com/LexiCFoss

twitter.com/LexiCFoss

www.instagram.com/LexiCFoss

E-Mail: lexicfoss@gmail.com

DIE GELIEBTE

und

DIE SÜNDE

AUFERSTANDEN
AUS DER DUNKELHEIT
BUCH ZWEI

Eine tote Eroberung.
Das Werk eines Sukkubus.
Ein Edikt, das die Schuldige in die Hölle verbannt.

Wobei ich die Schuldige wäre.

Ich heiße Gwen und ich bin ein Sukkubus mit einem
Kontrollproblem. Nur, dass ich dieses Chaos nicht
angerichtet habe.

Und nun habe ich zwölf Tage Zeit, um meine Unschuld
zu beweisen.
Kein Problem.
Nun, mal abgesehen von einer Kleinigkeit – den beiden
heißen Dämonen, die sich nicht davon abbringen lassen,
mir bei diesem Fall zu helfen.

Lord Zebulon bringt mich mit nur einem einzigen Blick
dazu, vor ihm auf die Knie fallen zu wollen.
Und Zane hat mir erst vor Kurzem das Herz gebrochen.

Eine Verbindung, die der Teufel persönlich gesegnet hat.

Ich habe also zwölf Tage, um mich nicht zu verlieben.
Zwölf Tage, um nicht mit Zane und Lord Zebulon ins Bett
zu gehen.

Und zwölf Tage, um herauszufinden, wer mir diesen Mord anhängen will.

Meine Güte, manchmal nervt es echt, ein Sukkubus zu sein.

ANMERKUNG DER AUTORIN

Die Geliebte und die Sünde ist ein eigenständiger paranormaler Liebesroman mit einem Dämonischen Lord, der eine Vorliebe fürs Blutvergießen hat, einem sexy Inkubus mit einer Vorliebe für perverse Spielchen und einem eigensinnigen Sukkubus, der für seine tödliche Berührung bekannt ist. Die Erzählung enthält erotische Szenen zwischen zwei Männern, einem Mann und einer Frau und zwei Männern und einer Frau.

EINE WARNUNG VON GWEN

Zeit ist ein seltsames Konzept in diesem Universum. Ein Tag im Himmel entspricht einem Jahr auf der Erde. Und ein Tag auf der Erde kommt einem Jahr in der Hölle gleich. Das macht alles umso komplizierter, vor allem da meine beste Freundin eine Vorliebe dafür hat, einfach so für eine Weile in den Himmel aufzusteigen. Sie war nur etwa einundzwanzig Tage dort, doch für mich waren es einundzwanzig Jahre.

Einundzwanzig Jahre, in denen ich versucht habe, mich in Selbstbeherrschung zu üben.

Dank Zane und Lord Zebulon habe ich mich gebessert.

Aber ich bin nicht perfekt.

Hin und wieder kommt es immer noch vor, dass ich versehentlich einen Menschen töte. Als Sukkubus brauche ich Sex und bin häufig wie ausgehungert. Immerhin kann ich nur auf diese Weise überleben.

Und das bringt mich zu meiner Warnung: Meine Welt ist nichts für Zartbesaitete. Ich habe es mit einem unersättlichen Dämonischen Lord und einem verdammt heißen Inkubus zu tun. Das bedeutet, dass es zwischen uns heiß hergehen wird. Selbst Lord Zebulon und Zane treiben es ein paarmal miteinander. Und wahrscheinlich werde ich mich ihnen anschließen.

Natürlich hat meine Geschichte noch viel mehr zu bieten als nur romantische Beziehungen. Ich möchte mich nur vergewissern, dass Sie wissen, worauf Sie sich einlassen, denn ich werde Ihnen ordentlich einheizen.

Genauso wie Zane und Lord Zebulon.

Denn die Zeit ist gekommen, um die Dämonen miteinander spielen zu lassen.

Treten Sie ein, wenn Sie sich trauen.

Und bereiten Sie sich darauf vor, versengt zu werden.

INHALTLICHE WARNUNG

Die Geliebte und die Sünde enthält erotische Szenen zwischen zwei Männern, einem Mann und einer Frau und zwei Männern und einer Frau. Außerdem erzählt der Roman von Gewalt, Blut, Geheimnissen, Abenteuern und einer abgründigen Welt, die sich beim Lesen offenbart. Viel Spaß!

GWENS GLOSSAR

Engel: Wichtigtuerische unsterbliche Wesen, die viel zu gut sind, um auf Erden zu wandeln.

Erzengel: Mächtige Engel, die ganz oben in der himmlischen Hierarchie stehen.

Dunkler Engel: Einer Definition unwürdig.

Dämon: Unsterbliche Wesen ohne Moral, die die Erde beherrschen wollen.

Gefallener Engel: Ich selbst.

Genesiden: Eine Fraktion der Nephilim, die glaubt, die Menschheit beschützen zu können. Ihre Arroganz haben sie ohne Zweifel ihren himmlischen Genen zu verdanken.

Nephilim: Sie werden gezeugt, wenn Engel sich auf der Erde mit Sterblichen paaren. Zumindest lautet so die Theorie.

Halbling: Der Nachkomme eines Dämons, der mit einem menschlichen Wesen gezeugt wurde.

GWENS DÄMONISCHES WÖRTERBUCH

Erzdämon: Auch genannt die Prinzen der Hölle. Sie sind Dämonen, die ganz oben in der dämonischen Hierarchie stehen und entsprechen oder übertreffen in der Rangordnung einen Erzengel.

Zyklop: Riesige, einäugige Monster, die aufgrund ihrer Zerstörungswut von der Erde verbannt wurden.

Dargarianer: Seltene Verwandlungskünstler, die Feuer spucken und ihre Gehirne tatsächlich zum Denken benutzen. Man sollte sie nicht auf die leichte Schulter nehmen.

Dämonische Lords: Eine Klasse arroganter Dämonen, die angeblich die Anführer ihrer Rasse sind und ihre eigenen Regionen sowohl auf der Erde als auch in der Hölle regieren. Untereinander hassen sie sich.

Ghul: Dämonen mit einer Vorliebe für totes menschliches Fleisch; sehr hilfreich beim Beseitigen von Leichen.

Wächter: Dämonische Leibwächter, die andere ihrem Willen unterwerfen können. Sie sind allerdings nicht die schärfsten Klingen in der Waffensammlung.

Inkubus: Männliche dämonische Sexgötter, die auf Menschen eine tödliche Wirkung haben können, doch zumindest sterben diese glücklich.

Ōrdinātum: Ist im Grunde nur ein ausgefallener Titel, doch er ist Teil der dämonischen Hierarchie und wird demjenigen verliehen, der für einen Dämonischen Lord eine bestimmte Region seines Territoriums beaufsichtigt.

Orsiniteufel: Teuflische kleine Dämonen, die sich gern unsichtbar machen und sich an andere anschleichen. Wenn man sie richtig motiviert, geben sie hervorragende Spione ab.

Pestilenzdämon: Angsteinflößende menschlich aussehende Dämonen mit der Fähigkeit, Plagen heraufzubeschwören. Aus diesem Grund wurden sie auch von der Erde verbannt.

Portalhüter: Wesen, die die Fähigkeit besitzen, sich zwischen den Dimensionen hin- und herzubewegen. Sie sind der Grund dafür, dass Dämonen die Erde besiedeln.

Königliche Wächter: Eine Gruppe von elitären Dämonen, die dem Schutz der Prinzen der Hölle dienen. Sie sollten unter allen Umständen vermieden werden.

Schrubber: Dämonen, die die Erinnerungen der Menschen auslöschen oder verändern können. Ansonsten sind sie unnütze und weinerliche Wesen.

Schleicher: Schleimige schlangenartige Dämonen, die ein lähmendes Gift ejakulieren und es lieben, ihre Opfer abzulecken. Wenn man einem von ihnen begegnet, sollte man ihn, ohne zu zögern, umbringen.

Sukkubus: Weibliche dämonische Sexgöttinnen, die die feuchten Träume eines jeden Mannes verkörpern, wobei sie jedoch eine tödliche Wirkung auf sie haben können.

Fährtensucher: Kleine Helfer, die dämonische Auren aufspüren können und daher äußerst nützlich sind.

PROLOG

GWEN

»OH NEIN, NICHT SCHON WIEDER«, murmelte ich und versetzte Bryans Schulter einen leichten Schubs.

Er bewegte sich nicht. Er lag mit seinem schweren Körper auf mir und rührte sich nicht.

Ich seufzte. Ich sollte wirklich aufhören, Sterbliche zu vögeln. Sie hielten nie lange genug durch, um zum Höhepunkt zu kommen. Und wenn sie doch einmal einen Orgasmus hatten, lag es nur daran, dass sie nicht ausreichend Stamina hatten, um länger durchzuhalten.

Mit einem Schnauben schob ich Bryans Körper von mir hinunter und zuckte zusammen, als er hart auf dem Boden aufkam. Wenigstens war die Leiche diesmal nicht auf Eves Teppich gefallen.

Oh, aber den hatte ich letzten Monat ruiniert.

Verdammt, dachte ich und schürzte die Lippen. Vielleicht hatte sie recht damit gehabt, dass ich von Sex im Wohnzimmer absehen sollte, denn ich hatte nichts zur Hand, worin ich den Kerl hätte einwickeln können.

Ich warf einen Blick auf sein Gesicht und seine blonden Haare und zog die Mundwinkel nach unten. »Du warst so nett«, sagte ich zu ihm. »Ich hatte wirklich

1

geglaubt, dass es diesmal funktionieren würde.« Aber ich hätte es besser wissen müssen.

Etwas stimmte ganz und gar nicht mit mir. Wie sehr ich mich auch bemühte, ich war einfach nicht imstande, mich zu zügeln.

»Es tut mir aufrichtig leid«, sagte ich und ließ die Schultern hängen, als dem Körper des armen Mannes ein letzter Atemhauch entfuhr.

Er war tot.

So wie all die anderen.

Nun, nicht alle. Manchmal schaffte ich es auch, mich am Riemen zu reißen. Doch das geschah nicht häufig. »Ich wünschte, es gäbe so eine Art Muster«, sagte ich an Bryan gerichtet, »damit ich verstehen könnte, wie das alles funktioniert. Ich habe dich noch nicht einmal richtig geschmeckt, und schon bist du, nun ja …« Ich machte eine abwinkende Geste und schüttelte den Kopf. »Letzte Woche habe ich genau dieselbe Menge von Julian getrunken und ihm geht es bestens.« Ich runzelte die Stirn. »Oder hieß er Jason?« Ich schüttelte wieder den Kopf. »Wie dem auch sei, so kann es nicht weitergehen.«

Und da meine beste Freundin nicht da war, um mir beim Aufräumen zu helfen, war ich heute Abend auf mich allein gestellt.

Sie war, kurz nachdem sie das Miststück und Ōrdinātum Kalida in einem spektakulären Showdown zur Strecke gebracht hatte, in ihre himmlische Dimension zurückgekehrt. Das bedeutete, dass es Jahre dauern könnte, bis ich Eve wiedersehen würde.

Die Zeit verging dort oben anders als auf Erden, so wie sie auch in der Hölle auf unterschiedliche Weise verlief. Ein Tag im Himmel entsprach einem vollständigen Erdenjahr und ein Tag auf der Erde kam einem ganzen Jahr in der Hölle gleich.

Diese Tatsache verwirrte mich immer wieder.

Wie dem auch sei, ich nahm an, dass Eve frühestens in einem Jahr zurückkehren würde, vielleicht sogar noch später. Nach all dem neuesten dämonischen Klatsch und Tratsch, der mir zu Ohren gekommen war, wäre Xai beinahe gestorben. Also war sie wahrscheinlich dabei, sich um den bedauernswerten Kerl zu kümmern.

Die Beziehung der beiden würde wahrscheinlich irgendwann in die Geschichte eingehen.

Sie hatte tausend Jahre voller Qualen durchgestanden. Oder waren es sogar mehr gewesen?

Das Beste wäre es, wenn sie es hinter sich bringen und ihn einfach erstechen würde.

»Aber das hilft uns jetzt auch nicht weiter, nicht wahr, Bryan?«, fragte ich und stieß einen weiteren gequälten Seufzer aus. »Also schön. Vielleicht sollte ich jetzt einen Ghul rufen.«

Das war zwar nicht meine bevorzugte Vorgehensweise, doch mir blieb wohl keine andere Wahl. Ich hatte keinen Teppich zur Hand und es würde sich als schwierig erweisen, Bryan auf eine Plane zu ziehen.

Darüber hinaus hatte ich keine Möglichkeit, ihn zu meinem Wagen zu tragen, und Eve war immer diejenige gewesen, die unsere Besuche im Krematorium organisiert hatte.

Ich wusste schlichtweg nicht, wen ich anrufen sollte.

Die meiste Zeit meines Aufenthalts auf Erden hatte ich mit Eve verbracht. Wir hatten uns gleich nach meiner Ankunft kennengelernt und waren schnell Freundinnen geworden. Jetzt fühlte ich mich ein wenig verloren.

»Ich könnte Zane anrufen«, schlug ich vor, wobei ich einen Blick auf Bryan warf. »Aber er wird mir bestimmt eine Standpauke halten und mich weiter ausbilden wollen.« Und ich hatte keine Lust, mich seinem Training zu unterziehen, denn es beinhaltete für gewöhnlich, dass ich ihn mit einer anderen Frau beobachtete. Es war zwar ein faszinierender Anblick, aber er hinterließ in mir immer ein leeres Gefühl, weil ich mir wünschte, ich wäre die andere Frau.

Ich wusste, dass die Vorstellung lächerlich war, denn Zane konnte mich nie begehren. Sukkuben und Inkuben waren nicht dazu bestimmt, sich zu paaren. Jedenfalls nicht dauerhaft. Sie konnten durchaus miteinander Spaß haben, aber wir würden nie eine dauerhafte Beziehung eingehen können. Irgendwann käme der Zeitpunkt, an dem wir uns von einem anderen würden nähren müssen, und damit wären jegliche monogame Ambitionen zunichtegemacht.

Nicht dass ich unbedingt monogam sein wollte.

Doch wenn ich mich von jemandem dazu verleiten lassen würde, dann wäre es Zane mit seinem dunklen, fast schwarzen Haar, seinen sündhaft blauen Augen und den vollen Lippen. Er lächelte fast nie. Zumindest nicht mir gegenüber. Er war mein Mentor gewesen, als ich hier gelandet bin, und ich hatte ihm mit meinen Fähigkeiten als Sukkubus nicht gerade Freude bereitet.

Das Töten von Menschen war verpönt.

Und ich hatte wegen des kleinen Problems mit meiner Selbstkontrolle einen ganzen Berg an Leichen angehäuft.

»Scheiße«, murmelte ich und rollte mich von der Couch. »Ich kann mich nicht ständig selbst bemitleiden, Bryan. Ich muss das in Ordnung bringen, aber ich weiß einfach nicht wie.«

»Du könntest damit anfangen, indem du mein Angebot annimmst«, drang eine tiefe, geschmeidige Stimme aus dem Flur und brachte meine Knie zum Zittern.

»Oh!« Ich wirbelte herum und mein Blick fiel auf die dunkle Gestalt, die im Wohnzimmer erschien. Er ließ seinen hypnotischen Blick über jeden Zentimeter meines nackten Körpers wandern, bevor er den Mann auf dem Boden beäugte. So hatte er mich schon vor einigen Wochen gemustert, als ich ihm die Nachricht von Eve überbracht hatte. Zu dem Zeitpunkt war ich allerdings bekleidet gewesen. Dennoch hatte Lord Zebulon erkannt, wie ausgelaugt ich gewesen war, und ich hatte keinen Zweifel, dass er auch jetzt bemerkte, wie sich meine Energiereserven langsam erschöpften.

Meine Vermutung wurde bestätigt, als er sagte: »Das ist ein Problem, Guinevere.« Ich wurde von seiner Präsenz übermannt und ging in die Knie, als meine Ausbildung die Oberhand gewann.

Ich verneigte mich vor dem Dämonischen Lord. Vor meinem Vorgesetzten. Meinem Überlegenen. Meinem sprichwörtlichen König. »Vergebt mir, mein Herr«, sagte ich, als ich mit der Stirn den Holzboden berührte.

Er ging fast lautlos durch den Raum auf mich zu, nur seine Seidenhose gab ein raschelndes Geräusch von sich, das Musik in meinen Ohren war. Der betörende Duft von Minze und Rauch stieg mir in die Nase und ich hätte mich am liebsten darin verloren. Genauso wie in dem Mann selbst. Aber er war viel zu mächtig, um ihn zu begehren. Zu tödlich. Zu *süchtig machend*.

»Guinevere«, murmelte er, als die Spitze seines schwarzen Stiefels in meinem Blickfeld auftauchte. »So sehr ich deine Unterwerfung genieße, will ich doch deine Augen sehen können. Steh auf.«

Ich musste schlucken. Den Befehl eines Dämonischen Lords zu verweigern, bedeutete, den Tod herauszufordern. Ich hatte keine andere Wahl, als den Blick vom Boden zu heben und in seine schokoladenbraunen Augen zu starren. So hypnotisierend und schön. Genau wie der Rest von ihm.

Er trug einen seiner maßgeschneiderten Anzüge, wobei

der zobelbraune italienische Stoff sich deutlich von seinem dunklen Teint abhob. Er ähnelte einem Mitternachtsprinzen. Oder vielleicht einem gefallenen Engel. Das Licht über ihm ließ seinen kahlen Kopf erstrahlen und verlieh ihm einen Heiligenschein.

»Guinevere.« In seiner Stimme schwang ein warmer Tonfall mit, als er seine füllingen Lippen zu einem Lächeln verzog. »Hast du Hunger, meine Kleine?«

Ja, dachte ich und leckte mir die Lippen. *Großen Hunger*. Er hatte mir schon einmal erlaubt, mich von ihm zu nähren. Ein Kuss hatte gereicht, um mich danach für mehrere Wochen zu sättigen. So mächtig war er. Und ebenso berauschend und süchtig machend.

Er streckte mir eine Hand entgegen und drehte die Handfläche nach oben. »Komm her.«

Ich ließ meine Finger über die seinen gleiten und wurde von einem elektrisierenden Blitz durchzuckt, der meinen Herzschlag in die Höhe schnellen ließ. Der Dämonische Lord verströmte eine übermäßig sinnliche Energie, während er mir mit seiner bloßen Anwesenheit den Atem raubte.

Viele fürchteten ihn.

Ich ebenfalls. Ich wäre dumm wie ein Orsiniteufel, wenn ich keine Angst vor ihm hätte.

Aber Lord Zebulon hatte in letzter Zeit ein Interesse daran, mir zu helfen, und das war ein unglaubliches und einzigartiges Geschenk, das ich sehr zu schätzen wusste. Ich nahm an, dass es von meiner Verbindung zu Eve herrührte. Sie war ein gefallener Engel und buchstäblich die Tochter des Todes. Denn Azrael war ihr Vater. Sie arbeitete als Auftragskillerin für die Unterwelt, wobei Lord Zebulon einer ihrer wichtigsten Kunden war. Das verschaffte ihr eine ganz besondere Aufmerksamkeit – eine

Aufmerksamkeit, die sich in den letzten Wochen auch auf mich gerichtet hatte.

Ich schluckte, als ich mich von ihm auf die Füße ziehen ließ. In seinen braunen Augen spiegelten sich Wissen, Dunkelheit und sündige Verheißungen wider. Es wäre ein Leichtes, mich in ihm zu verlieren und mich von ihm in sein dunkles Netz ziehen zu lassen, damit er mir die Seele aus dem Leib saugen konnte.

Es würde nicht wehtun.

Er würde mich auf dem Weg zur Hölle die ganze Zeit über liebkosen.

Um mich dann in den brennenden Flammen des Flusses Styx sterben zu lassen.

Bis ich in Vergessenheit geraten wäre.

Das Schicksal lauerte in seinen gefährlich blitzenden Iriden, wobei er mich mit seinem hypnotischen Blick drängte, ihm ungehinderten Zugang zu meinem Innersten zu gewähren. *Unterwerfung. Verehrung. Anbetung.*

Er verwob seine Finger mit meinen, während er die andere Hand anhob, um meine Wange zu streicheln. Ich wurde von verführerischen Wellen der Lust durchströmt, die meinen inneren Dämon wachrüttelten und meinem Mund ein Keuchen entlockten. »Mein Herr«, flüsterte ich ehrfürchtig.

»Ich werde dir geben, was du begehrst.« Seine Worte waren wie ein sinnlicher Kuss für meine Seele. »Aber danach werden wir über dein Nährverhalten sprechen müssen.«

»Ja, mein Herr«, stimmte ich zu.

Er lächelte, dann strich er mit den Lippen über die meinen. »Nimm dir, was du brauchst, meine Kleine.«

Ich presste meinen Mund auf seine Lippen und leistete ihm begierig Folge. Ich konnte es nicht erwarten, mich zu nähren und in der Herrlichkeit meines Dämonischen

Lords zu baden. Er nutzte weder die Situation noch meine Schwäche aus, sondern gab mir lediglich, wonach ich mich sehnte.

Lust.

Macht.

Vitalität.

Eve würde es nicht gutheißen. Sie würde annehmen, dass Lord Zebulon es nur tat, damit ich ihm etwas schuldig war. Vielleicht hätte sie damit sogar recht, aber als ich mich in der Kraft seines Körpers verlor, beschloss ich, dass jeder Preis dieses Gefühl wert war, das mir seine Essenz bescherte, als sie mich durchströmte.

Er wusste genau, was ich brauchte, und gab es mir mit jedem Streich seiner Zunge. Ich stöhnte auf und meine Instinkte erwachten zum Leben, als ich von ihm trank.

So viel Energie.

So viel Schönheit.

So viel Vollkommenheit.

Er ließ seine Hand von meiner Wange an meinen Nacken gleiten und zog meinen Kopf zurück, damit er den Kuss vertiefen konnte. Ich ließ mich von ihm führen, während ich mir bewusst war, dass er sich zurückhielt.

Sukkuben waren mächtig. Unsere bloße Existenz verlangte so viel mehr, als er mir gab. Aber ich spürte, dass seine Zurückhaltung wie eine Mauer zwischen uns stand.

Er wollte mich nicht verletzen.

Er wollte mich nicht zu weit treiben.

Er wollte einfach nur helfen.

Und irgendetwas an diesem Gedanken ließ mein Herz ein wenig schneller schlagen.

Was immer er später von mir verlangen würde, es war den Preis wert.

Ich seufzte, als er den Kuss beendete und eine neu gewonnene Lebendigkeit durch meine Adern floss. Mir war gar nicht bewusst gewesen, wie sehr ich meine Reserven seit unserem letzten Zusammentreffen aufgebraucht hatte. Meine flüchtigen Abenteuer hatten nicht viel ausrichten können, einschließlich des Menschen, der jetzt tot hinter mir lag.

»Zuerst müssen wir diese Unordnung beseitigen«, murmelte Lord Zebulon. »Dann werden wir einen Essensplan für dich ausarbeiten und du wirst Zanes Hilfe annehmen.«

Ich erschauderte. *Zane.* Die Liebe meines Lebens. Allerdings beruhte das Gefühl nicht auf Gegenseitigkeit. Nein, für ihn war ich kaum mehr als ein Ärgernis. Die Schülerin, die sich nie besserte. Als Lord Zebulon mich jedoch mit seinem intensiven Blick durchbohrte, konnte ich nur noch flüstern: »Ja, mein Herr.«

Ich würde alles tun, was er von mir verlangte. Einschließlich der Zusammenarbeit mit Zane, selbst wenn mein Herz dabei Schaden nehmen würde. Und ich würde mich von Lord Zebulon nähren, auf die Gefahr hin, dabei meine eigene Seele zu verlieren.

Ich wollte nicht in die Unterwelt zurückkehren, denn genau dort würde ich landen, wenn ich dieses Kontrollproblem nicht in den Griff bekäme. Und dann würde ich nie wieder zurückkehren dürfen.

»Zieh dir etwas an, Guinevere«, sagte er. »Ich werde mich um die Leiche kümmern.«

»Ich danke Euch, mein Herr.«

»Danke mir nicht zu früh«, erwiderte er. »Nicht bevor wir dieses kleine Problem gelöst haben.«

Ich nickte und verstand, was er meinte.

Wenn ich versagte, würde es keine Dankbarkeit geben. Nur eine direkte Fahrkarte zurück in die Hölle.

Da er nun von meiner Schwäche wusste, würde er mich überwachen.

9

Jeder Fehltritt würde dokumentiert werden.

Entweder ich überlebte oder eben nicht.

Und Eve war nicht da, um mir zu helfen, mich vor meinem Schicksal zu verstecken.

Es war an der Zeit, dass ich die Zügel in die Hand nahm und die Kontrolle über mich gewann.

Oder es würde böse für mich enden.

GWEN

Eine erfolgreiche Verabredung.

Gefolgt von ereignislosem Sex.

Aber immerhin war ich gesättigt.

Ich schürzte die Lippen, als Ty… nein, Moment, *Trevor* … oder irgendetwas mit T befriedigt und benommen das Haus verließ. Er winkte Gleason sogar zu, als sie sich in der Einfahrt begegneten, wobei Ersterer sich nicht im Geringsten an der Tatsache zu stören schien, dass ein anderer Mann die Einfahrt hinaufschlenderte, der eindeutig die Absicht hatte, ins Haus einzutreten.

Männer waren so einfach gestrickt.

Frauen neigten dazu, etwas aufmerksamer zu sein, selbst nachdem sie gerade einen Orgasmus gehabt hatten.

Ich zuckte mit den Schultern, wandte mich ab und ließ die Tür für meinen Nephilim-Mitbewohner offen stehen. Wir hatten uns kurz nach Eves Verschwinden angefreundet, als er auf der Suche nach ihr bei mir vor der Tür aufgetaucht war. Ich hatte vergessen, ihm von ihrem ausgedehnten Aufenthalt im Himmel zu erzählen. Nachdem wir uns lange miteinander unterhalten hatten, waren wir so etwas wie Freunde geworden. Und im Laufe des letzten Jahrzehnts zu Mitbewohnern.

Eine merkwürdige Entwicklung, wenn man bedachte, dass er zu einer Gruppe militanter Nephilim gehörte, die die Erde kontrollierten und dafür sorgten, dass die Dämonen nicht aus der Reihe tanzten.

Dämonen wie ich, die eine Vorliebe dafür hatten, Menschen zu töten.

Allerdings hatte ich zumindest ein schlechtes Gewissen und versuchte, es wiedergutzumachen.

Nicht alle Dämonen konnten das von sich behaupten.

»Eine weitere Eroberung, die noch atmet«, sagte Gleason zur Begrüßung. »Gut gemacht, Gwen.«

Ich lächelte. »Oh, danke, Sir Gleason. Ich wüsste nicht, was ich ohne deine Zustimmung tun würde.«

»Gar nichts, du wärst tot«, antwortete er, während er eine silberne Klinge geschickt zwischen seinen Fingern drehte. Sie war tatsächlich aus echtem Silber gefertigt. Ich spürte das Brennen von hier aus. Die Dämonen hatten die Substanz vor Äonen aus dem Menschenreich verbannt und durch das Element 47 ersetzt – eine überarbeitete Version, die für Dämonen deutlich weniger schädlich war. Dann setzten sie eine Reihe von Schrubber-Dämonen ein, um die menschliche Wahrnehmung zu verändern und so alle Beweise für das Edelmetall auszulöschen.

Dank seines Interesses an der Wissenschaft wusste Gleason, wie man es herstellt. Deshalb hatte ich ihn überhaupt erst durch Eve kennengelernt. Er war ihr wichtigster Waffenlieferant gewesen, bevor sie in den Himmel aufgeflogen war.

Jetzt verhöhnte er mich damit, indem er die Klinge gefährlich durch seine Finger wirbelte und bewies, dass er nicht nur wusste, wie man das Metall herstellte, sondern auch, wie man es benutzte.

Ich verdrehte die Augen. »Du jagst mir schon seit einem Jahrzehnt keine Angst mehr ein.«

»Ich weiß, und das frustriert mich immer noch.«

»Darauf wette ich«, antwortete ich und ging in die Küche, um mir einen dringend benötigten Drink zu holen. Mein seidener Bademantel raschelte um meine Schenkel, als ich im Schrank nach einem Glas griff. Unser neues Haus hatte überaus hohe Küchenschränke, was es für mich mit einer Körpergröße von einem Meter dreiundsechzig nicht leicht machte.

Gleason griff über mich hinweg in den Schrank, wobei mich der Duft nach Sandelholz umhüllte und meine Sinne reizte. Er reichte mir zwei Gläser und holte dann eine Flasche Merlot aus der Speisekammer. Ich hüpfte auf die Anrichte und beobachtete ihn dabei, wie er die Flasche entkorkte.

»Wenn ich nicht befürchten würde, dich versehentlich zu töten, würde ich dich küssen«, informierte ich ihn.

Er verdrehte die Augen. »Hör auf, mit mir zu flirten.«

»Ich bin ein Sukkubus. Ich kann nicht anders.«

»Das ist mir bewusst«, murmelte er, wobei ich ein leichtes Zucken um seine Lippen bemerkte. Er lächelte nur selten. Offenbar war es ein Gebot der Nephilim, keine Belustigung zu zeigen. Die meisten seiner Freunde, dich ich bisher kennengelernt hatte, verhielten sich in meiner Gegenwart ebenso stoisch. Mit Ausnahme seines Schützlings Creek. Er mochte mich, was ich von den anderen nicht behaupten konnte.

Wahrscheinlich war das meiner dämonischen Abstammung zu verdanken.

Und der Tatsache, dass es für sie das Todesurteil bedeuten würde, falls sie mich fickten.

Aber das waren unbedeutende Einzelheiten.

Oh, ich hatte mich dank Zane und Lord Zebulon während der letzten zwanzig Jahre deutlich gebessert. Aber ich war immer noch weit davon entfernt, perfekt zu sein. Trotzdem hatte ich nur noch eine Leiche pro Monat zu beklagen. Und das war doch immerhin etwas.

»Hör auf, mir auf den Schritt zu starren«, ermahnte Gleason mich, als er mein Glas füllte.

»Zu meiner Verteidigung muss ich sagen, dass es ein sehr schöner Anblick ist.« Es fiel mir schwer, nicht mit Danny Gleason zu flirten. Sein dichtes kastanienbraunes Haar, seine markanten Wangenknochen und seine strahlend grünen Augen waren nur die Spitze des Eisbergs. Er hatte auch einen Waschbrettbauch, den ich als seine Mitbewohnerin mehr als einmal gesehen hatte, außerdem trug er ständig enge Jeans, die sowohl seinen Hintern als auch andere beeindruckende Körperteile vorzüglich zur Geltung brachten.

Aber ich tat mein Bestes, um mich an die Grenzen unserer rein platonischen Beziehung zu halten.

Darüber hinaus wollte ich ihm wirklich nicht wehtun. Als Nephilim würde er es wahrscheinlich überleben, doch ich wollte das Risiko nicht eingehen.

»Ich habe auch nichts gegen deinen Widerwillen, ein Rasiermesser zu benutzen, einzuwenden«, fügte ich hinzu und zeigte auf die tiefroten Bartstoppeln, die seine Kieferpartie zierten. »Es ist sexy, G. Hast du dir ein Beispiel an Creek genommen?« Ich wollte ihn reizen und es funktionierte, denn Gleason zuckte zusammen. Creek war ebenfalls ein Nephilim, den Gleason unter seine Fittiche genommen hatte. Im Gegensatz zu Gs dunkleren kastanienbraunen Locken hatte er feuerrotes Haar und einen buschigen Bart, den Gleason oft als Sicherheitsrisiko bezeichnete.

»Ich sollte wohl nicht vergessen, mich morgen zu rasieren«, brummte mein Mitbewohner.

Ich nickte gleichmütig. »Ja, Frauen wissen es zu schätzen, wenn Männer die Körperpflege nicht vernachlässigen.«

Er gab einen knurrenden Laut von sich und schob mir das Glas entgegen. »Trink das und halt den Mund.«

»Ich bin mir ziemlich sicher, dass das so nicht funktionieren wird«, sagte ich, bevor ich einen Schluck trank. »Ich werde so lange weiterreden, bis du mir den Mund mit etwas von Format stopfst.«

Er hätte sich fast an seinem eigenen Wein verschluckt, was mir ein Lächeln entlockte. Statt einer Antwort lehnte er sich lediglich gegen die Anrichte mir gegenüber und bewunderte meine nackten Beine. Gleason machte sich gar nicht die Mühe, seine Anziehungskraft zu verbergen. Er wusste, dass ich sie ohnehin spüren konnte. Genauso wie ich seine Vorbehalte und die Mauer zwischen uns wahrnahm.

Sie war eine klar definierte Grenze, die keiner von uns beiden überschreiten würde, trotz all der Flirterei und der sehnsüchtigen Blicke.

Außerdem wusste er, wem mein Herz gehörte.

Er hatte aus erster Hand miterlebt, wie es gebrochen worden war.

Zane würde mich nie lieben. Und Lord Zebulon, nun ja, er hatte mich immer nur geküsst. Für alles andere war er viel zu mächtig. Aber Letzteren liebte ich ohnehin nicht. Ich bewunderte ihn mehr als alles andere. Und vielleicht war ich auch ein bisschen in ihn verknallt.

Äh, nein. Das war nicht ganz richtig.

Ich war ziemlich verknallt in ihn.

Aber das hatte ich meinem Alter und meiner Unerfahrenheit zuzuschreiben. Zane war der erste

Dämon, der sich in dieser Dimension mit mir angefreundet hatte. Und Lord Zebulon, na ja, wer wollte nicht mit ihm schlafen?

All diese sinnliche Energie und Anmut.

Hm. Meine Schenkel verkrampften sich bei dem Gedanken.

Ja, ich hatte es nicht leicht. Manchmal dachte ich, dass ich Lord Zebulon vielleicht sogar mehr begehrte als Zane. Und das wollte was heißen, denn ich war seit ungefähr fünfundzwanzig Jahren in den Inkubus verknallt.

Obwohl sich sein Einfluss auf mich in letzter Zeit als weniger stark erwiesen hatte.

Im Gegensatz zu Lord Zebulon. Jedes Mal wenn dieser Mann den Raum betrat, schmolz ich dahin und war nicht mehr Herrin meiner Sinne.

Ich war wirklich in ihn verknallt.

»Ich kann dir deine Gedanken mal wieder deutlich an deinem Gesicht ansehen«, bemerkte Gleason und unterbrach meine Gedanken, indem er mich an seine Anwesenheit erinnerte. Dann trank er einen Schluck Wein. »Zane?«

Für gewöhnlich würde er damit richtigliegen, doch ich war mit meinen Gedanken ganz woanders gewesen. War das etwa ein Zeichen dafür, dass ich endlich die Vergangenheit hinter mir gelassen hatte?

War ich mittlerweile eher *Lord Zebulon* zugeneigt? Ich zitterte. Er konnte unmöglich eine bessere Wahl als Zane sein.

Was stimmte nicht mit mir? Warum begehrte ich nur Männer, die unerreichbar für mich waren?

»Vielleicht solltest du noch einmal versuchen, mit ihm zu reden«, empfahl Gleason, als ich nicht antwortete.

»Mit wem denn? Mit Zane?« Natürlich hatte er von Zane gesprochen. Ich hatte Lord Zebulon nie meine

Gefühle gebeichtet. Doch gegenüber dem Inkubus hatte ich es durchaus getan, und … »Nein danke.« Er hatte mich kindisch genannt, nachdem ich ihm meine Liebe gestanden hatte. Nicht gerade die schmeichelhafteste Antwort.

»Ich glaube, er hat nicht verstanden, was du ihm hast sagen wollen.«

Ich zog ruckartig die Augenbrauen in die Höhe. »Ich habe gesagt, dass ich ihn liebe. Er hat gelacht und mich ein kleines Mädchen genannt. Es ist ziemlich schwer, das misszuverstehen.«

»Ich glaube, er hat dich nicht ernst genommen«, versuchte es Gleason noch einmal.

Ich starrte ihn nur an.

Er starrte zurück. »Also schön, möglicherweise hat er das. Aber er hat wahrscheinlich geglaubt, dass du ihn nur anhimmelst, weil er dein Ausbilder ist.«

»Sicher.« Ich trank einen großen Schluck Wein und seufzte. »Schon gut, es ist Schnee von gestern. Ich bin darüber hinweg.« Gleasons Gesichtsausdruck verriet mir, dass er diese Lüge durchschaut hatte, aber er ging nicht weiter darauf ein. »Wie war dein Treffen mit den Auferstandenen aus der Dunkelheit?«, fragte ich, um das Thema zu wechseln.

»Informativ«, brummte er und schwenkte den Inhalt seines Glases. »Tru ermittelt in einem Mordfall in einem Nachtklub in Nashville. Die Leiche war eindeutig dämonischer Herkunft, doch sie wurde zurückgelassen, damit die menschlichen Behörden sie finden konnten.«

Ich runzelte die Stirn. »Tatsächlich? Normalerweise sind wir gut darin, unseren Dreck wegzuräumen.«

»Du musst es ja wissen«, murmelte er.

»Hey, nur damit du es weißt, meine letzte tote Verabredung liegt bereits fünf Wochen zurück.« Ich drückte den Rücken durch. »Das ist fast ein neuer Rekord.«

»Da hast du recht.« Er neigte zustimmend den Kopf. »Du hast dich wirklich gebessert.«

Seine Anerkennung brachte mich zum Lächeln. »Ich danke dir.« Im Grunde fühlte ich mich als Sukkubus fast wie neu geboren. Früher hatte ich fast täglich die Selbstbeherrschung verloren. Diese täglichen Probleme waren zu wöchentlichen geworden und mittlerweile kamen sie nur noch in monatlichen Abständen vor. Das war zwar noch nicht perfekt, aber im Vergleich zu meinen Verfehlungen vor zwanzig Jahren war es eine enorme Verbesserung.

Zum Teil lag es daran, dass ich mich häufiger von Lord Zebulon nährte. Es war zwar immer nur ein Kuss, aber es reichte aus, um mich für mindestens vierzehn Tage zufriedenzustellen.

Zane hatte ebenfalls dazu beigetragen, indem er mir Techniken gezeigt hatte, mithilfe derer ich mich ernähren konnte, ohne zu töten. Außerdem hatte er mir beigebracht, wie ich die ersten Anzeichen für einen Kontrollverlust deuten konnte.

Gemeinsam hatten sie mir geholfen, mich selbstbewusster und unabhängiger bewegen zu können. Ich war zwar bei Weitem noch nicht perfekt, aber eines Tages würde ich es sein. Und dieser Tag würde hoffentlich schon bald eintreffen.

Gleason und ich genossen unsere Drinks in geselligem Schweigen. Dann drang ein summendes Geräusch aus seiner Tasche, als er einen Anruf auf seinem Handy erhielt. Er stieß einen Seufzer aus. »Gleason«, meldete er sich, als er den Raum verließ und sich das Telefon ans Ohr hielt.

Was auch immer der Grund für den Anruf war, es

hatte sicherlich etwas mit der Arbeit zu tun. Gleason war vor über zehn Jahren von seiner Professur an der Vanderbilt-Universität zurückgetreten, um voll und ganz in seinem Leben als Nephilim aufzugehen. Einer der Nachteile der Unsterblichkeit war, dass wir nicht alterten. Er konnte also unmöglich weiter als Professor arbeiten, denn anderenfalls würden die Leute beginnen, sich zu fragen, warum er niemals älter als fünfunddreißig aussah.

Im Grunde könnte er sich eine neue Identität zulegen und in ein anderes Territorium ziehen, um dort zu arbeiten.

Aber er hatte sich entschieden, hierzubleiben und sich von Azrael ausbilden zu lassen.

Ich vermutete außerdem, dass er sich nicht mit einem anderen Dämonischen Lord anlegen wollte, indem er in seiner Region agierte. Lord Zebulon war bekannt dafür, dass er den Nephilim in Nordamerika gegenüber tolerant war. Das galt allerdings nicht für die Oberhäupter der anderen Territorien dieser Welt.

Der Dämonische Lord von Südamerika, Lord Valentino, hatte die Nephilim zum Beispiel geächtet. Er hatte eine Vorliebe dafür, sie auf der Stelle zu töten.

Daher konnte ich es Gleason kaum verdenken, dass er hiergeblieben war.

Ich trank den letzten Schluck meines Weins und sprang von der Anrichte, um unsere Gläser zu spülen. Als ich fertig war, stand mein Mitbewohner mit ausdrucksloser Miene in der Tür.

Ich zog eine Augenbraue in die Höhe. »Sag mir nicht, dass du überrascht bist, weil ich weiß, wie man Ordnung schafft«, sagte ich. »Denn ich glaube, das hat sich schon zu Beginn unseres Zusammenlebens gezeigt. Du weißt schon, du hast mir mit den Abdeckplanen geholfen.«

Er antwortete nicht, sondern durchbohrte mich fast mit dem Blick aus seinen grünen Augen.

»Ganz im Ernst, warum siehst du mich so an?« Es war beunruhigend. Für gewöhnlich scherzten wir ständig miteinander.

»Wann warst du das letzte Mal im *Club Haze*?«, fragte er leise.

Ich runzelte die Stirn. »Äh, ich weiß es nicht. Letzte Woche?« Der elegante Nachtklub war eines meiner bevorzugten Jagdgebiete, denn er quoll förmlich über vor potenziellen Bettpartnern. »Warum?«

»Könntest du etwas genauer sein?«

»Erst wenn du mir sagst warum«, erwiderte ich und verschränkte die Arme vor der Brust. »Du weißt, dass ich mindestens einmal pro Woche dort bin. Es ist die beste Adresse für lüsterne Männer. Und manchmal auch Frauen, doch das würdest du wissen, wenn du jemals mit mir dort gewesen wärst.«

Er streckte mir sein Handy entgegen, sodass ich das Display sehen konnte. »Erkennst du diesen Typen?«

Ich trat einen Schritt vor, um das Foto zu betrachten, und zog überrascht die Augenbrauen in die Höhe. »Clark. Oder … Cody?« Ich konnte mir Namen nur schlecht merken. »Er ist Anwalt in irgendeiner Kanzlei in der Innenstadt.« Ich legte den Kopf schief und begutachtete das Bild genauer.

In diesem Moment wurde mir klar, *warum* Gleason ein Foto von ihm auf seinem Handy hatte.

Clark ist tot. Sehr … sehr … tot.

»Oh.« Ich schlug die Hand vor den Mund und riss die Augen auf. »Ich habe ihm das nicht angetan. Als er gegangen ist, war er wohlauf. Er war sogar ziemlich zufrieden. Ich habe …« Ich verstummte, als ich Gleasons Gesichtsausdruck sah. Ich konnte an seiner Miene erkennen, dass er mich verdächtigte. »Komm schon, du weißt, dass ich dich nicht anlügen würde.« Ich trat einen Schritt zurück. »Du hast mir doch gerade erst letzten Monat geholfen, diesen einen Typen abzutransportieren. Warum sollte ich dir jetzt den Anwalt verheimlichen?« Ich warf wieder einen Blick auf das Handy. »Verdammt, warum sollte ich ihn *ausgerechnet dort* zurücklassen, damit er gefunden wird?«

Er blinzelte, dann musterte er das Foto des blonden Mannes, der mitten auf dem Gehweg lag. »Du hast recht, das würdest du nicht tun.«

Ich ließ erleichtert die Schultern hängen, straffte sie jedoch sofort wieder, als mir der Geruch von Rauch in die Nase stieg.

Oh, oh …

»Liebste Guinevere«, hörte ich eine tiefe Stimme, als Lord Zebulon in meiner Küche erschien. »Ich glaube, wir sollten uns unterhalten.«

Oh, scheiße, dachte ich, als ich mich verbeugte. *Das bedeutet sicher nichts Gutes.*

»Mein Herr«, begrüßte ich ihn kleinlaut. »Wie kann ich Euch zu Diensten sein?«

GWEN

Iᴄʜ sᴄʜʟᴜᴄᴋᴛᴇ, als sich Schweigen über die Küche legte.

Lord Zebulon trat vor, wobei seine teuren Schuhe in meinem Blickfeld auftauchten. Er beugte sich vor und berührte leicht mein Kinn, um es anzuheben. »Du hast dich erst kürzlich genährt.«

»Ja«, antwortete ich atemlos.

Er warf einen Blick auf Gleason. »Von dir?«

Mein Mitbewohner schnaubte. »Nein. Von dem grinsenden Idioten, den ich gerade in meiner Einfahrt getroffen habe.«

»War er am Leben?«, drängte Lord Zebulon.

Ich zuckte bei der Frage zusammen, denn es war offensichtlich, dass er mir nicht vertraute. Ich hatte es nicht anders verdient. »Mein letzter Fehltritt ist fünf Wochen her«, sagte ich leise. »Ich habe es Zane gemeldet.«

»Ja, er hat mich darüber informiert«, sagte Lord Zebulon, der den Blick immer noch auf Gleason gerichtet hatte.

»Er war am Leben«, bestätigte mein Mitbewohner. »Dasselbe kann man von ihrer Eroberung von letzter

Woche allerdings nicht behaupten. Ich nehme an, dass du deshalb hier bist.«

»Ich habe ihn nicht umgebracht«, protestierte ich, als ich den anschuldigenden Unterton in seiner Stimme wahrnahm. »Er war noch sehr lebendig, als er gegangen ist.«

Lord Zebulon sah mich mit seinen schokoladenbraunen Augen abschätzend an, als er mit dem Daumen an meinem Kiefer entlang bis zu meiner Kehle hinunterstrich. »Der Leichnam weist das Mal eines Sukkubus auf«, sagte er nach einer Weile und erlöste mich von seiner brennenden Berührung. »Ich nehme an, die Nephilim haben das noch nicht herausgefunden, doch sie werden es sicher bald tun.«

»Ihr habt die Leiche untersucht?«, fragte ich leise.

»Das habe ich. Und deine Energiesignatur ist überall darauf zu finden.«

»Weil ich mich letzte Woche von ihm genährt habe. Aber ich kann Euch versichern, dass er sehr wohl noch am Leben war.«

»Hat ihn danach jemand gesehen?«, wollte Lord Zebulon wissen.

Ich presste die Lippen aufeinander. »Als er noch am Leben war, nein. Ich dachte nicht, dass jemand ihn sehen müsste.« Ich konnte nichts gegen meinen bissigen Unterton tun, aber ich wünschte mir wirklich, ich hätte ihn besser verbergen können. Vor allem, als sich Lord Zebulons Gesicht verfinsterte.

In seinen Iriden spiegelte sich ein mächtiger Ausdruck wider. »Vorsichtig, Guinevere.«

»Verzeiht mir, mein Herr«, brachte ich hervor, obwohl meine Kehle wie ausgetrocknet war.

»Wenn sie ihn aus Versehen getötet hätte, hätte sie seine Leiche nicht auf dem Bürgersteig liegen gelassen«, warf Gleason ein, wobei er mein Argument von vorhin aufgriff. »Sie weiß, dass das unklug wäre.«

Lord Zebulon blinzelte und blickte erst ihn und dann mich an. »Das ist wahr. Und es gibt keinen Grund, warum sie es verheimlichen sollte, schließlich hat sie aus den anderen Leichen keinen Hehl gemacht.«

Es gefiel mir ganz und gar nicht, dass die beiden über mich sprachen, als wäre ich gar nicht anwesend, dennoch hielt ich klugerweise den Mund. Immerhin konnte ich, was Menschen anging, nicht gerade eine hohe Erfolgsbilanz vorweisen.

»Wie dem auch sei, wir haben die Leiche eines Sterblichen, die augenscheinlich auf übernatürliche Weise zu Tode gekommen ist, und das ist für keinen von uns gut«, sagte Lord Zebulon. »Was wollen die Auferstandenen aus der Dunkelheit in dieser Hinsicht unternehmen?«

»Sie wollen mit Gwen sprechen«, sagte Gleason.

Ich schnappte hörbar nach Luft. »Mit mir?«

Gleason zuckte mit der Schulter. »Auf den Überwachungsvideos des Klubs seid ihr beide letzte Woche zusammen zu sehen.«

»Dann hast du also nur nach meinem letzten Besuch gefragt, um herauszufinden, ob ich dir die Wahrheit sagen würde?« Ich formulierte es als Frage, aber wir beide wussten, dass es keine war, denn er hatte mich tatsächlich auf diese Weise auf die Probe gestellt. »Es ist doch gut zu wissen, dass die letzten zehn Jahre unseres Zusammenlebens eine Vertrauensbasis zwischen uns geschaffen haben, G.«

Er zuckte nur wieder mit den Schultern und schien dabei völlig unbeeindruckt zu sein. Alle schönen Männer mussten irgendeinen Makel aufweisen. Und dieser war Gleasons – sein Job würde ihm immer wichtiger sein als irgendjemand sonst in seinem Leben, einschließlich treuer

Freunde. Auch er räumte Praktizismus einen höheren Stellenwert ein als Emotionen, und das stellte er jetzt unter Beweis, indem er mich zugunsten des Dämonischen Lords ignorierte.

»Letzte Woche wurde eine weitere Leiche in einer ähnlichen Stellung gefunden«, sagte er. »Das sich wiederholende Todesmuster hat in unserer Datenbank Alarm ausgelöst. Patch ist auf dem Weg zum Leichenschauhaus, um festzustellen, ob zwischen den beiden Toten eine Verbindung besteht.«

»Es gibt eine Verbindung«, antwortete Lord Zebulon. »Die Leiche von heute Abend ist schon die zweite, die Gwens Mal aufweist.«

Mir stand der Mund offen. »Wie bitte?«

Lord Zebulon wandte sich endlich wieder mir zu, wobei er mich abschätzend betrachtete. »Die Gesetze sind eindeutig, was den dämonischen Einfluss auf die Welt der Sterblichen angeht. Zwei sehr öffentliche Todesfälle, die mit deinem Wesen in Verbindung stehen, sind belastend, Guinevere. Vor allem, wenn sie so nahe beieinander liegen.«

»Aber … aber ich habe nicht … ich weiß nicht … ich …« Ich räusperte mich, als meine Stimme von Sekunde zu Sekunde schwächer wurde. »Ich habe mich gebessert«, sagte ich kleinlaut.

War ich während meines Aufenthalts auf der Erde für den Tod mehrerer Menschen verantwortlich gewesen? Ja. Aber ich hatte es nicht mit Absicht getan. Und ich würde sie nie so einfach irgendwo liegen lassen. Eve hatte mir beigebracht, wie ich das Chaos beseitigen konnte, das ich verursacht hatte. Warum sollte ich es plötzlich öffentlich machen?

»Ich habe seit fünf Wochen niemanden mehr verletzt«, platzte ich heraus. »Und davor waren es neun. Ungefähr zwei Monate. Das ist ein neuer Rekord. Sie waren wohlauf und am Leben, mein Herr. Ich schwöre es.«

Lord Zebulon legte mir eine Hand an die Wange. Die Geste hatte eine beruhigende Wirkung auf mich, denn seine Berührung strahlte weder Wut noch Frustration aus. Vielmehr wollte er mich damit trösten.

Er glaubt mir, erkannte ich. *Er weiß bereits, dass ich unschuldig bin.*

Diese Erkenntnis förderte in mir ein Verständnis zutage, das sich in seinen braunen Augen widerspiegelte.

»Du weißt, dass man keine Leichen hinterlassen sollte«, sagte er leise.

Ich war mir nicht sicher, ob er eine Reaktion von mir erwartete oder nicht, aber ich fühlte mich dennoch bemüßigt, ihm zu antworten: »Ja, mein Herr.«

Er nickte und ließ seinen Daumen in vertrauter Weise über meine Unterlippe gleiten. Ich schmiegte mein Gesicht an seine Hand, denn ich wollte instinktiv mehr. Ich *sehnte* mich nach mehr. »Ich bin erst vor wenigen Stunden in diese Dimension zurückgekehrt, nachdem ich die letzten sieben Erdentage in der Hölle verbracht habe«, murmelte er. »Ich habe Ragus' Bericht gelesen und bin direkt hierhergekommen.«

Ich schluckte, denn seine Bemerkung darüber, dass er sieben Erdentage in der Hölle verbracht hatte, vermittelte mir ein unbehagliches Gefühl. Er war dort gewesen, um seine Tochter zu sehen. *Kalida.*

Jedes Jahr kehrte er für sieben volle Erdentage in die Unterwelt zurück – was in der Hölle ungefähr sieben Jahren entsprach –, um Erzdämon Ashmedai dabei zuzusehen, wie er Kalida für ihre unsterblichen Verbrechen bestrafte, die sie in der Welt der Sterblichen verübt hatte. Sie hatte einen Dämonenhandel ins Leben gerufen, wobei sie die Kreaturen der Hölle illegal auf die

Erde gebracht hatte, um ihren Vater, Lord Zebulon, zu stürzen.

Er hatte ihre Mutter, die ein Sukkubus gewesen war, aus mir unbekannten Gründen getötet. Und Kalida wollte sich für dieses Vergehen an ihm rächen.

Meine beste Freundin Eve war diejenige, die sie daran gehindert hatte.

Und Ashmedai hatte Kalida zu einer Ewigkeit höllischer Qualen verurteilt. Dann hatte er verlangt, dass sich ihr Vater jedes Jahr für einen bestimmten Zeitraum in die Unterwelt begab, um ihrer Bestrafung beizuwohnen. Es diente als eine Art Disziplinierung oder vielleicht auch als eine Mahnung daran, was mit Lord Zebulon geschehen würde, sollte er jemals wieder zulassen, dass ein Dämon in seinem Zuständigkeitsbereich derart aus der Reihe tanzte.

Und das bedeutete, dass er nicht so einfach über ungebührliches Verhalten hinwegsah.

Wie zum Beispiel die öffentliche Zurschaustellung einer Leiche auf einem Bürgersteig.

»Du bist zwar nicht voll und ganz genährt, aber gesättigt genug«, fuhr Lord Zebulon fort. »Hättest du die beiden Männer getötet, wäre deine verführerische Anziehungskraft nicht annähernd so stark. Du flehst mich förmlich mit deinen Augen an, dich zu küssen, Guinevere.«

Es schnürte mir die Kehle zu und mein Herz pochte wild in meiner Brust. Er hatte immer diese erregende Wirkung auf mich, unabhängig davon, wie befriedigt ich gerade war. Es war die ihm innewohnende Macht, die meine sukkubische Seele ansprach.

»Du bist unschuldig«, verkündete er, bevor er sich wieder Gleason zuwandte. »Informiere die Genesiden darüber, dass ich die Ermittlungen übernehme.

Irgendjemand mordet wahllos in meinem Territorium, und ich werde den Schuldigen finden.«

»Die Auferstandenen aus der Dunkelheit«, korrigierte Gleason und bezog sich damit auf die neuere Bezeichnung der Organisation, für die sich die Fraktion der Nephilim entschieden hatte. Sie waren der Meinung, dass der Name ihre Herkunft als Kinder von Engeln besser zum Ausdruck brachte. »Und sie werden nicht damit einverstanden sein, sich zurückzuziehen.«

»Richtig. Die Auferstandenen aus der Dunkelheit.« Lord Zebulon machte durch seinen Tonfall deutlich, wie sehr es ihn verärgerte, korrigiert zu werden. Ansonsten ließ er sich jedoch nichts anmerken. »Wie dem auch sei, sie dürfen mir nicht im Weg stehen.«

»Sie werden darauf bestehen zu helfen«, gab Gleason zu bedenken.

»Ja, sie haben eine Vorliebe dafür, sich in Angelegenheiten einzumischen, die sie nichts angehen«, murmelte Lord Zebulon. Er ließ den Daumen von meinem Mund hinunter über meinen Kiefer gleiten, bevor er die Hand fallen ließ. »Setz dich mit Zane in Verbindung. Er wird ein Auge auf deine Nährgewohnheiten haben, während ich den Schuldigen ausfindig mache.«

Es war keine Bitte, sondern ein Befehl, der mich seltsam gefühllos werden ließ.

Als er vor zwei Jahrzehnten verlangt hatte, dass ich mit Zane zusammenarbeite, hatte ich eine Mischung aus Besorgnis und Aufregung verspürt. Mein Herz hatte sich nach einer Gelegenheit gesehnt, so eng mit dem sexy Inkubus zusammenzuarbeiten, und doch hatte ich seine Nähe gefürchtet, denn ich hatte nicht beobachten wollen, wie er sich von seinen Eroberungen ernährte.

Und jetzt schien es fast natürlich, ihm dabei zuzusehen.

In der Kunst der Verführung verfügte er über Fähigkeiten, die ich unbedingt nachahmen wollte.

Aber nicht mit ihm.

Es war eine faszinierende Entwicklung, die mich nachdenklich stimmte.

»Guinevere?«, fragte Lord Zebulon, der meinen Gesichtsausdruck offenbar falsch interpretiert hatte. »Missbilligst du etwa, dass Zane dich beaufsichtigen soll? Denn das wäre eine unüberlegte Reaktion auf meinen Befehl.«

»Nein, mein Herr«, sagte ich schnell. »Ich verstehe die Gründe dafür und bin damit einverstanden. Ich hatte nur gerade …« Ich verstummte und schüttelte den Kopf. Er musste nicht wissen, dass ich mich in meinen Mentor verliebt hatte oder dass meine Schwärmerei endlich nachließ, nachdem ich mich jahrzehntelang nach ihm verzehrt hatte. »Ich war nur in Gedanken versunken«, beendete ich den Satz. »Ich werde mich an Zane wenden.«

Lord Zebulon kniff argwöhnisch die Augen zusammen, während er mich eindringlich musterte.

Glücklicherweise ließ er es mit einem Nicken bewenden und wechselte das Thema. »Ich habe gehört, dass Xai und Evangeline sich wieder in unserer Dimension befinden. Sie haben dir Anfang der Woche einen Besuch abgestattet?«

»Ja«, antwortete ich und dachte an das kleine Restaurant zurück. »Aber es war nur ein kurzes Wiedersehen. Ich habe die beiden seither nicht mehr gesehen.«

»Azrael hat sie zu sich gerufen, um über die Auferstandenen aus der Dunkelheit zu sprechen. Eve wird bei der Ausbildung der jüngeren Nephilim helfen«, erklärte Gleason.

Lord Zebulon gab ein interessiertes Brummen von sich.

»Ich verstehe. Jetzt ergibt es für mich einen Sinn, dass sich die Auferstandenen aus der Dunkelheit in meine Angelegenheiten einmischen wollen. Evangeline wird nicht zulassen, dass Guinevere etwas zustößt.«

»Verdammt richtig«, ertönte eine weibliche Stimme aus Richtung Tür. »Wenn du also hier bist, um ihr in der Hölle den Prozess zu machen, dann schlage ich vor, dass du dir ein paar Alternativen überlegst.«

GWEN

EVE BETRAT DIE KÜCHE, wobei sie eine silberne Klinge durch ihre Finger gleiten ließ.

Nur sehr wenige Wesen sämtlicher Dimensionen waren imstande, Lord Zebulon so etwas ungestraft an den Kopf zu werfen.

Glücklicherweise war meine beste Freundin und ehemalige Mitbewohnerin eines von ihnen.

Den Beweis dafür lieferte Lord Zebulon, als er ihr einen amüsierten Blick zuwarf. »Ich weiß nichts von einem Prozess. Zumindest noch nicht.«

»Gut«, erwiderte Eve und ließ den Blick über meinen Bademantel gleiten. Sie würde daraus schließen können, was ich vor Kurzem noch getrieben hatte, doch das Aufblitzen ihrer Pupillen ließ darauf schließen, dass sie annahm, Lord Zebulon wäre der Grund für meinen Aufzug.

Mir wäre fast ein Seufzen entfahren.

Ich wünschte, er wäre tatsächlich der Grund dafür.

Leider trug er einen seiner perfekt sitzenden Anzüge, der seinen muskulösen Körper verhüllte.

»Es ist mir wie immer eine Freude, dich zu sehen, Evangeline«, sagte er mit einem Funkeln in den Augen. »Seit unserem letzten Treffen sind ein paar Jahrzehnte vergangen.«

»Nur zwei«, ertönte eine kultivierte Stimme hinter ihr, als Xai die Küche betrat. »Nun, genau genommen sind es einundzwanzig Erdenjahre und ein paar Monate, glaube ich. Die Zeit im Himmel vergeht auf seltsame Weise.«

»In der Tat«, erwiderte Lord Zebulon. »Ich nehme an, ihr seid wegen der Todesfälle hier.«

»Wundert dich das etwa, wenn Guinevere Ärger macht?«, entgegnete Xai.

Ich schnaubte. »Ich mache keinen Ärger.«

»Natürlich tust du das«, erwiderte Xai. »Und zwar gewaltigen Ärger.«

Das machte mich wütend. »Nur damit du es weißt, mein letzter Fehltritt liegt bereits fünf Wochen zurück. Und ich habe eine Gartenplane benutzt, so wie Eve es mir beigebracht hat.« Ich trat einen Schritt vor. »Aber ich würde dich zu gern zu meinem nächsten Opfer machen.«

»Ja, wenn ich mich recht erinnere, wolltest du einmal meine Eier in die Mangel nehmen.«

»Ich glaube, sie hat den Vorschlag gemacht, dich zu kastrieren«, sagte Eve. »Oder wollte sie sie nur packen und kräftig zudrücken? Ich erinnere mich nicht genau.«

»Kastration klingt gut.« Ich streckte die Hand aus. »Kann ich dein Messer benutzen?«

Xai schüttelte nur den Kopf. »Erinnere mich noch einmal daran, warum ich zugestimmt habe, dir bei dieser Sache behilflich zu sein.«

Eve klimperte mit ihren langen blonden Wimpern. »Weil du mich liebst.«

»Und weil du ihr wahrscheinlich noch tausend Gefallen schuldest«, fügte ich hinzu und musterte ihn. Er trug einen der für ihn typischen schwarzen Anzüge, während ihm sein dichtes, dunkles Haar um die Schultern fiel, als wäre es gerade vom Wind zerzaust worden. Der Mann strahlte sowohl Stärke als auch Sex-Appeal und Verruchtheit aus. Das machte ihn perfekt für Eve. Abgesehen von seiner Vorliebe, ihr das Herz zu brechen.

Zumindest schien er sie im Moment gut zu behandeln.

Aber sobald sich das änderte, würde ich meine Drohung wahr machen.

»Ich schulde ihr tatsächlich einige Gefallen«, stimmte er zu. »Sogar eine ganze Menge.«

Eve verdrehte angesichts seiner Anspielung die Augen. »Erzähl mir, was du weißt, Zeb. Denn Gwen ist nicht die Schuldige. Sie ist nicht der Typ, der eine Leiche auf dem Bürgersteig liegen lässt, damit alle Welt sie finden kann.«

Ich zuckte innerlich zusammen, als ich die Kurzform seines Namens aus ihrem Mund hörte. Sie nannte ihn immer Zeb, was unglaublich respektlos war. Aber auch das ließ er zu, wahrscheinlich weil er wusste, wie gut sie mit einem Messer umgehen konnte.

Immerhin war sie die Tochter des Todes.

Eine Auftragskillerin.

Mit tödlichen Fähigkeiten.

Und sehr versiert als Kopfgeldjägerin.

Aber von all dem hatte sie sich zurückgezogen. Und laut Gleason war sie zurückgekommen, um Nephilim-Schützlinge auszubilden. Das machte insofern Sinn, als ihr Vater, Azrael, diese Aufgabe in den letzten zwei Jahrzehnten während ihrer Abwesenheit übernommen hatte.

»Da ich gerade aus der Hölle zurückgekehrt bin, habe ich nicht allzu viele Informationen. Ich weiß nur, dass die beiden Körper Guineveres Energiesignatur aufweisen, weil sie sich kürzlich von ihnen genährt hat. Aber sie waren noch am Leben, als sie fertig war.« Er sprach die Worte im Brustton der Überzeugung aus und bestätigte damit, dass er an meine Unschuld glaubte.

Diese Erkenntnis sandte mir einen heißen Schauer über den Rücken und mir wurde warm ums Herz.

Lord Zebulon hat Vertrauen in mich.

Das gefiel mir.

Vielleicht sogar ein bisschen zu sehr.

»Jemand will ihr also die Schuld in die Schuhe schieben«, sagte Eve. »Das kommt mir irgendwie bekannt vor.«

»Vielleicht handelt es sich auch nur um einen Zufall und niemand will ihr etwas anhängen«, erwiderte Lord Zebulon. »Aus diesem Grund werde ich mir beide Tatorte persönlich ansehen.«

Eve schnaubte. »Ich war bereits dort und habe mir die Leichen angesehen. Sie erinnerten mich an die, die wir früher ins Krematorium bringen mussten. Dennoch sah der Tatort ganz und gar nicht danach aus, als wäre Gwen die Täterin. Dessen bin ich mir sicher.«

»Ich denke, wir haben ihre Unschuld bereits festgestellt, Liebes«, sagte Xai und legte seinen Arm an ihr Kreuz. »Lord Zebulon will herausfinden, ob er dort Auren wahrnehmen kann.«

»Ja«, bestätigte er. »Kann ich annehmen, dass sich Tax in der Nähe befindet? Oder hat Remy dich selbst hergebracht?«

»Mein Herr.« Die männliche Stimme kam aus dem Wohnzimmer, woraufhin Gleason, der auf der anderen Seite der Küche stand, einen Seufzer ausstieß.

»Wie viele Dämonen befinden sich denn gerade in meinem Haus?«, fragte er.

»In *unserem* Haus«, korrigierte ich ihn mit zusammengebissenen Zähnen. Ich hatte das Geld aus dem

Verkauf von Eves Kneipe und unserer früheren Wohnung verwendet, um dieses Haus in der Nähe von Nashville zu kaufen.

Ein blonder Mann erschien in der Tür, wobei er den Kopf voller Ehrfurcht gesenkt hatte. »Verzeiht mir, mein Herr. Ich wollte nicht stören.«

Eve verdrehte die Augen. »Du und Remy, ihr habt euch wohl eher versteckt.«

»Tax fürchtet die Erzdämonen«, murmelte Xai, »nicht die Dämonischen Lords.«

»Ich hasse euch beide«, murmelte der blonde dämonische Fährtensucher. Er war ein alter Freund von Xai, aber ich hatte keine Ahnung warum. Remy war ein Portalhüter und schien das Arschloch von gefallenem Engel ebenfalls zu mögen. Sie sahen eindeutig etwas in ihm, was sich mir jedoch entzog.

»Hast du den Tatort mit Evangeline besucht?«, fragte Lord Zebulon.

»Ja, mein Herr«, antwortete Tax.

»Gut.« Lord Zebulon stellte sich neben mich, wobei sein Arm den meinen streifte und mir einen elektrisierenden Schauer über den Rücken jagte. »Hast du neben Guineveres Aura noch andere wahrnehmen können?«

Tax schwieg einen Moment. »Mehrere Auren«, sagte er gedehnt und hob langsam den Kopf.

Lord Zebulon erwiderte nichts und bedeutete Tax mit seinem Schweigen, dass er fortfahren sollte.

»Der Bürgersteig befindet sich außerhalb eines von Dämonen frequentierten Nachtklubs. Ich könnte jedoch versuchen, die stärksten Präsenzen in der Umgebung der Leiche aufzuspüren?« Er formulierte es als einen Vorschlag, wobei sich in seinen leuchtenden Augen ein Anflug von Erregung widerspiegelte.

Die meisten Dämonen sehnten sich nach einer Gelegenheit, unsere Dämonischen Lords zu beeindrucken und ihre Gunst zu gewinnen, daher konnte ich seinen Eifer verstehen.

»Wir werden uns den Tatort gemeinsam ansehen, um es zu überprüfen.« Ich wurde von einem weiteren elektrisierenden Blitz durchzuckt, als er sich mir zuwandte. »Ruf Zane an«, erinnerte er mich. »Du wirst dich nur noch unter Aufsicht nähren, bis die Sache geklärt ist.«

»Ja, mein Herr«, stimmte ich zu.

Er durchbohrte mich mit einem glühenden Blick, bevor er sich wieder Tax zuwandte. »Lass uns gehen.«

Der Fährtensucher trat vor. »Soll Remy mitkommen?«

»Nein.« Lord Zebulon streckte die Hand nach ihm aus. »Er soll Evangeline und Xai teleportieren. Ich kümmere mich um unseren Transport.«

Die beiden verschwanden ohne ein weiteres Wort.

Einfach so, *puff*, und sie waren verschwunden. In der Luft hing nur noch ein Hauch von Lord Zebulons machtvoller Energie.

Wow, dachte ich beeindruckt. *Wow. Wow. Wow.* Ich war schon einmal Zeugin dieses Schauspiels geworden, doch die Mühelosigkeit, mit der er verschwunden war, raubte mir den Atem.

»Hm, wie ich sehe, hat er diese neue Fähigkeit perfektioniert«, bemerkte Xai.

»Ja«, stimmte Eve zu, deren Ehrfurcht spürbar war.

»Ach, kommt schon, Leute. So beeindruckend ist das doch gar nicht. Immerhin gehört das bei mir zur Tagesordnung«, sagte Remy, als er mit einer Jeans und einem Hemd bekleidet in der Küche auftauchte. Er ließ den Blick aus seinen smaragdgrünen Augen interessiert an mir auf und ab wandern. Das tat er immer, wenn er uns besuchte. Der Portalhüter hatte eine kokette Seite, die ich mir gern zunutze machte. »Hallo Schönheit.«

»Mein Hübscher«, erwiderte ich, ohne zu zögern.

»Im Ernst, es muss doch eine Regel dafür geben, wie viele Dämonen sich gleichzeitig im Haus aufhalten dürfen«, murmelte Gleason, als er zum Schnapsschrank ging.

Er zog verärgert die Tür auf und schloss sie gleich wieder, dann ging er zum Kühlschrank, um eine frische Flasche Weißwein herauszuholen. Offenbar zog er sie der Auswahl in dem Schränkchen vor. Er entkorkte die Flasche und schenkte sich dann einen ordentlichen Schluck ein. Er goss zweifellos mehr Wein in sein Glas als die Menge, die wir vor Lord Zebulons Ankunft genossen hatten.

»Wie ich sehe, bist du so mürrisch wie immer«, sagte Eve und sprang auf die Anrichte, um den Blick durch den Raum schweifen zu lassen. »Das Haus ist viel schöner als unsere alte Wohnung, Gwen. Die Kücheninsel gefällt mir wirklich gut und der Doppelherd ebenfalls. Oh, und was ist das? Eine Spüle?«

»Gefiltertes Wasser«, erklärte ich. »Mit Temperaturregelung.«

»Cool.« Sie warf einen Blick auf die Wand neben dem Herd. »Und die hier?«

»Die Küchengeräte sind während deiner Abwesenheit moderner geworden«, sagte Gleason, während er die Weinflasche in den Kühlschrank zurückstellte. »Die Technik hat sich allgemein verbessert. Du hast doch sicher all die energieeffizienten Transportmittel bemerkt? All das hatte einen erheblichen Einfluss auf die Umwelt.«

Xai stieß einen knurrenden Laut aus. »Ich habe immer noch Schwierigkeiten, die Telekommunikation in dieser Dimension zu verstehen.«

»Das erklärt, warum ihr aufgetaucht seid, ohne vorher anzurufen«, murmelte Gleason.

»Du weißt, dass du mich vermisst hast«, entgegnete Eve.

»Ich auf jeden Fall«, meldete ich mich zu Wort und lächelte. »Ich habe dich sehr vermisst.«

Eve lächelte. »Ich habe dich auch vermisst, Gwen.« Sie rutschte von der Marmoranrichte und zog mich in ihre Arme. »Und jetzt erzähl mir, was zum Teufel zwischen dir und Zeb vor sich geht. Und Zane.«

Ich seufzte. »Gar nichts geht zwischen uns vor.«

»Sicher.« Sie zog den Kopf zurück und bedachte mich mit einem eindringlichen Blick. »Und jetzt versuche, mir die Wahrheit zu sagen.«

»Die beiden sind meine Mentoren«, antwortete ich, wobei ich rot anlief. »Das ist alles.«

»Wie kann ich mich für das Sukkubus-Mentorenprogramm anmelden?«, fragte Remy und schien seine Worte völlig ernst zu meinen.

Ich schüttelte nur den Kopf. »Es geht mir gut. Es ist alles in Ordnung. Na ja, abgesehen von Clark …«

»Wer ist Clark?«, wollte Eve wissen.

»Der tote Sterbliche«, antwortete ich und verzog das Gesicht.

»Ich dachte, sein Name wäre Carl?«

»Tatsächlich?« Ich zuckte zusammen. »Ich sollte wirklich an meinem Namensgedächtnis arbeiten. Aber als ich ging, war er zufrieden. Und am Leben.«

»Ich glaube dir.«

Ich wusste, dass sie die Wahrheit sagte. Sie war meine beste Freundin. Und sie wusste, dass ich mich nicht scheuen würde, ihr zu verraten, wenn ich aus Versehen jemanden getötet hätte. Es war zwar traurig, doch ich stand zu meinen Fehlern. »Danke, dass du hier bist, Eve.«

Sie zog mich wieder in ihre Arme. »Tut mir leid, dass ich so lange gebraucht habe, um zurückzukommen. Wir haben eine Menge zu bereden.«

Ich warf einen Blick auf Xai, der ganz in der Nähe stand. »Ja, das würde ich auch sagen. Das muss ja eine verrückte Geschichte sein, wenn du beschlossen hast, diesem Arschloch zu verzeihen.«

Er lächelte nur. »So charmant wie immer, Guinevere.«

»Oh, das war erst der Anfang«, sagte ich und erwiderte sein Lächeln.

»Komm schon. Lass uns etwas trinken, dann können wir uns unterhalten«, schlug Eve vor. »Vielleicht schaffst du es sogar, Xai ein Stück weit zu verzeihen.«

»Das glaube ich kaum.«

Eve schien darüber nachzudenken. »Ja, du hast recht. Es ist eher unwahrscheinlich.«

Gleason schüttelte nur den Kopf und begann, Gläser aus dem Barschränkchen in der Küche zu holen. »Wenn ich schon all diese himmlischen und höllischen Wesen einlade, kann ich auch gleich eine richtige Party mit ihnen feiern«, sagte er zu sich selbst.

»Bitte versetze meinen Drink nicht mit Silber«, bat Remy ihn. »Ich habe mich vorschriftsmäßig verhalten.«

Gleason warf ihm einen neugierigen Blick zu und zuckte dann mit den Schultern. »Wir werden sehen.«

Ich lächelte. »Er hat kein Silberpulver. Dir wird nichts zustoßen.«

»Bist du dir da sicher?«, fragte Gleason mit ausdrucksloser Stimme. »Es ist nicht gerade klug von dir, Versprechungen zu machen, auf die du keinen Einfluss hast, Gwen.«

»Ich vermisse die himmlische Dimension«, verkündete Xai und ging in Richtung Tür. »Wenn mich jemand braucht, ich bin draußen und bewundere den smogverhangenen Himmel.«

»So schlimm ist es auch wieder nicht«, rief Eve ihm nach.

»Es ist nicht unser Zuhause, Evangeline«, entgegnete er.

»Er kann gern dorthin zurückkehren«, sagte ich und meinte es ernst. »Ich werde ihn nicht vermissen.«

Eve warf mir einen vielsagenden Blick zu. »Aber ich vielleicht.«

»Du würdest über ihn hinwegkommen.«

»Bin ich denn je über ihn hinweggekommen?«, konterte sie.

Ich seufzte. »Nein. Und dafür gebe ich mir als deine Freundin die Schuld.«

Eve nickte. »Natürlich. Es ist ganz sicher deine Schuld, nicht wahr?«

Sie meinte ihre Worte nicht ernst, was ich an dem Funkeln in ihren Augen sehen konnte, aber ich stimmte ihr mit einem feierlichen Nicken zu. Dann mussten wir lachen und Gleason verdrehte die Augen. Remy hingegen war fasziniert von dem Anblick, den wir beide boten, als hätte er noch nie gesehen, wie sich zwei Mädchen miteinander unterhielten.

Vielleicht hatte er auch noch nie zuvor Eve in einem derart entspannten Zustand erlebt.

Sie war ein Furcht einflößender gefallener Engel. Aber mir machte sie keine Angst. Es sei denn, sie hatte eine Klinge, die sie glücklicherweise im Moment irgendwo verstaut hatte.

»Du weißt doch, dass ich alles über Zeb und Zane wissen will, nicht wahr?«, fragte sie, als sie sich zu Gleason gesellte, um ihn bei der Zubereitung der Getränke zu beaufsichtigen. »Raus mit der Sprache, Gwen.«

»Da gibt es nicht viel zu erzählen«, versicherte ich ihr.

Aber ich würde ihr eine kurze Zusammenfassung geben.

Und diese beinhaltete im Grunde nur einige Einzelheiten über einen Kuss von Zeb hier und da.

Und vielleicht würde ich ihr auch davon erzählen, dass meine Anziehungskraft zu Zane langsam zu schwinden begann.

Dann würde ich von ihr wissen wollen, was mit Xai passiert ist.

Danach würde ich entscheiden, ob ich ihn am Leben lassen würde oder nicht.

Natürlich war ich nicht wirklich imstande, ihn zu töten. Aber ein Sukkubus durfte noch träumen.

ZEBULON

»Ihr habt nach mir gerufen, mein Herr?« Zanes Stimme hallte durch mein Schlafgemach. Der Inkubus beherrschte die Kunst, ihr einen sinnlichen Unterton zu verleihen.

Tax hatte am Tatort zu viele Auren gefunden, um wirklich hilfreich zu sein. Angesichts des Fundortes der Leiche hatte ich damit gerechnet. Daher hatte ich kurz darauf Zane einberufen, weil ich gewusst hatte, dass ich sowohl seine Hilfe als auch ein Ventil für meine Frustration brauchen würde.

Ich zog mein Hemd aus, bevor ich aus dem begehbaren Kleiderschrank trat. Zane kniete neben der geschlossenen Tür und hatte sein dunkelhaariges Haupt in der gebotenen Ehrfurcht gesenkt. »Wie oft muss ich dich noch daran erinnern, dass diese Formalitäten im Schlafzimmer nicht nötig sind?«, fragte ich mit einem Seufzer, der die meisten Wesen zusammenzucken lassen würde.

Doch nicht den verspielten Mann, der vor mir auf dem Boden kniete.

»Mindestens noch hundertmal«, antwortete er und

blickte durch dichte schwarze Haarsträhnen zu mir auf. Seine eisblauen Augen funkelten erwartungsvoll. »Ihr wisst doch, dass ich es genieße, vor Euch zu knien, mein Herr.«

Ich verzog die Lippen zu einem Lächeln, als ich die Verheißung in seinen Worten hörte. »Ja, das weiß ich. Aber eigentlich wollte ich mich zuerst mit dir unterhalten.« Und danach ein bisschen mit ihm spielen. Er war zu einem meiner bevorzugten Liebhaber geworden.

Wenn man es genau nahm, war er mein einziger Liebhaber.

Alle anderen hatte ich in den letzten zwei Jahrzehnten abgewiesen, vor allem weil keiner von ihnen dem Wesen entsprach, das ich wirklich begehrte.

Guinevere.

Meine Sehnsucht nach ihr war derart überwältigend, dass sie schon fast bedrohlich war. Und genau deshalb würde ich sie nicht haben können. Denn die Dunkelheit in meinem Inneren war imstande, selbst das reinste Herz zu manipulieren. Und dieser Dunkelheit war es zu verdanken, dass ich meine letzte Gefährtin getötet hatte, und ich weigerte mich, Guinevere ein ähnliches Schicksal anheimfallen zu lassen.

Also gab ich ihr, was ich konnte.

Und nahm mir von anderen, was ich brauchte.

Allerdings stand mir dafür nur noch Zane zur Verfügung, denn keiner sonst konnte meinen Ansprüchen gerecht werden. Nicht einmal andere Sukkuben und Inkuben.

Es war geradezu lächerlich.

Während meines siebenjährigen Aufenthalts in der Hölle hatte ich vorgehabt, einige potenzielle Liebhaber zu finden, doch keiner der Kandidaten hatte mich zufriedenstellen können.

Denn keiner von ihnen war Guinevere.

»Ihr seid beunruhigt, mein Herr«, sagte Zane und richtete sich anmutig auf. Mit nackten Füßen schritt er fast lautlos über den Teppich, als er sich mir in der von mir bevorzugten Aufmachung näherte.

Bis auf eine Jeans war er nackt.

Und ich stand nur mit einer Anzughose bekleidet vor ihm.

Ich hatte mich eigentlich mit ihm unterhalten wollen, doch dank meines letzten Aufenthalts in der Unterwelt hatte sich in mir einiges an Frust aufgestaut, den ich loswerden musste.

Sieben Jahre ohne Sex waren eine lange Zeit für einen Dämonischen Lord.

Aus diesem Grund hatte ich Guinevere heute Abend nichts von meiner Energie zuteilwerden lassen. Denn hätte ich sie geküsst, wäre es nicht bei einem Kuss geblieben. Ich hatte ohnehin Schwierigkeiten gehabt, mich zu beherrschen und sie nicht zu berühren, um ihr in irgendeiner Form Trost zu spenden.

Zane strich mir mit den Fingerknöcheln über den Kiefer. Seine Vertrautheit mit meinem Körper zeigte sich in dem Mangel an Angst, den er ausstrahlte. Er trat näher, um seine Lippen auf die meinen zu pressen. Er war fast genauso groß und ähnlich gebaut wie ich, wodurch wir wie geschaffen füreinander waren.

Mein Körper erwachte unter seiner Berührung zum Leben, während meine Begierde an die Oberfläche kam und danach verlangte, ihn zu nehmen … zu nehmen … und zu nehmen.

Ich schlang eine Hand um seinen Nacken und vertiefte den Kuss, indem ich mit einem Streich meiner Zunge die Kontrolle übernahm, woraufhin dem Inkubus ein Stöhnen entfuhr.

Es gab keine Frage, wer wen dominierte.

Ich war sein König.

Er war mein Prinz.

Und er würde sich verbeugen, vor mir kriechen und mich anbetteln, wenn ich es wünschte.

Hm, aber im Moment wollte ich einfach nur fühlen und mich daran erinnern, dass ich am Leben war. Ich wollte in dieser sterblichen Dimension existieren und mich den fleischlichen Genüssen hingeben, statt die Glut der Hölle auf meinem Rücken zu spüren und die Schreie zu hören, die von den Obsidianwänden in Ashmedais Kerker widerhallten.

Genau dort würde Guinevere enden, wenn er von den Leichen erfuhr.

Er würde sie vor Gericht stellen und sie dann einer Reformation unterziehen.

Zane erschauderte, als ich meine Zähne über seine Unterlippe streifen ließ. Die ganze Situation hatte mich derart aufgewühlt, dass meine innere Unruhe meine ansonsten so ruhige Fassade bröckeln ließ. Ich weigerte mich, Guinevere einem solchen Schicksal auszusetzen. Es spielte keine Rolle, dass ich sie nicht haben konnte. Ich musste sie dennoch beschützen.

»Ich brauche deine Hilfe mit Guinevere«, sagte ich mit gedämpfter Stimme.

»Ich helfe Guinevere schon seit Jahren«, erinnerte er mich und packte beherzt meine Hüfte. »Sie ist eine gute Schülerin, nur noch ein bisschen jung.«

»Sie hat schon ein paar Tausend Höllenjahre hinter sich.«

»Aber nicht einmal hundert Erdenjahre«, entgegnete er. »Sie lernt und bessert sich zwar langsamer als die meisten anderen, doch sie will es unbedingt richtig machen, mein Herr.«

»Ja, ich bin mir ihres Eifers bewusst.« Jedes Mal wenn

ich sie sah, konnte ich es förmlich in ihrer Aura schmecken. Es war süchtig machend, verlockend und vernichtend. Denn eines Tages würde ich ihre Gefügigkeit ausnutzen und sie töten. So wie ich Amarella getötet hatte.

Ich festigte meinen Griff um Zanes Nacken und er zuckte zusammen. »Du wirst heute Abend Gewalt sprechen lassen.«

»Das werde ich.«

»Ich werde es ertragen.«

»Ich weiß.« Ich küsste ihn wieder und ließ ihn die in mir anschwellende Brutalität spüren und das unbändige Bedürfnis, ihr zur Freiheit zu verhelfen. Als Inkubus nährte er sich von meiner wachsenden Macht und nahm sie in sich auf, wobei seine blasse Haut im schummrigen Licht des Zimmers fast glühte.

Sie leuchtete nicht einfach nur, sondern erstrahlte auf ätherische Art und Weise. Ein Sterblicher würde nur sehen, wie die Härchen auf seinen Armen tanzten, doch als Dämonischer Lord nahm ich die Energie wahr, die seine Aura liebkoste.

Es war ein Aphrodisiakum und eine Verheißung seiner Fähigkeit, meinen Ansprüchen gerecht zu werden. Er war viel älter als Guinevere und seine Seele hatte Tausende von Jahren in der Hölle überlebt, bevor er sich schließlich zum Spielen ins Reich der Sterblichen begeben hatte. Er war ein ehemaliger Dekan an der Universität der Unterwelt, wobei er sich auf die Leitung und Gestaltung der Sukkubus- und Inkubus-Programme spezialisiert hatte. Leider war er es irgendwann müde geworden, die Lektionen gebetsmühlenartig zu wiederholen, und hatte auf der Erde eine neue Herausforderung gesucht. Ich hatte ihn in Nordamerika mit offenen Armen empfangen.

Und kurz darauf hatte ich ihn in mein Bett eingeladen.

Dort ist er nun seit fast hundert Erdenjahren.

Ich nahm an, dass ihn das zu einer Art Gefährten machte, aber ich war ihm gegenüber nicht besitzergreifend. Ich gestattete ihm, sich nach Belieben mit anderen zu vergnügen, selbst mit meinen dargarianischen Wächtern. Guinevere gegenüber würde ich nicht so freigiebig sein. Falls sie tatsächlich einmal mir gehören sollte, würde ich sie mit niemandem teilen.

Außer vielleicht mit Zane.

Gelegentlich.

Falls er eine Kostprobe wollte.

Und ich wusste, dass er sie wollte. Zum Teil frustrierte ihn mein geliebter Sukkubus deshalb so sehr. Sie war bekanntlich in ihn verliebt, doch ich hatte ihm verboten, dahingehend etwas zu unternehmen. Zugegebenermaßen konnte er wohl doch nicht nach Belieben mit anderen spielen … nun, mit allen, außer mit ihr.

Es sei denn, ich konnte als Zuschauer dabei sein.

Das hatte ich in letzter Zeit immer öfter in Betracht gezogen. Vielleicht würde es ausreichen, um mein wachsendes Bedürfnis nach dem Mädchen zu stillen.

»Du denkst zu viel«, sagte Zane und ließ die Zähne über meinen Kiefer gleiten, wobei er sich einen Weg zu meinem Ohr bahnte. »Fick mich, mein Herr. Danach wirst du dich gleich viel besser fühlen.«

»Wirklich?«, fragte ich, wobei sich meine Stimme verfinsterte. »Oder werde ich damit noch mehr aufgestaute Lust freisetzen?« Es war eine rhetorische Frage, die Zane mit einem dunklen, nachdenklichen Brummen beantwortete.

»Hm, ich kann Guinevere an dir riechen«, flüsterte er, während er mit der Nase über meinen Hals strich. »Sie hat dich ziemlich aufgewühlt. Hast du Lust auf ein Rollenspiel? Soll ich so tun, als wäre ich sie?«

Das hatte er mir schon häufiger angeboten.

Ich hatte jedes Mal abgelehnt. Genauso wie ich es jetzt mit einem Kopfschütteln verneinte.

»Wie kann ich dir helfen, mein Herr?«, fragte er, während er mit den Lippen auf verführerische Weise meine Schulter liebkoste und ich nur wollte, dass er damit tiefer wanderte. »Abgesehen vom Offensichtlichen. Sag mir, was du begehrst, damit ich es dir buchstäblich geben kann.«

»Geh auf die Knie.« Ich übte Druck auf seinen Nacken aus, um ihm zu verstehen zu geben, dass es keine Bitte, sondern eine Forderung war. Doch ich musste ihn nicht dazu zwingen, denn er ging bereits in die Knie, noch bevor ich den Satz beendet hatte.

Er presste einen Kuss auf meinen Unterleib und begann, meinen Gürtel zu öffnen. Wie erwartet hatte er meine Aufforderung genau richtig verstanden.

»Zwei Menschen sind tot«, sagte ich und verwob die Finger in seinem dichten Haar. »Beide tragen das Mal von Guinevere.«

»Interessant«, sagte er und öffnete den Knopf meiner schwarzen Anzughose. »Waren sie ehemalige Bettgefährten?«

»Ja.« Ich begegnete seinem Blick, als er meinen Reißverschluss herunterzog. »Die Leichen wurden öffentlich zur Schau gestellt. Jemand wollte sichergehen, dass sie gefunden wurden.«

Er runzelte die Stirn, doch er hielt nicht inne und zog mich weiter aus. »Sie weiß es besser, als eine Leiche einfach so herumliegen zu lassen.« Er zerrte den Stoff von meinen Hüften und entblößte meine schwarzen Boxershorts. »Außerdem hat sie die Toten nicht gemeldet.«

»Weil sie noch gelebt haben, nachdem sie sich von ihnen genährt hatte.«

»Ich verstehe.« Er ließ meine Hose los und hakte den

Daumen in meine Shorts. »Sie hat keinen Grund zu lügen, abgesehen von einer möglichen Bestrafung. Aber ich bezweifle, dass selbst eine drohende Strafe sie davon abhalten würde, die Wahrheit zu sagen. Sie ist einfach zu ehrlich.«

»Ja«, stimmte ich zu und festigte meinen Griff in seinem Haar, als er meinem Schwanz zur Freiheit verhalf. Der seidige Stoff meiner Boxershorts glitt an meinen Schenkeln hinunter, wobei meine Hoden sich erwartungsvoll anspannten.

Verdammt, ich brauchte es. Ich brauchte *ihn*.

Nein, ich brauchte Guinevere.

Oder vielleicht beide.

»Du hast erwähnt, dass du meine Hilfe brauchst«, sagte Zane, dessen heißer Atem meinen Schaft umhüllte, als er mich an den Zweck seines Besuchs erinnerte. »Wie soll ich unsere junge Guinevere anleiten?«

»Ich möchte, dass du dabei bist, wenn sie sich nährt.« Ich schluckte, als er seine Zunge über meine Eichel gleiten ließ. »Nur bis ich herausgefunden habe, woran die beiden Männer wirklich gestorben sind.«

»Mm«, brummte er zustimmend, während er mich tiefer in seinen Mund aufnahm. Seine silberblauen Iriden funkelten sündig, als er mir in die Augen starrte. Seine inkubische Seele nährte sich gierig von der Lust, die meine Aura durchzog.

Aus diesem Grund funktionierte unsere Beziehung so gut.

Ich nahm mir von ihm, was ich wollte.

Und entlohnte ihn mit meiner Stärke und Lebenskraft.

Wir konnten uns stundenlang in der seidigen, schwarzen Bettwäsche meines Bettes verlieren, ohne je müde zu werden, während er jeden meiner Stöße mit einer Begierde aufnahm, die seinem momentanen Verlangen in nichts nachstand. Unendliche Lust. Ein Strudel der Ekstase. Alles zu meinem Vergnügen.

Doch Guinevere ging mir nicht aus dem Kopf.

Ich sah sie förmlich vor mir, wie ihr weiches schwarzes Haar über mein Kopfkissen fiel und sie mit ihren fülligen Lippen um meinen Mund, meine Zähne, meinen *Schwanz* bettelte.

Verdammt, ich wollte sie.

Ich stellte mir ihre Verbeugung von vorhin vor, als sie vor mir anmutig auf die Knie gefallen war und mich mit einer Ehrfurcht begrüßte, die meiner Stellung würdig war.

Genauso wie Zane.

Nur hatte er mich damit reizen wollen.

Ihre Unterwerfung war kein Spiel gewesen. Sie würde alles tun, was ich von ihr verlangte, und würde wie Zane jetzt jeden Zentimeter meines Schafts schlucken, während ihre himmelblauen Augen vor Befriedigung funkeln würden.

Ich stöhnte bei dem Gedanken, während ich ihr Gesicht vor meinem geistigen Auge sah.

Es war ungesund und falsch, derart von ihr besessen zu sein.

Sie verließ sich darauf, dass ich sie beschützen würde, was ich auch tat, aber nur, weil ich sie unbedingt ficken wollte. Ich wollte sie für mich beanspruchen und sie als mein Eigentum *brandmarken*.

Bei Amarella war es so einfach gewesen. Ich hatte sie mir genommen, ohne einen einzigen Gedanken an ihren Verstand oder ihre Zukunft zu verschwenden. Sie war ein Sukkubus gewesen und ihr Leben war von Lust bestimmt gewesen, genauso wie das von Guinevere. Doch damals war ich naiv gewesen und hatte nicht geahnt, wie mein Vertrauen enttäuscht und in unsagbaren Verrat verwandelt werden konnte.

In Guineveres Fall würde ich das nicht riskieren.

Ich konnte es nicht tun.

Zane stieß einen knurrenden Laut aus, der meine empfindsame Haut zum Vibrieren brachte und mich wieder in die Gegenwart zurückholte, indem er mich daran erinnerte, wer mir gerade den Schwanz lutschte. Das Blau seiner Iriden hatte einen silbrigen Schimmer angenommen, der ihm ein bedrohliches Flair verlieh. Dämonen fürchteten Silber von Natur aus, denn es war für uns tödlich. Doch das flüssige Metall in seinem Blick faszinierte mich nur noch mehr, besonders jetzt, da sich seine Pupillen voller Begierde weiteten.

Er wollte, dass ich zum Höhepunkt kam.

Und er wollte, dass ich mir bewusst war, wer mich über den Abgrund der Ekstase stieß.

»So viel zum Thema Rollenspiel«, murmelte ich und stieß meinen Schwanz tief in seine Kehle, wobei ich den Rhythmus vorgab, den er begehrte.

Hart.

Brutal.

Strafend.

Denn er hatte mich aus meinen Gedanken gerissen, was das Gegenteil von dem war, was ich wollte. Und doch war uns beiden klar, dass es genau das war, was ich *brauchte*.

Wunsch und Bedürfnis waren oft nicht dasselbe, das wusste ich besser als die meisten.

»Du wirst gleich ertrinken«, warnte ich ihn, während ich dem Höhepunkt immer näher kam. »Sieben Jahre, Zane. Sieben verdammte Jahre.«

Seine Nasenflügel bebten, was ich als ein Zeichen deutete, dass er bereit war.

Doch das war er nicht. Niemand hätte sich auf das Feuer vorbereiten können, das in mir loderte. In mir rumorte eine Kraft, die nach außen drängte, und ein unbändiges Brennen, das ein Loch in meine verdammte Seele riss.

Ich festigte meinen Griff um sein Haar und zwang ihn, alles zu schlucken und in sich aufzunehmen, was ich ihm zu geben hatte, selbst wenn er dadurch ohnmächtig werden würde.

Ich würde ihn wiederbeleben.

Dann würde ich es wieder tun.

Und er würde mir die ganze verdammte Zeit über dafür dankbar sein, weil er ein Masochist war, der den Schmerz als lustvoll empfand.

Auf diese Weise hielten wir uns die Waage. Er gab mir genau das, was ich brauchte, um nicht den Verstand zu verlieren, und half mir, mich von Guinevere fernzuhalten.

Und in unserem Verlangen hatten wir eine Bindung zueinander aufgebaut, denn er ich war nicht der Einzige, der eine Kostprobe von dem süßen kleinen Sukkubus wollte.

Seine Kehle bewegte sich und er krallte sich in meine Hüften, während er darum kämpfte, jeden Tropfen von meinem pulsierenden Schwanz aufzunehmen. Es begann in meinem Unterleib. Es drängte mit der Kraft eines Orkans nach außen und drohte, mein Anwesen bis auf den Grund abzubrennen. *Buchstäblich.*

Ich konnte es gerade noch bändigen, indem ich die Kraft kontrollierte, die meine Seele zerriss und in die Welt der Sterblichen drängte. Es schmerzte, die Energie wütete in meinem Inneren und wurde mit jedem Stoß meiner Hüften gegen Zanes geöffneten Mund aufs Neue durchgerüttelt.

Er saugte und schluckte und saugte noch mehr. Die Empfindung trieb mich zu einem weiteren Höhepunkt, der Wellen von qualvollem Vergnügen durch mein ganzes Wesen strömen ließ.

Verdammt.

Sieben Jahre ohne seinen Mund waren die reinste Folter gewesen. Und als ich ihn jetzt spürte … erkannte ich, dass ich ihn auf meine ganz eigene Art und Weise auch vermisst hatte. Nicht nur wegen seiner Fähigkeit, mir Befreiung und Erleichterung zu verschaffen, sondern auch wegen der Kameradschaft, die wir während des letzten Jahrhunderts zueinander aufgebaut hatten, und seiner unfehlbaren Fähigkeit, mich auch ohne Worte zu verstehen.

Ich löste mich von ihm, als auch das letzte Beben meiner Lust verebbte. Seine Lippen waren geschwollen, nachdem ich sie derart heftig missbraucht hatte.

Doch seine Augen funkelten vor Vergnügen und Stolz.

Im nächsten Moment entledigte er sich seiner Jeans, erhob sich und neigte den Kopf zur Seite, um mir zu signalisieren, dass er zu mehr bereit war. Ich umfasste seinen harten Schwanz und streichelte ihn kraftvoll. »Ich will, dass du ein Auge auf sie hast, Zane.«

»Natürlich, mein Herr«, stimmte er zu. Seine Stimme war tief und sinnlich und schien ganz und gar durch die harten Stöße in seine Kehle beeinträchtigt worden zu sein.

Genau aus diesem Grund mochte ich seinesgleichen. Sie liebten Sex, egal wie brutal oder leidenschaftlich er war.

Mit Guinevere würde es nicht anders sein.

Verdammt, sie würde mich wahrscheinlich anflehen, ein drittes Mal zu kommen, bevor sie wieder aufstand. Oder sie hätte einfach ihre Beine gespreizt und mich damit unverhohlen aufgefordert, sie zu ficken.

»Du solltest sie zum Spielen einladen«, murmelte Zane. »Sie wird nicht zerbrechen.«

»Ich dachte, sie wäre zu jung?«, entgegnete ich.

»Sie ist in der Tat jung.« Er packte meinen Arm, als ich

Druck auf den Ansatz seines Schafts ausübte. »Das bedeutete aber nicht, dass ich nicht mit ihr spielen will.«

»Hat sie dir nicht gestanden, dass sie dich liebt?« Es fiel mir schwer, diese Frage auszusprechen, denn ich erinnerte mich noch sehr genau an jenen Tag. Zane hatte sie auf grausame Weise abgewiesen, nicht weil er es wirklich ernst gemeint hatte, sondern weil er wusste, dass ich es niemals zulassen würde.

Dämonen waren besitzergreifend.

Und Guinevere gehörte mir.

Sie konnte jeden Menschen ficken, den sie begehrte. Aber ohne meine Erlaubnis waren andere Dämonen für sie tabu.

»Ein Zeichen ihrer Naivität«, sagte Zane, wobei er die Worte mit einem Keuchen ausstieß, als ich meinen Griff um seinen Schwanz drehte. »Sie glaubt, dass sie mich liebt, weil ich so freundlich war, sie zu unterrichten. Doch sie hat noch nicht lange genug gelebt, um es mit Sicherheit zu wissen. Die meisten Dämonen würden diese Schwäche ausnutzen, doch ich habe beschlossen, es nicht zu tun.«

»Und dafür habe ich dich mehr als belohnt«, erinnerte ich ihn. »Aber sie ist kein Kind, Zane.«

»Nein, das ist sie nicht«, stimmte er zu, obwohl er genau das an jenem Tag zu ihr gesagt hatte. Er war absichtlich grausam gewesen, das wusste ich, weil er es mir gegenüber zugegeben hatte. Er hatte nicht riskieren wollen, ihr Hoffnung auf etwas zu machen, das sich seiner Kontrolle entzog.

Sie gehört Euch, mein Herr, hatte er gesagt. *Das respektiere ich.*

Und er hatte seine Worte ernst gemeint.

Wahrscheinlich war ich ein Arschloch, weil ich den beiden ihren Spaß verweigerte, aber was für eine Art von

Beziehung konnte ein Sukkubus schon mit einem Inkubus haben? Sie konnten sich nicht voneinander nähren.

Aber sie konnten sich von mir nähren.

Gemeinsam.

Dieser Gedanke ging mir häufiger durch den Kopf, als mir lieb war.

Mit einem Kopfschütteln presste ich meine Lippen auf Zanes Mund und brachte ihn mit meiner Hand zum Höhepunkt. Wir mussten diese Vorrunde hinter uns bringen, damit wir uns wirklich unseren Begierden hingeben konnten.

Er hatte sich bereit erklärt, mir mit Guinevere behilflich zu sein.

Es gab nichts weiter zu besprechen.

Vorerst.

Er schien derselben Meinung zu sein, denn er kam in meiner Hand zum Höhepunkt, woraufhin sein heißes Sperma gegen meinen Unterleib spritzte. Sobald er fertig war, würde er ihn von meinem Unterleib lecken und dann würde ich ihn auf jede erdenkliche Weise ficken, während ich die dunklen Gestalten meines Geistes bekämpfte.

Sieben Jahre in der Hölle waren eine lange Zeit.

Sieben Jahre, in denen ich den Qualen meiner einzigen Nachkommin beigewohnt hatte.

Sieben Jahre, in denen ich mir bewusst gewesen war, dass ich meinen Erzdämon enttäuscht hatte.

Er würde mir für Tausende von Jahren nicht vergeben und diese Strafe hatte ich mehr als verdient. Ich hätte besser auf Kalida aufpassen sollen, besonders nach allem, was ihre Mutter mir angetan hatte. Schließlich war sie Amarellas Tochter.

Ich stieß Zane förmlich aufs Bett, während sein Sperma über meine Bauchmuskeln auf meinen Schwanz tropfte. Er passte sich meinen Bewegungen an, denn er kannte sowohl meine Wünsche und Bedürfnisse als auch meine dunkleren Begierden. Seine Augen funkelten erwartungsvoll, als er sich mit der Zunge über die vollen Lippen leckte und seine Muskeln als Zurschaustellung seiner sündhaften Fähigkeiten anspannte.

Alle Inkuben waren atemberaubend.

Doch Zane schien diese Eigenschaft auf eine ganz neue Ebene zu heben.

Ich konnte es Guinevere nicht verübeln, dass sie diesen Mann liebte. Ihr sukkubisches Wesen würde ihn als begehrenswerten Partner ansehen, obwohl sie nicht kompatibel waren.

Ich legte mich auf ihn und küsste ihn, wobei ich meine Leiste in einer intimen, verheißungsvollen Liebkosung gegen die seine presste. »Es wird Stunden dauern, vielleicht sogar einen ganzen Tag«, warnte ich ihn.

»Gut.« Er schlang eine Hand um meinen Nacken. »Ich bin bereit, mein Herr.«

»Ich weiß.« Ich ergriff wieder von seinem Mund Besitz, denn es gab nichts weiter zu sagen.

Guinevere war in guten Händen.

In Zanes Händen.

ZANE

In den Tausenden von Jahren meiner Existenz hatte ich noch nie eine Schülerin wie Guinevere getroffen. Sie verfügte über eine unschuldige Ausstrahlung, die nicht zu ihrem wahren Wesen passte. Die meisten Sukkuben waren auf tödliche Weise verführerisch, doch sie bestach mit einem entwaffnenden Charme.

Das bewies sie jetzt, als sie sich auf die nackten Zehenspitzen stellte, um etwas aus ihrem Schrank zu holen, der viel zu hoch für sie war.

Ich lehnte mich gegen den Türrahmen und bewunderte den Anblick ihrer entblößten Beine in diesem sündhaft kurzen Jeansrock. Dazu trug sie ein rotes Neckholder-Oberteil, das ich ihr mit einem Handgriff ausziehen könnte.

Mein Schwanz erwachte mit einem Zucken zum Leben. Nicht einmal die zwölf Stunden, die ich mit Lord Zebulon im Bett verbracht hatte, konnten daran etwas ändern. Das gehörte zu den Vorzügen eines Inkubus – ich war imstande, den ganzen Tag lang zu ficken, und zwar jeden Tag.

Genau wie Guinevere.

Sie hatte meine Anwesenheit noch nicht bemerkt, da sie sich auf den Nachtisch konzentrierte, den sie gerade in ihrer Küche zubereitete. Wenn sie nicht gewollt hätte, dass sich ein Dämon an sie heranschlich, dann hätte sie besser ihre Haustür abgeschlossen.

Vielleicht hätte ich auch anklopfen sollen.

Doch das war irrelevant, da ich bereits in ihrer Küche stand und lässig an ihrer Tür lehnte. Ich hatte gewartet, bis Evangeline und Xai mit Gleason gegangen waren. Wahrscheinlich hatten sie sich um die Angelegenheiten der Nephilim zu kümmern, denn ich hatte Gerüchte gehört, dass Evangeline nun ihre Ausbildung übernehmen würde. Der Himmel möge ihnen allen helfen – was er buchstäblich zu tun schien.

Guinevere stellte eine Kuchenform auf der Anrichte ab und summte eine verführerische Melodie vor sich hin, während sie mit einem Löffel die köstliche Masse in ihrer Rührschüssel vermengte. Ein zarter Hauch von Zimt und braunem Zucker lag in der Luft und ließ mich vermuten, dass sie gerade einen Kaffeekuchen zubereitete. Sie war schon immer eine Naschkatze gewesen. Jedes Mal wenn ich sie ansah, wurde ich ebenfalls zu einer.

Doch das verbarg ich hinter einer Maske der Gleichgültigkeit und räusperte mich gerade in dem Moment, als sie begann, die Mischung in die Backform zu geben. Ich war wirklich ein Arsch.

Sie stieß einen Schrei aus und hätte fast die Schüssel fallen lassen, wobei sie mich mit ihren umwerfenden himmelblauen Augen anblitzte. »Zane!« Ihre Stimme klang sowohl vorwurfsvoll als auch überrascht, was ich ohne Zweifel verdient hatte.

»Guinevere«, erwiderte ich ausdruckslos. »Frisst du etwa deine Gefühle buchstäblich in dich hinein?«

Sie bedachte mich mit einem finsteren Blick und warf ihr langes, dunkles Haar über die Schulter, bevor sie sich wieder umdrehte und den Teig in die Form goss.

Ich unterdrückte ein Grinsen, als ich ihr entzückendes Schnauben hörte. Es bereitete mir immer so viel Freude, sie zu ärgern. Ich wünschte nur, ich könnte im Nachhinein etwas tun, um sie wieder zu besänftigen. Doch Regeln waren nun einmal Regeln.

»Lord Zebulon hat mich geschickt, um dir zu helfen, wenn du dich nährst«, sagte ich und sprach das Offensichtliche aus, denn sie schien überhaupt nicht an belanglosem Small Talk interessiert zu sein. Doch das konnte ich ihr kaum verübeln, denn ich war nicht gerade nett zu ihr.

»Natürlich hat er das«, murmelte sie. »Ich habe ihm versprochen, ich würde dich anrufen, wenn ich mich nähren muss. Doch das ist heute nicht der Fall.«

»Weil du deine letzten Bettgefährten getötet hast?«, fragte ich, um sie absichtlich aufzustacheln. Ich konnte nichts dagegen tun, genauso wenig wie sie gegen die Röte ankämpfen konnte, die ihr nun in die Wangen stieg.

»Ich habe sie nicht umgebracht«, sagte sie zwischen zusammengebissenen Zähnen.

»Die Tatorte bekunden aber etwas anderes«, gab ich zu bedenken.

Guinevere stieß daraufhin ein Knurren aus, das mir direkt in die Lenden fuhr. Würde sie diesen köstlichen Laut auch von sich geben, wenn ich sie von hinten fickte? Oder würde sie vielleicht um meinen Schwanz knurren, während ich tief in ihre Kehle eindrang? Hm, diese beiden Fantasien würde ich vielleicht zu einem späteren Zeitpunkt noch ausleben können.

»Ich habe all meine Fehltritte gemeldet«, sagte sie, während sie den Rest des Kuchenteigs verteilte.

»Bis auf die letzten beiden.« Ich sollte wirklich aufhören, sie zu drängen, aber ich war heute in der Laune für einen verbalen Schlagabtausch und Guinevere beherrschte dieses Spiel besser als jeder andere.

Sie wirbelte herum, um mich anzusehen, wobei ihre Iriden wie zwei hellblaue Feuerbälle loderten. »Weil ich sie nicht getötet habe«, wiederholte sie. »Mir ist klar, dass ich ein Problem mit meiner Selbstkontrolle habe. Aber ich bin weder *naiv* noch bin ich ein *Kind*. Ich weiß, wie ich einen versehentlichen Mord verbergen kann. Und ich habe alle von ihnen gemeldet, also warum zum Teufel sollte sich jetzt etwas daran ändern?«

Ich zog die Augenbrauen in die Höhe. »Das war eine ziemlich hitzige Antwort.« Und ganz und gar nicht das, was ich erwartet hatte. »Was ist denn mit meinem kleinen fügsamen Sukkubus passiert?« Die Frau, die vor mir stand, war voller Selbstvertrauen und Wut, und diese Entwicklung gefiel mir ausgesprochen gut.

»Sie ist erwachsen geworden«, schnaubte Guinevere in einem für sie untypischen Anflug von aufrichtigem Zorn. Für gewöhnlich verärgerte oder verletzte ich sie mit meinen Sticheleien nur, wobei letztere eine Reaktion war, die ich nur ungern an ihr sah. Ich wusste, was sie für mich empfand. Und genau deshalb habe ich sie immer wieder von mir gestoßen. Eine Beziehung zwischen uns war unmöglich.

»Guinevere …«

»Hör auf damit«, unterbrach sie mich. »Ich will keine Belehrung von dir hören. Ich will auch nicht, dass du mir anbietest, mich zu überwachen, wenn ich mich nähre. Im Moment will ich einfach nur in Frieden meinen Kaffeekuchen genießen und nicht darüber nachdenken, dass ich im Grunde genommen für etwas beaufsichtigt werde, was ich gar nicht getan habe.«

»Nun, um fair zu sein, ist es nicht das erste Mal, dass du einen Babysitter brauchst.« Ich wollte eigentlich nur einen Scherz machen, um die Situation ein wenig aufzulockern, aber ihr Gesichtsausdruck verriet mir, dass sie es nicht als solchen aufgefasst hatte.

Denn wenn Blicke töten könnten, wäre ich ein toter Mann. »Verschwinde«, forderte sie.

»Das kann ich nicht tun.« Ich warf einen Blick über ihre Schulter. »Außerdem will ich jetzt ein Stück davon haben.« *Und von dir*, wollte ich hinzufügen, hielt mich aber zurück.

»Das ist nicht für dich«, erwiderte sie.

»Ich weiß«, erwiderte ich, wobei ich mich auf sie bezog und nicht auf den Kuchen. »Doch das hält mich nicht davon ab, eine Kostprobe zu wollen, Süße.«

Ihre Wangen liefen dunkelrot an. »Und das soll wohl keine Anspielung sein.«

»Ich bin ein Inkubus, Guinevere. Anspielungen sind meine Spezialität.«

Sie dachte einen Moment darüber nach, woraufhin ihre Lippen gerade genug zuckten, um mir zu verraten, dass ich sie belustigt hatte. »Hm«, brummte sie nur und wandte sich dann wieder ihrem Kuchen zu, wobei sie ihr Haar noch einmal über ihre Schulter warf.

Ich bewunderte ihren Hintern, als sie sich bückte, um den Kuchen in den Ofen zu schieben. Er erinnerte mich an ein Herz. Kurvenreich, perfekt und wie geschaffen für Männerhände.

Sie warf einen Blick über ihre Schulter und sah mich wieder finster an. »Hör auf damit.«

»Womit denn?«

»Hör auf, mich mit Lust zu verhöhnen. Ich weiß, dass du mich nicht wirklich willst, Zane. Und du solltest nicht versuchen, meinen Appetit anzuregen, nur um mir etwas zu beweisen.«

Ja, möglicherweise hatte ich diese Ausrede in der Vergangenheit benutzt. Als ihr Mentor und wichtigster Ausbilder war es ein Leichtes für mich, zu lügen und zu behaupten, ich wolle nur ihr Temperament testen.

Ich beschloss, dass ein Themenwechsel angebracht war, daher räusperte ich mich und sagte: »Ich weiß, dass du diese Menschen nicht getötet hast, Guinevere.«

Sie richtete sich überrascht auf. »Wie bitte?«

»Ich weiß, dass du sie nicht getötet hast«, wiederholte ich.

»Warum hast du mich dann beschuldigt?«

Ich zuckte mit der Schulter. »Um dich zu testen.«

»Scheiße!« Sie knallte die Ofentür zu und stellte die Küchenuhr ein, bevor sie zum Barschrank in ihrer geräumigen Küche stapfte. Sie zog nur ein einziges Glas hervor und schenkte sich einen ordentlichen Schluck Rotwein ein. Dann trank sie einige beeindruckende Schlucke, bevor sie sich wieder zu mir umdrehte und sagte: »Du bist so ein Arschloch.«

Ich grinste. »Das stimmt.«

Statt mir zu antworten, verdrehte sie nur die Augen und trank weiter ihren Wein.

Bei jedem Schluck wanderte mein Blick zu ihrer Kehle, was meine Aufmerksamkeit natürlich tiefer zu ihren Brüsten und hinunter zwischen ihre Schenkel lenkte. Ihr Körper war wie geschaffen für Sex und es fiel mir schwer, ihn nicht zu bewundern. Allerdings wusste ich auch, dass sie ebenfalls Schwierigkeiten hatte, mich nicht zu bewundern. Auch ich war für einen guten Fick wie geschaffen und ich wusste genau, wie ich meine Vorzüge einsetzen musste.

Sie wich meinem Blick nicht aus, sondern musterte

mich ebenfalls unverhohlen. Doch statt zu erröten, bedachte sie mich mit einem gleichgültigen Blick, bevor sie sich Wein nachschenkte.

Das gefiel mir ganz und gar nicht.

Dieser Blick war dem, den ich ihr normalerweise zuwarf, viel zu ähnlich.

Mir behagte auch die Art und Weise nicht, mit der sie mich ignorierte, als sie begann, die Küche aufzuräumen, als würde ich nicht existieren.

Meine Kieferpartie begann zu zucken.

Guinevere hatte sich in den letzten Monaten immer mehr distanziert und nur noch angerufen, wenn sie einen Todesfall zu melden gehabt hatte. Ich hatte es der Tatsache zugeschrieben, dass sie sich gebessert hatte oder einen Weg suchte, um mir und ihrer Verliebtheit aus dem Weg zu gehen. Aber vielleicht hatte ich diese Distanz missverstanden. Vielleicht hatte sie endlich beschlossen, mich hinter sich zu lassen.

Ich war mir nicht sicher, ob mir dieser Gedanke behagte, auch wenn ich über zwei Jahrzehnte lang genau das beabsichtigt hatte.

Ich schüttelte den Kopf. Im Grunde brauchten wir genau diese Distanz zwischen uns. Ich konnte sie genauso gut wachsen lassen, denn eine andere Alternative gab es nicht. Lust verging und erstarb ohnehin irgendwann. Ich hatte versucht, ihr diese Tatsache näherzubringen, als ich ihre Liebesbekundungen zurückgewiesen hatte. Unseresgleichen hatte keinen Platz für langfristige Beziehungen oder intensive Gefühle. Wir ernährten uns lediglich, mehr nicht.

»Du hast recht«, sagte ich nach ein paar weiteren Minuten unangenehmen Schweigens. Ich war zwar ein Arschloch, aber ich wusste, wann ich mich bei einer Frau zu entschuldigen hatte. Offensichtlich hatte ich heute mit meiner Stichelei die Grenze überschritten, daher würde ich es jetzt wieder geradebiegen. »Es war unhöflich von mir, dich für etwas zu beschuldigen, von dem ich wusste, dass du es nicht getan hast. Du bist zu klug, um eine Leiche so offen auf dem Bürgersteig liegen zu lassen. Und du hast mir keinen Grund gegeben, etwas anderes anzunehmen.«

Sie war gerade dabei gewesen, die Anrichte abzuwischen, und hielt jetzt inne. Sie drückte den Rücken auf eine Weise durch, die mir verriet, dass ich einen Nerv getroffen hatte.

Fast hätte ich einen Seufzer ausgestoßen. Als ich beschlossen hatte, mich wie ein Arsch zu verhalten, hatte ich nicht damit gerechnet, dass mein Verhalten sie derart erzürnen würde. Immerhin ging es hier um Guinevere, die nur selten richtig wütend wurde. Und selbst wenn ich sie doch einmal in Rage gebracht hatte, gab sie normalerweise schnell nach und wir versöhnten uns wieder.

Offensichtlich würde das heute nicht der Fall sein.

Also legte ich mich noch etwas mehr ins Zeug, um sie dazu zu bringen, mit mir zu reden, statt mich zu ignorieren.

»Hör zu. Lord Zebulon hat mich gebeten, dir zu helfen, wenn du dich nährst. Deshalb bin ich hier, denn ich will mit dir einen Zeitplan erstellen, damit ich dir zur Verfügung stehen kann, wenn du mich brauchst.«

Guinevere wischte noch einmal über die Anrichte, obwohl ich selbst von der anderen Seite der Küche aus sehen konnte, dass die Oberfläche makellos glänzte. Der Lappen diente lediglich als Ablenkung, damit sie ihre Gedanken ordnen und ihrer Verärgerung Luft machen konnte. Die Anspannung in ihren Schultern sprach Bände über ihre Gefühle. Wahrscheinlich konnte sie nicht glauben, dass ich mich tatsächlich bei ihr entschuldigt hatte, wobei sie mich vermutlich verdächtigte, dies nicht ohne Hintergedanken getan zu haben. Und schließlich würde sie akzeptieren, dass ich ungeachtet meiner Absichten nirgendwohin gehen würde.

Während ich zwanzig Jahre lang ihr Mentor gewesen war, hatte ich einen beträchtlichen Eindruck in ihre Gedanken gewonnen. Manchmal fühlte es sich eher wie ein Fluch als ein Segen an.

Nachdem sie den Lappen über den Rand des Waschbeckens gelegt hatte, drehte Guinevere sich um, lehnte die Hüfte gegen die Anrichte und biss sich auf die Unterlippe. Die Geste lenkte meinen Blick sofort auf ihren Mund und ließen meinen Schwanz vor Erregung zucken. Ich stellte mir vor, wie sie mit den Zähnen über meine Haut fuhr, während sie ihre fülligen Lippen um meinen Schaft schlang und mich tief in ihrer Kehle aufnahm.

Verdammt.

Es kostete mich körperliche Anstrengung, mir meine Reaktion nicht anmerken zu lassen. Es war schlimm genug, dass sie die Lust wahrnehmen konnte, die von mir ausging. Ich war nicht imstande, etwas dagegen zu tun, doch ich konnte vorgeben, dass meine Reaktion nichts mit Guinevere zu tun hatte, sondern nur auf meine Eigenschaft als Inkubus zurückzuführen war.

Der süße Sukkubus stieß einen langen, tiefen Seufzer aus und blickte mich niedergeschlagen an. »Hättest du gern ein Glas Wein?«

Das war zwar keine direkte Antwort, aber immerhin schien sie mir damit entgegenkommen zu wollen. In ihrem Tonfall schwang eine gewisse Verletzlichkeit mit, was mir ein wenig zu sehr gefiel. Sie erinnerte mich an die alte Guinevere, was dazu beitrug, ein altbewährtes Gleichgewicht zwischen uns wiederherzustellen.

Ich wagte mich in die Küche vor. »Ich hatte mich schon gefragt, ob du deine Manieren vergessen hast.«

Sie bedachte mich mit einem feurigen Blick, der ihre atemberaubenden himmelblauen Iriden in dunkle Gewitterwolken verwandelte. »Ich kann das Angebot auch wieder zurückziehen, wenn du willst.«

»Und ich kann mir selbst ein Glas Wein einschenken«, entgegnete ich mit sanfter Stimme und durchquerte die Küche, um nach der Weinflasche auf der Anrichte zu greifen. Ich war zwar nicht durstig und hatte es nicht nötig, mich auf die von ihr bevorzugte Weise zu stärken, aber durch die Zurschaustellung meiner Dominanz untermauerte ich meine Autorität. Als ich den Schrank über mir öffnete, um ein Glas herauszunehmen – ich kannte mich in ihrer Küche gut aus –, fügte ich hinzu: »Wir sollten einen Ernährungsplan für dich ausarbeiten.«

»Als wäre ich ein Tier im Zoo«, murmelte Guinevere.

Ich schenkte mir Wein ein. »Ich könnte auf unbestimmte Zeit hierbleiben, wenn du das möchtest. Das könnte ziemlich unangenehm werden. Oder reizvoll, je nachdem, wie die Dinge laufen.«

Als ich mich mit meinem Glas in Händen wieder zu ihr umdrehte, lehnte Guinevere immer noch an der Anrichte. Sie betrachtete mich mit einem wütenden Gesichtsausdruck, der überaus liebenswert wirkte. Am liebsten wäre ich zu ihr geschlendert, hätte sie vornübergebeugt, ihren Rock hochgehoben und ihr diesen Ausdruck aus dem Gesicht gefickt, während ich weiterhin mein Weinglas in der Hand hielt.

Aber das würde ich nicht tun. Ich *konnte* es nicht tun.

Wir hatten alle unsere Verpflichtungen.

Schließlich nickte Guinevere. »Also schön. Ich muss mich noch nicht nähren, aber wahrscheinlich werde ich gegen Ende der Woche das Bedürfnis danach verspüren. Ich habe getan, was du gesagt hast, und immer nur ein bisschen getrunken. Das hat dazu geführt, dass ich mehrere Partner brauche, aber wenigstens sind sie danach noch am Leben.«

Ich nickte. »Gut. Es freut mich, dass die Lektionen nicht umsonst waren. Wie sieht es mit der Wahl deiner Eroberungen aus? Gibt es irgendwelche Probleme, die wir besprechen sollten?«

Sie drückte ihr Weinglas an die Brust, wobei sich ihr Oberteil über ihren Busen spannte. »Nein, keine Probleme. Ich habe herausgefunden, dass es einfacher ist, mir zu nehmen, was ich brauche, ohne sie zu verletzen, wenn ich weniger attraktive Partner wähle.«

In der Tat. Ich konnte ihr kaum widersprechen. Weniger attraktive Beute lässt sich viel leichter kontrollieren. Aber wenn ich mit Lord Zebulon zusammen war, verlor ich jede Kontrolle. Mein Dämonischer Lord brachte mein Blut in Wallung, aber er belohnte mich damit, indem er mich auf großzügige Weise ernährte und ich danach noch wochenlang gesättigt war.

Leider hielt mich seine Freigiebigkeit nicht davon ab, auf Guinevere zu reagieren.

Durch den dünnen Stoff ihres Oberteils zeichneten sich die Konturen ihrer harten Brustwarzen ab. Ich festigte den Griff um den Stiel meines Glases, doch das kühle Kristall konnte mein Verlangen danach nicht lindern, diese zarten kleinen Spitzen zu erforschen. Es war nur eine der vielen Begierden, die ich in ihrer Gegenwart unterdrücken musste.

»Wie zum Beispiel gestern Abend«, fuhr sie unbeirrt fort. Entweder sie hatte es wirklich nicht bemerkt oder sie tat nur so, als würde sie nicht sehen, wie ich ihre Brüste anstarrte. »Ich habe mir den langweiligsten Typen in der Kneipe ausgesucht. Trevor soundso. Er war ein Buchhalter. Und sterbenslangweilig. Aber der Sex war genug, um mich bei der Stange zu halten, weißt du?«

»Aber nicht für lange«, erwiderte ich. »Es hält nie lange an.«

Guinevere warf mir einen finsteren Blick zu, wirbelte herum und stellte ihr Glas auf der Anrichte ab, dann öffnete sie einen der Hängeschränke. »Weißt du was? Ich werde meinen Kaffeekuchen nicht mit dir teilen«, sagte sie, während sie ein Tablett aus einem unteren Regal holte.

Diesmal musste sie sich nicht auf die Zehenspitzen stellen. *Wie enttäuschend.*

»Ich habe dich damit nicht beleidigen wollen«, sagte ich. Guinevere schien zwar etwas unnachgiebiger geworden zu sein, aber sie war immer noch mein Schützling und ich wusste, dass sie sich nicht immer nahm, was sie brauchte, aus Angst, jemanden umzubringen. Selbst als sie das Tablett auf den Tresen neben dem Herd stellte und dann den Schalter betätigte, um den Ofen zu beleuchten, nahm ich einen schwachen Anflug von Hunger in ihrem Wesen wahr. Ein Hunger, der meinen eigenen entfachte.

Ein Hunger, der nichts mit Kaffeekuchen zu tun hatte.

»Wie auch immer«, murmelte sie. Das sagte sie jedes Mal, wenn sie frustriert war.

Ich betrachtete sie einen Moment lang. »Vielleicht sollten wir *tatsächlich* gehen und uns nähren«, begann ich und war bereit, ihr ein Angebot zu machen, welches ich besser nicht aussprechen sollte. Doch dann spürte ich eine vertraute Präsenz, die mich zum Schweigen brachte, bevor ich noch etwas sagen konnte.

Jahrzehnte in Lord Zebulons Bett hatten mir die Fähigkeit verliehen, ihn noch vor seinem Erscheinen wahrzunehmen. Guinevere spürte jedoch nichts und starrte mich mit fragendem Blick an, während sie darauf wartete, dass ich fortfuhr.

Dann umhüllte uns der Geruch von Rauch, bevor wir

die wunderbare, verheerende Macht spüren konnten, die Lord Zebulon wie eine Peitsche schwang.

»Das ist völlig ausgeschlossen«, verkündete er mit tiefer und ernster Stimme.

Du hast uns belauscht, neckte ich ihn nur.

Guinevere erbleichte und ließ das Kuchentablett fallen, als ihr Blick auf den Dämonischen Lord hinter mir fiel. Das Metalltablett prallte mit einem dumpfen Aufschlag auf dem Marmorboden auf, während sie auf die Knie fiel und ihre Stirn auf den Boden presste. »Mein Herr.«

Lord Zebulon trat um mich herum und fing meinen Blick auf. Im Neonlicht von Guineveres moderner Küche wirkte er noch unwirklicher als sonst. Der Schein der Lampe ließ seine Haut schimmern und verlieh ihm eine fast engelhafte Ausstrahlung. Mit einem Grinsen wandte ich den Blick gen Himmel. *Oh, wie sehr du das doch hassen musst,* dachte ich.

»Gibt es Ärger?«, fragte ich mich laut, wobei ich ihn wieder ansah.

Er neigte sein Kinn und die schwarzen Bartstoppeln verrieten, dass er sich seit ein paar Tagen nicht mehr rasiert hatte. Es stand ihm gut zu Gesicht und er sollte sich überlegen, den Look beizubehalten.

Doch statt ihm das zu sagen, nickte ich ihm nur zu.

Dann fiel sein Blick auf die Schönheit am Boden. Er hatte eine Schwäche für Frauen, die sich ihm unterwarfen, und ich konnte den interessierten Ausdruck in seinen Augen sehen, als er vor ihr in die Hocke ging. »Steh auf, Guinevere«, flüsterte er, als er seine Finger über ihren Kiefer gleiten ließ, um ihren Kopf anzuheben. »Es gibt eine dritte Leiche«, teilte er ihr mit gedämpfter Stimme mit.

Sie schreckte auf. »Noch eine?«

»Ja«, antwortete er und half ihr beim Aufstehen.

»Aber ich war die ganze Zeit über hier. Ich habe das Haus nicht verlassen.«

»Ja, aber gestern Abend hast du dich genährt, bevor ich eingetroffen bin«, bemerkte Lord Zebulon.

Guinevere runzelte die Stirn und warf mir einen flehenden Blick zu, doch ich konnte ihr nicht helfen, da ich nicht hier gewesen war. »Okay, ja, das stimmt, aber Trevor war lebendig, als er gegangen ist. Gleason hat ihn beim Verlassen des Hauses gesehen.«

»Taylor«, korrigierte Lord Zebulon. »Taylor Smith. Ein Buchhalter aus Knoxville, der laut Akte hier war, um eine Konferenz in der Innenstadt zu besuchen.«

»Ich schwöre, sein Name war Trevor«, murmelte Guinevere, mehr zu sich selbst als an uns beide gerichtet. »Aber das ändert nichts an der Tatsache, dass er hier lebend weggegangen ist, und Gleason kann es bestätigen. Gleason hat es doch bestätigt, nicht wahr?« Bei den letzten Worten überschlug sich ihre Stimme förmlich. »Mein Herr, Ihr müsst mir glauben.«

Lord Zebulon musste die aufsteigende Hysterie in ihr ebenso gespürt haben wie ich, denn er umfasste ihr Gesicht und blickte mit unverhohlener Zuneigung auf sie herab.

Der Anblick wühlte mich auf eine Art und Weise auf, die ich nicht ganz erklären konnte. Ich fragte mich, ob sie das unterdrückte Verlangen in ihm sehen konnte oder ob er es vor ihr verbarg. Letzteres war wahrscheinlicher, denn nur wenige kannten den Dämonischen Lord so gut wie ich.

Als er wieder das Wort ergriff, war seine Stimme viel sanfter. »Ich glaube dir. Aber wir haben jetzt ein viel größeres Problem.« Er löste die Hand von Guineveres und wandte sich mir zu. Der liebevolle Ausdruck auf seinem Gesicht war verschwunden und seiner üblichen Härte gewichen. »Jemand hat Ashmedai davon erzählt. Er verlangt eine Unterredung.«

Mir gefror das Blut in den Adern.

Die Erzdämonen waren *sehr* darauf bedacht, das Gleichgewicht der Macht in der Hölle zu wahren. Wenn Ashmedai glaubte, dass Guinevere eine Bedrohung für dieses Gleichgewicht oder die damit verbundenen Regeln darstellte, würde er ihre Züchtigung verlangen ... oder Schlimmeres. Dämonen war es erlaubt, auf der Erde zu verweilen, solange sie sich nicht augenscheinlich in das Leben der Sterblichen einmischten. Dabei war das Töten eines Menschen weniger das Problem, doch die öffentliche Zurschaustellung einer Leiche war bei den Herrschern der Unterwelt ganz und gar nicht gern gesehen.

Ein Sukkubus, der seine Leichen in der Öffentlichkeit ablegte, damit die menschlichen Behörden sie finden konnten, war ohne Zweifel zu bestrafen. Es wäre nicht einmal nötig, Beweise zu erbringen. Erzdämonen reagierten schnell und brutal auf das Brechen von Regeln, selbst wenn es sich dabei nur um unbegründete Gerüchte handelte.

Zumindest würde Ashmedai sie in die Hölle verbannen. Dämonen, die die ohnehin unsichere Beziehung zu den Menschen nicht respektierten, durften sich nicht in ihrer Nähe aufhalten. Und er würde wahrscheinlich verlangen, dass sie auf unbestimmte Zeit in der Unterwelt bleibt.

Scheiße.

Guinevere blieb stumm und in ihrer Miene spiegelte sich Bestürzung wider. Sie war eindeutig zu demselben Schluss gekommen wie ich. Für gewöhnlich war sie ein fröhlich lächelnder – ja sogar liebender – Sukkubus, alles Eigenschaften, die vermutlich auf ihre Jugend oder Naivität zurückzuführen waren. Doch nachdem Lord Zebulon diese Nachricht verkündet hatte, war all die Beschwingtheit wie weggeblasen und ihre sonst hellblauen

Augen verdunkelten sich zu einem tiefen Blau, was ein physischer Hinweis darauf war, dass ihre Gefühle eine dunkle Wendung genommen hatten.

Guinevere würde eine Ewigkeit in der Hölle niemals überleben.

Lord Zebulon nickte mir zu, als hätte er mir meine Gedanken angesehen. »Ich muss mit Ashmedai sprechen«, sagte er und warf mir einen strengen Blick zu.

Wir mussten keine Worte wechseln, damit ich seinen unausgesprochenen Befehl verstand. Er wollte, dass ich hierblieb und Guinevere beschützte, während er sein Bestes tat, um die Feuer in der Hölle abzuschwächen. Wir brauchten Zeit, um ihren Namen reinzuwaschen. Hoffentlich würde Ashmedai uns diese Gnadenfrist gewähren.

Ich nickte ihm anerkennend zu und schwor im Stillen, dass ich ihn nicht enttäuschen würde. Er war nicht der Einzige, der eine Schwäche für den hübschen Sukkubus hatte.

Lord Zebulon zupfte das Revers seines Jacketts zurecht und ließ die Besorgnis aus seinem Gesicht weichen. »Ich werde bald zurück sein.« Mit diesen Worten verschwand er und hinterließ lediglich eine machtvolle Energie und einen schwachen rauchigen Duft.

Guineveres farbenfrohe Küche war in Schweigen gehüllt, wobei die seltsam dröhnende Stille zutiefst beunruhigend wirkte, als sie plötzlich von der Zeitschaltuhr am Ofen unterbrochen wurde, deren Klingeln von der hohen Decke widerhallte.

Verdammt.

Ich ging geradewegs darauf zu und schlug mit der Handfläche auf das verflixte Ding, wobei ich es zerdrückte, als wäre es aus Alufolie.

Guinevere hatte noch immer einen verängstigten und gequälten Ausdruck in den Augen.

Ich bückte mich und hob das Kuchentablett vom Boden auf, wobei mir die lächerlich hellen und fröhlichen Sonnenblumen auffielen, die den Rand zierten. Es war genau die Art von kitschigem Schnickschnack, die ich von dem Sukkubus erwarten würde. Ich stellte das Tablett auf der Anrichte neben ihrem Ellbogen ab und öffnete dann die Ofentür.

»Der Kuchen ist fertig«, sagte ich und zog ein Paar leuchtend rote Ofenhandschuhe aus einer Schublade neben ihr. »Lass uns essen.«

ZEBULON

GUINEVERES BLICK VERFOLGTE mich bis in die Hölle.

Gebrochen.

Ihr war bewusst, was es zu bedeuten hatte, dass Ashmedai nun in die Sache verwickelt war. Sie würde von der Erde verbannt werden. Allein der Gedanke daran hatte sie erschüttert.

Guinevere trug ihr Herz immer auf der Zunge, was es so unglaublich leicht machte, sie zu deuten. Es war ein Teil dessen, was ich an ihr bewunderte – dieses tief sitzende Vertrauen, das mit ihrer Unschuld einherging.

Sie war nicht unerfahren, sondern einfach nur zufrieden mit ihrem Leben und zögerte nicht, es alle um sich herum wissen zu lassen. Ihr Lächeln war aufrichtig und lieblich. Sie hatte keine Angst, ihre Gefühle zu zeigen, was dazu geführt hatte, dass sie Zane ihre Liebe gestanden hatte.

Er hatte sie *jung* genannt und sie als *Kind* bezeichnet, denn ihre Liebeserklärung war naiv gewesen. Doch sie war auch bewundernswert gewesen, denn sie hatte ihn wissen lassen wollen, was sie für ihn empfand, und sich nicht davor gescheut, ihre Emotionen zu äußern. Das allein erforderte unglaublichen Mut. Dennoch war ihre Verliebtheit fehlgeleitet, was ihrer mangelnden Lebenserfahrung zu verdanken war. Sie hatte sich an ihn geklammert, weil er ihr geholfen hatte, doch das war keine richtige Grundlage für echte Liebe.

Außerdem geben sich Dämonen nicht mit solch frivolen Gefühlen ab.

Vielmehr gingen unsere Seelen eine Bindung ein, die weit über die Vorstellung von Liebe hinausging. Manche würden Liebe sogar als eine rein menschliche Zurschaustellung von Zärtlichkeit bezeichnen. Die Sterblichen waren nicht imstande zu begreifen, was eine echte Bindung ausmachte, denn ihre Seelen waren zu kurzlebig, um eine solch intensive Erfahrung überhaupt ertragen zu können.

Dennoch respektierte ich Guineveres emotionale Fähigkeiten und ihr starkes Bedürfnis, ihre Gefühle allen um sich herum mitzuteilen. Zum Teil war es genau das, was sie so verdammt unwiderstehlich machte.

Und als ich die Angst und die leichtfertige Akzeptanz ihres Schicksals in ihren Augen gesehen hatte, hatte mich ihr Blick fast in die Knie gezwungen.

Ich musste die Sache wieder in Ordnung bringen.

Selbst wenn es bedeutete, Ashmedai schon so bald wiederzutreffen, nachdem er mich erst kürzlich aus seinem Reich entlassen hatte. Ich stand vor den Toren seines Palastes und wartete auf die Erlaubnis, eintreten zu dürfen. Seine Königliche Garde hatte mich beim Betreten des Reiches nach dem Grund meines Besuchs gefragt, den ich ihnen umgehend geliefert hatte. Und jetzt ließ er mich absichtlich warten, damit ich seinen Unmut über meine Anwesenheit zu spüren bekam.

Nachdem meine Tochter einen Putschversuch

unternommen hatte, hatten wir nicht gerade das beste Verhältnis zueinander. Wenn der Erzdämon sie nicht in Gewahrsam hätte, würde ich sie selbst umbringen.

Ich empfand keine Gewissensbisse, weil ich mir ihren Tod wünschte.

Sie hatte sich mir in jeder Hinsicht widersetzt und meine Missachtung verdient.

Genau wie ihre Mutter.

»Er wird gleich bei Euch sein«, teilte mir ein königlicher Wächter mit, als er durch das diamantbesetzte Tor trat. Eine interessante Wahl der Zierde. Sie schimmerten in hellen Blautönen und reflektierten die saphirblaue Sonne über ihnen.

Alles in diesem Königreich war in einen bläulichen Farbton gehüllt. Sogar mein pechschwarzer Anzug. Ashmedais marineblaue Flügel würden hier noch königlicher wirken, denn er war dazu bestimmt, in diesem Reich aufzublühen. Aus diesem Grund war es vor Zehntausenden von Höllenjahren für ihn erbaut worden.

Die Gebäude waren mit dem Einbau von Fenstern modernisiert worden, die Tag und Nacht in bläulichen Schattierungen glitzerten, da die Sonne in diesem Reich nie unterging. Ashmedais Palast war wie auch die Diamanten am Eingangstor mit verschiedenen Edelsteinen verziert, die seinem Anwesen ein edles Flair verliehen, das nicht zu dem berüchtigten Höllenfürsten passte. Ashmedai trug üblicherweise legere Kleidung und zog es vor, zu den meisten seiner Treffen in nichts als einer Jeans zu erscheinen.

Heute empfing er mich natürlich in seinem königlichen Gewand.

Auch damit wollte er mich kränken und seine Enttäuschung über meine Führungsqualitäten zum Ausdruck bringen.

Dasselbe galt für meine Verbeugung, denn er ließ mich fast drei Minuten lang niederknien, bevor er seufzte: »Steh auf. Ansonsten verbrennst du dir noch die Kopfhaut.«

Das stimmte zwar nicht, doch das erwähnte ich nicht, sondern sagte nur: »Mein Prinz.«

Er schüttelte nur den Kopf und ging auf die Marmortreppe zu, die zu den massiven Türen seines Anwesens hinaufführte. Nur sehr wenige Dämonen hatten Zutritt zu diesem Bereich und nur wenige wurden von dem Höllenfürsten selbst zum Eingang eskortiert.

Mit dieser Formalität würdigte er meine Stellung. Er mochte über meinen jüngsten Misserfolg enttäuscht sein, aber er respektierte mich immer noch genug, um meine Position als wertvoll zu erachten. Was die hierarchischen Strukturen anging, so unterstand ich ihm direkt. Dämonische Lords waren fast so selten wie Erzdämonen, wobei wir beide fast gleichermaßen mächtig waren. Dabei hatte er allerdings einen kleinen Vorsprung, vor allem weil ihm ein ganzes Königreich in der Hölle unterstand, während ich als Monarch eines riesigen Territoriums auf der Erde diente.

»Wirst du mich wieder enttäuschen?«, fragte Ashmedai, während er mithilfe seiner gewaltigen Flügel lässig die Treppe hinaufschwebte. Da ich keine Federn hatte, musste ich meine Füße benutzen, um die zweiundneunzig Stufen zu erklimmen.

»Ich bin wegen der menschlichen Toten hier, die in meinem Reich aufgefunden wurden«, antwortete ich, wohl wissend, dass ihm der Grund meines Besuchs bereits bekannt war. Seine Wachen hatten ihn sicher darüber informiert. Dabei hatte ich ihnen Folgendes vorenthalten: »Der Sukkubus, der angeblich in die Sache verwickelt ist, ist unschuldig. Jemand will ihr die Schuld für die Morde in die Schuhe schieben.«

Er blickte mich an, wobei seine violetten Iriden machtvoll funkelten. »Tatsächlich?«

»Guinevere weiß, dass sie keine Spuren hinterlassen darf. Sie ist sehr geschickt darin, sich wenn nötig eventueller Leichen zu entledigen.«

»Das heißt wohl, dass *Guinevere* einen Hang zum Morden hat?«, murmelte er und betonte ihren Namen mit einer Klarheit, die mir verriet, dass er sich bis in alle Ewigkeit an ihn erinnern würde. Vor allem, weil ich ihn ausgesprochen hatte, wobei es eigentlich nicht meine Gewohnheit war, mich über meine Untergebenen auf eine derart vertraute Weise zu äußern.

»Sie ist Evangelines beste Freundin«, antwortete ich, da ich wusste, dass er den gefallenen Engel fast so sehr mochte wie ich.

»Ah, richtig. Dann ist sie also der Sukkubus, den ich kennengelernt habe, als …« Er verstummte, als er mit nachdenklicher Miene sein Haus betrat. »Ich kann nicht mehr sagen, wie lange das schon her ist. Die Zeit hat hier keinerlei Bedeutung, wie du weißt. Aber ist sie diejenige, die mir empfohlen hat, im Reich der Sterblichen ein Hemd zu tragen?«

»Ja.« Dies war aus einer Vielzahl von Gründen ein denkwürdiger Tag gewesen. Bevor sie auf meiner Türschwelle aufgetaucht war, hatte ich Guinevere nicht sonderlich gut gekannt. Sie hatte sich für die Unterbrechung entschuldigt und mir dann erzählt, dass Geier sich in Miami aufhielte. Guinevere hatte mir diese Information geliefert, nachdem Evangeline verschwunden war, und hatte damit meinen Verdacht bestätigt, dass Kalida ihren eigenen Tod vorgetäuscht hatte.

Ich war dadurch derart in Rage geraten, dass ich den lieblichen Sukkubus beinahe vernichtet hätte. Natürlich hätte ich es nicht absichtlich getan, doch ich war völlig außer mir gewesen. Als sie jedoch weiterhin zu meinen Füßen gekniet hatte und den Kopf in Ehrfurcht vor mir gesenkt hielt, hatte das meinen Zorn gebändigt. Sie hatte mir stattdessen etwas anderes gegeben, worauf ich mich hatte konzentrieren können – ihren Hunger.

Ich hatte schon vor jenem ersten Treffen gewusst, dass sie leicht die Kontrolle über sich verlor, denn ich hatte im Laufe der Jahre immer wieder von Zane davon gehört. Ich hatte mir jedoch nie die Zeit genommen, sie selbst zu begutachten.

Jener Moment hatte alles verändert und sie zu einer Priorität gemacht, die ich von da an im Auge behalten hatte.

Und jetzt befand ich mich in der Hölle und war bereit, um mehr Zeit zu bitten, damit ich ihre Unschuld beweisen konnte.

»Du magst sie«, bemerkte Ashmedai mit einem Lächeln in der Stimme. »Ist sie momentan deine Geliebte?«

»Nein. Ich habe ihr hin und wieder geholfen, Energie aufzutanken, doch über einen Kuss ist es nie hinausgegangen.« Ich sah ihm unerschrocken in die Augen. »Ich kann nicht gerade eine vorbildliche Erfolgsbilanz im Umgang mit Sukkuben aufweisen.«

»Hm, nein, das ist wahr«, stimmte er zu. »Ist deine Guinevere mit deiner früheren Gefährtin verwandt?«

Als er auf Amarella zu sprechen kam, spannte ich die Kiefermuskeln an. »Guinevere stammt von einer anderen Linie ab. Sie ist rein, ehrlich und unschuldig.«

»Ein unschuldiger Sukkubus«, sinnierte Ashmedai, dessen aschblondes Haar durch die Fenster seines Palastes bläulich schimmerte. Er fuhr sich mit den Fingern durch die langen Strähnen und führte mich dann zu einer großen Sitzecke, die an die Empfangshalle seines prächtigen

Anwesens angrenzte. Ich kannte es recht gut, da ich den größten Teil meiner Jugend hier verbracht hatte, um unter seiner Führung zu lernen.

Ich war sein Lieblingsschüler gewesen.

Was wahrscheinlich der Grund dafür war, dass er mir nach dem Debakel mit Kalida erlaubt hatte, meine Führungsposition zu behalten.

Außerdem hatte ich mir mein Königreich durch eine Reihe strategisch günstiger Schachzüge verdient, die mich zum Dämonischen Lord von Nordamerika gemacht hatten.

»Bist du hier, um in ihrem Namen zu sprechen?«, drängte Ashmedai, als ich nicht sofort antwortete. »Für einen unschuldigen Sukkubus, dem Verbrechen angehängt werden, die er nicht begangen hat? Die Sache erinnert mich sehr an Evangeline, der man die Schuld für den Mord an Kalida in die Schuhe geschoben hatte.« Er sah mich an. »Vielleicht versucht ein anderer Dämonischer Lord, Nordamerika zu erobern.«

Es war eher eine Feststellung als eine Frage und ich zog eine Augenbraue in die Höhe. »Indem er eine Handvoll Menschen tötet?«

»Indem er eine Frau, die dir offensichtlich am Herzen liegt, des Mordes bezichtigt«, verbesserte er mich. »Du befindest dich hier in meinem Reich, obwohl ich dich eindeutig entlassen habe. Wie lange ist das jetzt her, ein Höllenjahr? Oder zwei? Du gehst dadurch ein ziemliches Risiko ein, Zebulon.« Er lächelte. »Du hast Glück, dass ich gute Laune habe.« Er ließ sich auf einen thronähnlichen Stuhl sinken, auf dem auch seine riesigen Flügel Platz fanden, und bedeutete mir mit einer Geste, es ihm gleichzutun.

Ich knöpfte mein Jackett auf und setzte mich ihm gegenüber auf die Couch. »Du glaubst, jemand versucht, mich durch Guinevere abzulenken«, sagte ich und kreuzte einen Fuß über das Knie meines anderen Beins.

»Oder sie lügt«, sagte er. »Aber du scheinst an ihre Unschuld zu glauben. Ich neige also eher zu der Annahme, dass jemand dich aus einem bestimmten Grund ablenken will. Warum sollte sich jemand sonst die Mühe machen? Es sei denn, Guinevere hat selbst Feinde?«

Mir entfuhr ein humorloses Lachen. »Das ist eher unwahrscheinlich. Sie ist zu aufrichtig und gutherzig.« Ich kratzte über die Bartstoppeln auf meinem Kinn und schüttelte den Kopf. »Es könnte etwas mit Evangeline zu tun haben. Sie hat eine Menge Feinde und ist erst diese Woche zurückgekehrt.«

Er nickte zur Bestätigung. »Wie dem auch sei, du musst dich damit befassen.«

»Das habe ich auch vor, aber dafür brauche ich etwas Zeit.«

Er betrachtete mich einen Moment. »Wie viel Zeit hättest du denn gern?«

»Zwei Erdenwochen«, antwortete ich, obwohl ich wusste, dass er es nicht akzeptieren würde.

Sein Knurren bestätigte meine Erwartung. »Ich gebe dir sieben Erdentage.«

»Zehn«, konterte ich.

Er zog die blonden Augenbrauen in die Höhe und sträubte die Federn. »Du erwartest, dass ich zehn Höllenjahre lang auf Neuigkeiten warte?«

»Du hast erwähnt, dass die ganze Sache nur eine Ablenkung sein könnte. Ich werde Zeit brauchen, um herauszufinden, wer dahintersteckt und warum.« Denn ich nahm an, dass er mit seiner Vermutung richtiglag.

Es würde nicht viel bringen, Guinevere die Morde in die Schuhe zu schieben, außer jemand hatte vor, sie zu bestrafen. Doch zu welchem Zweck? Wollte jemand sein

Ego stärken? Es gab keine Sukkuben oder Inkuben, die um den Eintritt in mein Reich wetteiferten, also konnte es sich nicht um einen Konkurrenten handeln. Was bedeutete, dass es etwas mit denjenigen in Guineveres Umfeld zu tun haben musste. Jemand wie ich oder Evangeline.

»Du bist dir der Machtverschiebung in unseren Reichen bewusst«, sagte Ashmedai. Seine Bemerkung veranlasste mich, erneut die Stirn zu runzeln. Der Erzdämon wechselte oft einfach so das Thema, wobei er ein bestimmtes Ziel verfolgte. Ich vermutete, dass es in diesem Fall etwas mit meiner Bitte um *Zeit* zu tun hatte.

»Ja«, antwortete ich. Er hatte es zwar nicht als Frage formuliert, aber ich wusste, dass er dennoch meine Bestätigung wollte.

»Einige Dämonen besitzen mittlerweile Kräfte, über die sie eigentlich nicht verfügen sollten. Andere verlieren sie willkürlich. Du selbst kannst jetzt nach Belieben auf- und absteigen, welches eine Fähigkeit ist, die normalerweise Erzdämonen und Erzengeln vorbehalten ist. Ich frage mich, ob dir bald Flügel wachsen werden und du versuchen wirst, mir mein Königreich streitig zu machen.« Sein Grinsen strafte die Ernsthaftigkeit seiner Worte Lügen. »Ich würde dir davon abraten, Zebulon.«

»Ich habe keineswegs vor, irgendetwas dergleichen zu tun«, erwiderte ich, wobei ich meinen Knöchel von meinem Knie gleiten ließ und mich vorbeugte, um die Unterarme auf den Oberschenkeln abzustützen. »Aber ich bin ganz Ohr.«

»Tatsächlich?« Seine Augen funkelten belustigt. »Gut, denn wenn du neue Höhen erklimmst, werden dir vielleicht andere folgen. Und wer weiß, welche Kräfte sie geerbt haben. Ich meine, wenn ein Dämonischer Lord schon nach Belieben in die Hölle herabsteigen kann, kann möglicherweise auch ein Dämon minderer Stellung zu einem Dämonischen Lord werden.« Er zuckte mit den Schultern. »Vielleicht solltest du dein Territorium überprüfen. Das würde sicher einige Zeit in Anspruch nehmen.«

»Ich nehme an, du hast dabei an zehn Höllenjahre gedacht?«, fragte ich.

»Hm, ja, das klingt meiner Meinung nach angemessen.«

Natürlich tut es das, dachte ich. »Wie du wünschst, mein Prinz.« Eine Überprüfung der Machtverhältnisse würde mir helfen, alle Dämonen in meinem Reich unter die Lupe zu nehmen und alle ihre Energiesignaturen genauer zu betrachten. Es war eine vernünftige Bitte, die mir dabei helfen sollte, Guinevere zu entlasten.

»Ich werde dir zwei weitere Höllenjahre gewähren, wenn du die Nephilim ebenfalls einer Prüfung unterziehst«, sagte er und bedachte mich mit einem eindringlichen Blick. »Ich würde gern wissen, welche Engel sich auf der Erde herumtreiben.«

»Azrael könnte etwas dagegen einzuwenden haben, aber ich werde das Thema gern weiterverfolgen.« Vor allem, weil es mir einen Grund geben würde, Evangelines Hilfe in Anspruch zu nehmen, und es bereitete mir immer wieder Vergnügen, sie dazu zu überreden, mir zu helfen. »Zwölf Höllenjahre also?«

Er streckte mir seine Hand entgegen, wobei sich bereits eine Blutspur über seine Handfläche zog.

Im Gegensatz zu mir verfügte Ashmedai über die Kraft der Telekinese. Er war außerdem dazu in der Lage, Gedanken zu lesen, daher wäre es sinnlos, noch etwas hinzuzufügen.

Ich streckte lediglich meine Hand aus und erlaubte ihm, mir mittels seiner Fähigkeit in die Haut zu schneiden.

Dann schüttelten wir einander die Hände und besiegelten die Abmachung mit unserem Blut.

»Enttäusche mich nicht, Zebulon.«

»Das würde mir im Traum nicht einfallen, mein Prinz.«

GWEN

»Okay, es sind nur drei Leichen«, sagte Eve, während sie in meinem Wohnzimmer auf und ab ging. »Es ist ja nicht so, als hätte Gwen versucht, die Umhüllung zu durchbrechen oder einen Krieg anzuzetteln, nicht wahr? Ashmedai wird sicher nicht überreagieren. Es wird schon gut gehen.«

Mir lief ein Schauer über den Rücken, denn der Name des Erzdämons ließ jeden Dämon vor Angst erzittern. Ich hatte ihn zwar einmal getroffen, doch ich würde seinem Zorn nicht entkommen können, nur weil ich ein paar Worte mit ihm gewechselt hatte. Ich war für ihn nicht wirklich von Wert, denn es gab Hunderte Sukkuben wie mich. Dadurch war ich ersetzbar. Das war mehr als nur ärgerlich, vor allem wegen meiner Verbindung zu den getöteten Sterblichen.

»Zeb wird sich darum kümmern«, fuhr Eve fort, deren Jeans ein raschelndes Geräusch von sich gaben, als sie ihre Schritte beschleunigte. »Und falls er es nicht tut, werde ich mich der Sache annehmen.« Sie wandte sich mir zu, wobei ihre blauen Augen verheißungsvoll funkelten. »Ich werde nicht zulassen, dass sie dich in die Hölle schicken.«

Xai stieß einen Seufzer aus. »Du kannst dich nicht in die politischen Gegebenheiten der Dämonen einmischen, Evangeline.«

Sie warf ihm einen finsteren Blick zu. »Da muss ich widersprechen, schließlich habe ich in der Vergangenheit schon einmal ihren Schlamassel beseitigt.«

»Sie haben dich dafür entlohnt.«

»Und das können sie wieder tun. Gwen ist unschuldig. Sie in die Unterwelt zu verbannen wird das Problem mit den Leichen nicht lösen.«

»Nun, es würde durchaus ein paar Probleme lösen«, warf Gleason ein, der sich mit der Schulter an die Wand im Wohnzimmer gelehnt hatte. Er war mit Xai und Eve zurückgekehrt, etwa fünf Minuten, nachdem Lord Zebulon wieder verschwunden war.

Sie alle hatten von dem letzten Mord gehört. Und sie alle wussten, dass ich nicht dafür verantwortlich war, denn Gleason hatte den Mann gestern Abend beim Verlassen des Hauses gesehen, kurz bevor sie alle eingetroffen waren. Dann hatte ich den Abend mit ihnen verbracht. Was bedeutete, dass ich ein solides Alibi hatte.

Würde ich dieses Argument in einem Dämonenprozess geltend machen können? Ich war mir nicht sicher, da ich einem solchen Verfahren noch nie beigewohnt hatte. Ich nahm an, es würde von Ashmedais Stimmung abhängen.

Unter den gegebenen Umständen wäre er sicher nicht erfreut.

Drei Tote, die alle mein Mal trugen und öffentlich zur Schau gestellt worden waren, um gefunden zu werden.

Es verstieß gegen die dämonischen Gesetze, die für die Menschenwelt galten und besagten, dass man sich bedeckt halten sollte. Die Sterblichen wussten nichts von der

Existenz von Engeln und Dämonen. Natürlich hatten sie Filme, Serien und Bücher, die Gerüchte über unseresgleichen verbreiteten, doch das alles wurde nur als erfundene und fantastische Geschichten vermarktet. Sowohl Dämonen als auch Engel hatten die Aufgabe, dafür zu sorgen, dass es so blieb.

Daher war es nicht gerade ratsam, eine Reihe Leichen auf den Bürgersteig zu werfen, die auf übernatürliche Weise zu Tode gekommen waren.

Ich schnaubte wütend. Wer würde so etwas tun? Warum wollte mir jemand die Morde in die Schuhe schieben?

Ich verzog die Lippen, als ich versuchte, mich daran zu erinnern, ob ich in letzter Zeit jemanden verärgert hatte. Abgesehen von Zane fiel mir weder ein Dämon noch sonst irgendjemand ein, den ich in irgendeiner Weise in Rage gebracht haben könnte.

Nun, bis auf Xai.

Er war zwar ein überhebliches Arschloch, doch ihm lagen die Sterblichen auf gewisse Weise am Herzen, daher würde er nicht wahllos auf diese Art töten. Außerdem schien er mich jetzt mit einem Anflug von Besorgnis zu betrachten.

»Du siehst aus, als würdest du schon wieder über meine Eier nachdenken«, sagte er gedehnt.

Zane schnaubte, als er mit einer Tasse Kaffee in der Hand den Raum betrat. Ich hatte fast vergessen, dass er noch hier war. Kurz nach Eves und Xais Rückkehr war er in der Küche verschwunden und hatte irgendetwas davon gemurmelt, dass sie nicht lange fort gewesen wären.

Damit hatte er nicht unrecht. Offensichtlich hatte Gleason einen Anruf wegen der Leiche erhalten, woraufhin sie umgekehrt auf direktem Weg zurückgekommen waren.

»Vielleicht solltest du den Tatort untersuchen, anstatt Guinevere zu quälen, Xai«, schlug Zane vor, während er mir die Kaffeetasse entgegenstreckte. »Hier.«

Ich warf verwirrt einen Blick darauf. »Du hast mir einen Kaffee gemacht?«

»Damit du ihn zu deinem Kuchen trinken kannst«, antwortete er. »Ich nehme an, das hattest du ohnehin vor.«

»J-ja«, stammelte ich und nahm die Tasse entgegen. Ich rümpfte die Nase. »Und du hast Milch hinzugefügt?«

»Und zwei Stück Zucker«, sagte er.

Ich runzelte die Stirn. »Du weißt, wie ich meinen Kaffee trinke?«

»Natürlich weiß ich das.« Er wandte sich Xai und Eve zu. »Und? Wollt ihr hier weiter auf und ab gehen oder euch nützlich machen?«

»Ja, können wir jetzt in die Leichenhalle gehen?«, mischte sich Gleason ein, der die Hände in die Taschen seiner Jeans gesteckt hatte. »Ich würde mir gern die Berichte ansehen. Gwen geht es augenscheinlich gut.«

Eve schnaubte. »Ja, bis Zeb zurückkommt und sie mit in die Hölle nimmt.«

»Dazu wird es nicht kommen.« Lord Zebulon erschien, während er die düsteren Worte aussprach. Er brachte die Gerüche der Unterwelt mit sich, die von seinem nach Minze duftenden Aftershave verdeckt wurden, als er seinen Aufstieg beendete. Ich atmete tief durch und roch sein Eau de Cologne, das sich mit dem Kaffeeduft vermischte und mir ein wohliges Gefühl vermittelte.

Ich war so darin versunken, dass ich fast vergessen hätte, mich zu verbeugen. »Oh!« Ich wollte mich gerade zu Boden fallen lassen, als ich bemerkte, dass ich eine Tasse mit dampfend heißer Flüssigkeit in der Hand hielt. »Verdammt«, murmelte ich und suchte verzweifelt nach einem Platz, um sie abzustellen.

»Guinevere«, murmelte Lord Zebulon, woraufhin die Härchen auf meinen Armen zu Berge standen.

»Verzeihung«, hauchte ich und wollte gerade die Tasse auf dem Tisch abstellen, doch ich erstarrte, als er mich am Handgelenk packte. Meine Hand zitterte sichtlich und der Kaffee schwappte in der Tasse hin und her.

»Du musst dich nicht jedes Mal vor mir verbeugen, wenn ich einen Raum betrete«, flüsterte er mir ins Ohr, wobei er die Brust an meinen Rücken presste. »Ich werde es dir nicht übel nehmen.«

»J-ja, mein Herr.«

Seine Wärme umhüllte mich wie eine wohlige Decke und zwang mich, mich zu entspannen. Zuerst lockerten sich meine Schultern, dann meine Arme und mein Oberkörper. Er wich nicht von meiner Seite, aber er ließ langsam mein Handgelenk los.

Zane kam auf uns zu und hatte den Blick auf den Mann hinter mir gerichtet. Statt Lord Zebulon zu begrüßen, zog er erwartungsvoll eine dunkle Augenbraue in die Höhe.

So kühn.

So vertraut.

So *Zane*.

Ich war nur selten Zeuge geworden, dass er sich vor Lord Zebulon verbeugt hat. Die beiden verband offenbar eine gemeinsame Vergangenheit, die es dem Inkubus erlaubte, auf Förmlichkeiten zu verzichten. Die Beziehung zwischen den beiden schien obendrein eine intime zu sein, denn zwischen ihnen herrschte selbst jetzt eine sexuelle Energie.

Und ich war in der Mitte gefangen.

Ihre Männlichkeit und ihre Kraft sprachen meinen inneren Sukkubus an und erweckten ihn mit einem

Hunger zum Leben, den ich mit aller Macht unterdrücken musste. *Nicht jetzt. Nicht hier. Nicht sie beide.*

Oh, aber wer könnte meine Bedürfnisse besser stillen als die beiden Männer, die vor und hinter mir standen?

Ich sah plötzlich ein wunderbar verlockendes Bild von uns dreien völlig nackt vor meinem geistigen Auge, das mein Verlangen zu einer lodernden Flamme anschwellen ließ, von der ich wusste, dass Zane sie würde spüren können.

Lord Zebulon legte besitzergreifend eine Hand an meine Hüfte und zog mich an sich, wobei er mir mit tiefer Stimme sagte: »Wir haben zwölf Erdentage.«

Mir gefror das Blut in den Adern. *Zwölf Tage.* Würde die Zeit ausreichen, um herauszufinden, wer meine Bettpartner über ganz Nashville verstreute?

»Ashmedai hat außerdem von mir verlangt, eine Überprüfung der Dämonen und Nephilim in meiner Region durchzuführen«, fügte Lord Zebulon hinzu. »Ich werde deine Hilfe brauchen, Evangeline. Vorausgesetzt du willst meine Hilfe, um Guinevere zu entlasten.«

Eve schnaubte und setzte sich auf die Armlehne der Couch. »Ich kann sie auch allein entlasten.«

Von meinem Standpunkt zwischen Lord Zebulon und Zane aus hatte ich nur einen Blick auf ihre langen, in Jeans gehüllten Beine, doch ich musste ihr Gesicht nicht sehen, um zu wissen, dass sie Lord Zebulon mit einem durchtriebenen Blick durchbohrte. Es schmerzte und faszinierte mich gleichermaßen, dass sie in der Lage war, dem Dämonischen Lord derart lässig und abweisend gegenüberzutreten.

Würde ich mich in seiner Gegenwart jemals derart ungezwungen fühlen?

Wohl kaum.

Doch ich sehnte mich danach.

Es war ein verbotenes Verlangen, ähnlich der Begierde, die Zanes Anwesenheit in mir hervorrief.

Vielleicht sollte ich wirklich losziehen, um mich zu nähren, dachte ich und musste schlucken. Plötzlich wurde mir schwindelig, als ihre Pheromone mich umhüllten und meine sukkubische Seele mit voller Wucht erwachte.

Zane sah mich mit einem wissenden Ausdruck in den Augen an. Dann blickte er auf den Kaffeebecher in meiner Hand. *Trink*, schien er zu sagen. *Es wird dir helfen.*

Vielleicht bildete ich es mir nur ein.

Wie dem auch sei, ich gehorchte und führte die Tasse an meine Lippen. Er hatte den Blick aus seinen eisblauen Augen auf meinen Mund gerichtet und sah mir aufmerksam dabei zu, wie ich schluckte.

»Ich kann mir durchaus vorstellen, dass du das auch alleine schaffst.« Lord Zebulons Stimme dröhnte an meinem Rücken und ich fragte mich verwirrt, wovon er sprach. Dann wurde mir klar, dass die Worte an Evangeline gerichtet waren.

Obwohl ich meine beste Freundin liebte, konnte ich es mir nicht leisten, Hilfe abzulehnen. Immerhin stand mein Leben auf dem Spiel und nicht ihres.

»Trotzdem«, fuhr Lord Zebulon fort, »könnte die Zeit knapp werden. Vor allem, wenn meine Dämonen nicht kooperieren wollen. Dieses Problem wird jedoch nicht aufkommen, wenn ich derjenige bin, der die Verhöre führt.«

Aus dem Augenwinkel konnte ich Eves blondes Haar aufblitzen sehen und vermutete, dass sie sich vorgebeugt hatte. Dann zog sie eines ihrer silbernen Messer aus dem Stiefel und wirbelte es zwischen den Fingern. »Ich habe meine eigenen Methoden.«

Ein seltsames Grollen durchströmte meinen Körper, welches sich fast wie ein Lachen anhörte.

Ganz ausgeschlossen.

Doch als der Dämonische Lord wieder das Wort ergriff, war der belustigte Unterton in seiner Stimme nicht zu überhören. »Die hast du in der Tat. Willst du damit sagen, dass du meine Hilfe nicht willst? Wenn du es wünschst, werde ich mich nicht einmischen, doch dann hätte Guinevere bei der Verhandlung keinen Verbündeten an ihrer Seite.«

Bei den Worten gefror mir das Blut in den Adern.

Dann müsste ich Ashmedai allein gegenübertreten.

Oh verdammt, nein … Ich würde gezwungen sein, meine Argumente aus einer unterwürfigen Position heraus vorzubringen, und ich bezweifelte, dass er mich gut genug hören könnte, solange mein Gesicht auf den Boden gepresst wäre.

Zumindest würde Lord Zebulon dem Erzdämon gegenübertreten und redegewandt an meiner statt vorsprechen können.

Aber war es wirklich fair, ihn bei mir haben zu wollen? Er war ein Dämonischer Lord mit einer Fülle an Aufgaben und Verpflichtungen, die weit über die Bedürfnisse eines einzelnen Sukkubus hinausgingen.

Ich meine, was war ich eigentlich in seinen Augen? Wahrscheinlich eine Last. Er hatte Ashmedai bereits aufgesucht, um sich für mich einzusetzen und mir eine Gnadenfrist einzuräumen. Wenn Lord Zebulon nicht gewesen wäre, hätte ich schon heute in der Hölle landen können und nicht erst in zwölf Tagen.

Dennoch verspürte ich einen Stich im Herzen bei dem Gedanken, dass er sich von mir abwenden könnte.

Nein. Das war nicht fair.

Der Dämonische Lord war mir nichts schuldig. Punktum. Er hatte schon mehr als genug für mich getan.

Und es war nicht seine Schuld, dass ich mich nach mehr sehnte.

Lord Zebulon strich mit dem Daumen über meinen Hüftknochen. Es war eine einzelne, zaghafte Liebkosung, die ich stärker zwischen meinen Beinen spürte als an meiner Hüfte. *Verdammt.* Ich spannte die Schenkel an, als diese einzige Berührung ein unbändiges Verlangen in meinem Inneren aufwallen ließ.

Also schön. Ich muss mich eindeutig nähren, beschloss ich.

Zanes Pupillen weiteten sich, als er meine Lust wahrnahm. Er war nur ein Sexdämon, der auf einen anderen reagiert, als wäre ich nur eine Pheromonfabrik statt einer Frau, die seiner Zuneigung würdig war. Doch wie er immer wieder betont hatte, gaben Dämonen wie wir uns keinen so menschlichen Dingen wie der *Liebe* hin.

Im Raum wurde es still. Überlegte Eve sich noch, wie sie reagieren sollte? Oder wartete sie darauf, dass ich etwas sagte?

Ich löste den Blick von Zane und beugte mich vor, damit ich das Gesicht meiner besten Freundin sehen konnte.

Sie saß auf der Armlehne der Couch und drehte ihr Messer in den Fingern, während sie uns mit sorgloser Miene beobachtete. Sie ließ den Blick von Lord Zebulon zu mir wandern und zog eine Augenbraue in die Höhe, als wollte sie mich auffordern, etwas zu sagen.

»Ich …« Ich schluckte. »Lord Zebulon hat bereits viel für mich getan. Ich kann verstehen, wenn er sich auf andere Dinge konzentrieren muss.« Ich zuckte innerlich zusammen, denn das waren nicht die Worte, die ich hatte aussprechen wollen. Und nach der Art zu urteilen, wie er den Griff um meine Hüfte festigte, waren es auch nicht die richtigen gewesen. »Aber ich würde seine Hilfe zu schätzen wissen«, fügte ich mit gedämpfter Stimme hinzu.

Mir war es zuwider, wie jung und unbedeutend ich mich in seiner Gegenwart fühlte. Ich kam mir vor wie eine Jungfrau in Not. Vielleicht traf das in dieser Situation sogar auf mich zu, aber im Allgemeinen war ich nicht schwach.

Schließlich lebte ich mit Gleason zusammen.

Und davor hatte ich mir mit Eve eine Wohnung geteilt.

Sie waren beide Krieger. Ich hatte im Laufe der Jahrzehnte viel von ihnen gelernt und konnte mich durchaus verteidigen. Allerdings nicht gegen einen unbekannten Feind, dem ich jetzt gegenüberstand.

Die Angst stieg mir in den Nacken und selbst Lord Zebulons warmer Körper konnte nichts gegen den kalten Schauer tun, der mir über den Rücken lief. Mein Kaffee wurde kalt, doch ich war nicht imstande, ihn zu trinken.

Xai räusperte sich. Seine Anwesenheit im Raum war wie eine dunkle Präsenz, die die Aufmerksamkeit aller auf sich zog. »Es wäre klüger, wenn wir alle zusammenarbeiten würden. Als Team werden wir das Problem in ein paar Tagen gelöst haben, wenn nicht sogar noch früher.«

Eve wandte sich von mir ab, um ihrem Geliebten einen finsteren Blick zuzuwerfen. Sie gestikulierte vage zwischen ihnen beiden und Gleason. »Wir haben bereits ein Team zusammengestellt.«

»Und das schließt den Dämonischen Lord mit ein«, sagte Xai mit eindringlicher Stimme. »Er könnte die Dämonen überprüfen, während ihr die Nephilim befragt.« Er warf einen Blick auf Lord Zebulon. »Ich nehme an, genau das hattest du im Sinn?«

»Wie immer der strategische Denker«, sinnierte Lord Zebulon.

Xai stieß ein Knurren aus.

Eve schien weitere Gegenargumente anführen zu wollen, was sie in der Gegenwart von Lord Zebulon häufig tat. Ich kniff die Augen zusammen und flehte sie mit einem Blick an, die Sache nicht zu forcieren, doch Gleason meldete sich zu Wort, bevor einer von uns beiden die Gelegenheit hatte, etwas zu sagen.

»Warum will Ashmedai die Nephilim in deinem Gebiet überprüfen?«, fragte er mit einem berechnenden Tonfall. Der Mann hatte den Verstand eines Wissenschaftlers und das Herz eines Nephilim. Er stellte keine sinnlosen Fragen, was bedeutete, dass er jetzt auf etwas Bestimmtes abzielte.

Lord Zebulon zuckte hinter mir mit den Schultern, löste jedoch seine Hand nicht von meiner Hüfte. »Der Erzdämon hat seine Gründe nicht näher erläutert, aber die Prüfung war eine Voraussetzung, um uns mehr Zeit zu geben. Ich habe keine Fragen gestellt, da er mir deutlich zu verstehen gegeben hat, dass eine Ausdehnung der Frist nicht infrage käme, wenn ich seiner Forderung nicht nachkäme.«

Eve steckte ihr Messer zurück in die Scheide, stand auf und stemmte die Hände in die Hüften, als sie sich an Lord Zebulon wandte. »Wie ich dich kenne, ist das nicht der einzige Grund, warum du zugestimmt hast.«

»Das ist richtig«, gab er zu. »Eine Überprüfung der Dämonen schien mir ein vernünftiger Weg zu sein, um notwendige Einzelheiten zu sammeln und gleichzeitig potenzielle Verdächtige zu befragen.«

Eve betrachtete ihn einen langen Moment und sah dann wieder mich an. Nach einem kurzen Augenblick nickte sie. »Gut. Wir werden mit den Nephilim behilflich sein. Aber ich werde die Tatorte trotzdem nach Hinweisen absuchen.«

Lord Zebulon festigte kaum merklich den Griff um meine Hüfte. »Ich hatte nichts anderes von dir erwartet, Evangeline.«

»Und du wirst mich für die Überprüfung bezahlen«,

fügte Eve leichtfertig hinzu. Dann nannte sie einen Preis pro Kopf, bei dem ich meine Augenbrauen in die Höhe schnellen ließ.

»Eve!«, sagte ich und schnappte nach Luft, als Lord Zebulon antwortete: »Abgemacht.«

Ich richtete mich auf und atmete tief durch. *Das war knapp.* Eine Sekunde lang hatte ich gedacht, meine beste Freundin hätte mich mit ihrer haarsträubenden Forderung im Alleingang in die Hölle geschickt. Natürlich vertraute ich darauf, dass sie mir helfen würde, doch es ließ sich nicht leugnen, dass Lord Zebulon mir eine noch größere Hilfe sein könnte, vor allem, wenn er sich bereit erklärte, mich zu der Verhandlung zu begleiten.

Zanes metallisch blaue Augen funkelten verschmitzt, als er den Dämonischen Lord über meine Schulter hinweg anblickte.

Was …

Oh.

Ohhh.

Lord Zebulon hatte Eve geködert. Er hatte *gewollt,* dass sie zustimmte, ihm zu helfen, und er hatte sie auf hinterhältige Weise dazu gebracht. Er hätte mich nie wirklich ungeschützt zurückgelassen, es war ihm vielmehr darum gegangen, Eve auf seinem Schachbrett an die Stelle zu manövrieren, an der er sie am meisten begehrte. Der Dämonische Lord war berüchtigt für sein strategisches Geschick in der Kunst der Manipulation.

Xais Gesichtsausdruck verriet, dass er genau wusste, was Lord Zebulon getan hatte, und er schien ihm mit einem tadelnden Blick zu sagen: *Tu das nie wieder*, als er sich neben Eve stellte.

Ich konnte Lord Zebulon hinter mir zwar nicht sehen, doch ich vermutete, dass er ihm einen Blick zuwarf, der besagte: *Das kann ich nicht versprechen.*

Gleason stieß sich von der Wand ab und ließ den Blick durch den Raum schweifen. »Gut, dass das geklärt ist. Vielleicht sollten wir uns jetzt auf den Weg zum Tatort machen. Wir haben nur zwölf Tage Zeit.«

Eve verzog das Gesicht. »Danke, dass du mich daran erinnerst.« Sie stieß den Zeigefinger in die Luft, wobei sie auf den Dämonischen Lord deutete. »Wenn Gwen etwas zustößt, während ich weg bin, dann bist du dran, Zeb.«

Die respektlosen Worte ließen mich zusammenzucken und mein Kaffee schwappte über den Rand der Tasse auf meine Hand. Glücklicherweise war er kalt.

Lord Zebulon hatte seine Hand während des gesamten Gesprächs auf meiner Hüfte ruhen lassen. Als er jedoch Eves Warnung hörte, schlang er beide Arme um meine Taille und zog mich noch fester an sich. »Oh, vertrau mir, Evangeline. Ich werde mich um Guinevere kümmern und all ihre Bedürfnisse stillen.«

Ich spürte jeden Zentimeter seines muskulösen Körpers, den er von der Brust bis zur Leistengegend an meinen Rücken presste. Mich durchströmte ein berauschendes Gefühl, als tief in meinem Inneren eine heiße Begierde aufwallte, die mir den Atem raubte. Er strich mit einer großen Hand über meinen Bauch und vergrub die Fingerspitzen als Zeichen seiner Kontrolle über mich in meine Haut, sodass ich mich am liebsten gebückt hätte, um ihm meinen Körper anzubieten.

Eve starrte den Dämonischen Lord mit finsterem Blick an und öffnete den Mund, um etwas zu erwidern, doch Xai baute sich mit erstaunlicher Geschwindigkeit hinter ihr auf. Er packte sie an den Ellbogen und lenkte sie in Richtung Eingangstür, während er zuerst Lord Zebulon und dann Zane einen vielsagenden Blick zuwarf.

Ich blinzelte ihnen verwirrt hinterher. Für gewöhnlich strahlte Xai nur eine derart beschützende Energie aus, wenn es um Eve ging. Aber um mich? Das war neu. Es hatte fast den Anschein, als würde er sich um mich sorgen. Doch nein, es war unmöglich. Wir hassten einander. Oder war nur ich es, die ihn verabscheute?

Die Tür schloss sich mit einer Endgültigkeit und riss mich aus meinen Gedanken.

Dann presste Lord Zebulon die Lippen auf meine Schläfe und raubte mir für einen Moment die Fähigkeit zu denken.

So heiß.

Und tröstlich.

Mehr.

Doch dann beraubte er mich seiner Berührung, indem er sich von mir löste.

Reiß dich zusammen, Gwen, sagte ich mir. *Und vergiss nicht zu atmen.*

Ich stand leicht schwankend da und starrte unsicher und hilflos auf meinen kalten Kaffee. Es war alles so schnell geschehen. Ich hatte von den Leichen und ihrer Verbindung zu mir erfahren. Mein Dämonischer Lord hatte mich unter die Lupe genommen, dann hatte Zane mich auf die Probe gestellt und schließlich hatte der Erzdämon selbst Vergeltung gefordert.

Es war gut möglich, dass mein bisheriges Leben bald zu einem Ende kommen würde.

Zane griff nach meiner Tasse. »Ich mache dir noch einen.«

Ich starrte ihn an, ließ ihn aber gewähren. »Warum kümmerst du dich um mich?«

»Weil ich es kann.« Er schenkte mir ein charmantes Lächeln, bevor er das Wohnzimmer verließ.

Ich starrte Zane fassungslos hinterher und blieb unbeweglich in der Mitte des Wohnzimmers stehen. Alles war wie auf den Kopf gestellt. *Was geht hier vor sich?*

Lord Zebulon trat vor mich und legte eine Hand an meine Wange, wobei er mich mit einem suchenden Blick bedachte. »Geht es dir gut?«

Es war überwältigend gewesen, ihn so dicht an meinem Rücken zu spüren, doch das Gefühl, das ich jetzt empfand, war noch umwerfender. Er trat noch einen Schritt vor und drang in meinen persönlichen Raum ein, als würde er ihm gehören. Dann strich er mir mit dem Daumen über den Wangenknochen und schenkte mir einen fast gespenstisch ruhigen Blick aus seinen schokoladenbraunen Augen.

In diesem Moment brach in mir ein Feuer los. Seine Körperwärme auf meiner Haut und sein Duft, der mich umhüllte, weckten den Sukkubus in mir. Er war mir nicht das erste Mal so nahe, doch auf gewisse Weise fühlte es sich intimer an als all seine Küsse, mit denen er mich genährt hatte. Seine Nähe brachte mich völlig aus der Fassung. Meine sukkubische Seele gierte nach seiner Kraft und bescherte mir eine Gänsehaut.

Ich verdrängte das Bedürfnis und stammelte: »G-gut. M-mir geht es gut.«

Lord Zebulon zog eine Augenbraue in die Höhe und bedachte mich mit einem zweifelnden Blick, als würde er mir nicht glauben. Ich konnte es ihm nicht verübeln, doch er ging nicht weiter darauf ein. Er ließ die Hand fallen und verschränkte dann beide Hände hinter dem Rücken, als er mir einen ernsten Blick zuwarf. »Ich habe eine Aufgabe für dich, die du noch heute Abend erledigen musst.«

»Wirklich?« Ich sank müde auf den Rand des Sofakissens, welches mir am nächsten war, denn ich war sowohl mental als auch emotional viel zu ausgelaugt, um mich aufrecht zu halten.

»In der Tat«, erwiderte Lord Zebulon und baute sich auf eine herrische Art vor mir auf. »Du musst heute Abend losziehen und dich nähren.«

Ich stellte meinen Herrn für gewöhnlich nicht infrage, denn soweit es mich betraf, war sein Wort Gesetz. Doch nach allem, was geschehen war, und nach all den Leichen, die wie die Fliegen starben …

Ich musste schlucken. »Ist das … Seid Ihr sicher?«

Er lächelte. Seine Zähne blitzten wie ein schiefer weißer Streifen durch seinen dunklen Bart und schienen so schön wie der Mond am Nachthimmel. »Ja. Zane wird dich begleiten, um sicherzustellen, dass du niemanden verletzt. Wenn du ein passendes Opfer gefunden und dich gesättigt hast, werde ich einen Fährtensucher auf den betreffenden Sterblichen ansetzen. Dann werden wir ja sehen, was passiert.«

Es dauerte nicht lange, bis ich verstand, was er vorhatte. »Ihr wollt, dass ich einen Köder auslege«, interpretierte ich.

»Ganz genau.«

Der Plan erfüllte mich zwar nicht gerade mit Freude, doch er klang besser, als hierzubleiben und die ganze Nacht Trübsal zu blasen. »Also schön«, stimmte ich zu und schluckte. »Das kann ich tun.« *Zumindest werde ich es versuchen.* Der Gedanke, einen unschuldigen Menschen zum Köder für Dämonen zu machen, fühlte sich schlichtweg *falsch* an. Aber hatten wir eine andere Wahl? Jemand hatte sich an meine Fersen geheftet und tötete meine Bettgefährten. Dadurch wurde Lord Zebulons Vorschlag zu einem genialen … und *düsteren* Plan.

Ich werde heute Abend über das Schicksal eines Sterblichen entscheiden.

Es war etwas anderes, wenn ich mir selbst die Schuld geben konnte, nachdem ich die Kontrolle verloren hatte.

Doch jetzt würde ich jemanden *absichtlich* in Gefahr bringen und hätte danach keinerlei Einfluss auf das Schicksal des Mannes.

»Ich werde dich begleiten«, verkündete Zane, als er mit einem dampfenden Becher in der einen und einem Dessertteller in der anderen Hand wieder auf dem Flur erschien.

»Gut«, erwiderte Lord Zebulon. »Das wollte ich gerade von dir verlangen.«

»Es ist wohl besser, dass du es nicht getan hast«, sagte Zane, als er neben mir Platz nahm, »denn du weißt, dass ich mit Vorliebe gegen deine Befehle aufbegehre.«

Der Dämonische Lord stieß ein Schnauben aus, das für jemanden wie ihn ungewohnt lässig klang.

Zane ignorierte ihn und konzentrierte sich darauf, den Becher auf den Tisch neben sich zu stellen und den Kuchenteller auf seinem Schoß zu balancieren. Er hatte nur eine Gabel. »Ich werde ihn zuerst probieren.«

Das wunderte mich nicht.

Normalerweise hätte ich ihm Einhalt geboten. Aber da mir der Appetit vergangen war, machte es mir nichts aus. »Nur zu.«

Er zwinkerte mir zu und brach ein Stück ab, dann führte er es an seine Lippen, um aller Welt zu demonstrieren, wie man einen Kuchen auf die richtige Art und Weise verzehrte. Dabei sah er mir die ganze Zeit über in die Augen. Seine Bewegungen waren so verführerisch, dass ich unwillkürlich die Schenkel zusammenpresste.

Nur Zane konnte eine so einfache Aufgabe in etwas derart Sinnliches verwandeln.

Und ich möglicherweise auch.

Er ließ ein Stöhnen folgen, das vor sexueller Energie nur so strotzte. Ich stellte mir vor, wie er die Lippen um meine Brustwarzen legte und mich mit der Zunge auf dekadente Weise verwöhnte.

Oh verdammt, dachte ich, und musste mich zusammenreißen, um nicht selbst laut aufzustöhnen.

Mir stockte der Atem, als unsere Blicke sich wieder trafen und er mir mit einem sinnlichen Grinsen die Gabel reichte. »Schmeckt fantastisch«, lobte er. »Probier mal.«

»Ich habe noch etwas zu erledigen«, sagte Lord Zebulon nur und verschwand ohne ein weiteres Wort.

Ich starrte auf die Stelle, an der er vor einer Sekunde noch gestanden hatte, und mir schwirrte der Kopf. Dann konzentrierte ich mich wieder auf Zane und die Gabel in seiner Hand.

»Also«, sagte Zane, wobei der verspielte Unterton aus seiner Stimme verschwunden war, »wo willst du dich heute Abend nähren?«

ZANE

CLUB HOAX WAR ein Schwesterklub des *Club Haze* und strotzte nur so vor Sex und Begierde. In der Luft hingen Düfte, die süchtig machen konnten und meine Sinne berauschten. Dieses Gefühl war umso stärker, weil ich Guinevere dabei beobachtete, wie sie auf der Tanzfläche auf Beutezug ging.

Sie trug einen kurzen schwarzen Lederrock, kniehohe, hochhackige Stiefel und ein Oberteil mit Spaghettiträgern, das all ihre Kurven perfekt zur Schau stellte. Darunter trug sie weder einen BH noch ein Höschen. Sie war ein Sukkubus auf der Jagd, in einem mörderischen Outfit.

Ihre zerzausten dunklen Locken und ihr liebliches Lächeln zogen auf der gesamten Tanzfläche die Blicke auf sich und brachten ihr einige Bewunderer ein, die alle den Wunsch verspürten, sie unerlaubt zu berühren.

Bei dem Anblick hätte ich am liebsten auf etwas eingeschlagen.

Verdammt, ich darf die Beherrschung nicht verlieren.

Von der Decke flackerten schwindelerregend die

Lichter, die abwechselnd Schatten warfen und die sich windenden Körper beleuchteten.

Wohin ich mich auch wandte, überall sah ich Haut, Hände, Zähne und Lippen, die sich berührten. Die Menge war in lustvolle Energie und einen Dunst verlockender Macht gehüllt, die den Inkubus in mir vor Vergnügen aufheulen ließen.

Ich stellte mich an den Rand der Tanzfläche und beobachtete Guineveres Bewegungen. Sie wusste, wie sie ihren Körper einzusetzen hatte. Das war nicht überraschend für einen Sukkubus, doch sie folgte dabei einem ganz eigenen Rhythmus. Mit geschlossenen Augen wiegte sie die Hüften geschmeidig im Takt und hatte die Hände in ihren Haaren verwoben. Sie glich einer Göttin.

Aphrodite.

Der leibhaftige Sex.

Sie selbst war eine Droge, die stärker als alles andere war, was ich in diesem Klub sonst spüren konnte.

Ein Mann näherte sich ihr von hinten und legte die Fingerspitzen auf ihre Hüften. Sie begannen, sich im Takt gemeinsam zu bewegen, dann öffnete Guinevere die Augen und drehte sich in seinen Armen zu ihm um. Sie legte die Handgelenke auf seine Schultern und presste ihr Becken an seine Hüften.

Dabei rutschte ihr Rock nach oben und entblößte die geschmeidige, blasse Haut ihrer Schenkel. Bei dem Anblick ihres aufreizenden, nackten Körpers unter dem Leder wurde mein Schwanz hart. Ich stellte mir vor, wie sie ihre Beine um meinen Hals legte und ich mein Gesicht tief an ihrem Unterleib vergraben konnte.

Es brachte mich fast zum Wahnsinn, diesem Schauspiel zuzusehen. Es raubte mir den Verstand und machte mich *wütend*.

Was zum Teufel ist nur los mit mir? Ich hatte fast zwanzig

Jahre damit verbracht, die Mauern zwischen uns aufzubauen – weil Zebulon mir unmissverständlich gesagt hatte, dass sie für mich tabu war –, nur um jetzt den Wunsch zu verspüren, sie niederzureißen.

Auch die letzte Barriere, die zwischen mir und der Frau stand, die ich begehrte, musste verschwinden. Ich wollte der Mann sein, der sie berührte, und nicht derjenige, der ihr dabei zusah, wie sie all die anderen berührte.

Guinevere entfernte sich nun schon zum fünften Mal von einem potenziellen Partner und tanzte zurück in die Menge.

Ich biss die Zähne zusammen und drängte mich nach vorn, um ihr zu folgen. Sie schmiegte sich an einen weiteren Kerl und wölbte den Rücken, um ihren Busen an seine Brust zu drücken. Ich konnte meine Wut kaum unterdrücken, als er sich vorbeugte, um ihr etwas ins Ohr zu sagen, während er beide Hände hoch an ihrer Taille platzierte. Ich sah, wie sie lachte. Aufgrund des dröhnenden Basses konnte ich es zwar nicht hören, aber ich wusste sofort, dass es kein aufrichtiges Lachen war.

Sie würde sich nicht von einem der Kerle nähren. Sie war kein Stück weiter, ihre Beute zu finden, als noch vor einer Stunde.

Was zum Teufel soll das, Guinevere?, dachte ich irritiert und schob mich an einer Gruppe kichernder Frauen in ihren Zwanzigern vorbei, die kaugummirosa Drinks in Händen hielten. Sie drehten sich alle zu mir um, als ich an ihnen vorbeiging, wobei jede von ihnen eine lustvolle Aura ausstrahlte, doch für mich verschmolzen sie alle mit dem Hintergrund. Sie waren wie ein Donnergrollen, das viel zu weit entfernt war, um von Bedeutung zu sein.

Ich hatte mich voll und ganz auf Guinevere konzentriert. Während ich auf sie zuging, verschwendete sie weiter unsere Zeit, indem sie mich zwang, ihr zuzusehen, während ich nur jeden Mann, der sie berührte, vernichten wollte.

Such dir einfach einen aus, verdammt.

Aber sie wirbelte von einem Mann zum nächsten, direkt in seine wartenden Arme.

Ich stieß ein leises Knurren aus und stürzte mich in die Menge. Sowohl Frauen als auch Männer traten beiseite und sahen mich an, als wäre ich ein vorbeiziehender Sturm.

Vielleicht war ich das auch.

Als ich Guinevere erreichte, packte ich ihren Tanzpartner an der Schulter und drängte ihn zurück in die Menge, bevor er die Gelegenheit hatte zu protestieren. Dann schlang ich einen Arm um ihre Taille und zog sie mit einem Ruck an mich.

Guinevere legte die Hände an meine Brust und starrte mich an, wobei sie die Unterlippe vorschob. »Das war unhöflich.«

Ihre Wangen waren vom Tanzen gerötet und ihr dunkles Haar fiel ihr wie seidige Wellen um die Schultern. Mit einer Hand fasste ich die Strähnen zu einem Pferdeschwanz zusammen und zog heftig genug daran, um ihren Kopf nach hinten zu reißen und sie unter meine Kontrolle zu bringen.

»Es ist unhöflich«, presste ich zwischen zusammengebissenen Zähnen hervor, »mich warten zu lassen, während du jeden verfügbaren Leckerbissen in diesem Nachtklub kostest. Ich will, dass du dich entscheidest.«

Sie presste die Lippen aufeinander und sagte nichts.

Ich zog noch einmal an ihren Haaren und fixierte sie mit meinem Blick. »Guinevere, wo liegt das Problem?«, wollte ich wissen. »Wir haben das doch schon unzählige Male gemacht.«

»Ja, aber ihre Leben lagen vorher in *meiner* Hand«, sagte sie verärgert. Obwohl ich meine Faust um ihr Haar gewickelt hatte und ihr Gesicht der Decke zugewandt war, rieb sie weiter den Körper in dem pulsierenden Rhythmus gegen meinen, während sie mich jedoch mit ihrem Blick durchbohrte. »Jetzt … jetzt fühlt es sich an, als würde ich sie dem Tod aussetzen, während ich nicht kontrollieren kann, was mit ihnen geschieht.«

Ich seufzte und ließ ihr Haar los. Ich legte beide Hände an ihre Hüften und wiegte mich mit ihr im Takt, wobei ich verzweifelt versuchte, nicht daran zu denken, wie gut sich ihr Körper an meinem Schwanz anfühlte, selbst wenn meine Jeans uns trennte. »Lord Zebulon hat bereits gesagt, dass er einen Fährtensucher auf deine erwählte Beute ansetzen wird.«

»Ich weiß«, räumte sie ein und ließ den Blick durch die Menge schweifen. »Aber wen auch immer ich aussuche, wird ein Köder sein, und das fühlt sich einfach nicht richtig an.«

»Es ist der beste Weg, um herauszufinden, wer dir die Schuld in die Schuhe schieben will, Gwen«, flüsterte ich ihr ins Ohr. Ich legte meine Hand an ihren Rücken, um sie enger an mich zu drücken, während die Musik in einen sinnlichen Rhythmus überging. »Der Fährtensucher wird nicht zulassen, dass ihm etwas zustößt.«

»Wie kannst du dir da so sicher sein?«, konterte sie. »Wir wissen doch gar nicht, mit wem oder was wir es zu tun haben.«

»Genau deshalb sind wir hier«, erwiderte ich und knabberte instinktiv an ihrem Ohrläppchen. Es war eine Art Bestrafung dafür, dass sie dem Vorhaben kein Vertrauen entgegenbrachte. Aber ich wollte es auch einfach tun. Sie belohnte mich mit einem Beben, das meinen inneren Dämon erregte. Denn sie zitterte vor Erregung, nicht aus Angst.

»Ich will, dass du dir jemanden aussuchst.« Die Worte klangen schroffer, als ich beabsichtigt hatte. Aber sie musste sich auf ihre Aufgabe konzentrieren, damit ich etwas Abstand von ihr gewinnen konnte.

Doch das war genau das Gegenteil von dem, was gerade vor sich ging. Ihr Oberkörper verschmolz förmlich mit meinem und unsere Hüften verbanden sich auf eine Art und Weise, die man nur als bekleideten Sex beschreiben konnte. Wären wir nackt gewesen, dann wäre ich längst in sie eingedrungen. Und genau diesen Weg hatte ich gedanklich nicht beschreiten wollen.

»Guinevere. Wähle einen Köder.« Ich stieß die Worte zwischen zusammengebissenen Zähnen hervor. Ich war nicht wütend, doch wenn ich mich nicht bald zurückhielt, würde ich nicht mehr aufhören können. Dann würde ich nicht mehr aufhören können, sie zu berühren. Nicht, bevor ich sie nicht selbst genommen hatte.

Ich wollte sie loslassen und sie zurück in die Menge schieben, doch Guinevere hielt mein blaues Jackett fest. Sie krallte die Finger in den Stoff und ich konnte trotz des schummrigen Lichts sehen, dass ihre Knöchel weiß anliefen.

»Ich weiß nicht, ob ich mich auf diese Weise nähren kann«, gestand sie, als sie mit leicht geöffneten Lippen zu mir aufsah.

Ich ließ den Blick über ihren Mund gleiten, als ich mich für einen Moment von ihren Lippen ablenken ließ. In den wechselnden Farben, die von der Decke auf uns herabschienen, leuchtete ihre Haut und ihre himmelblauen Augen wirkten wie kostbare Edelsteine. Während ich sie jedoch genauer betrachtete, bemerkte ich etwas, das mir vorher nicht aufgefallen war – Guinevere unterdrückte ihre Lust.

Verdammter Mist. Warum hatte ich das nicht schon früher bemerkt?

Sobald ich imstande war, über meine eigene Lust hinwegzusehen, konnte ich ihre Angst deutlich erkennen.

Diese Furcht hatte sie auch zu Beginn ihrer Ausbildung häufig an den Tag gelegt. Damals hatte sie so viel Angst gehabt, einen weiteren Menschen zu töten, dass sie jeden ihrer niederen Instinkte unterdrückt hatte, statt ihrer Lust nachzugeben.

Als ich sie jetzt vor mir sah, an einem Ort, an dem sie sich ihre Bettgefährten nach Belieben aussuchen konnte, wurde ich daran erinnert, wie sehr Guinevere die Menschheit liebte. Sie wollte niemanden töten und diese Sanftheit war eine Eigenschaft, die ich immer an ihr bewundert hatte.

Auch wenn ich sie in der Vergangenheit gegen sie verwendet hatte.

Als ich sie weiter musterte, zuckte Guinevere zusammen und wandte den Bick ab. Sie ließ die Hände höher gleiten und legte die Arme auf meine Schultern, während sie sich in der Menge umsah.

Ich bezweifelte nicht, dass auch sie sich an all die grausamen Dinge erinnerte, die ich ihr im Laufe der Jahre an den Kopf geworfen hatte, wobei ich immer wieder betont hatte, dass sie sich zusammenreißen sollte und lernen musste, ein Leben als Sukkubus zu führen.

Ich hatte mich ihr gegenüber so schäbig verhalten. Immer und immer wieder. Vielleicht hatte ich es aus einem guten Grund getan, doch jetzt bereute ich es. Nach all der Zeit konnte ich auf keinen Fall zärtlich zu ihr sein. Sie würde meine Schutzschilde sofort durchschauen.

Also setzte ich eine steinerne Miene auf und bereitete

mich darauf vor, mich ihr gegenüber aufs Neue wie ein Arschloch zu verhalten.

Doch bevor ich etwas sagen konnte, sah sie mich wieder an. »Bitte nicht. Ich weiß, du willst mir sagen, dass ich mich wie ein Kind benehme. Doch das wird mir nicht helfen, Zane.«

Sie sah … *verloren* aus. Ich war verantwortlich für den Schmerz, der sich jetzt in ihren Augen widerspiegelte. Jedes Mal wenn ich sie als unreif oder kindisch beschimpft hatte, hatte ich sie verletzt.

Und in der Nacht, in der sie mir ihre Liebe gestanden hatte … *Verdammt*. Ich hatte so grausam wie nur möglich sein müssen, um sie von mir zu stoßen.

Wir dürfen nicht zusammen sein.

Sie ist zu jung, um zu verstehen, was sie da verlangt. Sie braucht mehr Zeit, um zu leben und Erfahrungen zu sammeln, bevor sie eine solche Bindung eingeht.

Sie wird es irgendwann einsehen. Sie wird ihr Leben weiterleben.

Es ist besser so. Für sie. Nicht für mich, sondern für sie.

All das waren meine Ausreden gewesen, doch als ich sie jetzt anstarrte, wurde mir klar, wie idiotisch sie alle klangen. Diese Frau wusste, wer sie war, und sie vertrat ihre Einstellung mit Überzeugung.

Sie wusste, dass sie einem unschuldigen Menschen nichts zuleide tun konnte.

Und ich kämpfte selbst mit einer Möglichkeit, es zu rechtfertigen.

Meine Entschlossenheit bröckelte und der Wind wurde mir aus den Segeln genommen. Ich hatte so lange meine Zuneigung zu ihr ignoriert, dass ich mich in ein Monster verwandelt hatte. Und heute Abend hatte ich einfach nicht die Kraft, diese Rolle zu spielen. Ich war es leid, gegen meine Gefühle anzukämpfen. Ich war es leid, etwas und jemanden zu wollen, den ich nicht haben konnte.

Und was wäre, wenn wir sie nicht retten konnten? Wenn wir den Schuldigen, der ihr die Morde in die Schuhe schieben wollte, nicht finden konnten, würde Erzdämon Ashmedai Guinevere in die Hölle verbannen.

Dies könnten meine letzten gemeinsamen Momente mit ihr sein.

Sie war immer eine Konstante in meinem Leben gewesen. Wie auch eine Bürde und eine Last, die ich nicht ablegen konnte, weil sich all diese lustvolle Energie zwischen uns aufgestaut hatte. Egal was ich tat, um sie zu bekämpfen, egal wie grausam ich zu ihr war, meine Anziehungskraft zu ihr blieb bestehen.

Und wenn sie uns verlassen muss, werde ich vielleicht nie die Gelegenheit haben, sie auszuleben …

Die Erkenntnis, dass ich sie verlieren könnte, ließ mein unterdrücktes Verlangen nach ihr mit Wucht erwachen. Mir kam plötzlich ein kühner Gedanke, von dem ich wusste, dass ich ihn besser verwerfen sollte … doch das tat ich nicht. Denn er schien viel zu perfekt zu sein, um ihn zu ignorieren.

Wir hatten schon früher Bettpartner geteilt, jedoch nicht in einer Weise, die mein Verlangen nach ihr jemals hätte befriedigen können. In den meisten Fällen hatte sie zugesehen, während ich mich von einer anderen Frau genährt hatte, oder ich hatte sie im Gegenzug dabei überwacht. Natürlich waren diese Erlebnisse intim gewesen, doch eher auf eine *lehrreiche* Art.

Vielleicht könnte ich sie jetzt »anleiten«, indem ich ihren Sukkubus zum Spielen hervorlockte. Sie begehrte mich schon seit Jahren. Das könnte ich zu meinem Vorteil nutzen. Ich könnte ihre Begierden wecken und ihr dann befehlen, sich jemanden auszusuchen.

Bevor sie etwas sagen konnte, schlang ich einen Arm um ihre Taille und zog sie fest an mich. Ich ließ ein Bein zwischen ihre Schenkel gleiten, als ein lateinamerikanischer Rhythmus erklang, der mich an heiße Nächte und verschwitzte Laken denken ließ.

Die ideale Musik für das, was ich vorhatte.

Ich umfasste eine ihrer perfekt geformten Pobacken und presste sie an mich, während wir uns im Takt bewegten und sinnlich unsere Hüften kreisen ließen. Ich konnte die Hitze ihres Unterleibs wie Feuer an meinem Bein spüren, dann beugte ich mich vor und ließ die Zähne über ihren Unterkiefer gleiten. Während ich sie gefühlte Stunden auf der Tanzfläche dabei beobachtet hatte, wie sie ihren Körper an jedem verfügbaren Kerl gerieben hatte, hatte ich die ganze Zeit über einen Halbsteifen gehabt. Doch in dem Moment, in dem ich unseren Tanz in etwas Sinnliches verwandelt hatte, schien meine Hose plötzlich unerträglich eng zu werden.

Guinevere stockte der Atem, als ich mit den Zähnen über die empfindsame Haut unter ihrem Ohr streifte.

Sie umklammerte meine Schultern und fragte atemlos: »Was tust du da?«

Ich atmete an ihrem Hals und ließ meine andere Hand an ihren Brustkorb wandern. Dabei konzentrierte ich mich auf jeden einzelnen Knochen unter ihrer Haut, nur um gegen das Bedürfnis anzukämpfen, meine Hand unter ihr Oberteil gleiten zu lassen und ihre Brüste zu umfassen.

»Zane«, keuchte Guinevere meinen Namen wie ein Gebet. »Was …«

Ich zog den Kopf zurück, um in ihre leuchtenden, lüsternen Augen zu blicken. »Ich will deine Begierde wecken.«

Ich beugte sie nach hinten und als ihr Kopf in den Nacken kippte, presste ich meine Lippen auf die pulsierende Stelle an ihrem Hals. Ich konnte ihr Bedürfnis riechen, ihre Lust wahrnehmen und sogar spüren, dass sie mit Macht dagegen ankämpfen wollte. Aber der Inkubus in mir war zu mächtig, als dass sie ihn ignorieren konnte. Sie war bereit, mich zu besteigen.

Allerdings war sie nicht die Einzige, die durch unseren sinnlichen Tanz erregt wurde.

Ich hatte sie nie wirklich auf diese Weise provoziert, was wahrscheinlich gut war, denn meine Inkubus-Seele reagierte mit dem gleichen verzweifelten Bedürfnis. Es erschreckte mich, wie laut er in meinem Inneren brüllte und an die Oberfläche drängte. Er wollte sie schmecken und der Drang war so mächtig und so unbestreitbar, dass ich mich ihm hingab, bevor ich überhaupt bemerkte, was geschah.

Mit einem Ruck zog ich sie an mich und ergriff von ihrem Mund Besitz.

Ich hätte es nicht tun sollen. Ich hatte die Kontrolle verloren. So etwas war mir noch nie zuvor passiert, doch in dem Moment, in dem ich sie schmeckte, war ich ihr verfallen.

Guinevere erwiderte meinen Kuss, ohne zu zögern. Sie öffnete bereitwillig die Lippen und unsere Zungen verwoben sich miteinander zu einem neuen Tanz. Sie stieß ein Stöhnen in meinem Mund aus, das meinen Schwanz vor Verlangen pochen ließ, und ich vertiefte den Kuss, um sie mit jeder Zelle meines Wesens zu verschlingen.

Ich konnte nicht aufhören, mein Verlangen nach ihr beherrschte meine Gedanken und zerstörte jeden Anflug von Vernunft, bis ich von Lust und Begierde völlig vereinnahmt wurde.

Zum Teufel damit, dachte ich. *Zum Teufel mit all den Regeln.*

GWEN

Zane küsst mich.

Er küsste mich *tatsächlich*.

Und oh, es fühlte sich so, so gut an.

Ich schlang die Arme um seinen Hals und zog ihn an mich. Ich verlor mich in seiner Berührung und schwelgte in seinem männlichen Duft. *So würzig und männlich. Mm.*

Ich hatte sein natürliches Eau de Cologne schon immer genossen und häufig des Nachts davon geträumt, doch so heiß und sexy hatte ich ihn noch nie erlebt. Er triefte förmlich vor Sinnlichkeit, so wie es sich für einen Inkubus gehörte. Es war so perfekt, so wunderschön und so *richtig*.

Aber … war es wirklich richtig? Begehrte er mich wirklich so sehr wie ich ihn?

»Ich will deine Begierde wecken.«

Diese Worte gingen mir immer wieder durch den Kopf und riefen mir schlagartig ins Bewusstsein, warum er mich verführte. Er wollte mich anheizen, damit ich ein menschliches Ziel anvisierte. Ein Opfer. Ich sollte einen Sterblichen dem Risiko aussetzen, möglicherweise durch die Hände eines Unbekannten zu sterben.

Und er machte sich meine Zuneigung zu ihm zunutze, um mich zu verleiten.

Es ging nicht darum, dass er mich begehrte oder meinen Durst stillen wollte. Er wollte ihn verstärken, damit ich mir stattdessen einen Sterblichen nahm, um von ihm zu trinken.

Ich wurde von Enttäuschung gepackt und meine Erregung wich der harschen Realität.

Zanes Kuss verwandelte sich in meinem Mund in Asche. Er ließ seine Hand höher gleiten, um meine Brust zu umfassen. Ich wollte ihn gewähren lassen und ihm nachgeben, um mich an seine Hand zu schmiegen und seine Berührung zu spüren, die ich mir immer erträumt hatte.

Doch ich konnte es nicht tun.

Ich war kein naives kleines Mädchen, egal was er von mir hielt, und die Wahrheit starrte mir direkt ins Gesicht. Die Wahrheit hatte Krallen und steckte ihre Zunge in meinen Mund.

Das hier war nicht real. Zane wollte mich nicht. Nicht wirklich. Ich war nichts weiter als ein unartiges Kind, dem man gut zuredete, damit es eine Aufgabe erfüllte.

Ich packte ihn am Handgelenk und schob ihn von mir, wobei meine Brust fast schmerzte, weil er sie nicht mehr liebkoste.

»Danke«, sagte ich verbittert und löste mich aus seinem Griff. »Ich bin jetzt bereit.«

Zane sah mich verwirrt an und streckte die Hand nach mir aus. »Wie bitte?«

Ich machte eine vage Geste in Richtung Theke und bedachte ihn mit einem abweisenden Blick. »Geh etwas trinken. Ich werde bald fertig sein.«

Denn jetzt wollte ich diese Mission beenden, nur damit ich von hier verschwinden konnte.

Ich wollte so schnell wie möglich vor Zane und seiner verruchten Berührung fliehen.

Seine Verwirrung verwandelte sich in Schock, während er immer noch die Hand nach mir ausgestreckt hatte. Ich nahm an, es war *nur gespielt*, denn der halbe Klub hatte uns gerade beim Knutschen auf der Tanzfläche beobachtet.

Mit einem Kopfschütteln ließ ich den Blick suchend durch die Menge schweifen, um einen anderen Mann zu finden, mit dem ich spielen konnte. Ich musste mich von Zanes geschicktem Mund befreien und den vernichteten Ausdruck in seinen Augen vergessen.

Er ist ein brillanter Schauspieler, dachte ich mürrisch. *Für diese Vorführung hat er eine Auszeichnung verdient.*

Denn für den Bruchteil einer Sekunde hatte ich ihm tatsächlich geglaubt. Ich war überzeugt davon gewesen, dass er mich wollte. Doch das war lächerlich, denn ich kannte die Wahrheit. Ich lebte jeden Tag mit der Tatsache, dass er meine Liebe auf brutale Weise zurückgewiesen hatte.

Die Erinnerung ergoss sich wie ein kalter Schauer über meine Sinne und ließ die Hitze, die er mit seinen geschickten Lippen entfacht hatte, schlagartig erkalten. Ich wischte mir über den Mund und wünschte, ich könnte seinen Geschmack von meiner Zunge entfernen.

Zane wollte mich nicht. Und doch hatte ich mir nur einen Moment lang erlaubt, die Möglichkeit in Betracht zu ziehen.

Das war dumm von dir, Gwen, tadelte ich mich selbst. *Er hat dir klipp und klar gesagt, wie er empfindet. Ein Kuss ändert daran nichts.*

Er sah in mir nur eine Schülerin, eine Last, eine Zeitverschwendung, und ich würde in seinen Augen nie mehr sein.

Das reicht jetzt.

Es ist sein Pech.

Ich atmete tief durch, hob den Kopf und verdrängte den Schmerz, den die Verschlagenheit seines Spielchens in mir hervorgerufen hatte. Vielleicht wusste Zane meine weiblichen Reize nicht zu schätzen, doch andere Männer waren davon durchaus angetan.

Ich musste all meine Kraft zusammennehmen, um meine Fäuste zu entspannen, denn jetzt, da ich etwas Abstand zwischen mich und meinen Mentor gebracht hatte, hatte ich nicht mehr das Bedürfnis, ihn zu schmecken.

Ich wollte ihn erdrosseln.

Ich nahm mir vor, den Mann mit dem stärksten Eau de Cologne im Klub zu finden, damit ich mich in ihm wälzen und Zanes würzigen Duft auf meiner Haut überdecken konnte.

Du musst wieder einen klaren Kopf bekommen. Je eher ich mich nährte, desto schneller konnte ich diesen Klub verlassen und Zane in die Wüste schicken. Zumindest für heute Nacht.

Ich atmete noch einmal tief ein und atmete dann langsam wieder aus, als ich begann, mich allein zur Musik auf der Tanzfläche zu bewegen. Ich ließ den Blick wieder durch die Menge schweifen. Für gewöhnlich suchte ich mir einen »netten Kerl« aus, der so aussah, als hätte er es schwer, Mädchen aufzureißen, denn das bedeutete, dass ich mich nicht zu ihm hingezogen fühlte. Das wiederum machte es mir leichter, mich von ihm zu nähren, ohne ihn zu töten. Je attraktiver ich einen Mann fand, desto wahrscheinlicher war es, dass ich ihn versehentlich umbrachte.

So wie ich jetzt Zane töten wollte.

Schluss damit. Hör auf, an Zane zu denken. Konzentriere dich auf das Wesentliche.

Nur war ich mittlerweile nicht mehr dazu aufgelegt, mir einen »netten Kerl« zu angeln. Ich konnte mich auch nicht für einen attraktiven Mann entscheiden, zumindest nicht für einen, der meinem persönlichen Geschmack entsprach, da ich nicht riskieren wollte, die Kontrolle zu verlieren. Nein, ich musste einen Mann wählen, der es verdient hatte, als Beute zu fungieren, was bedeutete, dass ich mir das größte Arschloch im Klub aussuchen musste.

Wenn ich schon jemanden in Gefahr brachte, dann sollte es jemand sein, bei dem es mir weniger leidtat.

Zane stand zwar derzeit ganz oben auf meiner Liste der Arschlöcher, doch er würde nicht als mein Opfer dienen können.

Also würde ich ein anderes Arschloch finden müssen, das sich für diese Rolle eignete.

Das würde nicht allzu schwierig sein, denn in Klubs wie diesem wimmelte es für gewöhnlich von Arschlöchern. Er würde ähnlich eines gewissen Inkubus durch sein arrogantes Auftreten auffallen und eine Aura des bösen Buben verströmen, die so viel aussagte wie: *Ich werde heute Nacht eine Frau ficken und mich danach nicht mehr bei ihr melden.*

Meine sukkubische Seele war imstande, die Absicht hinter der Lust wahrzunehmen, also ließ ich den Blick durch die Menge schweifen, bis ich einen geeigneten Kandidaten ausfindig gemacht hatte.

Groß, Dunkel und Geil, kurz GDG, lehnte nicht weit von Zane entfernt an der Theke. Der Kerl machte auf mich den Eindruck, als würde er dem Vergnügen auch gern ein wenig Schmerz beimischen. *Gut so.* Wenn er mich tatsächlich verletzte, würde ich mich weniger verantwortlich fühlen, falls ihm etwas zustoßen sollte.

GDG hielt in der einen Hand ein Glas mit einer klaren Flüssigkeit, während er die andere auf die Schulter eines armen Mädchens gelegt hatte, das sich sichtlich darum bemühte, sich ihm zu entziehen. Sie wirkte verängstigt, als müsste sie sich aus den Klauen eines Monsters befreien.

Sie irrte sich sicher nicht. Sterbliche Frauen waren genauso wie ich empfänglich dafür, die üblen Gesellen unter den Männern zu erkennen. Allerdings neigten manche Frauen dazu, etwas zu nahe am Feuer zu tanzen und sich an den Flammen zu ergötzen.

Ich bewegte mich an den Rand der Menge und wartete, bis GDG mich bemerkte, während ich allein tanzte. Er würde ohne Zweifel auf mich aufmerksam werden, dann so war es immer. Männliche Sterbliche – und oft auch weibliche – wurden von Sukkuben angezogen wie Motten vom Licht.

Die Blicke von mindestens einem Dutzend Männer waren bereits auf mich gerichtet, wobei ihr unverhohlenes Interesse meine innere Begierde schürte und die dämonische Seite in mir herausforderte, sich zu zeigen und sie alle zu nehmen.

Doch ich brauchte nur den einen.

Ich hob meine Hände in die Luft und ließ mich vom Takt der Musik mitreißen, während ich meine sinnliche Energie in alle Richtungen ausstrahlte. Ich folgte dabei einer natürlichen Neigung, die einen unsichtbaren Strang lüsterner Energie verströmte und jeden in meinem Umkreis verführte.

Einschließlich GDG.

Er hatte sich von dem Mädchen abgewandt und starrte nun meine weiblichen Kurven an, wobei er sich die Lippen leckte.

Das Mädchen nutzte den Moment und nahm Reißaus. In Gedanken schickte ich ihr ein »Gern geschehen« hinterher, doch sie konnte mich nicht wirklich hören. Sie stürzte sich förmlich in eine Gruppe von wartenden Freundinnen, was GDG schon nicht mehr wahrnahm. Er hatte den Blick ausschließlich auf mich gerichtet und mich zu seinem nächsten Opfer erkoren.

Oh, Schätzchen, dachte ich. *Nur zu.*

Ich sah ihn an, dann ließ ich meine Hüften kreisen und strich mit den Händen an meinem Oberkörper hinauf über meine Brüste, um sie in meinem Haar zu vergraben. Mein Oberteil rutschte dabei nach oben und gewährte ihm einen Blick auf meine nackte Haut. Ich übte mich in der nicht ganz so subtilen Kunst, einen Mann mit dem Körper und den Augen zu verführen.

Er setzte ein raubtierhaftes Lächeln auf. Dann knallte er sein Glas auf die Theke und ging schnurstracks auf mich zu. Er spielte die Rolle des bösen Jungen perfekt, angefangen bei dem anzüglichen Grinsen bis hin zu dem lüsternen Funkeln in seinen Augen.

Doch zu seinem Leidwesen war ich hier das eigentliche Raubtier.

Als er vor mir stand, packte ich ihn am Hemd und zog ihn an mich. Ich ließ mein Becken an seinen Hüften kreisen, während ich mit den Fingern seinen Nacken hinaufstrich und sie in seinem dunklen Haar verwob.

Mein Blick fiel auf Zane, der an der Theke stand und uns mit bedrohlich zusammengekniffenen Augen beobachtete. Ich schmiegte den Kopf an GDGs Nacken und warf meinem Mentor ein düsteres Grinsen zu, woraufhin sein Blick sich noch mehr verfinsterte. Während ich ihn betrachtete, näherte sich ihm eine Sterbliche und er wandte den Blick sofort von mir ab. Er ließ seinen Charme spielen und schien augenblicklich vergessen zu haben, dass ich existierte.

Ich schlang die Arme um den Hals meiner Eroberung und ignorierte Zane. Es würde mich nicht wundern, wenn er selbst ein wenig Spaß haben wollte. Im Klub strotzte es nur so vor sexueller Energie, was erklärte, warum er auf der Tanzfläche derart erregt gewesen war. Der Ort war ein Paradies für einen Inkubus – ein wahres Buffet junger, geschmeidiger, williger menschlicher Frauen, die sich über die Theke beugen würden, wenn Zane sie dafür verwöhnen würde.

Manchmal fühlte sich diese Atmosphäre für mich jedoch wie ein Gefängnis an.

Mein Tanzpartner schenkte mir ein triumphierendes Grinsen, wobei er mit den Händen über meine Pobacken strich. Dann ließ er die Finger unter den Saum meines Oberteils auf meine nackte Haut gleiten. Seine Augen leuchteten, denn er ging davon aus, dass er bereits gewonnen hatte.

Ja, dieser Kerl war genau der Richtige für meine Zwecke. Er hatte bereits angefangen, mich zu betatschen, ohne ein einziges verdammtes Wort verloren zu haben. Doch ich hatte nichts anderes erwartet. Er war ebenfalls erregt, jedoch war er wesentlich weniger gut ausgestattet als Zane.

Vollidiot, dachte ich, wobei ich meiner Stimme im Geiste einen Südstaatenakzent beimischte. Ich lebte bereits seit Jahrzehnten in Nashville, da schien es nur natürlich.

Ich drehte mich in GDGs Armen um und schmiegte meinen Hintern an seine Erektion, wobei ich meine Hüften auf einladende Weise langsam kreisen ließ.

Nimm die Einladung an, ermutigte ich ihn in Gedanken. *Damit ich mich nähren kann.*

Dann würde er der Köder sein.

Und ich könnte zurück nach Hause gehen.

Und vielleicht würde ich dann nicht zu einer Ewigkeit in der Hölle verurteilt werden.

Doch das momentane triumphierende Gefühl erstarb, als ich bemerkte, dass Zane und die Blondine mittlerweile miteinander tanzten. Sie waren nur noch wenige

Zentimeter voneinander entfernt und er schien bereit, sie unter ihrem winzigen Rock zu nehmen. Sie beugte die Knie, wobei ihr Rock an ihren Schenkeln hinaufrutschte, während er die Hüften nach vorn stieß, die Hände über ihre Taille an ihrem Körper hinaufgleiten ließ und unter …

Ich starrte sie an und mir lief ein kalter Schauer über den Rücken.

Noch vor wenigen Minuten hatte er mich auf diese Weise berührt.

Jetzt verlier nicht den Verstand, ermahnte ich mich. *Bring es zu Ende und geh nach Hause.*

Ich drehte mich wieder meinem Opfer zu, vergrub die Finger in seinem Haar und zog seinen Kopf zu mir, um ihm ins Ohr zu flüstern: »Folge mir.«

GDG erstarrte, dann breitete sich wieder ein Grinsen auf seinem Gesicht aus.

Sieg.

Ich ging mit einem verführerischen Hüftschwung voraus und schlängelte mich durch die dichte, wogende Menge. Ich musste mich nicht umsehen, um zu wissen, dass er mir folgte.

Auf dem Weg von der Tanzfläche verfolgte mich das Bild von Zane, wie er die Hüften an der Blondine rieb. Er heizte sie auf für einen schnellen Fick, so wie er mich auf das hatte vorbereiten wollen, weswegen ich hierhergekommen war. Ich bedeutete ihm nicht mehr als diese Frau, und diese Erkenntnis versetzte mir einen Stich im Herzen.

Wenigstens würde es mir nicht schwerfallen, mich von diesem Arschloch zu nähren. Ich hatte einmal mehr die Lust verloren, was bedeutete, dass ich nicht Gefahr lief, die Kontrolle zu verlieren.

Ich führte ihn in eine dunkle Ecke, die noch in

Sichtweite der Tanzfläche lag, dann trat ich noch einen Schritt zurück und bedeutete ihm mit einem gekrümmten Zeigefinger, mir zu folgen. Doch ich ließ den Blick an ihm vorbei zur Tanzfläche wandern und zu dem Licht, das auf Zanes dichtem, dunklem Haar reflektiert wurde. Es war länger geworden und reichte ihm an einigen Stellen bis zum Kinn, während es ihm in einem Winkel über das Gesicht fiel. Es war die Art Haar, durch das die Frauen gern mit den Fingern fuhren, was seine Tanzpartnerin jetzt tat und ihn zum Lächeln brachte.

Ich hätte fast ein Knurren ausgestoßen.

Dann erregte GDG meine Aufmerksamkeit, indem er den Griff um meine Taille festigte. »Augen auf mich, Prinzessin.«

Ich riss den Blick von Zane los und zog eine Augenbraue in die Höhe. »Prinzessin?« Verärgerung wallte in mir auf, doch ich unterdrückte sie, bevor ich etwas Dummes tun und ihn beschimpfen könnte. Als ich ihn ausgewählt hatte, war ich mir der Tatsache bewusst gewesen, dass er für mein Empfinden viel zu grobschlächtig war. Also lächelte ich nur und sagte: »Also schön.«

Ich legte die Hand an seinen Nacken und zog ihn an mich, um ihn zu küssen. Ich spürte, wie die Macht in meinem Inneren anschwoll und meine sukkubische Seele ein Ventil in Form eines angemessenen Wirtes suchte.

In dem Moment, in dem er mit meiner dämonischen Energie in Berührung kam, verlor er die Kontrolle. Er drückte mich gegen die Wand, packte meine Haare und riss meinen Kopf zurück, um meinen Mund weiter zu öffnen. Es war eine perverse Nachahmung der Art und Weise, wie Zane mich auf der Tanzfläche gehalten hatte, als er die Faust um mein Haar geballt und seinen warmen Körper auf sinnliche Weise an den meinen geschmiegt hatte. Doch an der Umarmung jetzt war nichts Sinnliches. Es ging dabei um pure Dominanz, und zwar nicht auf eine angenehme Art.

Obwohl ich mich innerlich gegen ihn sträubte, entbrannte GDG vor Lust und ich begann, mich zu nähren. Ich nahm seine Lust, seine Begierde und sein überwältigendes Verlangen in mich auf, wobei ich ihn viel schneller aussaugte als angemessen war. Doch ich nahm es ihm übel, dass er versucht hatte, mich zu beherrschen, ohne auch nur einen Gedanken an meine persönlichen Vorlieben zu verschwenden.

Zane mag mich für ein schwaches, kleines Mädchen gehalten haben, doch das war ich nicht.

Und es machte mich wütend, dass dieser Kerl mich offenbar genauso eingeschätzt hatte.

GDG zog zuerst den Kopf zurück, was mich nicht verwunderte. Er schwankte und ich schob ihn von mir, wobei ich ihn gegen die Wand lehnte. Er hatte Mühe, sich auf mich zu konzentrieren, und seine Pupillen waren so stark geweitet, dass er wie berauscht wirkte.

Berauscht von mir.

Ich stieß ein Summen aus und tippte mit dem Finger gegen seine Nase. »Hm, ich glaube nicht, dass du mit mir mithalten kannst, großer Junge. Vielleicht ein andermal.«

Dann ließ ich ihn zusammengesunken in der Ecke sitzen.

Ich war kaum ein paar Schritte gegangen, als Zane sich aus der Menge der Tänzer löste und sich mit zusammengepressten Lippen vor mir aufbaute. Trotz der schweren Wolke aus Parfüm, Schweiß und Alkohol, die über dem Klub hing, umgab mich sein würziger Duft wie ein lebendiges Wesen, das mich anzog und mich zu sich lockte, so wie ich GDG zu mir gelockt hatte.

»Du bist einfach verschwunden«, sagte Zane schroff.

Ich verdrehte die Augen und versuchte, mich an ihm vorbeizuschieben, als ich antwortete: »Geh zurück zu deiner Blondine.«

Zane streckte die Hand aus und packte mich am Handgelenk. Er umklammerte meinen Arm und zog mich zu sich. »Was hat diese Einstellung zu bedeuten?«

Ich ballte die Hand zur Faust und beugte mich zu ihm vor, als ich zwischen zusammengebissenen Zähnen hervorstieß: »Vielleicht hat es mir nicht gefallen, dass du vorhin versucht hast, mich zu manipulieren.«

Zane zog mich noch näher an sich, bis mein Arm gegen seine Brust prallte und ich seinen Herzschlag spüren konnte. Er leckte sich über die Lippen und ließ den Blick an mir auf und ab wandern. »Wir beide wissen, dass es dir mehr als nur gefallen hat.«

Ich starrte ihn an und zwang meine verräterische Libido, sich verdammt noch mal zu beruhigen.

»Vielleicht mag ich es nicht, wenn du meine Gefühle manipulierst, um mich aufzuheizen«, schnauzte ich, befreite mich aus seinem Griff und stakste in Richtung Ausgang.

In dem Moment, in dem ich durch die schwere Metalltür trat, wurde ich von einer kühlen Brise umweht, die die Hitze in meinem Gesicht und meinem Körper linderte. Auf dem Bürgersteig standen die Leute an und warteten darauf, dass ihnen Einlass gewährt wurde, da die Kapazität des Klubs weit überschritten war. Ich drehte zwei Dutzend neugierigen Blicken den Rücken zu, zupfte meinen Rock zurecht und stolzierte in Richtung Parkplatz davon.

Zane holte mich ein, als ich auf den rissigen Asphalt trat. »Ich habe deine Gefühle nicht manipuliert.«

Ich suchte den Parkplatz nach seinem Wagen ab, doch er war voll von teuren schwarzen Sportcoupés. Ich machte mir nicht die Mühe, ihn anzusehen, als ich fragte: »Wie würdest du es dann nennen?«

»Kontrollverlust«, murmelte er.

Ich wirbelte herum und wischte mir die Haare aus dem Gesicht, als ich wieder von einer Brise kühler Nachtluft erfasst wurde. »Wie bitte?« Wollte er mich damit etwa beleidigen?

Zane schüttelte nur den Kopf. Dann griff er in die Innentasche seines blauen Blazers und zog einen Autoschlüssel hervor. Er drückte einen Knopf, woraufhin in der Nähe eine Hupe ertönte und zwei Scheinwerfer aufleuchteten. »Vergiss es. Lass uns einfach gehen.«

»Großartige Idee«, sagte ich sarkastisch und ging auf die Scheinwerfer zu.

Ich ließ mich auf den Beifahrersitz gleiten und zog meinen Rock so weit wie möglich hinunter.

Zane hielt ein paar Sekunden vor der Tür inne, doch ich konnte sein Gesicht nicht sehen, da das Wagendach viel zu niedrig war. Als er einstieg, war seine Miene ausdruckslos, doch sein Duft erfüllte den leeren Raum um mich herum.

Sobald der Motor aufheulte, kurbelte ich das Fenster herunter, lehnte mich hinaus und atmete die frische Luft ein. So verharrte ich den ganzen Weg zurück zu meinem Haus.

ZEBULON

»Wie ist es gelaufen?«, wollte ich wissen, als ich Zane die Tür öffnete, um ihm Zutritt zu meinem Schlafzimmer zu gewähren. Ich hatte gespürt, wie er vor ein paar Minuten mit einem meiner Portalbewohner im unteren Stockwerk angekommen war. Sie hatten sich im Laufe der Jahre daran gewöhnt, den Inkubus für mich zu holen. Aus irgendeinem Grund hatte er sich entschieden, in Nashville zu leben, während ich Chicago im Herzen des Mittleren Westens bevorzugte.

Aus diesem Grund hatte ich ihn ursprünglich als Mentor für Guinevere eingesetzt, denn sie wohnten nur unweit voneinander entfernt. Obwohl ich mich nach Belieben dorthin teleportieren konnte, verbrauchte es dennoch eine Menge Energie. Daher war es viel effizienter, einen vertrauenswürdigen Verbündeten um Hilfe zu bitten. Dabei war es der Sache umso dienlicher, dass er ein Inkubus war.

In seinen silberblauen Iriden funkelte ein Ausdruck dunkler Emotionen. »Ich habe sie gerade nach Hause gebracht. Gleason war auch dort, aber er hatte nichts

Neues zu berichten. Und Ragus hat mir auf dem Weg erzählt, dass der Fährtensucher bereits auf Guineveres Eroberung angesetzt wurde. Also wäre das auch erledigt.«

Er strahlte eine Spannung aus, die ich von ihm nicht gewohnt war, wenn er in der Tür zu meinem Schlafzimmer stand. Nun, sexuelle Spannung vielleicht, doch das hatte nichts mit Sex zu tun.

»Wie hat sie sich im Klub geschlagen?«, fragte ich mich laut.

Seine Kiefermuskeln zuckten. »Gut.«

Ich zog eine Augenbraue in die Höhe. »Das hört sich aber nicht danach an.«

Zane trat über die Schwelle und stieß ein Seufzen aus, welches ein für ihn untypisch düsterer Klang war. »Sie hat Angst.«

»Hm.« Ich schloss die Tür und nickte. »Ich würde mir mehr Sorgen machen, wenn sie keine hätte. Jemand hat ihr nicht nur diese Morde angehängt, sondern auch dafür gesorgt, dass Ashmedai davon erfährt.«

»Hast du eine Ahnung, wer ihn darüber informiert haben könnte?«, fragte Zane.

»Nein, doch ich sollte ihn wahrscheinlich danach fragen«, erkannte ich. »Es wäre eine offensichtliche Verbindung.« Keiner meiner Männer hatte dem Erzdämon von dem Vorfall erzählt, dessen war ich mir sicher, weil ich mich umgehört hatte. Das bedeutete, dass die undichte Stelle außerhalb meines Kreises lag. Und nur sehr wenige wussten von dem Fall, da er im Moment auf die Gegend um Nashville begrenzt war.

Zane rieb sich die Stirn und sah sich im Raum um. Er wirkte verwirrter, als ich ihn je erlebt hatte, was mich stutzig machte.

»Was ist im Klub vorgefallen?« Ich bemühte mich um einen ruhigen Tonfall, doch in meiner Stimme schwang ein autoritärer Unterton mit. Von jemandem in meiner Position war es wohl nicht anders zu erwarten. Irgendetwas nagte offensichtlich an ihm, und ich wollte wissen, was sein Unbehagen ausgelöst hatte.

Glücklicherweise schien Zane sich nicht an meinem Tonfall zu stören.

Er wandte sich lediglich zu mir um und antwortete: »Wir hatten anfangs ein paar Schwierigkeiten. Sie wollte sich nicht entscheiden, also habe ich sie zur Rede gestellt und sie ein wenig angeheizt.« Er schluckte und sah mir direkt in die Augen. »Ich habe sie geküsst.«

Ich zog überrascht die Augenbrauen nach oben, als ich sein unverblümtes Geständnis hörte. Ich war zu Anfang sehr direkt gewesen, als ich ihm verboten hatte, sich mit ihr einzulassen. Sie brauchte Zeit, um wachsen zu können, und ich hatte nicht gewollt, dass er ihr die Unschuld raubte. Zumindest hatte ich mir eingeredet, dass das der Grund war. Vielleicht steckte jedoch mehr dahinter – etwas, was ich mir nicht einmal selbst gegenüber eingestehen wollte.

»Warum?«, wollte ich wissen. Ich musste verstehen, was ihn dazu getrieben hatte, Guinevere zu küssen, obwohl er sich zweifellos im Klaren darüber war, dass er damit gegen meinen Willen gehandelt hatte. Zane konnte verwegen sein, aber er wusste, dass er sich mir nicht widersetzen durfte. Das bedeutete, dass er einen guten Grund dafür gehabt hatte, und ich war sehr daran interessiert, ihn zu erfahren.

»Weißt du noch, wie sie sich anfangs geweigert hat, sich zu nähren? Weil sie Angst hatte, jemanden zu verletzen?«

Ich nickte, da ich genau wusste, wovon er sprach. »Ja.«

»Nun, heute Abend war ihre Abneigung noch stärker gewesen, da ihr der Gedanke, jemanden als Köder zu benutzen, widerstrebte. Sie sagte, ihr gefiele die Vorstellung nicht, keinerlei Kontrolle über die Situation zu haben, was ich angesichts ihrer Vergangenheit verstehen konnte. Also habe ich sie ein wenig verführt, um den Sukkubus in ihr zu provozieren. Es hat funktioniert … und ich bin mir ziemlich sicher, dass sie mich jetzt hasst.«

»Hast du ihr wehgetan?«, fragte ich, während mir das Blut in den Ohren pochte.

»Nein, das ist es nicht.«

»Was dann?«, fragte ich mit zusammengebissenen Zähnen. Ich empfand ein tief sitzendes Bedürfnis, sie zu beschützen. »Was könntest du getan haben, damit sie dich hasst?« Ein Kuss war harmlos. Ich hatte sie selbst bereits mehrfach geküsst und sie hatte mich danach nicht einmal gehasst.

»Sie sagte, ich hätte sie unsanft behandelt und ihre Gefühle manipuliert«, murmelte er, wobei er meiner aufsteigenden Wut gegenüber entweder blind war oder ihr gleichgültig gegenüberstand. »Sie hat mich im Grunde beschuldigt, ihr Verlangen nach mir ausgenutzt zu haben.«

»Aha.« Ein Teil meines Zorns erlosch bei dieser Enthüllung. Es schien, als hätte Guineveres Verliebtheit in Zane doch nicht so sehr nachgelassen, wie ich geglaubt hatte. Oder hatte ich es *gehofft?* Die beiden Empfindungen waren oft eng miteinander verbunden. »Sie glaubt immer noch, dass sie in dich verliebt ist.«

Er stieß ein Knurren aus. »Ich bin mir nicht sicher, ob ich es so nennen würde. Wohl eher Lust. Doch jetzt empfindet sie mir gegenüber auch eine gesunde Portion Hass.«

Zane zog seinen Blazer aus und drapierte ihn über den kleinen Tisch neben der Eingangstür. Sein schwarzes Hemd war zur Hälfte aufgeknöpft und gewährte mir einen Blick auf seine geschmeidigen Muskeln. Er wirkte auf lässige Weise modisch, eine Eigenschaft, die ich bewunderte, da ich ebenfalls eine Vorliebe dafür hatte.

Ich starrte ihn an und musterte die Linien in seinem Gesicht und sein glänzendes Haar. Von ihm ging eine unbändige Frustration aus, die sowohl emotionaler als auch sexueller Natur war. Normalerweise galt seine Aufmerksamkeit in meiner Gegenwart nur mir, doch er hatte die ganze Zeit über den Blick unruhig durch den Raum schweifen lassen. In seinem Körper wohnte eine nervöse Energie, die nichts damit zu tun hatte, dass er sich nicht genährt hatte.

»Dich beunruhigt noch etwas«, bemerkte ich.

Er begegnete meinem Blick und in seinen blauen Augen schimmerte ein Strudel der Emotionen. Er fuhr sich mit den Fingern durch sein dichtes Haar, wandte sich von mir ab und ging hinüber zu dem Stuhl, der einsam neben meinem Bett stand. Er schob einen Stapel meiner Kleider beiseite und setzte sich.

»Ich habe sie nicht nur geküsst, mein Herr«, sagte Zane, wobei er einen unterwürfigen Tonfall in seiner Stimme mitschwingen ließ, um seine Gefühle zu verbergen. »Ich habe die Kontrolle verloren.«

Ich stellte mir vor, wie Zanes Lippen die von Guinevere berührten, während er die Hände über ihren Körper gleiten ließ. Er küsste sie nicht, um sie zu nähren, wie ich es zuvor getan hatte, sondern aus reiner Leidenschaft. Es ging dabei nur um Begierde und Erregung. Als ich die beiden eng umschlungen vor meinem geistigen Auge sah, spürte ich, wie das Blut in meinem Schwanz pulsierte.

Statt wütend darüber zu sein, dass Zane gegen die Regeln verstoßen hatte, fühlte ich … fühlte ich, dass ich mehr wissen musste.

»Wie hat es sich angefühlt?«, fragte ich und setzte mich ihm gegenüber aufs Bett.

Zane sah mich an und zog eine Augenbraue in die Höhe. »Mein Herr?«

»Ich meine, unsere geliebte Guinevere zu küssen. Wie hat es sich angefühlt?« Ich wusste, wie es sich für mich angefühlt hatte, aber ich wollte seine Meinung dazu hören.

»Ich hatte das Gefühl, verzehrt zu werden«, hauchte er, und ich konnte den Hunger aus seiner Stimme heraushören. »Ich glaube, ich bin in ihr ertrunken und wieder zum Leben erwacht, und jetzt möchte ich es noch hundertmal erleben.«

Ich erkannte das Leuchten in seinen metallisch-blauen Augen und die kaum sichtbare Röte in seinen Wangen. Sein Puls pochte sichtlich in seiner Kehle, während seine Lust den Raum erfüllte und meine Sinne durchflutete. Seine Begierde erregte mich so sehr, dass mein Schwanz noch härter wurde.

Ich hatte ihn noch nie von einer Frau mit dieser Leidenschaft sprechen hören, die er normalerweise für mich bereithielt. Das erklärte auch, warum er mich nicht eindringlicher gemustert hatte, als ich ihm nur mit einer Pyjamahose bekleidet die Tür geöffnet hatte. Für gewöhnlich war er nicht imstande, den Blick von meinem Oberkörper abzuwenden, doch heute Abend schaffte er es, mir fast die ganze Zeit über in die Augen zu sehen.

Weil der Sukkubus ihm unter die Haut gegangen war.

Und jetzt wollte er mehr.

Oh, dieses Gefühl kannte ich nur zu gut.

Als ich nichts erwiderte, fuhr Zane fort: »Ich musste daran denken, dass wir sie verlieren könnten, und die Vorstellung von einer Welt ohne sie hat mich aus der Bahn geworfen. Da bin ich … ein wenig leichtsinnig geworden.«

»Wir könnten sie immer noch verlieren«, gab ich zu bedenken, da wir beide auf diese Möglichkeit vorbereitet sein mussten. »Daher kann ich deine Gefühle verstehen.

Wenn wir nicht in der Lage sind herauszufinden, wer diese Verbrechen begeht, besteht eine sehr reale Chance, dass sie in die Hölle verbannt wird.«

Wir starrten uns schweigend an, während die Worte zwischen uns in der Luft hingen. Die Vorstellung, dass Guinevere für den Rest ihres Lebens der Hölle ausgeliefert sein würde, jagte mir einen kalten, unbehaglichen Schauer über den Rücken.

Es war jedoch Zeitverschwendung, nur über eine von mehreren Möglichkeiten nachzugrübeln, vor allem, da wir ein Team hatten, das uns helfen sollte, dem Schicksal eine andere Wendung zu verleihen. Wir konnten das Problem nur lösen, wenn wir uns darauf einigten, wie wir es am besten angehen sollten, daher schob ich alle Gedanken an Guinevere in der Hölle beiseite und konzentrierte mich auf die Aufgabe, die vor uns lag.

»Wir müssen uns darauf konzentrieren, wie wir das Problem lösen können«, sagte ich laut und änderte damit den Verlauf unserer Unterhaltung. »Ashmedai scheint zu glauben, dass dies alles mit den Machtverschiebungen zu tun hat, und er denkt, dass jemand Guinevere benutzt, um mich abzulenken.«

Zane legte den Kopf schief. Jegliche Spur von Emotionen verschwand aus seinem Gesicht und wich einem Ausdruck seines üblichen Scharfsinns. »Das ist eine interessante Theorie. Ich nehme an, dass er dich deshalb damit beauftragt hat, die Prüfungen durchzuführen?«

»Ja.«

Ein kleiner Teil meines Verstandes warnte mich davor, mich Zane anzuvertrauen, selbst als ich ihm von Ashmedais Bedenken erzählte. Meine letzte Vertraute war Amarella gewesen, und das hatte nicht gut geendet. Aber in meinen Augen war Zane schon seit längerer Zeit mehr als nur ein Geliebter. Er war zwar kein Gefährte, wie

Amarella es gewesen war. Er war eher ein Freund oder Partner. Es fühlte sich richtig an, mich mit ihm über die Dinge auszutauschen, über die ich mit niemandem sonst sprechen konnte.

Zane stand auf und ging zu der kleinen Bar in der Ecke des Zimmers. »Wenn du die Dämonen überprüfst, wirst du herausfinden, wer an Macht gewinnt«, sagte er, während er den Schrank öffnete und zwei Gläser herausholte. »Ich nehme an, du hast eine Liste und weißt, mit wem du anfangen willst?«

»Ja, das ist richtig.« Tatsächlich hatte ich den größten Teil des Abends daran gearbeitet, nachdem ich Zane und Guinevere in ihrem Haus zurückgelassen hatte.

Zane goss meinen Lieblingsscotch in beide Gläser und fragte in scherzhaftem Tonfall: »Steht mein Name auch auf dieser Liste?«

Ich grinste und bewunderte seinen Körper. »Ich bin mir deiner Fähigkeiten voll und ganz bewusst, Zane. Ich glaube kaum, dass ein Verhör nötig sein wird.«

Zane kehrte mit den Gläsern an meine Seite zurück. Er schob das Knie zwischen meine Beine, als er mir einen Scotch reichte. »Bist du dir sicher, mein Herr? Ich bin gern bereit, dir die ganze Bandbreite meines Könnens zu demonstrieren.«

Ich ergriff das Glas, während ich den Blick jedoch nicht von ihm abwandte. Er kam näher und ließ seine Knie auf beiden Seiten meines Oberschenkels nach oben gleiten. »Mm, das würde mir gefallen.« Außerdem würde es uns helfen, unsere aufsteigende Begierde gegenüber einem bestimmten Sukkubus zu dämpfen.

Wir tranken unseren Scotch und ich beobachtete, wie Zane die Augen schloss, sein Gesicht zur Decke wandte und das Brennen des Alkohols genoss, der ihm die Kehle hinunterrann. Eine der Eigenschaften, die ich an ihm besonders schätzte, war die Fähigkeit, alles im Leben auf eine Weise zu betrachten, als bereitete es ihm das größte Vergnügen.

Er stellte sein Glas auf dem Nachttisch ab. »Soll ich jetzt damit anfangen? Oder möchtest du dich noch ein wenig unterhalten?«

Ich dachte über das Angebot nach und wusste, dass ich es wohl kaum ablehnen konnte. Seitdem er mir von dem Kuss mit Guinevere erzählt hatte, war mein Schwanz halbsteif. Ich wollte seinen Mund um meinen Schwanz spüren – den Mund, der gerade ihre Lippen geschmeckt hatte. Ich hakte einen Finger in den Bund seiner Jeans und zog ihn zu mir.

Nur um von einem Klopfen an der Tür unterbrochen zu werden.

Zane wich zurück und sah genauso irritiert aus, wie ich mich fühlte.

Ich schürzte die Lippen, stand auf und stellte mein Glas neben das von Zane auf den Nachttisch, bevor ich das Zimmer durchquerte und die Tür öffnete.

Ragus stand im Flur.

»Es tut mir leid, dass ich Euch störe, mein Herr«, sagte Ragus, wobei es seiner Stimme an einem demütigen Unterton mangelte, doch ich schob den Gedanken beiseite. Ragus hatte sich noch nie wirklich für etwas entschuldigt. Und genau diese Eigenschaft machte ihn zu einem hervorragenden Stellvertreter.

»Was gibt es, Ragus?«

»Es geht um den Fährtensucher, mein Herr. Er ist tot. Und der Mensch, den er verfolgt hat, ebenfalls.«

ZANE

»DAS IST ohne Zweifel ein gewagter Ort, um eine Leiche abzulegen«, murmelte ich, als ich aus meinem Wagen stieg. Lord Zebulon hatte sich an den Tatort begeben, nachdem er mich in meiner Wohnung in der Innenstadt abgesetzt hatte. Ich hatte meinen Wagen nehmen wollen, um danach wieder nach Hause zu fahren, und da ich in Nashville wohnte, war dies der effizienteste Weg.

Andernfalls hätte ich mich darauf verlassen müssen, dass Lord Zebulon oder ein Portalbewohner mich später nach Hause bringen würde. Ich zog es vor, mich auf mich selbst zu verlassen, statt auf andere angewiesen zu sein. Allerdings wimmelte es hier von dämonischen Auren. Eine Horde von Schrubber-Dämonen war im Einsatz und half den Menschen, die dem Tatort ein wenig zu nahe gekommen waren, ihn wieder zu vergessen. Außerdem hielten sich in der Nähe mehrere Portalbewohner auf, die den Transport zum und vom Ort des Geschehens gewährleisten sollten.

Offenbar hätte ich mich doch von dem Dämonischen Lord hierher teleportieren lassen können.

Denn er hatte nicht an Arbeitskräften gespart, soviel stand fest.

Vielleicht war es aber auch Ragus gewesen, der das alles organisiert hatte. Das Ōrdinātum nahm die Sicherheit unseres Lords sehr ernst.

Besagtes Ōrdinātum betrachtete mich nun mit ausdrucksloser Miene, als ich mich ihm näherte.

Typisch.

Der kleine Dämon strahlte nie irgendwelche Emotionen aus. Er konnte von oben bis unten blutverschmiert sein und ich würde trotzdem nichts in seinen schwarzen Iriden erkennen können. Wahrscheinlich war das der Grund, warum Zebulon ihn zu seinem Stellvertreter gemacht hatte – er wusste seine stoische Haltung zu schätzen. Vielleicht gefiel es ihm auch, dass Ragus nicht um ein Territorium gebeten hatte, was für ein Ōrdinātum ungewöhnlich war. Die meisten Dämonen mit seiner Macht zogen es vor, die Kontrolle über ein oder zwei Städte im Gebiet eines Dämonischen Lords zu haben.

Zebulon warf mir einen Blick zu, wobei seine dunkelbraunen Augen vor Wut funkelten.

Dann wollen wir mal, dachte ich und ging auf ihn und den toten Mann auf dem Bürgersteig zu. Wir waren nur ein paar Häuserblocks vom *Club Hoax* entfernt und befanden uns in einer dicht bevölkerten Gegend. Lord Zebulon hatte auch im Umkreis eine Reihe Schrubber-Dämonen platziert, die die Erinnerungen der Menschen veränderten, während sie vorbeigingen.

Die Dämonen konnten in Situationen wie dieser durchaus nützlich sein. Allerdings fehlten ihnen sowohl die Willenskraft als auch der Verstand, um eigenständig zu handeln. Ich vermutete, das machte sie für jemanden in Zebulons Position gefügig, weshalb er sie für sich arbeiten ließ.

»Wo ist der Fährtensucher?«, fragte ich, da ich erwartet hatte, seine Leiche in der Nähe vorzufinden.

»In einer Gasse auf der anderen Seite der Straße.« Zebulon zeigte mit dem Kinn in Richtung der besagten Gasse und machte ein finsteres Gesicht. »Offenbar war es unserem Täter wichtig, ihn im Gegensatz zu dem Menschen zu verstecken.«

Ich nickte, dann runzelte ich die Stirn. »Der Täter muss jetzt erkannt haben, dass wir ihm oder ihr eine Falle stellen wollen. Vor allem, wenn man bedenkt, dass Guinevere nicht erst einen Fährtensucher auf ihr Opfer ansetzen würde, um ihn dann einen Block weiter zu töten.«

»Ja«, stimmte Zebulon zu und atmete tief durch. »Das bedeutet, dass wir nun nicht einmal mehr vorgeben können, sie als die Schuldige zu betrachten.«

»Nun, wenn Prinz Ashmedai mit seiner Einschätzung richtigliegt, dass es hier um dich geht und nicht um sie, dann ist es genau das, was unser Täter ohnehin wollte.«

Zebulon nickte, während er mit seinen fast schwarzen Augen die Szene auf dem Bürgersteig betrachtete und den Blick über die Umgebung schweifen ließ.

Ich ließ ihn arbeiten. Er verströmte seine Energie, während er mit seinen dämonischen Sinnen die Gegend nach irgendwelchen ungewöhnlichen Hinweisen absuchte.

Ich wollte gerade neben der Leiche in die Hocke gehen, als Zebulon mit einem Knurren verschwand. Ich stand stirnrunzelnd auf und blickte mich nach ihm um, als er eine halbe Sekunde später mit einem Stück marineblauem Stoff in der Hand wieder auftauchte.

»Es hat den Anschein, dass Bael uns ein Geschenk geschickt hat«, sagte er und zeigte mir das in den Stoff eingewebte Emblem.

Ich betrachtete das Symbol. Ein silberner Faden umrandete ein Zeremonienschwert, in dessen Klinge obisidianfarbene Flammen geätzt waren. Ein Silberschwert mit schwarzem Feuer. Es gehörte eindeutig zu Baels Reich. Und auch der blaue Stoff wies darauf hin, dass es sich um das Gewand einer königlichen Garde handelte.

»Was sollte ein königlicher Wächter aus Baels Reich hier zu suchen haben?«, fragte ich mich laut.

Lord Zebulons Gesicht verhärtete sich. »Eine kluge Frage.«

»Hast du kürzlich einem seiner Dämonen die Erlaubnis erteilt, in deinem Territorium zu spielen?« Ich kannte die Antwort bereits, noch bevor ich den Satz beendet hatte. »Oder hat jemand um deine Erlaubnis ersucht?« Ich formulierte die Frage um, um einen Teil der wütenden Energie, die Lord Zebulon ausstrahlte, abzuschwächen.

»Nein und nein.« Er reichte die Robe an Ragus weiter. »Finde einen Portalbewohner, der das zu Prinz Ashmedai bringt. Er wird darüber Bescheid wissen wollen.«

Das Ōrdinātum nickte einmal und blickte Lord Zebulon mit seinen pechschwarzen Augen an. »Ja, mein Herr.« Er verbeugte sich und ging den Bürgersteig hinunter.

Nachdem Ragus mit dem Stoffbündel verschwunden war, wandte Lord Zebulon sich wieder an mich. »Ich vermute, dass unser Übeltäter versucht, uns auf eine sinnlose Jagd in Baels Reich zu schicken, also werde ich diesen Hinweis vorerst ignorieren.«

Eine weise Entscheidung, dachte ich und nickte zustimmend, bevor ich die Leiche erneut auf mir bekannte Energiesignaturen untersuchte. Abgesehen von Guineveres konnte ich nichts entdecken. Und doch war dieser Mensch eindeutig durch die Hand eines Dämons gestorben.

Ich ging in die Hocke und runzelte die Stirn, als ich den schockierten Ausdruck auf dem Gesicht des Mannes betrachtete. Er hatte sicher nicht den Klub verlassen und war kurz darauf an den Folgen seiner Begegnung mit Guinevere gestorben. Das war weder möglich noch wahrscheinlich, also musste er auf eine andere Art zu Tode gekommen sein. Ich konnte jedoch keine anderen Anzeichen für ein Verbrechen erkennen. *Was zum Teufel ist hier los?*

Vielleicht war er von Sterblichen angegriffen worden, die ihn auf der Straße wegen einer Handvoll Dollar in seiner Brieftasche beraubt hatten? Um danach zu sterben, weil er von der Begegnung mit Guinevere noch geschwächt gewesen war?

Hm.

Ich drehte mich um und untersuchte seinen Hinterkopf. Weder Blut noch offensichtliche Prellungen. Und eine flüchtige Durchsuchung seiner Taschen brachte seine Brieftasche, sein Handy und seine Autoschlüssel zum Vorschein.

Also definitiv eine übernatürliche Todesursache.

Es war nur ein frommer Wunsch gewesen.

Ich wollte nicht, dass Guinevere in die Sache verwickelt war, weder direkt noch indirekt.

Offensichtlich wollte uns der Täter damit eine Botschaft übermitteln. *Ihr müsst schon etwas Besseres als einen Fährtensucher bemühen, um mich zu finden.*

Was eine weitere Bestätigung dafür war, dass der verantwortliche Dämon wusste, dass wir von Guineveres Unschuld überzeugt waren.

Mein Herz setzte einen Schlag aus, als mir ein Gedanke kam. *Würde der Mörder Guinevere angreifen, jetzt, da sie nicht mehr als Lockvogel diente?*

Und wenn Lord Zebulon tatsächlich das Ziel war, dann würde es im Großen und Ganzen Sinn machen, Guinevere zu verletzen. Er hatte kein Geheimnis aus seiner Gunst für sie gemacht.

Scheiße.

Ein paar Scheinwerfer ließen den Tatort kurz aufblitzen und rissen mich aus meinen dunklen Gedanken. Ich warf einen Blick über die Schulter, als der Wagen etwa einen Block entfernt am Bordstein parkte. Zwei Dargarianer traten aus den Schatten, um sich um den Eindringling zu kümmern, doch als sich die Beifahrertür öffnete, durchdrang eine vertraute Stimme die Nacht.

»Pfeif deine Bluthunde zurück, Zeb.«

Eve.

Ich stand auf und biss mir auf die Innenseite meiner Wange, weil sie unseren Herrn weiterhin so unverhohlen missachtete. Doch ihn schien es nicht zu stören, denn für ihn war es ein Spiel, an dem er Gefallen gefunden hatte. Und da ich wusste, wie sehr er seine Spiele mochte, hielt ich den Mund. Außerdem hatte Eve nur gute Absichten, zumindest, wenn es um Guinevere ging.

Lord Zebulon bedeutete den formwandelnden Drachendämonen mit einer winkenden Geste, sich wieder in die Schatten zurückzuziehen.

Eve stieg aus dem tief liegenden Wagen und richtete sich auf, dann ging sie um die Vorderseite herum auf den Bürgersteig. Ich spürte das Silber an ihrem Körper, das trotz ihrer Entfernung durch die Luft brannte. Als sie unter einer Straßenlaterne hindurchging, blitzte etwas Glänzendes an ihrem Hals und an ihrer Hüfte auf. Der Engel ging nirgendwo ohne seine Waffen hin.

Drei weitere Gestalten stiegen aus dem Fahrzeug – Xai, Gleason und Creek.

Ich grummelte leise vor mich hin und fing Lord Zebulons funkelnden Blick auf. »Die Auferstandenen aus der

Dunkelheit sind eingetroffen.« Ich mochte Xai. Gleason war in Ordnung. Doch für Creek hatte ich nicht viel übrig. Er war neu und unausstehlich und flirtete zu viel mit Guinevere. Zumindest hatte ich es bei meinen kurzen, bedauerlichen Begegnungen mit dem drahtigen Rotschopf gesehen.

»Benimm dich«, sagte Lord Zebulon.

»Wann benehme ich mich jemals?«, erwiderte ich spöttisch.

Er grinste. »Wenn ich dir meinen Schwanz in die Kehle stecke.«

»Hm«, brummte ich und steckte die Hände in die Hosentaschen, als das Team aus Engeln und Nephilim auf uns zueilte.

Xai blieb neben Lord Zebulon stehen und nickte höflich zur Begrüßung, während Eve, Gleason und Creek sich sofort daranmachten, die Leiche zu begutachten.

Creek grunzte. »Ja, er ist wirklich tot«, sagte er in seinem für ihn typischen ausgeprägten Südstaatenakzent, bevor er unter seinem buschigen kastanienbraunen Bart ein Grinsen aufblitzen ließ.

Ich blickte den großen Mann mit einer hochgezogenen Augenbraue an, wobei Eve neben mir gluckste.

Gleason stieß einen Seufzer aus. »Creek. Wir haben doch darüber gesprochen.«

Creeks Grinsen wurde noch breiter. »Was ist denn? Er ist tot. Man kann ihn nicht mehr beleidigen.«

Eve unterdrückte ein weiteres Lachen und Gleason blickte gen Himmel, als wollte er um Erlösung bitten.

Der Nephilim war noch in der Ausbildung. Er verfügte über ein übermütiges, fröhliches Gemüt und einen unangemessenen Humor, der nicht zu einem Tatort passte, doch zumindest hellte er die ansonsten dunkle Stimmung durch die komödiantische Einlage auf.

Ich betrachtete die Gruppe und bemerkte, dass jemand fehlte. »Wer ist bei Guinevere?«

Eve verzog den Mund. »Sie sagte, sie wolle allein sein.«

Mist. »Weil sie sich selbst die Schuld gibt.«

Eve musste nicht nicken, um meine Vermutung zu bestätigen. Ich wusste bereits, dass ich damit richtiglag.

Scheiße. Ich wusste verdammt gut, dass Guinevere nicht wirklich allein sein wollte. Wahrscheinlich saß sie vor einem Teller mit Kaffeekuchen und einer ganzen Flasche Wein und machte sich Vorwürfe wegen … weil sie den Köder gewählt hatte.

Creek grinste. »Die gute alte Gwenie. Wie geht es ihr? Gleason hat mir verboten, sie zu besuchen. Er hat Angst, dass ich meine Hose verliere.«

Gleason holte aus und traf Creek mit einem dumpfen Schlag am Hinterkopf.

Eve stemmte die Hände in die Hüften und warf ihr langes blondes Haar über die Schultern, während sie Gleason anstarrte. »Was ist denn in dich gefahren?«

Seine stoische Miene änderte sich nicht, als er sich ihr zuwandte und antwortete: »Ich versuche nur, meinen Schützling am Leben zu erhalten. Aber er versucht immer wieder, mit meiner Mitbewohnerin ins Bett zu gehen. Und wenn sie ihn nicht umbringt, werde ich es tun.«

Creek lachte leise. »Spielverderber«, sagte er mit gutmütigem Tonfall und grinste immer noch wie ein Idiot.

Ich kämpfte gegen den Drang an, selbst etwas einzuwerfen, doch ich begnügte mich mit dem Gedanken: *Sie ist eine Nummer zu groß für dich, Kumpel.*

Nun, eigentlich stimmte das nicht ganz.

Creek war genau die Art von Mann, die Guinevere sich aussuchen würde, weil sie sich von ihm leichter nähren konnte. Der Nephilim strahlte keine übermäßig sexuelle Energie aus oder sah besonders gut aus. Er war einfach nur ein Kerl, der einigermaßen attraktiv war und Humor hatte. Guinevere würde sich für ihn entscheiden, weil er keine Gefahr darstellte, was bedeutete, dass sie sich nicht so leicht hinreißen lassen und ihn töten würde.

Kein Wunder, dass Gleason ihn auf Distanz hält. Kluger Mann. Aber ich mag den Kerl trotzdem nicht.

Nein. Ich *kannte* den Typen nicht.

Wie auch immer, der Gedanke daran, dass Guinevere ihre geschmeidigen Schenkel um den Nephilim schlingen könnte, weckte in mir den Wunsch, ihn zu kastrieren. Ich wollte ihn am höchsten Dach an den Eiern aufknüpfen und ihm von den Krähen die Augen auspicken lassen.

Ich wäre fast an meiner eigenen Heuchelei erstickt.

Eifersucht stand niemandem gut zu Gesicht, doch ich fühlte mich besonders unwohl dabei. Ich war *nie* eifersüchtig.

Kopfschüttelnd ging ich zu Lord Zebulon hinüber, der sich etwa drei Meter von der Leiche entfernt mit Xai am Straßenrand unterhielt.

»Ich bin auch der Meinung, dass wir die Robe erst einmal ignorieren sollten«, sagte Xai, als ich näher kam. »Ich vermute, dass es ein Köder ist. Vielleicht hofft der Mörder, einen Krieg zwischen den Höllenreichen anzuzetteln?«

Lord Zebulon nickte zustimmend. »Dieser Gedanke ist mir auch schon gekommen.« Er sah mich an und war wie immer in der Lage, meinen Gesichtsausdruck zu deuten, dann sagte er: »Xai, würdest du uns für einen Moment allein lassen?«

»Natürlich.« Xai ging zu den anderen zurück und stellte sich hinter Eve, die sich über die Leiche gebeugt hatte, während sie mit Gleason sprach.

»Was ist los?«, fragte Lord Zebulon leise.

Ich wägte meine Worte ab und überlegte, wie ich

meine Besorgnis zum Ausdruck bringen sollte, die ich empfand, seit wir herausgefunden hatten, dass es nicht mehr um Guinevere ging. »Wenn der Schuldige weiß, dass wir von Guineveres Unschuld überzeugt sind, könnte sie dann in Gefahr sein? Wenn es hier nur um dich geht und darum, dich abzulenken, was hält den Dämon dann davon ab, Guinevere als Nächstes zu verletzen, um für eine weitere Ablenkung zu sorgen?«

»Guinevere zu verletzen würde den Versuch, dieses Verbrechen aufzuklären, hinfällig machen, weil sie nicht in der Lage wäre, zu ihrem Prozess zu erscheinen.«

»Du gehst davon aus, dass es letztendlich darum geht, Guinevere zu entlasten«, bemerkte ich. »Aber dazu müsste man dieses Rätsel lösen, und ich kann mir vorstellen, dass der Täter das nicht wirklich will.«

Lord Zebulon dachte einen Moment darüber nach und ließ den Blick über den Tatort und das Team von Engeln und Nephilim schweifen. Seine Miene war ausdruckslos, schließlich beherrschte er seine Emotionen meisterlich, doch ich erkannte das subtile Zucken seiner dunklen Augen, als er jedes strategische Detail durchdachte.

Er sorgte sich um Guinevere genauso sehr wie ich, wenn nicht sogar mehr.

Und wie ich auch, legte er Wert auf ihre Sicherheit.

»Sie ist allein«, fügte ich mit sanfter Stimme hinzu. »Und wahrscheinlich wird sie von Schuldgefühlen aufgefressen. Sie hat diesen Mann als Köder gewählt. Dieser Umstand hat sie schon vor seiner Ermordung schwer belastet. Ich kann mir vorstellen, dass sie jetzt …«

Falls er zuvor noch gezweifelt hatte, so schien ihm die Vorstellung, dass unser geliebter Sukkubus seine Schuldgefühle allein bewältigen musste, die Entscheidung leicht zu machen. Er nickte mit ernster Miene.

»Geh zu ihr«, sagte er schließlich. »Wir werden unsere

Ermittlungen hier ohne dich abschließen. Ich erwarte, dass du dich nach deiner Ankunft bei mir meldest.«

Ich verbeugte mich vor ihm. »Ja, mein Herr.«

Ich ließ ihn mit den anderen zurück und ging den dunklen Bürgersteig entlang zu der Stelle, an der mein Wagen geparkt war. Die Theorie, dass der Mörder Guinevere benutzen wollte, um Lord Zebulon zu schaden, hatte sich in meinem Kopf festgesetzt, und ich konnte das unbehagliche Gefühl nicht abschütteln. Ich wollte nicht, dass sie länger als nötig allein blieb.

Etwas Unheilvolles war im Anzug.

Etwas, das den Dämonischen Lord Nordamerikas erschüttern sollte.

Etwas, das nicht nur einen Sukkubus für Morde verantwortlich machen wollte, die er nicht begangen hatte.

Wenn das Ziel darin bestand, Lord Zebulon zu schaden, dann wäre Guinevere ein guter Anfang.

Was bedeutete, dass ihr Leben und vermutlich auch meines in Gefahr sein könnte.

Gwen

Es war ein unheimliches Gefühl, allein zu sein. Es fühlte sich *falsch* an. Doch das ergab keinen Sinn, denn ich hatte alle gebeten zu gehen. Ich hatte so etwas noch nie erlebt, zumindest nicht hier im Haus mit Gleason. Es hatte sich immer wie ein sicheres und sogar glückliches Zuhause angefühlt.

Aber nicht heute Abend.

Heute Abend hatte ich ein ungutes Gefühl.

Eine dunkle Präsenz lag in der Luft, die ich nicht ganz verstand, doch bei jedem Schritt spürte, als ich im Flur vor der Eingangstür auf und ab ging.

Als Xai und Eve gegangen waren, um sich mit Gleason zu treffen und zum Tatort zu fahren, hatte ich eine Zeit lang meinen Kummer mit einem oder zwei Gläsern Wein ertränkt. Doch diese bizarre Ahnung, dass etwas nicht stimmte, hatte in mir ein mulmiges Gefühl hinterlassen, welches sich nicht sehr gut mit dem Alkohol vertragen hatte.

Also hatte ich aufgehört zu trinken.

Und hatte stattdessen begonnen, im Flur auf und ab zu gehen.

Mit einem Seufzer fuhr ich mir mit der Hand übers Gesicht. *Du bist hysterisch*, redete ich mir ein. *Eigentlich ist alles in Ordnung. Es liegt nur an dieser ... dieser* Situation.

GDG ist meinetwegen gestorben. Ich habe ihn zwar nicht umgebracht, aber ich bin indirekt schuld an seinem Tod. Und auf gewisse Weise machte es das Ganze nur noch schlimmer. Ich hatte mehr oder weniger akzeptiert, dass ich dank meines Wesens immer Gefahr lief, jemanden aufgrund eines Kontrollverlusts zu töten.

Doch das ...

Ich hatte einen Mann *gewählt*, obwohl ich gewusst hatte, dass er zu Tode kommen könnte.

Sicher, er war zwar nicht der Inbegriff der männlichen Perfektion, aber dennoch ein Mensch gewesen. Ein Lebewesen.

Ich war nicht gern für den Tod eines anderen Wesens verantwortlich.

Der Fährtensucher hat versagt.

Ich habe versagt.

Das war der beschissenste Plan aller Zeiten gewesen.

Die Stille im Haus schien mich zu erdrücken und war gleichzeitig seltsam gespannt. Ich hatte nichts anderes verdient.

Wie oft konnte ich noch auf und ab laufen, bevor sich auf dem Parkettboden eine Spur abzeichnen würde? Wie viele Schritte würde ich gehen, bevor Eve zurückkehrte und die Stille vertrieb? Bevor Gleason sich launenhaft gegen den Türrahmen lehnte und mich auf die ihm ganz eigene Art mit einem finsteren Blick bedachte?

Ich konnte nicht genau sagen, was der Auslöser für mein Unbehagen war. Vielleicht war es die Tatsache, dass sich im Moment alles zuzuspitzen schien. Es hatte mehrere Todesfälle gegeben, ich wurde der Morde beschuldigt und mir stand eine Ewigkeit in der Hölle bevor, weil man mich der Verbrechen bezichtigte, die ich nicht einmal begangen hatte. Ganz zu schweigen davon, dass Zane mich im *Club Hoax* manipuliert hatte und ich wie das kleine naive Mädchen, das er in mir sah, darauf reingefallen war.

Es war zu viel für mich. Ich konnte das alles jetzt gar nicht verarbeiten. Nicht hier, an diesem Ort. *Ach, warum habe ich nur alle darum gebeten, mich allein zu lassen?*, fragte ich mich. *Es war eine dumme Bitte. Dies war wirklich der schlechteste Zeitpunkt, um …*

Mir stellten sich die Nackenhaare auf und mir lief ein kalter Schauer über den Rücken.

Diese dunkle Präsenz war zurückgekehrt und saß mir drohend im Nacken.

Ich erstarrte mitten in der Bewegung. Mir drehte sich der Kopf, als ich plötzlich von einem unbestreitbaren Gefühl gepackt wurde, dass ich nicht allein war. Zumindest nicht mehr.

Ich schloss die Augen und versuchte, die Quelle meines Unbehagens ausfindig zu machen. Das Haus war genauso ruhig und still wie zuvor, doch die Luft hatte sich verändert. Allerdings nicht im Inneren des Hauses … nicht wirklich.

Draußen?

Ich ging ein paar zögernde Schritte in Richtung Küche, woraufhin sich das Gefühl verstärkte. Dann stieg mir ein unverwechselbarer Geruch in die Nase.

Schwefel. Frisch aus der Hölle.

»Lord Zebulon?«, flüsterte ich.

Doch noch bevor ich seinen Namen ausgesprochen hatte, wusste ich, dass es nicht mein Dämonischer Lord war. Der Geruch passte nicht zu ihm, denn darin war nichts von dem minzigen Unterton seines Aftershaves zu erkennen.

Jemand ist hier.

Jemand aus der Hölle.

Ich stürmte durch die Küchentür und schlug mit der Handfläche gegen den Lichtschalter, um den Raum in Dunkelheit zu hüllen. Dann schlich ich mich geradewegs zur Hintertür und überprüfte das Schloss. Ich war dankbar, dass Gleason darauf bestanden hatte, Vorhänge an den Fenstern anzubringen, um unsere Privatsphäre zu schützen. Obwohl ich den Verdacht hegte, dass er damit weniger unsere Sicherheit im Sinn gehabt hatte, sondern vielmehr neugierige Blicke von Passanten hatte vermeiden wollen, da ich dazu neigte, mich in jedem Zimmer zu nähren.

Ich eilte durch den Rest des Hauses, überprüfte die Schlösser an allen Türen, die nach draußen führten, und schaltete auch die anderen Lichter aus, um mir mehr Deckung zu verschaffen. Die ganze Zeit über waren meine Sinne in höchster Alarmbereitschaft, denn ich hatte das seltsame Gefühl, dass jemand vor dem Haus lauerte.

Er wartete und beobachtete mich.

Jemand, der sich ohne Vorwarnung ins Haus teleportieren konnte, wenn man von dem bitteren Schwefelgeruch ausging, der noch immer in der Luft hing. Das bedeutete, dass er mächtig genug war, um sich selbst ohne die Hilfe eines anderen zu teleportieren.

Es sei denn, es handelte sich um einen Portalhüter – eine Plage, mit der ich leicht allein fertigwerden konnte.

Die andere Möglichkeit würde ich allerdings nicht allein bewältigen können. Doch mit einem Überraschungsangriff könnte ich mir genügend Zeit verschaffen, um zu fliehen.

Mit diesem Gedanken schlich ich die Treppe hinauf in

mein Schlafzimmer. Ich trug kurze Shorts und ein Trägerhemd, doch ich war nicht gerade erpicht darauf, mich barfuß und unbewaffnet einer unbekannten Bedrohung zu stellen. Ich fand ein Paar alte Turnschuhe, das ich ganz unten im Schrank verstaut hatte, und zog es an, dann holte ich meinen Waffenkoffer unter dem Bett hervor.

Gleason hatte mir ein silbernes Messer mit einem Griff aus schwarzem Metall gefertigt. Ich konnte es benutzen, ohne mich dabei zu verbrennen, wobei es mir aber immer noch ein wenig Unbehagen bereitete, wenn ich es in der Hand hielt. Er hatte mir jedoch beigebracht, es effektiv einzusetzen, und damit meine Ausbildung fortgesetzt, die ich mit Eve begonnen hatte.

Bevor sie zum Himmel aufgefahren war und mich allein zurückgelassen hatte.

Ich ging wieder nach unten und schloss die Seitentür zu Gleasons Arbeitszimmer im Untergeschoss auf. Ich war dankbar für die frisch geölten Scharniere und dafür, dass er so großen Wert auf mehrere Fluchtwege an einem Ort legte. Manchmal zahlte es sich aus, einen Mitbewohner zu haben, der unser Haus wie eine Festung betrachtete.

Ich schlich mich nach draußen und eilte die Verandastufen hinunter, um mich in den Schatten im Hof zu verbergen und den Eindringling ausfindig zu machen.

Ich schlich um die Seite des Hauses herum und konzentrierte mich voll und ganz auf dieses unbehagliche Gefühl.

Die Scheinwerfer eines herannahenden Fahrzeugs bestrahlten die Hauswand und ich ging in den Büschen in Deckung. Das Letzte, was ich jetzt brauchte, war ein sterblicher Nachbar, der einen Schatten in meinem Garten herumkriechen sah und seine »nachbarschaftliche Pflicht« erfüllte, indem er die Polizei rief.

Die Polizei konnte nichts gegen Dämonen ausrichten.

Außer getötet zu werden.

Und ich will wirklich nicht, dass noch mehr Menschenblut an meinen Händen klebt.

Nachdem die Scheinwerfer erloschen waren, stieß ich mich von der Wand ab und ging zurück in den Seitenhof, um meinen Blick durch die Dunkelheit schweifen zu lassen. Plötzlich hörte ich ein Rascheln, auf das ein starker Schwefelgeruch folgte. Ich zuckte mit der Nase und meine Glieder wurden von einem Kribbeln durchströmt, als ich spürte, dass sich mir jemand näherte.

Eine dämonische Aura.

Ich stellte keine Vermutungen mehr an, sondern wusste mit absoluter Sicherheit, dass ich nicht allein war.

Ich war nicht in der Lage wahrzunehmen, um welche Art von Dämon es sich handelte, aber er strahlte Gewaltbereitschaft aus. Meine sukkubische Seele heftete sich an die Aura und las die Schwingungen des Dämons. *Böse Absichten. Enttäuschung. Wut.*

Lust, Schmerzen zuzufügen.

Ich umklammerte mein Messer und bereitete mich auf einen Kampf vor, während ich mich an der Hauswand entlangschlich und in die Schatten des Hinterhofs vordrang. Wenn sich ein Dämon auf meinem Grundstück versteckte, dann hier, abseits der Straßenlaternen, die unsere kleine Vorstadtstraße beleuchteten.

Das unverkennbare Geräusch von Schritten drang durch die Luft. Gedämpft. Leise. Zögernd.

Der Dämon verfolgte mich ebenfalls.

Plötzlich konnte ich die Umrisse eines Schattens über mir erkennen, doch mehr konnte ich in der Dunkelheit nicht wahrnehmen.

Ich reagierte instinktiv. Ich wirbelte herum und stellte mich hinter die Gestalt, dann stieß ich mein rechtes Bein in die Kniekehlen des Dämons. Er grunzte und geriet ins Wanken, doch er ging nicht zu Boden. Also versetzte ich ihm einen Stoß mit dem Ellbogen ins Gesicht und trat ihm mit dem Knie in den Unterbauch, um ihm die Luft aus der Lunge zu pressen. Dann packte ich ihn am Arm, verbog ihn nach hinten und übte genügend Druck aus, bis der Dämon aufschrie und auf die Knie fiel. Mit einem weiteren Ellbogenstoß zwischen Nacken und Schulter fiel er zu Boden, dann setzte ich mich rittlings auf ihn und hielt ihm das Messer an den Hals.

Das Ganze dauerte weniger als fünf Sekunden. *Danke Eve und Gleason.*

»Wer hat dich geschickt?«, wollte ich wissen und blickte dem Wesen in die Augen.

Ich erstarrte.

Scheiße. Unter mir lag kein Eindringling.

Sondern Zane.

Mein Gesicht und Hals liefen vor Verlegenheit rot an. »Oh! Zane! Du hast mich zu Tode erschreckt!«

»Du mich auch«, keuchte Zane und packte mein Handgelenk. Er schüttelte sich die Haare aus dem Gesicht und sah zu mir auf, wobei er ein wenig benommen und verwirrt wirkte.

Ich konnte nicht umhin, eine gewisse Genugtuung zu empfinden.

»Warum schleichst du dich in meinem Garten herum?«, wollte ich wissen. »Ich hätte dich umbringen können.«

»Offensichtlich«, sagte er immer noch atemlos. Er festigte den Griff unangenehm um mein Handgelenk. »Guinevere.« Er sah mir in die Augen, bevor er den Blick zu meiner Hand hinunterwandern ließ.

Die Hand, die ihm das Messer an den Hals hielt.

Das silberne Messer.

An seiner Dämonenhaut.

»Mist! Tut mir leid!« Ich warf die Klinge entsetzt auf den Rasen.

Zane entspannte sich unter mir und stieß den Atem aus, als er mein Handgelenk losließ. Ein roter Fleck brandmarkte die blasse Haut an seinem Hals, an dem die Klinge ihn berührt hatte, aber ich hatte ihn nicht wirklich verletzt. *Ein kleiner Trost.*

In diesem Moment fiel mir ein, dass ich immer noch rittlings auf ihm saß. Er spannte die harten Muskeln seines Unterleibs unter mir an, als er nach Luft rang, und weckte in mir eine Flutwelle des Verlangens. *Oh!* Die Schamesröte in meinen Wangen verwandelte sich in eine begierige Hitze.

Zanes silbrig blaue Augen nahmen einen glühenden Ausdruck an, als er die veränderte Stimmung wahrnahm.

Ich kletterte von ihm herunter, bevor ich etwas Dummes tun konnte. Glücklicherweise war er noch viel zu benommen, um näher darauf einzugehen.

Er schaffte es, sich aufzusetzen, und legte sich eine Hand an den Nacken, um zu überprüfen, ob er blutete, bevor er mich anblinzelte. »Wie hast du das fertiggebracht?«

Ich zuckte mit den Schultern. »Eve und Gleason haben mir ein paar Dinge beigebracht.« Ich hielt inne, als mir wieder ein Schwefelgeruch in die Nase stieg. Ich schnupperte die Luft um Zane herum. »Bist du direkt aus der Hölle gekommen?«

Ein Grinsen umspielte seine Lippen und er öffnete den Mund, um zu antworten. Seinem Gesichtsausdruck nach zu urteilen wollte er mir vermutlich etwas Sarkastisches an den Kopf werfen, doch dann erstarrte er. Seine Pupillen weiteten sich und er hielt die Nase in den Wind. »Jemand ist hier«, flüsterte er schnuppernd.

Zane stand mühelos auf und begann, mit erhobener Nase durch den Garten zu schleichen. Ich erhob mich ebenfalls und hob mein Messer vom Rasen auf, bevor ich ihm folgte.

Wir suchten den Garten gründlich ab und fanden schließlich den Ausgangspunkt des Geruchs in der hintersten Ecke, wo mein Grundstück an das des Nachbarn angrenzte.

Ein Ring aus verbranntem Gras bestätigte unseren Verdacht.

»Dämon«, sagte ich leise.

»Oder zumindest jemand, der frisch aus der Hölle aufgestiegen ist«, stimmte Zane zu. Er blickte sich im Garten um und legte die Stirn in Falten. »Komm schon. Lass uns reingehen.«

Wir gingen zurück durch die Tür zum Arbeitszimmer und Zane blieb stehen, um sicherzugehen, dass das Schloss verriegelt war. Ich kämpfte gegen den starken Drang an, mir die Weinflasche zu schnappen und sie zu leeren. Stattdessen passierte ich die Küche und ging ins Wohnzimmer, wo ich das Licht wieder einschaltete und mich müde auf die Couch sinken ließ.

Zane blieb in der Mitte des Raumes stehen, drehte mir sein Handgelenk zu und zeigte mir die schwarze Uhr, die er immer trug. Er strich mit dem Finger über die Oberfläche, woraufhin ein großes, quadratisches Hologramm über der Uhr erschien. Der »Bildschirm« war übersät mit Apps und anderen Medien, und er tippte auf eines der Symbole, um eine Nachricht zu öffnen.

Ich sah schweigend zu, wie er eine kurze Nachricht an Lord Zebulon tippte. *Guinevere ist in Sicherheit. Jemand aus der Hölle war draußen im Garten. Vorerst ist alles gesichert.*

Er strich wieder über die Uhr und das Hologramm verschwand.

Dann wandte er sich mit einem wütenden Ausdruck im Gesicht mir zu.

»Was zum Teufel hattest du da draußen zu suchen?«, blaffte er.

Ich zog eine Decke von der Rückenlehne der Couch und wickelte sie mir um die Schultern, während ich antwortete: »Ich habe etwas gespürt.«

»Du dachtest also, es wäre klug, allein draußen herumzulaufen? Und womit?« Er nahm mein Messer vom Tisch und zog eine Grimasse. »Mit einer silbernen Klinge? Eiferst du jetzt Eve nach?«

»Ja«, fauchte ich zurück. »Mit einem Messer aus Silber. Bist du neidisch?«

Er drehte das Messer zwischen seinen Fingern und fing es geschickt am Griff auf. Ein Lächeln huschte über sein Gesicht. »Möglicherweise.« Er legte den Dolch auf die Tischplatte zurück und sah mich wieder an, wobei sein Grinsen einem verkniffenen Gesichtsausdruck wich. »Das war dumm. Warum hast du nicht jemanden angerufen?«

»Weil ich selbst auf mich aufpassen kann«, erwiderte ich, wobei ich mich darüber ärgerte, was er mit seiner Frage andeuten wollte. »Ich bin keine hilflose Jungfrau, Zane.«

Er seufzte und fuhr sich mit den Fingern durch sein dichtes Haar. »Ich weiß«, sagte er ausweichend. »Ja, ich weiß. Es ist nur … irgendetwas stimmt hier nicht.«

»Das sagst du mir«, murmelte ich.

Einen Moment lang herrschte Schweigen zwischen uns. Dann zuckte er mit den Schultern und machte den Eindruck, als hätte er gerade eine Entscheidung getroffen.

»Ich werde heute Nacht hierbleiben«, verkündete er. »Es ist schon spät. Ich bin müde. Und ich werde dich auf keinen Fall hier allein lassen, solange wir nicht wissen, was vor sich geht.«

Ich hatte nicht einmal die Energie, mich gegen ihn zu wehren. Ich war viel zu erschöpft und wegen des Vorfalls mit GDG noch immer am Boden zerstört. Also zuckte ich nur mit den Schultern und sagte: »Also gut.«

Zane legte den Kopf schief und musterte mich, wobei sein Blick weicher wurde. »Du kannst dir nicht die Schuld am Tod dieses Sterblichen geben.«

Ich schnaubte. »Aber ich bin diejenige, die ihn *gewählt* hat.«

»Und Lord Zebulons Fährtensucher hat ihn nicht retten können«, antwortete Zane. »Irgendjemand ist der Schuldige, Gwen, aber nicht du.«

Gwen.

Ich war so erschrocken, dass ich ihn einen Moment lang nur anstarren konnte. Er erwiderte meinen Blick und schien keine Ahnung zu haben, warum ich derart verblüfft war.

»Was ist los?«, fragte er schließlich.

»Du hast mich Gwen genannt.«

Er runzelte die Stirn. »Na und?«

»Du nennst mich nie Gwen, sondern immer nur Guinevere.«

Er zuckte mit den Schultern. »Ist dir Gwen nicht lieber?«

»Doch«, antwortete ich gedehnt. Es stimmte, aber …

»Wo liegt dann das Problem?«

»Es ist …« Ich verstummte. »Schon gut. Ich werde dir das Gästezimmer richten.«

Ich ließ ihn in der Mitte des Wohnzimmers stehen, während mein Herz ein wenig schneller schlug.

Zane hatte mich noch nie bei meinem Spitznamen genannt, der aus seinem Mund viel zu intim klang. Es war, als hätte er eine Mauer eingerissen, die schon viel zu lange zwischen uns gestanden hatte. Ich fiel über den Abgrund und tauchte in gefährliche Gewässer ein.

Indem ich mich jetzt von ihm entfernte, hielt ich mich an der Oberfläche und war fürs Erste in Sicherheit. Ich musste fliehen, bevor ich von der Flutwelle, die Zane verkörperte, mitgerissen wurde und ertrank.

Sein Charme und seine Fürsorge würden mir zum Verhängnis werden.

Und ich hatte viel zu viel Zeit damit verbracht, diese Mauer zwischen uns zu errichten, als dass er sie jetzt einfach so einreißen könnte.

GWEN

»Zane«, rief ich auf der Suche nach ihm. Er war mir nicht wie erwartet nach oben ins Gästezimmer gefolgt.

Im Wohnzimmer ist er nicht.

Und auch nicht in der Küche.

Stirnrunzelnd warf ich einen Blick nach draußen, um zu sehen, ob er schon gegangen war, doch sein Wagen stand noch in der Einfahrt. »Zane?«, versuchte ich es noch einmal und fragte mich langsam panisch, ob ihm etwas zugestoßen sein könnte.

»Ich bin hier oben, Guinevere«, hörte ich seine tiefe Stimme, in der ein sinnlicher Unterton mitschwang. Für einen Inkubus war das ganz natürlich, doch zuweilen hatte ich das Gefühl, dass er es absichtlich tat, um mich zu reizen.

Ich schnaubte verärgert und stapfte die Treppe zum Gästezimmer hinauf, das ich jedoch leer vorfand. Als Nächstes überprüfte ich das Gästebad. Ebenfalls leer.

Dann blickte ich mit zusammengekniffenen Augen in Richtung meiner Schlafzimmertür am Ende des Flurs.

Das würde er nicht tun.

Doch er war entweder dort oder in Gleasons Zimmer, und Zane war viel zu vernünftig, als sein Schicksal auf diese Art herauszufordern.

Ich ging zu meinem Zimmer und stieß die Tür auf, als er es sich gerade unter meiner Bettdecke gemütlich machte. Ich runzelte die Stirn. »Ich habe gerade das Gästezimmer für *dich* hergerichtet. Nicht für *mich*.« Ich verstand durchaus, dass er unter einem Herrschaftskomplex litt, doch ich würde ihm auf gar keinen Fall *mein* Schlafzimmer in *meinem* Haus überlassen.

»Oh, ich werde nicht im Gästezimmer übernachten«, sagte er gedehnt.

»Das kann doch nicht dein Ernst sein.« Ich verschränkte die Arme vor der Brust und fand das Ganze überhaupt nicht zum Lachen. »Ich schlafe genauso wenig im Gästezimmer. Das ist *mein* Haus.«

»Wer braucht schon ein Gästezimmer?«

»Du«, entgegnete ich.

»Hm?« Zane schlug die Decke neben sich zurück. »Aber wie soll ich für deine Sicherheit sorgen, wenn ich nicht hier bin?« Er klopfte auf die Matratze, um seinen Worten Nachdruck zu verleihen.

Der sexy Inkubus hatte sich bis auf schwarze Boxershorts entkleidet und stellte jeden Zentimeter seines Körpers zur Schau. Im Vergleich zu der dunklen Bettwäsche wirkte seine Haut so blass wie das Mondlicht. Sein schwarzes Haar fiel ihm in unordentlichen Wellen ins Gesicht, als hätte er es gerade absichtlich zerzaust.

Die Art und Weise, wie sich seine Boxershorts an seine Hüften schmiegten, ließ seinen Schwanz in einem reizvollen Licht erscheinen und erinnerte mich an die Male, als ich ihn nackt gesehen hatte … wenn ich Zeuge dessen geworden war, was er mit seinem Körper anstellen konnte.

Wie er seinen Körper für *andere* Frauen einsetzte.

Nicht für mich.

Ich war nicht in der Stimmung für seine Spielchen. Das ganze Adrenalin, das mir vorhin durch den Körper geschossen war, als ich einen Eindringling vermutet, Zane in den Hintern getreten und dann den versengten Kreis gefunden hatte, von dem aus mir jemand nachspioniert hatte, war verebbt.

Wenn er spielen wollte, würde er es allein tun müssen.

»Ich bin zu müde für diesen Mist, Zane«, schnaubte ich. »Dann teilen wir uns heute Nacht eben ein Bett.«

»Das wäre nicht das erste Mal«, erwiderte er mit einem charmanten Zwinkern.

Es wäre das erste Mal, ohne jemanden zwischen uns liegen zu haben, dachte ich, obwohl ich es nicht laut aussprach.

Ich beäugte ihn und wog meine Möglichkeiten ab. War ich imstande, eine Nacht neben ihm im Bett zu verkraften? All die Abende, an denen wir unsere Liebhaber miteinander geteilt hatten, hatten wir immer darauf geachtet, einen gewissen Abstand zwischen uns zu wahren. Er hatte mich unterwiesen und mich zu einem stärkeren und besseren Sukkubus gemacht, doch wir hatten nie tatsächlich nebeneinander *geschlafen.* Tief im Inneren wusste ich, dass keine dieser Erfahrungen mich auf eine Nacht mit Zane allein vorbereitet hatte.

»Du bist wirklich unausstehlich«, murmelte ich.

Er bleckte die Zähne. Der Ausdruck ließ ihn gefährlich, wild und so unglaublich sexy aussehen. »Ich beiße nicht, es sei denn, du bittest mich nett darum.«

Der Gedanke daran, dass er mich beißen könnte, jagte mir einen erregenden Schauer über den Rücken. Ich stellte mir vor, wie er die Zähne über meine Haut gleiten ließ.

Verdammt noch mal.

Na gut, also schön.

Wenn er mich reizen wollte, dann würde ich es ihm gleichtun.

Ich stapfte in mein Badezimmer, um mich bettfertig zu machen, und biss die Zähne so fest zusammen, dass mein Gesicht schmerzte. Warum musste er aus allem ein Spektakel machen? *Warum ist er überhaupt hier?* Er war in mein Haus marschiert, als würde es ihm gehören − schon zweimal heute −, und jetzt lag er in meinem Bett. In seiner verdammten Unterwäsche.

Er nahm keine Rücksicht auf meine Gefühle oder meine Bedürfnisse.

Ich hatte seine Scheißspielchen so satt. Ich hatte keine Lust mehr, nett zu ihm zu sein, und ich war es leid, mich ständig von ihm herunterputzen zu lassen.

Ich war *ihn* leid.

Nachdem ich mich gewaschen hatte, zog ich mir die Shorts und das Oberteil aus und ließ die Kleider in einem Haufen auf dem Badezimmerboden liegen. Ich schlief normalerweise nackt. Als Sexdämon machte es mir nichts aus, unbekleidet herumzulaufen, wobei ich über ein selbstbewusstes Körpergefühl verfügte.

Ich hatte nicht vor, mich von ihm aus meinem eigenen verdammten Bett werfen zu lassen.

Also warf ich mein langes, dunkles Haar in einer königlichen Gebärde über die Schulter und schlenderte zurück ins Schlafzimmer.

Nackt.

Dieses Spiel können auch zwei spielen.

Ein träges Lächeln breitete sich auf Zanes Gesicht aus, als er den Blick über meinen Körper schweifen ließ. »Wenn du glaubst, mich damit verschrecken zu können, dann hast du dich getäuscht, Süße.«

Ich verdrehte die Augen und schlüpfte unter die Decke, dann griff ich nach der Nachttischlampe, um das Licht zu löschen. »Im Gegensatz zu deiner Annahme schlafe ich nackt. Und ich habe nicht um deine Anwesenheit gebeten, also werde ich mit Sicherheit keine Zugeständnisse für deine Arroganz machen.«

»Oh, Guinevere. Das tut weh«, neckte er mich.

Das war natürlich nur sarkastisch gemeint, also konnte ich den sexy Dämon nicht einmal ernst nehmen. Er hielt seine Persönlichkeit als Inkubus wie ein Schild vor sich, als hätte er keine andere Wahl. Doch all der Charme und die Flirtversuche konnten nichts an der Tatsache ändern, dass ich nichts mit ihm zu tun haben wollte.

Lügnerin, meldete sich mein Unterbewusstsein mit einem Zischen zu Wort.

Ich vergrub mein Gesicht in meinem Kissen und murmelte: »Gute Nacht, Zane.«

Ich schloss die Augen und wollte versuchen einzuschlafen, doch nach ein paar unendlich langen Minuten öffnete ich sie wieder. Im Zimmer war es dunkel und still. Es waren nur noch unsere Atemzüge zu hören, die sich in der Luft miteinander vermischten.

Ich konzentrierte mich auf die schlichte weiße Wand meines Schlafzimmers und stellte mir GDG vor. Seine Arroganz, sein überhebliches Grinsen und seine grobschlächtige Persönlichkeit.

Er starrte mich mit einem vorwurfsvollen Ausdruck aus seinen dunklen Augen an. Ich wusste, dass er nicht real war und dass mich mein Unterbewusstsein damit nur auf grausame Weise bestrafen wollte. Dennoch wurde ich das Gefühl nicht los, dass er mich *verurteilte.*

Wenn mein Hunger versehentlich ein Opfer forderte, dann fühlte es sich anders an.

Sein Tod nagte an meinem Gewissen.

Ich wurde von einer inneren Spannung gepackt, die meinen Körper wie eine unharmonische Melodie durchströmte, und ich ballte die Fäuste um meine Bettdecke. *Hör auf, Gwen,* ermahnte ich mich selbst. *Hör sofort damit auf …*

Ein starker, warmer Arm schlang sich um meine Taille.

Mir stockte der Atem, als Zane mich an sich zog und die Brust an meinen Rücken schmiegte. Er drückte mich fest an sich und liebkoste meinen Nacken, wobei sein Atem mein Ohr kitzelte.

»Zane«, flüsterte ich. »Was …«

»Schhh, ich will dich einfach nur festhalten«, murmelte er mir ins Ohr. »Es war nicht deine Schuld, mein Mädchen. Du hast ihn gewählt, aber wir alle haben ihn im Stich gelassen. Und wir haben ihn ganz sicher nicht umgebracht. Das hat jemand anderes getan, und zwar jemand, der wahrscheinlich will, dass du dich schuldig fühlst. Lass den Übeltäter nicht gewinnen, Guinevere. Verschwende keinen weiteren Gedanken an ihn.«

Ich atmete tief durch und kämpfte gegen den unmittelbaren Drang an, mich entweder zur Wehr zu setzen oder die Flucht zu ergreifen. Dies war ein tödliches Spiel und ich würde es nicht unbeschadet überstehen.

Aber … er umarmte mich mit einer Zärtlichkeit, die aufrichtig zu sein schien.

Zumindest schien er zu wollen, dass ich mich entspannte und mir selbst verzieh. Er wollte, dass ich mich auf ihn statt auf meine Taten konzentrierte.

Ich wurde von seinem würzigen Duft umhüllt, der meine Sinne beruhigte. So war Zane. Er war mein Freund. Mein Mentor. Selbst wenn er mich nicht liebte, war ich ihm nicht egal. Oder?

Seine warme, männliche Ausstrahlung legte sich wie eine Decke um mich, von der ich nicht einmal gewusst hatte, dass ich sie brauchte. Ich schmiegte mich an ihn und erlaubte ihm, mich zu trösten. »Schlaf jetzt«, summte er an meinem Ohr, dann ließ er eine sanfte Melodie folgen, von der ich mich einlullen ließ.

Er ist wie eine Sirene, dachte ich und gähnte. *Er hat mich mit einer lieblichen, sanften Melodie ins Bett gelockt …*

Ich hätte fast gelacht, doch seine Methode hatte Erfolg. Meine Glieder entspannten sich, ich konzentrierte mich auf ihn, statt an die Ereignisse des Abends zu denken, und mein Geist kam langsam zur Ruhe. Bald war ich nur noch Wachs in seinen Armen, während meine Seele sich von ihm trösten ließ und mein Herz …

Ich riss die Augen auf, als eine Präsenz im Raum erschien.

Eine dunklere, schroffere und mächtigere Präsenz.

Ein dezenter Hauch von minzigem Schwefel stieg mir in die Nase.

Mein Herz setzte einen Schlag aus und ich wollte aus dem Bett springen, um vor Lord Zebulon niederzuknien, doch Zane festigte den Griff um meine Taille und hielt mich zurück.

Ich konnte unseren Dämonischen Lord nicht sehen, doch ich spürte, wie er sich wie eine Naturgewalt durch den Raum bewegte. Ich hörte das Rascheln seiner Kleidung, roch seinen dekadenten Duft und fühlte das Vibrieren seiner Macht in der Luft.

Zanes Stimme durchbrach die Stille und dröhnte an meinem Rücken. »Ich werde mich nicht entschuldigen.«

»Nun, das wundert mich nicht.« Lord Zebulons sanfte, kultivierte Stimme durchdrang die Dunkelheit und kam auf uns zu.

Er trat aus dem Schatten am Ende des Bettes hervor und lockerte seine Krawatte, dann ging er um das Bett herum und trat vor uns an die Seite des Bettes, auf dem wir aneinandergeschmiegt unter der Decke lagen. »Ich habe die dämonische Essenz draußen überprüft. Sie kommt mir nicht bekannt vor. Deshalb habe ich Tax gebeten, sie aufzuspüren.«

Zane nickte. Ich spürte seinen Atem auf meiner Haut, als er antwortete: »Er wird sie finden.«

Lord Zebulon zog die Krawatte von seinem Hals und ließ sie aufs Bett fallen. Ich sah zu, wie sie auf die Bettdecke fiel, dann wandte ich den Blick wieder dem Dämonischen Lord zu und beobachtete gebannt, wie er sich aus seiner Anzugjacke schälte. Er trug das maßgeschneiderte Jackett zu meinem Kleiderschrank – zu *meinem* Schrank – und drapierte es sorgfältig über einen leeren Kleiderbügel, bevor er es zwischen meinen Kleidern aufhängte.

Als würde er hier wohnen.

Als wäre er der Besitzer dieses Hauses.

Als würde er … hierhergehören.

Mir stockte der Atem.

Lord Zebulon kehrte an die Seite des Bettes zurück und öffnete mit seinen langen, eleganten Fingern den obersten Knopf seines Hemds. Der weiße Stoff schmiegte sich an seinen muskulösen Oberkörper und bildete einen schönen Kontrast zu seiner braunen Haut, wobei es für ein Hemd viel zu erotisch wirkte.

Zane liebkoste meinen Nacken und hauchte mir ins Ohr: »Entspann dich, mein Mädchen.«

Das war bereits das zweite Mal, dass er mich heute Abend *mein Mädchen* genannt hatte. Die liebevolle Bezeichnung ließ mein Herz höherschlagen und half mir ganz und gar nicht dabei, mich zu entspannen.

Vor allem nicht, als Lord Zebulon seine geschickten Finger zum nächsten Knopf wandern ließ.

Zane legte eine Hand an meine Hüfte, als er fragte: »Was sollen wir jetzt tun?«

»Wir bleiben heute Nacht bei Guinevere«, antwortete

Lord Zebulon wie beiläufig, als wäre es die normalste Sache der Welt, bei mir zu übernachten.

Er öffnete einen weiteren Knopf und entblößte damit noch mehr seiner geschmeidigen Haut. Mir stockte der Atem. *Oh verdammt, ja bitte …*

»Morgen werden wir mit der eigentlichen Überprüfung beginnen«, fuhr er im Plauderton fort. »Ich habe eine Liste von Kandidaten zusammengestellt, die ich in der Reihenfolge ihres Machtpotenzials befragen werde. Ich beabsichtige, diese Gespräche persönlich zu führen. Und du«, sagte er, wobei er den Blick aus seinen dunklen Augen auf Zane richtete, während er einen weiteren Knopf öffnete, »wirst hier bei unserer geliebten Guinevere bleiben. Du darfst sie nicht aus den Augen lassen.«

Zane streichelte meine Hüfte. »Wie du wünschst, mein Herr.«

Lord Zebulon war mittlerweile am untersten Knopf angekommen. Er öffnete ihn und zog das Hemd mit einer geschmeidigen, geübten Bewegung aus, die pure Sinnlichkeit ausstrahlte. Ich vergrub meine Finger in der Decke und war fasziniert von der plötzlichen Enthüllung seines Oberkörpers.

Ich wollte ihn fragen, ob ich bei irgendetwas ein Mitspracherecht hatte, doch ich brachte keinen Ton heraus.

Es ist so heiß.

Viel zu heiß.

Allein beim Anblick seiner Haut ging mein Körper in Flammen auf. Dabei war ich absolut davon überzeugt, dass Zane die Hitze, die ich ausstrahlte, ebenfalls spüren konnte. Und er wurde ohne Zweifel des Verlangens gewahr, das mich durchströmte. Es juckte mich in den Fingerspitzen, den Unterleib des Dämonischen Lords zu erforschen. Ich wollte seine Muskeln mit meiner Zunge nachzeichnen, seine geschmeidige Haut an meinem Mund spüren und jeden Zentimeter seines Körpers voller Anbetung lecken.

Er wird in meinem Bett schlafen.

Verdammt.

Ich werde vergehen.

Er legte die Hand an seinen Gürtel.

Ich erstarrte und blickte wie gebannt auf seine Finger.

Das Hemd war eine Sache gewesen.

Doch die Hose …

Zane lächelte an meinem Rücken und mir lief ein erregender Schauer über den Rücken. »Hör auf, das arme Mädchen zu quälen, Zebulon.«

Lord Zebulon öffnete die silberfarbene Schnalle seines Gürtels. Bis auf das Funkeln in seinen Augen war seine Miene ausdruckslos. »Würde ich so etwas je tun?«

»Natürlich würdest du das«, erwiderte Zane mit einem Augenzwinkern.

»Hm.« Lord Zebulon ließ den Gürtel zu Boden fallen.

Er sah mich an und mir entfuhr unwillkürlich ein erstickter Laut. Es war ein leises Stöhnen, das unmissverständlich meine Begierde zum Ausdruck brachte.

»Sie sieht tatsächlich hungrig aus«, fügte er mit sinnlichem Tonfall hinzu.

Ich zitterte vor unterdrücktem Verlangen, gefangen zwischen den beiden Männern, die ich mehr als alles andere auf der Welt begehrte.

Zane ließ die Hand an meinen Bauch und dann nach unten zu dem gefährlichen Territorium zwischen meinen Schenkeln gleiten. »Sie hat sich im Klub nicht ausreichend genährt.«

»Dabei kann ich behilflich sein.« Lord Zebulon öffnete den Knopf seiner Hose und stellte ein Knie neben mich aufs Bett. Er streckte die Hand aus und strich mit den

Fingerknöcheln über meine Wange. »Vorausgesetzt du willst, dass ich dir dabei helfe, liebste Guinevere?«

Ich schnappte nach Luft, als mir dank seiner Berührung und seiner Nähe schwindelig wurde. Zanes Wärme und Lord Zebulons köstliches minziges Aftershave übten eine verheerende Wirkung auf mich aus. Ich ließ mich von meinen Sinnen und meiner Begierde überwältigen.

Wenn ich nicht bald etwas dahingehend unternahm, würde ich verbrennen.

Also nickte ich.

Wie unter Zwang.

Ich war verloren.

Und ließ mich gehen.

»Ja«, flüsterte ich. »Ja, bitte.«

ZEBULON

GUINEVERES DUFT UMHÜLLTE mich wie eine sinnliche Liebkosung. Ihr Wesen war wie eine Droge, von der ich nicht gewusst hatte, dass ich mich danach sehnte. Sie hatte etwas so Unschuldiges an sich, das mich in ihren Bann zog, als wäre sie ein zerbrechliches Mädchen, eingeschlossen im Körper einer Göttin.

Sie würde nicht zerbrechen.

Und doch wollte ich sie brechen. Ich wollte ihr meine Dunkelheit aufzwingen, ihr Licht zum Erlöschen bringen und sie in meiner feurigen Umarmung begraben.

Es war ein gefährliches Verlangen, das den Dämon in meinem Inneren ansprach und mich dazu drängte, sie mit all meiner Kraft zu schinden.

Zane kannte diese Seite an mir. Er nahm sie an, akzeptierte sie und kultivierte sie.

Doch Guinevere, die süße, liebliche Guinevere … Ich war mir nicht sicher, ob sie das alles würde ertragen können. Mein armes Lämmchen würde von dem Löwen in mir bei lebendigem Leib aufgefressen werden.

Ich musste Vorsicht walten lassen und dieser Sehnsucht

gerade genug nachgeben, um das Feuer in mir zu bändigen. Und sobald wir den Fall abgeschlossen hatten, würde ich sie ein für alle Mal freigeben.

Denn Zane hatte recht. Höchstwahrscheinlich war sie nur wegen ihrer Verbindung zu mir ins Visier des Täters geraten. Und ich konnte nicht zulassen, dass sich das wiederholte, konnte nicht zulassen, dass sie als Schwäche wahrgenommen wurde, und ich konnte nicht zulassen, dass ich sie wirklich zu der Meinen machte.

Wir würden uns dieser gegenseitigen Anziehungskraft hingeben.

Und danach würden sich unsere Wege trennen.

Zane würde sich ebenfalls daran ergötzen und die Lust, die ein Loch in seine Seele brannte, abschwächen, um dann die Erinnerungen daran in Ehren zu halten.

Wir alle würden einen Nutzen daraus ziehen.

Und heute Abend würden wir damit beginnen, diese Leidenschaft zu befriedigen.

Ich wandte mich an Zane. »Vielleicht braucht sie eine bessere Einführung, damit sie weiß, was sie zu erwarten hat.« Damit gab ich ihm auf subtile Weise zu verstehen, dass ich vorhatte, mit ihr zu spielen, und ihn einlud, sich uns anzuschließen. Ich würde meine eigenen Regeln brechen, damit wir unsere lang gehegte Begierde endlich stillen konnten. *Zumindest vorübergehend.*

Zanes silberne Iriden leuchteten in der Dunkelheit. Er hatte seinen Körper unter der Bettdecke an Guinevere geschmiegt. Ich sehnte mich danach, mich zu ihnen zu gesellen und sie mit meinem eigenen Körper zu umschlingen, um sie beide mit meinen Fingerspitzen zu ertasten.

Ruhig Blut, ermahnte ich mich selbst. *Sonst wird sie zerbrechen.*

In Zanes Blick lagen ein Dutzend Fragen und ein Zögern, das ich nachvollziehen konnte.

Zwei Jahrzehnte lang hatte ich ihm verboten, sie zu berühren. Zwei Jahrzehnte lang hatte ich gewusst, wie sehr er sie wollte – genauso sehr wie ich –, und ich hatte ihm das Vergnügen verwehrt. Doch all diese Verbote würden jetzt der Vergangenheit angehören.

Vielleicht war es der Gedanke, sie verlieren zu können, der meine Mauern zum Bröckeln brachte. Die Vorstellung, dass wir alles in unserer Macht Stehende getan hatten und sie in Ashmedais Augen dennoch nicht freisprechen konnten. Wenn der Erzdämon sie in die Hölle verbannte, ohne dass ich je die Gelegenheit gehabt hatte, sie zu kosten … Ich wusste nicht, ob ich damit würde leben können.

Vielleicht war ich es aber auch nur leid, gegen mein Verlangen nach ihr anzukämpfen. Möglicherweise erschöpfte es mich, sie immer nur zu küssen, ohne sie je zu nehmen. Und vielleicht wollte ich mich einfach nicht länger zurückhalten, obwohl ich sowohl ihren Leib als auch ihre Seele beanspruchen wollte. Ich hatte mich zu ihrem eigenen Schutz davon abgehalten, doch ich brauchte die Erlösung. Ich *sehnte* mich danach. Schließlich war ich ein Dämon und kein Heiliger, und Guinevere war viel zu unwiderstehlich, um mich noch länger zurückzuhalten.

Ich wollte sie.

Ich würde sie haben.

Aber immer mit der Ruhe.

Es war nicht nötig, Zane all das mitzuteilen, denn er konnte es in meinen Augen lesen. Wir waren schon so lange miteinander befreundet, dass wir uns auch mit einem einzigen Blick unterhalten konnten. Zumindest würde er verstehen, dass ich ihm die Erlaubnis erteilt hatte.

Für einen kurzen Moment schloss er die Augen und

festigte den Griff um Guineveres Taille. Als er die Augen wieder öffnete, loderte in ihnen ein Feuer, das meinen Körper mit Begierde durchströmte.

Ich streckte eine Hand nach ihm aus, schlang sie um seinen Nacken und zog ihn an mich, um ihn zu küssen.

Direkt über Guinevere hinweg.

Sie sog überrascht den Atem ein, als er sich meiner Dominanz beugte und mir mit seinen warmen und harten Lippen genau das gab, was ich brauchte.

Ihr warmer Körper streifte meine Schenkel, als Zane sich vorbeugte, um meinen Kuss besser erwidern zu können.

Ich ließ meine Zähne über seine Unterlippe gleiten, bevor ich ihn noch heftiger küsste. Ich bevorzugte es auf diese Weise und er ebenso. Das bewies er, indem er einen Arm unter der Decke hervorzog und die Hand um meinen Nacken legte. Er verließ sich darauf, dass ich ihn mit meiner Kraft aufrecht hielt, während er den anderen Arm noch immer um Guinevere geschlungen hatte. Es war eine Zurschaustellung seines Vertrauens, unserer Intimität und eines sinnlichen gegenseitigen Verständnisses.

Zu fühlen, wie er sich an sie schmiegte, während er sich von mir liebkosen ließ, reichte fast aus, um die Kontrolle zu verlieren.

Nur wenige hatten je dieses Gefühl in mir hervorrufen können.

Doch Guinevere und Zane waren nicht irgendwer.

Sie waren das Kryptonit, nach dem ich mich schon viel zu lange gesehnt hatte.

Ich wollte, dass Guinevere das wusste.

Also demonstrierte ich es mit meiner Zunge, indem ich Zanes Mund dominierte und meine Lust mit voller Kraft über ihnen ergoss.

Guinevere schnappte nach Luft.

Zane stöhnte auf.

Meine Macht diente ihnen als Aphrodisiakum und war wie ein Strom der Leidenschaft, der sie beide Jahrzehnte und sogar Jahrhunderte lang nähren konnte. Ich hielt mich nicht zurück, wie ich es sonst bei Guinevere tat. Stattdessen gab ich mich voll und ganz hin, peitschte sie an und demonstrierte ihnen die Überlegenheit meines Geburtsrechts.

Ich bin ein Dämonischer Lord.

Eines der mächtigsten Wesen der Welt.

Und ich war im Begriff, diese beiden Sexdämonen in die Knie zu zwingen.

Guineveres Atem beschleunigte sich, aber ich ignorierte sie und gewährte ihr einen Blick auf mein *wahres* Wesen.

Ich zog den Kopf zurück und befahl: »Zieh mir die Hose aus.«

Zane knabberte an meiner Unterlippe, dann löste er sich von mir und Guinevere, um sich aufs Bett zu knien. Sie lag immer noch zwischen uns, doch er hatte den Blick auf mich gerichtet, als er die Hände zu meinen Hüften wandern ließ. Er öffnete geschickt den Reißverschluss meiner Hose und schob sie mir über die Hüften.

Ich stand auf, um sie mir ganz auszuziehen, und entledigte mich dabei auch gleich meiner Schuhe und Socken.

Dann warf ich einen Blick auf Guinevere und bewunderte die Hingabe in ihrem Gesicht. Trotz der Dunkelheit konnte ich die Röte in ihren Wangen sehen, denn meine dämonischen Sinne waren erwacht und erlaubten es mir, alles wahrzunehmen.

Ihre Pupillen weiteten sich.

Sie öffnete den Mund.

Und sie sog berauscht die Luft ein, die von unserer

gemeinsamen Erregung geschwängert war. »Ich glaube, sie ist einverstanden, Zane.« Doch ich trug immer noch meine Boxershorts. Wie würde sie reagieren, wenn sie mich völlig nackt sehen würde?

»Ich glaube, wir sind alle einverstanden, mein Herr«, antwortete er, während sein Schwanz zustimmend pulsierte.

Ich ergriff seine Männlichkeit und streichelte ihn durch den seidigen Stoff seiner schwarzen Boxershorts, die von der gleichen Marke wie die meinen waren. Dann packte ich ihn wieder am Hals und zog ihn an mich, um ihn zu küssen.

Zane biss mir auf die Unterlippe und ich revanchierte mich bei ihm. Ich genoss den Geschmack von Blut in meinem Mund und die Art, wie er an meinen Lippen aufstöhnte. Er streichelte meinen Schaft, ahmte meine Bewegungen nach. Mit seinen geschickten Fingern rieb und zog er und sandte elektrisierende Schauer durch meinen Körper.

Verdammt.

Guinevere beobachtete uns die ganze Zeit über. Ihre Erregung hüllte den Raum in einen zarten Duft, in dem ich mich verlieren wollte. Ich wollte sie schmecken, sie nehmen, sie vervollständigen und sie *besitzen*.

Ihre Begierde vereinigte sich mit der von Zane und ihre sexuelle Energie liebkoste auf verführerische Weise meine Aura. Sie forderten mich auf, mich gehen zu lassen, sie beide zu ficken und ihnen zu erlauben, sich zu nähren.

Ich ergoss noch einmal meine Macht über sie und grinste, als Zane erschauderte und sein Schwanz in meiner Handfläche pochte.

Doch Guineveres Stöhnen klang fast gequält, als könnte sie die Empfindungen nicht mehr ertragen. Als stünde sie kurz davor, zu verbrennen oder zu schreien oder vielleicht sogar zu weinen.

Wir hatten das arme Mädchen vernachlässigt, während wir uns gegenseitig verschlangen und sie unsere Euphorie hatten spüren lassen, die sie ans Bett fesselte und sie zwischen uns gefangen hielt.

Bald, versprach ich ihr. Natürlich konnte sie mich nicht hören, doch sie würde es ohnehin nicht verstehen. Aber wie immer hatte ich einen Plan. Und dafür musste sie nur noch einen Moment länger dort verharren.

Natürlich hatte Zane andere Vorstellungen.

Er verstand Guineveres Bedürfnisse, denn seine inkubische Seele kommunizierte mit der ihren auf einer Ebene, die sich meiner Kenntnis entzog.

Er ließ meinen Schwanz los und entlockte damit meiner Kehle ein Knurren, das sich jedoch sofort in ein Stöhnen verwandelte, als er Guineveres Hand an meine schmerzenden Hoden presste. »Verdammt«, murmelte ich in seinen Mund hinein. Ich war verärgert und erregt zugleich, weil er das Kommando übernommen und sich meiner Kontrolle widersetzt hatte.

So ungehorsam, dachte ich und erschauderte, als er ihre Finger um mich legte und ihr zeigte, was mir gefiel. Aber verdammt, ich liebte das an ihm. Ich liebte es, dass er sich mir immer widersetzte, mich auf die Probe stellte und mich an meine Grenzen brachte.

Und jetzt trieb er mich geradewegs auf eine zu.

Er schlang seine Finger um die ihren, um sie zu führen und zu lehren, während er mich reizte.

Verdammt noch mal, ich stehe in Flammen.

Ich zitterte, während meine Selbstbeherrschung immer mehr bröckelte, während das Bedürfnis, sie beide vornüberzubeugen und ihnen eine Lektion zu erteilen, so stark wurde, dass ich fast völlig die Kontrolle verlor.

Ich festigte den Griff um seinen Nacken und küsste ihn noch leidenschaftlicher, indem ich ihn mit meinem Mund bestrafte.

Und ich war mir sicher, dass das Arschloch lächelte.

Er wusste genau, was er mir antat. Er revanchierte sich für all die Jahre, in denen ich ihm verboten hatte, sie zu nehmen. Er sorgte dafür, dass ich all die Qualen spürte, die er durchgestanden hatte, wenn er mit ihr im Bett gelegen und sie dabei beobachtet hatte, wie sie andere Männer und nicht ihn befriedigte.

Niemals ihn.

Und niemals mich.

Doch jetzt war sie hier. Zwischen uns. Sie berührte uns, nährte sich von mir und schwelgte im Augenblick. Sie bebte vor Verlangen. Dadurch wuchs meine Erregung und trieb mich an den Rand des Abgrunds, bis sich meine Pläne zerschlugen.

Zur Hölle damit.

Ich ließ Zane los, dann packte ich Guinevere, zog sie auf die Knie und schluckte ihren überraschten Schrei mit meinem Mund.

Der Inkubus lachte leise, wohl wissend, dass er diese Partie zwischen uns gewonnen hatte.

Aber es war nur ein vorübergehender Sieg.

Und zwar einer, für den er später bezahlen würde.

Ich umfasste ihr Gesicht mit beiden Händen, neigte ihren Kopf nach hinten und öffnete sie für mich, während ich in ihren Mund eindrang. Ich brauchte mehr, brauchte *alles* von ihr. Wenn wir es schon taten, dann würden wir es richtig tun. Ich hatte genug davon, mich zurückzuhalten.

Ich hatte keine Lust mehr, es *langsam* angehen zu lassen.

Sie würde mich nehmen.

Zane würde ihr zeigen wie.

Gemeinsam würden sie überleben.

Die Decke glitt von Guineveres Körper, als Zane daran zog. Das Angebot war unmissverständlich.

Nackt.

Sie ist nackt.

Ich hatte Guinevere im Laufe der Jahre sowohl halb bekleidet als auch unbekleidet gesehen, doch ich hatte noch nie gespürt, wie sie sich nackt an mich presste. Nicht so wie jetzt. So feucht und begierig.

Sie ist perfekt, dachte ich, wobei ich meine Hände unwillkürlich über ihren Körper gleiten ließ. *Verdammt perfekt.*

Plötzlich bewunderte ich Zane für seine Zurückhaltung. Er hatte schon zuvor nackt mit ihr im Bett gelegen, dennoch hatte er meistens die Finger von ihr gelassen. Der Inkubus schaffte es immer wieder, mich zu beeindrucken.

Vielleicht würde ich ihm verzeihen, dass er meinen Plan zunichtegemacht hatte.

Denn jetzt hatte ich einen besseren, und der bestand darin, diese wunderbare Frau zu kosten, die sich an mich schmiegte.

Zane senkte den Kopf und ließ die Lippen über ihre nackte Haut hinunter zu ihren Brüsten wandern. Der Mann las meine Gedanken auf eine Art und Weise, die er im Laufe der Jahrzehnte perfektioniert zu haben schien.

Ich half ihm, sie aufs Bett zu legen, wobei ich sie weiterhin küsste, während er ihre Kurven erkundete und sich saugend und leckend einen Weg nach unten bahnte.

Guinevere wölbte sich auf und stöhnte in meinen Mund hinein, als er sich zwischen ihren gespreizten Schenkeln niederließ. »Hast du dich jemals einem Inkubus auf diese Weise hingegeben, Kleines?«, fragte ich, wobei ich die Zähne über ihre Lippen und dann ihren Kiefer gleiten ließ, um dann meinen Mund an ihr Ohr zu pressen. »Oder ist Zane dein erster?«

»Schule«, brachte sie keuchend hervor. »Training.«

Zane lachte leise. »Ich war nicht ohne Grund Professor, Süße«, sagte er an ihrem heißen Unterleib, wobei er uns beide mit seinen silbrigen Augen anfunkelte. »Ich bin viel besser als ein Schüler.«

»Beweise es«, wagte sie zu sagen, als sie einen Teil ihrer Kühnheit wiederzugewinnen schien.

Mein Schwanz pulsierte. Ihre Handfläche war von mir abgeglitten, als wir sie aufs Bett gelegt hatten, deshalb legte sich sie wieder an meinen Körper und führte die Demonstration fort, die Zane begonnen hatte. Dann eroberte ich ihren Mund zurück, während Zane ihr zeigte, wozu seine Zunge geschaffen war.

Sie krallte sich in meine Boxershorts, während ihr ganzer Körper unter mir in Flammen aufzugehen schien. Ich grinste an ihrem keuchenden Mund. »Er ist gut, nicht wahr?«

»Ja«, zischte sie und wölbte sich auf. Sie griff mit der anderen Hand nach unten und fuhr mit den Fingern durch sein Haar, dann küsste sie mich. Diesmal übernahm sie die Führung, denn der Sukkubus wusste, dass er in diesem Fall das Steuer in der Hand halten konnte.

Ich ließ sie gewähren und gab ihrem Bedürfnis nach, sich in einer Atmosphäre zu entfalten, in der sie eindeutig zu Hause war.

Mit der Zunge streichelte sie die meine, wobei ihr süßer Geschmack meine Sinne durchdrang und mit in ihren Bann zog. Zane stieß ein Knurren aus, als sie ihn an den Haaren zog, dann schnappte sie nach Luft, als er sie wieder mit seinem Mund verwöhnte.

Ich spürte das Geben und Nehmen zwischen ihnen

und fühlte, wie ihre Energie auf die seine reagierte und dabei die meine verführte.

Sie begann zu zittern, als ihre Erregung immer mehr wuchs. Ich konnte ihren bevorstehenden Höhepunkt fast schmecken. *Verdammt*, es war so berauschend, als sie mich mit ihrer sukkubischen Energie in einen Mantel aus Lust und Hitze hüllte. Ich wollte jedes einzelne Stöhnen schlucken, ihr einen Schrei nach dem anderen entlocken und sie über den Abgrund der Vergessenheit treiben, bis sie so befriedigt, erschöpft und benutzt war, dass sie nie wieder einen anderen Mann brauchte.

Doch ich war nicht derjenige zwischen ihren Schenkeln.

Sondern Zane.

Und zusammen brachten wir sie an den Punkt, an dem es kein Zurück mehr gab.

Ich umfasste ihre Brust, drückte das üppige Fleisch und reizte ihre Brustwarze. Dann löste ich den Mund von ihren Lippen und saugte den steifen Nippel ein, um ihn mit meiner Zunge zu schänden.

Sie schrie auf, denn das Gefühl war zu überwältigend und sie konnte sich nicht mehr zurückhalten.

Ich übergoss sie mit meiner Energie und ließ sie spüren, wie sehr ich sie wollte, wie sehr ich Zane wollte, wie sehr ich all das hier wollte, bis sie von einer machtvollen Welle der Ekstase mitgerissen wurde.

»Mm«, brummte Zane an ihrer Haut. »Ich habe vor, das heute Abend noch mindestens zweimal zu tun.«

»Du wirst mich zuerst küssen«, sagte ich, weil ich sie auf seiner Zunge schmecken wollte.

»Natürlich, mein Herr.« Er kroch wieder nach oben, stützte sich mit dem Ellbogen neben ihr ab und bot mir seinen Mund an.

Ich fuhr mit den Fingern durch sein Haar und ertastete

dort Guineveres Hand, die immer noch dort verschlungen war.

Dann genoss ich ihren Geschmack auf seiner Zunge. Ich erkundete jeden Zentimeter, saugte ihre Essenz auf und schluckte sie mit einem Stöhnen hinunter.

»Sie schmeckt süß, nicht wahr?«, fragte Zane, dessen silbrig-blaue Augen zustimmend glänzten.

»Sehr sogar«, sagte ich, bevor ich mir mit den Lippen einen Weg an ihrem Körper hinab bahnte, um mich ebenfalls an ihrer heißen Süße zu erfreuen.

Zane küsste sie und umfasste ihre Brust, um sie zu drücken, zu zwicken und sie in einen ekstatischen Zustand zu versetzen, während ich ihren heißen Unterleib genoss.

Sie schmeckte so verdammt dekadent. Wie eine verbotene Frucht, so süß, feucht und heiß, von der Sonne beschienen. Wie ein Pfirsich, den man frisch vom Baum gepflückt hatte. Sie glich eher einem Engel als einem Dämon, was natürlich nicht wahr war, jedoch nichts an der Tatsache änderte, dass sie himmlisch schmeckte.

Ich könnte sie die ganze Nacht lang auf diese Weise genießen, doch ich konnte spüren, dass sie sich nach mehr sehnte, und hörte das leise Wimmern, mit dem sie um meine Lust bettelte. Ich wusste, dass ihre sukkubische Seele nach mir dürstete.

Ich hatte sie über all die Jahre mit meinen Küssen sättigen können.

Doch heute Abend brauchte sie mehr als einen Kuss.

Sie brauchte alles.

Und ich hatte die Absicht, sie voll und ganz zu befriedigen.

Ich kroch an ihrem Körper hinauf, setzte mich rittlings auf sie, wobei ich meine Knie zu beiden Seiten ihrer schlanken Taille platzierte und sie so festhielt. Zane wich zur Seite, doch ich packte ihn an der Hüfte, um ihn aufzuhalten. »Zieh deine Boxershorts aus.«

Er widersprach nicht und entledigte sich der Shorts mit einem geschickten Handgriff, der einem Inkubus seines Ranges würdig war.

Ich wartete nicht.

Ich bat ihn nicht um Erlaubnis.

Ich umfasste einfach nur seinen pochenden Schaft und ließ meine Hand auf und ab gleiten, woraufhin er seinen Kopf auf meine Schulter fallen ließ und ich seine Begierde deutlich spüren konnte. *»Fick mich.«*

»Mm, nicht heute Abend«, entschied ich und massierte ihn weiter so, wie er es gernhatte. Ich wollte die Sache ein wenig in die Länge ziehen und so viel wie möglich mit Guinevere spielen, um sie auf jede erdenkliche Weise zu verwöhnen. Direkt zum Sex überzugehen schien fast … zu langweilig zu sein.

Sie war ein Sukkubus.

Sie hatte es verdient, in den Genuss der vollständigen Erfahrung zu kommen.

Zane würde es verstehen, was er mit einem Nicken an meiner Schulter bestätigte. Ich konnte seine Erleichterung auf meiner Zunge schmecken, wahrscheinlich weil er erkannt hatte, dass ich vorhatte, mich mit Guinevere mehr als nur eine Nacht lang zu vergnügen.

»Was willst du, Kleines?«, fragte ich und begegnete ihrem glühenden Blick. Ich konnte die unsichtbaren Schichten ihrer sukkubischen Energie spüren, die um ihren Körper herumwirbelten und mich in ein Meer aus unermesslichem Verlangen zogen.

Ihre Pupillen weiteten sich, als sie den Blick an meinem Körper hinunter zu meiner Leiste wandern ließ.

Ich zog eine Augenbraue in die Höhe, als sie sich über die Lippen leckte. »Guinevere?«

»Mund«, sagte sie nur und sah mir mit einem glühenden Blick in die Augen. Ihre Kühnheit raubte mir den Atem. »Ich will dich schlucken.«

Meine sinnliche kleine Dämonin hatte sich unter mir voll entfaltet, hatte die Kontrolle übernommen und mir ungeniert zu verstehen gegeben, was sie wollte.

Nur ein Sexdämon war in der Lage, einem derart mächtigen Dämonischen Lord im Bett mit so viel Selbstbewusstsein zu begegnen.

Und ich sollte verdammt sein, wenn ich ihr den Wunsch verweigern würde.

Ich löste mich von Zane, um meine Boxershorts auszuziehen. Dabei beobachtete sie genauso wie Zane jede meiner Bewegungen. Sie beide gierten nach meiner Lust. Doch heute Nacht würde ich alles Guinevere geben.

Zane war sich dessen bewusst.

Und als er die Lippen zu einem Lächeln verzog, wusste ich, dass es ihm nichts ausmachte. Er würde die restlichen Vibrationen der sinnlichen Energie genießen, außerdem hatte ich ihm diese Woche bereits mehr als genug gegeben. Er konnte ohne Weiteres eine Nacht überstehen, ohne in den Genuss der vollen Ladung zu kommen. Verdammt, ich hatte ihn so sehr gesättigt, dass er wahrscheinlich noch Jahre davon leben könnte.

Ich gab ihm einen Kuss auf den Mundwinkel, um sein Opfer zu würdigen.

Er erwiderte den Kuss und wandte sich dann an Guinevere. »Er ist nicht gerade sanft.«

»Damit kann ich umgehen«, versicherte sie ihm.

Er grinste. »Ich weiß. Aber der Gentleman in mir musste dich vorwarnen.«

»Danke, Professor.« Sie setzte sich zwischen uns auf, sodass ihr Kopf mit unserer Leistengegend auf gleicher Höhe war, während wir zu beiden Seiten ihres Körpers auf dem Bett knieten. Dann umschloss sie die Spitze meines Schwanzes mit ihren Lippen und nahm mich tief in ihren Mund auf.

Sie bat mich nicht um Erlaubnis.

Sie nahm sich einfach, was sie begehrte.

Und als ich sah, wie Zanes Nasenflügel bebten, wusste ich, dass er ebenso begeistert war wie ich. Der sexy kleine Sukkubus, der sich immer vor mir verneigt hatte, hatte endlich den Mut gefunden, mir zu zeigen, wozu sie wirklich fähig war.

Mit ihrer Zunge.

Verdammt.

Ich packte ihr dichtes, dunkles Haar und zwang sie, mich noch tiefer in sich aufzunehmen, denn ich wollte zumindest den Anschein der Kontrolle bewahren. Als sie mich jedoch schluckte, ohne zu zögern, fragte ich mich, wer hier tatsächlich die Fäden in der Hand hielt.

Zane beugte sich vor, um seine Lippen auf meinen Mund zu pressen. Mit meiner freien Hand packte ich seinen Schwanz und begann, ihn mit schnellen Bewegungen zu massieren, während Guinevere mich mit ihren verruchten Lippen schändete. Sie wusste genau, wie sie ihre Zunge, ihre Zähne, ihre Wangen einsetzen musste. Es war wie mit Zane zu ficken, nur … lieblicher?

Ich konnte es nicht beschreiben.

Doch es zerstörte meine Entschlossenheit Stück für Stück.

Ich wollte mit Wucht in sie eindringen und mich so tief in sie hineinzwingen, dass sie mich die ganze verdammte Woche über spüren würde. Dann wollte ich sie mit meiner Macht überschütten und sie mit so viel Energie durchtränken, dass jeder Dämon, der an ihr vorbeiging, mich durch sie hindurch *spüren* würde.

Zane knabberte an meiner Lippe und lenkte meine

Aufmerksamkeit auf ihn und auf seinen Schwanz, den ich mit eisernem Griff umklammerte.

Doch ich ließ ihn nicht los.

Sondern drückte noch fester zu.

Also biss er mich noch heftiger in die Unterlippe.

Es war ein Krieg um Dominanz, bei dem wir unser sexuelles Können zur Schau stellten.

Ein Krieg, den ich gewinnen würde.

Allerdings wählte Guinevere diesen Moment, um mich so tief zu schlucken, dass ihre Lippen fast den Ansatz berührten. »Scheiße«, keuchte ich und ließ den Kopf zurückfallen, als sie um meinen Schwanz herum stöhnte und ich die Vibration durch meinen Schaft bis zu meinen verdammten Hoden spüren konnte.

Zane grinste und umfasste meine Hand mit der seinen, als er die Kontrolle über meine Bewegungen übernahm.

Denn ich war erledigt.

Sie hatten mich regelrecht zerstört.

Ich war von den beiden buchstäblich in die Knie gezwungen worden.

In diesem Fall war ich ihnen weder gleichgestellt, noch existierte eine gemeinsame Basis. Ich war zwar ihr Dämonischer Lord, doch in diesem Spiel beherrschten sie mich ganz und gar.

Nicht weil ich schwach war.

Sondern weil ich es so wollte.

Ich wollte das hier. Sie beide. Ich wollte ihre Berührungen und die Liebkosungen ihrer Münder, ihrer Zungen und ihrer Hände.

Zane ließ den Mund auf meinen Hals wandern und saugte die Haut über meiner Pulsschlagader ein. Und die ganze Zeit über befriedigte er sich mit *meiner* Hand.

Und Guinevere.

Verdammt, Guinevere.

Mit dem Mund beanspruchte sie meine verdammte Seele und nährte sich von meiner wachsenden Leidenschaft, während sie mich bis zum Äußersten trieb. Mein Unterleib spannte sich an, als die Hitze meine Adern durchströmte. Ich krallte mich in ihr Haar und zwang sie, alles in sich aufzunehmen, was sie mir entlockt hatte. Ich zwang sie zu schlucken. Ich zwang sie, jeden Tropfen meiner Lust ihre hübsche kleine Kehle hinunterrinnen zu lassen.

Ich kam mit einem lauten Schrei zum Höhepunkt. Ich verströmte eine Macht, die sie beide überrollte und verzehrte, sie zu Boden streckte und ihre Unterwerfung forderte, während sie sie gleichzeitig ermutigte.

Das Gefühl war so intensiv.

So schön.

So rasend.

Und so gefährlich.

So verdammt gefährlich.

Denn wahrscheinlich hatte ich noch nie im Leben einen so unglaublichen Orgasmus erlebt. Und Guinevere schluckte jeden verdammten Tropfen und nahm mich mit einer Wildheit in sich auf, für die ihresgleichen berüchtigt war.

Dann zog ich ihren Mund von meinem Schwanz und zwang sie, auch Zanes zu schlucken. Er kam innerhalb von Sekunden, denn seine inkubische Seele war leicht erregbar. Die schiere Vitalität, die von mir auf ihn überging, reichte aus, um ihn zum Höhepunkt zu bringen.

Ich spürte, wie er kam.

Ich fühlte, wie er knurrte.

Ich fühlte, wie er es *genoss*.

Guinevere nahm ihn in sich auf, während sie ihn die ganze Zeit über ansah. Es war verdammt noch mal das Erotischste, was ich je gesehen hatte. Es war noch sinnlicher als der Moment, in dem sie meinen Saft geschluckt hatte.

Ich stieß den Atem aus, während mein Herz wild in meiner Brust hämmerte. *So sollte es nicht sein,* dachte ich. *Es sollte nicht so ... verdammt ... richtig sein.*

Doch das war es.

Jeder Moment. Jede Berührung. Jeder Kuss. Jedes einzelne Detail ... war absolut perfekt. Eine Erfahrung, die ich nie vergessen würde. Und ein Erlebnis, das ich vorhatte zu wiederholen.

Immer wieder.

Und wieder.

Zanes Gesichtsausdruck verriet mir, dass er das Gleiche dachte, denn seine silberblauen Augen leuchteten auf, als er meinen Blick erwiderte. Sie hatte ihm den Verstand geraubt, genauso wie sie mir den Verstand geraubt hatte.

Es fühlte sich an wie ... ein Beginn von etwas.

Und ich fragte mich: *Wie zum Teufel wird es enden?*

Ich war mir nicht sicher, ob ich jetzt darüber nachdenken wollte, daher zog ich den gesättigten Sukkubus in die Arme und umschlang sie mit meinem Körper, so wie Zane es zuvor mit ihr getan hatte. Dann sah ich ihm über ihren Kopf hinweg in die Augen, als er sich auf die andere Seite legte.

Wir unterhielten uns wieder mit unseren Blicken, während sie zwischen uns einschlief.

Ich war mir ziemlich sicher, dass unsere Unterhaltung damit endete, dass Zane sagte: *Wir sind total im Arsch.*

Woraufhin ich ihm zustimmte: *In der Tat.*

GWEN

Das Gefühl von Lippen, die zärtlich über die meinen streiften, weckte mich auf und warf mich geradewegs in einen Traum.

Lord Zebulon musterte mich mit seinen durchdringenden braunen Augen, während sein attraktives Gesicht wirkte, als wäre es aus schwarzem Stein gemeißelt worden. »Guten Morgen, Kleines.«

»Hallo«, brachte ich hervor. Meine Kehle war wie ausgetrocknet, als ich ihn in meinem Bett erblickte und mich daran erinnerte, was wir letzte Nacht getan hatten. Wie er geschmeckt und sich angefühlt hatte. *Oh* … Ich spannte die Schenkel an, als mein Verlangen nach mehr von Sekunde zu Sekunde anschwoll. Als ich spürte, dass Zane hinter mir lag, wuchs meine Begierde noch weiter.

Ich gab meinem inneren Sukkubus die Schuld daran. Er war hungrig … *so hungrig.*

Lord Zebulon strich mir eine Haarsträhne hinters Ohr, dann streichelte er meine Wange mit einer zärtlichen Liebkosung, die ich bis in die Zehen spürte.

»Ich muss leider arbeiten«, sagte er leise und mit einem

Anflug von Bedauern in seinem Ton. »Aber ich komme heute Abend zurück.« Er beugte sich vor und küsste mich erneut, wobei er diesmal einen Hauch Autorität miteinfließen ließ. »Sei gut zu Zane, Liebling.« Er presste den Mund auf meine Lippen, bevor ich etwas erwidern konnte, wobei mir der leicht tadelnde Unterton in seiner Stimme verriet, dass er ein *Nein* nicht akzeptieren würde.

Doch er gab mir ohnehin keine Gelegenheit, etwas zu sagen.

Er zog einfach nur lächelnd den Kopf zurück und verschwand, indem er mich nackt mit einem erregten Zane hinter mir liegen ließ. Ich konnte seinen harten Schwanz an meinem Hintern spüren und wusste, dass er wach war … und bereit zu spielen. Genau wie der Sukkubus in mir.

Oh verdammt, worauf habe ich mich da nur eingelassen?

»Denk nicht zu viel darüber nach«, flüsterte Zane, der offenbar meine Gedanken gelesen hatte. Vielleicht hatte er auch gespürt, wie ich mich verkrampft hatte.

Ja, das musste es sein.

Ich war völlig reglos liegen geblieben, als Lord Zebulon verschwunden war.

»Atme tief durch, Gwen«, fügte Zane hinzu, wobei mein Spitzname wie eine Liebkosung aus seinem Mund klang.

Er küsste meinen Nacken und bahnte sich einen Weg zu meiner Schulter. Er biss leicht zu, um mich in diesem Moment zu erden. Dann griff er mir zwischen die Beine und ließ die Finger zwischen meine feuchten Falten gleiten, um in mich einzudringen.

»Du hast keine Ahnung, wie oft ich davon geträumt habe«, hauchte er mir ins Ohr. »Wie oft ich mir *genau das* ausgemalt habe.« Er drang noch tiefer in mich ein. »Wie sehr ich mich danach gesehnt habe, es tun zu dürfen.«

Mit dem Daumen streichelte er gekonnt meine

Klitoris, während er einen Finger rhythmisch immer wieder in meinen Unterleib stieß.

»Oh«, keuchte ich und wölbte den Rücken, während meine Brustwarzen steif wurden.

Er ließ die Zähne über die Stelle gleiten, an der mein Hals auf meine Schulter traf, und presste sich an mich, wobei er seinen harten Schwanz zwischen meine Schenkel schob, während er mich mit den Fingern fast um den Verstand brachte.

Verdammt, er ist gut, dachte ich keuchend. *So, so, so gut.*

Doch gerade als ich ihm meinen Körper entgegenschieben wollte, damit er mich von hinten nehmen konnte, hielt ich inne. Seine Worte drängten sich nach und nach wieder in meine Gedanken und brachten mir ganz langsam etwas zu Bewusstsein.

Wie sehr ich mich danach gesehnt habe, es tun zu dürfen.

Dürfen?

Ich runzelte die Stirn und packte sein Handgelenk, um seine Bewegungen zwischen meinen Schenkeln zu unterbinden. »Was meinst du damit?«

»Hm?«, fragte Zane an meinem Rücken, dessen Stimme abwesend klang. Er schob noch einen zweiten Finger in mich hinein, ließ ihn kreisen und spreizte dann beide Finger, um mich darauf vorzubereiten, ihn aufzunehmen. Doch ich brauchte keine Vorbereitung, denn ich war feucht, bereit und willig.

Aber ... »Was hast du damit gemeint, dass du es tun *durftest?*« Ich versuchte erneut, seine Hand zum Stillstand zu bringen, doch er ignorierte mich einfach. Der Inkubus in ihm konnte meine wachsende Erregung wahrnehmen und spürte, wie sehr ich ihn wollte. Dabei entging ihm allerdings eine weitere Emotion, die in meinem Inneren aufwallte.

Misstrauen. Mit einem Hauch von Verärgerung.

Zane zuckte mit den Schultern, während er eine immer stärker werdende Hitze an meinem Rücken ausstrahlte. »Ich konnte dich vorher nicht berühren. Aber ich habe vor, das jetzt nachzuholen.«

»Warum konntest du mich nicht berühren?« *Weil du mich für zu jung gehalten hast? Weil du mein Lehrer warst? Weil …* Mir fiel kein weiterer Grund ein. Seine Worte waren mir wirklich ein Rätsel.

Mit den Fingern bearbeitete er mich, entspannte mich und öffnete mich. Ich begann, heftig zu keuchen, und verlor mich in seinen meisterlichen Liebkosungen. Ich musste all meine Kraft zusammennehmen, um mich zu konzentrieren. Aber seine Worte gingen mir nicht aus dem Kopf.

»Warum durftest du mich vorher nicht berühren?«, fragte ich.

»Zebulon hatte es mir verboten«, murmelte er in einem fast verträumten Tonfall.

Ich erstarrte. »Er hat was getan? Warum sollte er das tun?«

Zane seufzte und rollte mich auf den Rücken, während er sich neben mir auf den Ellbogen stützte. Dann schob er ein Bein zwischen meine Schenkel und umfasste mein Kinn mit denselben Fingern, die gerade noch in mir gewesen waren.

Der Duft meiner Erregung auf seiner Haut brachte meine Nasenflügel zum Beben.

So verdammt heiß.

Und er wusste es.

»Weil er dich für sich selbst wollte, Guinevere«, sagte er und bedachte mich mit einem ernsten Blick. »Natürlich hat er das nicht zugegeben. Er sagte, du bräuchtest eine

Chance, um dich zu entwickeln, und er wollte nicht, dass ich dir die Unschuld raubte. Also hat er mir verboten, dich zu berühren.«

»Unschuld?« Ich schnaubte. »Ich bin ein Sukkubus. An mir ist rein gar nichts unschuldig.«

Er knurrte und schob sein Bein gegen meinen Unterleib, indem er an genau der Stelle Druck ausübte, wo ich ihn begehrte. »Glaub mir, dessen bin ich mir bewusst«, sagte er mit heiserer Stimme, als er sich vorbeugte, um mich zu küssen.

Ich gebot ihm auf halbem Weg Einhalt, indem ich ihm eine Hand auf die Brust legte und ihn zurückstieß. »Ist das dein Ernst?«

»Du meinst, dass ich das über dich weiß? Ja.«

Ich verdrehte die Augen. »Ausgerechnet jetzt kommst du mir mit einer Anmache?«

Zane grinste. »Ich bin ein Inkubus, Süße. Das ist mein Job.« Er beugte sich wieder vor und schaffte es, meine Lippen eine Sekunde lang zu erobern, um mir einen seelenverzehrenden Kuss zu geben.

Dann boxte ich ihm in den Arm und nutzte seine Überraschung, um ihn von mir zu stoßen.

Er landete fassungslos auf dem Rücken.

»Für einen Inkubus bist du ziemlich schwer von Begriff«, schnauzte ich ihn an. Ich ließ mich vom Bett gleiten, um ein wenig Abstand zwischen uns zu bringen. Seine Berührung war tödlich. Sowohl buchstäblich als auch im übertragenen Sinne.

Aber ich durfte mich davon nicht ablenken lassen und musste klar denken können, um zu verarbeiten, was er gerade gesagt hatte.

»Scheiße, Guinevere. Was zum Teufel habe ich getan?«, rief Zane mir hinterher, als ich mich auf den Weg ins Bad machte.

Ich hielt in der Tür inne und wirbelte herum, um ihn anzusehen. »Du hast mir gerade gesagt, dass Lord Zebulon dir verboten hat, mich zu berühren.«

Er setzte sich in der Mitte meines Bettes auf, wobei sich die Bettdecke um seine Hüften raffte. Er hatte die Stirn in Falten gelegt und sah mich verwirrt an. »Ja und? Wo liegt das Problem?«

Ich riss meinen Bademantel vom Haken an der Badezimmertür und zog ihn an. Ich fühlte mich zu … entblößt. Zu nackt. Und ich war im Begriff, mich noch nackter zu fühlen.

»Ich habe dir meine Gefühle gestanden … und du … du hast mich glauben lassen, es läge an meinem Alter. Du hast mich *naiv* und *kindisch* genannt.« Die Worte ließen den Schmerz, von dem ich geglaubt hatte, er gehöre der Vergangenheit an, mit voller Wucht wieder aufwallen. Offenbar war ich noch nicht darüber hinweg. Noch lange nicht. Und ich hatte mich jedes Mal selbst belogen, wenn ich es behauptet hatte.

Er hatte mich ruiniert.

Er hatte mir das Gefühl gegeben, ein unreifer kleiner Dämon zu sein.

Er hatte mich mit gebrochenem Herzen nach Hause geschickt.

Und das alles nur, weil Lord Zebulon ihm verboten hatte, mich zu *berühren*?

»Im Grunde ist das nicht falsch«, sagte er und riss mich aus meinen Gedanken. »Verglichen mit meinem Alter und meiner Erfahrung bist du jung und naiv.«

»Tatsächlich?« Seine Arroganz verblüffte mich. Ich zog den Gürtel meines Bademantels fest um meine Taille und stemmte die Hände in die Hüften. »Du hast mich verletzt, Zane. Und zwar absichtlich. Weil dir jemand gesagt hat, ich sei ein Spielzeug, das man nicht berühren darf. Ein *naives*, kleines Spielzeug.« Und ich hatte ihm gestern Abend dummerweise gestattet, mit mir wie mit einem Spielzeug zu spielen.

Scheiße.

Zane seufzte und schob die Decke beiseite, um aus dem Bett zu klettern. Er stand mir gegenüber, als wüsste er nicht, ob er zu mir kommen oder drei Meter Abstand halten sollte. Letzteres war definitiv klüger.

»Er hat dich nie als ein Spielzeug bezeichnet, Guinevere.«

»Nein, aber als Mädchen.«

»Nein, als einen verdammt sinnlichen Sukkubus, den er für sich selbst haben wollte. Also hat er dich stattdessen beschützt. Vor sich selbst. Vor mir. Und vor einer ganzen Reihe von Dämonen, dessen bin ich mir sicher.«

Ich zog ruckartig die Augenbrauen in die Höhe. »Wie bitte? Willst du damit sagen, dass es noch mehr Dämonen gibt, denen er verboten hat, mich zu berühren?«

»Was?« Er schüttelte den Kopf. »Nein, ich will damit sagen, dass er dich beschützt hat, Guinevere. Genauso wie ich dich beschützt habe. Wir sorgen uns um dich.«

»Ja, scheinbar genug, um euch darüber zu unterhalten, wen ich lieben darf und wen nicht. Und du hast dich so sehr um mich gesorgt, dass du mir das Gefühl gegeben hast, kindisch zu sein, nachdem ich dir meine Liebe gestanden hatte. Und das alles, weil *Lord Zebulon dir verboten hat, mich zu berühren.*«

Zane warf die Hände in die Luft. »Er ist unser Herr, Guinevere. Was zum Teufel sollte ich denn tun?«

»Ich weiß auch nicht. Du hättest mir die Wahrheit sagen können«, antwortete ich.

Er stieß ein humorloses Lachen aus. »Mit dieser Aussage beweist du, wie naiv du wirklich bist.«

Meine Wut verwandelte sich in einen tosenden Orkan. »Es steht dir nicht zu, dich die ganze Nacht lang in meinem Bett zu vergnügen und danach mein Alter zu beleidigen«, fauchte ich. »Raus mit dir.«

Er trat einen Schritt vor und streckte eine Hand nach mir aus. »Sei doch nicht so, Liebes. Wir haben uns das beide seit Jahren gewünscht ... und jetzt können wir es haben.«

»Genau, wir *haben* es uns einmal gewünscht. Die Betonung liegt auf der Vergangenheit«, schnauzte ich und trat einen Schritt zurück ins Bad hinein, um mich seiner Reichweite zu entziehen. »Das ist eine gute Wortwahl, Zane. Denn jetzt will ich es nicht mehr.«

Er starrte mich an. »Und was war das dann letzte Nacht?«

Ich überlegte einen Moment und sagte dann das einzig Mögliche. »Die letzte Nacht war für mich ein Abschluss gewesen.«

Er erstarrte. »Wie bitte?«

»Du wolltest mich doch von dir stoßen, richtig? Und mich davon überzeugen, dich nicht zu lieben. Nun, es hat funktioniert.« Ich zitterte vor Wut und Schmerz und deutete auf die Tür. »Und jetzt verschwinde aus meinem Schlafzimmer.«

Er machte keine Anstalten zu gehen. Er blieb einfach mit weit aufgerissenen Augen mitten im Raum stehen.

Also griff ich nach der Badezimmertür und schlug sie mit einer Endgültigkeit zu, die ich bis in die Knochen spürte. Sie fiel ins Schloss und der Klang hallte in meinen Ohren wider. Genauso wie das Geräusch der Dusche, als ich das Wasser aufdrehte.

Ich trat unter den Strahl.

Ich setzte mich auf den Boden.

Und ließ zu, dass das Wasser Zanes Berührung von meiner Haut wusch.

Und Lord Zebulons ebenfalls.

Die letzte Nacht war ein Fehler gewesen, den ich nicht wiederholen würde. Nie wieder.

ZANE

Scheiße.

Was zum Teufel ist gerade passiert?

Ich hatte erwartet, den ganzen Tag im Bett mit ihr zu verbringen und zu spielen. Und jetzt … jetzt stand Guinevere unter der Dusche, während ich ihre Wut mit allen Sinnen wahrnehmen konnte.

Ich überlegte kurz, ob ich die Badezimmertür aufbrechen sollte, um die Unterhaltung mit ihr fortzusetzen. Vielleicht sollte ich auch ihre Mauern durchdringen, indem ich sie dazu brachte, meinen Namen zu schreien.

Guineveres Reaktion war töricht gewesen.

Ihre Reaktion war …

Nun, im Nachhinein betrachtet war sie nicht unbedingt unangebracht gewesen.

Verdammt. An dem Tag, an dem sie mir ihre Zuneigung gestanden hatte, hatte sie mich völlig überrascht. Ich hatte sie auf die bestmögliche Weise zurückgewiesen. Doch im Nachhinein betrachtet war es vielleicht gar nicht die *bestmögliche Weise* gewesen.

Hätte ich ihr die Wahrheit sagen können? Ja, vielleicht. Aber es war mir nicht einmal in den Sinn gekommen, es ihr zu erklären. Es gab keine Zukunft für uns, also hatte ich mit einigen schroffen Worten dafür gesorgt, dass sich an diesem Schicksal nichts änderte. Ich hatte nie damit gerechnet, dass so etwas wie die letzte Nacht passieren könnte. Zebulon hatte sich unmissverständlich ausgedrückt und ich hatte ihm gehorcht, wie ich es immer tat. Er war mein Dämonischer Lord und mein Liebhaber. Und an den meisten Tagen sogar mein bester Freund. Meine Loyalität würde immer ihm gelten.

Aber ich konnte Guineveres Standpunkt verstehen. Ich hatte meine wahren Gefühle jahrelang vor ihr verborgen und jetzt war die Wahrheit ans Licht gekommen. Sie hatte das Recht, wütend darüber zu sein, wie ich die Dinge gehandhabt hatte.

Also wie zum Teufel bringe ich es wieder in Ordnung?

Ich musste vor ihr zu Kreuze kriechen.

Ich hatte noch nie eine Frau für mich gewinnen müssen. Ein Inkubus hatte es nicht nötig, ein anderes Wesen zu umwerben. Ein einfaches Lächeln zwang jeden um mich herum in die Knie. Aber Guinevere?

Ja, sie wird nicht auf die Knie fallen.

Also musste ich sie so lange verführen, bis ich wieder in ihrer Gunst stand. Natürlich würde sie als Sukkubus alle meine Tricks durchschauen.

Das bedeutete, dass ich meine Kreativität walten lassen musste.

Ich starrte auf die geschlossene Badezimmertür und stellte mir vor, wie sie nackt unter dem fließenden Wasser stand. Mit geröteten Wangen und nassem Haar, das ihr an den Brüsten klebte, während das Wasser an ihrem Oberkörper hinunter bis zwischen ihre Schenkel rann …

Ich räusperte mich und warf einen Blick auf meinen halbsteifen Schwanz.

Es wäre das Beste, hineinzumarschieren und auf die Knie zu gehen, um sie anzubeten.

Doch das würde sie nicht befriedigen. Nicht wirklich. Nicht nachdem sie behauptet hatte, mich nicht mehr zu wollen. Mir lief ein Schauer über den Rücken, als ich mich an ihre Worte erinnerte.

Dann sah ich ihren gebrochenen Gesichtsausdruck vor mir, als sie mir meine eigenen Worte zurück an den Kopf geschleudert hatte.

Naiv. Kindisch.

Ich hätte diese Dinge nicht sagen sollen. Doch das machte sie nicht weniger wahr. Es war naiv zu glauben, dass ich unseren Dämonischen Lord hintergehen würde.

Allerdings hatte er mich nie zur Verschwiegenheit verpflichtet. Es war lediglich ein unausgesprochenes Versprechen zwischen uns gewesen. Heute hätte ich kein Problem mehr damit, es zu brechen, da wir uns endlich unseren Begierden hingegeben hatten.

Ich fuhr mir mit der Hand übers Gesicht. Ich würde nichts ändern können, wenn ich weiter hier stehen blieb und über den ganzen Mist nachdachte.

»Also schön«, murmelte ich und schmiedete einen Plan. Ich würde damit anfangen, Guinevere zu füttern. Sie mochte Essen. Und ich mochte sie. Also würde ich ihr Kaffee und Frühstück machen und sie dann zum Nachtisch genießen.

Mit einem entschlossenen Nicken zog ich meine Boxershorts an und schlenderte dann die Treppe hinunter in die Küche.

Ich war gerade dabei, die Kaffeebohnen aus dem Schrank zu holen, als ich hörte, wie die Haustür geöffnet wurde. Ich erstarrte, während all meine Sinne in Alarmbereitschaft waren.

Das Fehlen einer sich nähernden Aura ließ mich die Stirn runzeln, bis Gleason seinen Rotschopf in die Küche streckte. Er grüßte mich nicht, sondern ging einfach hinüber, nahm mir den Kaffee aus der Hand und begann, eine Kanne zu kochen.

Ich lehnte mich mit der Hüfte an den Tresen und verschränkte die Arme vor der Brust. Er schien mürrisch zu sein, was mich belustigte. »Schlimme Nacht?«

»Lange Nacht«, antwortete Gleason unwirsch, während er den Kaffee in die Mühle schüttete. Er drückte mit dem Finger auf den Knopf und der Motor surrte laut auf.

Ich wartete, bis er damit fertig war, die Bohnen zu mahlen, bevor ich fragte: »Habt ihr etwas Interessantes herausgefunden?«

»Nein.« Gleason gab das Kaffeepulver in einen Kupfertrichter, dann trennte er den Wasserbehälter ab, um ihn in der Spüle aufzufüllen.

Als er nicht weiter darauf einging, fragte ich: »Habt ihr *überhaupt* etwas herausgefunden?«

Gleason ließ den Wasserbehälter wieder einrasten und startete den Brühvorgang, bevor er sich schließlich zu mir umdrehte. Er hatte dunkle Ringe um die Augen, was auf einen schweren Schlafmangel hindeutete – selbst für einen Nephilim –, aber die dunkelroten Stoppeln, die seinen Kiefer zierten, standen ihm gut. Wenn er nicht ständig derart missgestimmt wäre, könnte ich mir vorstellen, ihn mitzunehmen, um Frauen aufzureißen.

»Wir haben nichts gefunden«, antwortete er. »Alles deutet immer noch auf Gwen hin, ungeachtet des Tatorts von letzter Nacht.«

Ich nickte, weil ich das schon vermutet hatte. »Wo sind die anderen?«

Gleason stieß einen müden Seufzer aus, als wäre meine Frage das Letzte, womit er sich heute Morgen beschäftigen wollte. Pech für ihn, denn für mich war es eine willkommene Ablenkung zu meinen Problemen im ersten Stock.

Er öffnete den Schrank über seinem Kopf und holte einen Kaffeebecher heraus, während er antwortete: »Evangeline hat begonnen, die Gespräche mit den Nephilim zu führen. Sie nutzt die Gelegenheit, um sie alle kennenzulernen, da sie ihre Ausbildung übernehmen wird, wenn ihr Vater für einen längeren Zeitraum in den Himmel zurückkehrt.« Gleason überprüfte den Flüssigkeitspegel der Kaffeekanne und fragte dann: »Wo ist Zebulon?«

»Er ist vor einer Weile gegangen, um ebenfalls mit den Gesprächen zu beginnen.«

Gleason grunzte. »Zumindest tut sich etwas.«

»Allerdings geht es nicht so schnell voran, wie ich es mir wünschen würde«, gestand ich, als ich daran dachte, wie viel Zeit uns noch blieb.

Über uns knarrte der Fußboden und einen Moment später hörte ich, wie Guinevere leise die Treppe hinunterstapfte. Als sie in der Tür erschien, krampfte sich mein Herz zusammen.

Sie hatte ihr langes, dunkles Haar zu einem Dutt zusammengebunden, wobei einige feuchte Strähnen um ihr blasses Gesicht fielen. Sie trug den gleichen Bademantel wie vorhin, als sie nach unserem Streit ins Badezimmer gegangen war, und ich fragte mich, ob sie sich die Mühe gemacht hatte, darunter etwas anzuziehen. Ich hoffte nicht. Ich genoss es, mir jeden Zentimeter ihrer geschmeidigen Haut unter dem Seidenstoff vorzustellen. Sie fühlte sich so gut an. Und schmeckte wunderbar.

Guinevere ging an mir vorbei, ohne mich eines Blickes zu würdigen, und gesellte sich zu Gleason. Sie stellte sich auf die Zehenspitzen und gab ihm einen Kuss auf die struppige Wange. »Guten Morgen, Mitbewohner.«

Als sie den Schrank öffnete, um sich eine Tasse zu holen, blickte Gleason mich mit einer hochgezogenen Augenbraue fragend an.

Ich schüttelte den Kopf und hoffte, er würde verstehen, dass ich ihm mit einem Blick zu sagen versuchte: *Das willst du nicht wissen.*

»Du siehst schlecht aus«, sagte Guinevere zu ihm, als sie die Kanne aus der Maschine zog und ihm zuerst einschenkte. »Ich weiß, dass die Nephilim im Grunde unsterblich sind, aber ein bisschen Schlaf hat noch niemandem geschadet – egal welcher Abstammung er ist.«

»Dafür hatte ich keine Zeit«, stöhnte Gleason. Er ergriff seine inzwischen volle Tasse und kippte die Hälfte der brühenden Flüssigkeit in einem Zug hinunter. »Ich muss noch duschen, bevor ich mich mit Creek treffe.«

»Du gehst ins Fitnessstudio? Schon wieder?«, fragte Guinevere sichtlich belustigt, was wesentlich angenehmer war als ihre wütende Aura von vorhin.

Gleason warf ihr einen vielsagenden Blick zu. »Der Junge ist besessen von diesem verdammten Fitnessstudio.«

»Tatsächlich?«, fragte ich gedehnt. »Es scheint seiner Statur aber nicht sonderlich zuträglich zu sein.«

Guinevere öffnete einen weiteren Schrank, um den Zucker herauszuholen, während sie murmelte: »Dann hast du ihn offensichtlich noch nicht mit nacktem Oberkörper gesehen.«

Ich spannte die Kiefermuskeln an. »Aber du schon?«

Sie lächelte mich nur an, während sie eine kleine Portion Zucker abmaß.

»Daraus wird nichts, Gwen«, sagte Gleason, wobei ein mahnender Unterton in seiner Stimme mitschwang, als er seine leere Tasse auf der Anrichte abstellte. Irgendwo hatte er sicher gerade einen Trinkrekord damit gebrochen.

»Ja, ja.« Guinevere machte eine abwinkende Handbewegung. »Ich weiß, ich soll mich von dem Praktikanten fernhalten.«

Gleason grunzte nur und verließ dann die Küche, wobei seine Stiefel auf der Treppe ein viel lauteres Geräusch machten als Guineveres nackte Füße.

Sie stand mit dem Rücken zu mir und konzentrierte sich auf das Verhältnis von Zucker und Kaffee in ihrer Tasse. Als Sukkubus musste sie nicht auf ihre Figur achten, was bedeutete, dass es für sie nur um den Geschmack ging.

Oder vielleicht diente es auch nur als Ablenkung, während sie so tat, als würde ich nicht existieren.

Ich hätte beinahe einen Witz über Creek gemacht und ihr im Scherz gesagt, dass er der Typ Mann war, den sie sich üblicherweise suchte, doch ich entschied mich dagegen. Vor allem wollte ich nicht, dass sie mir zustimmte.

Und dann würde ich wahrscheinlich so etwas sagen wie: *Ja, nun, schlag dir diesen Gedanken aus deinem hübschen Kopf. Du wirst ihn in nächster Zeit nicht ficken, weil du für eine Weile mir gehörst.*

Vermutlich würde das bei ihr richtig gut ankommen, wenn man alles andere mit in Betracht zog.

Nein, du solltest besser vor ihr kriechen.

Und darin machte ich mich wirklich ganz hervorragend … ich hatte ihr weder Frühstück gemacht, noch hatte ich mich bei ihr entschuldigt. Ich hatte es nicht einmal geschafft, ihr eine Tasse Kaffee bereitzustellen, als sie die Treppe hinuntergekommen war, da Gleason diese Aufgabe übernommen hatte.

Ja, es läuft wirklich ausgezeichnet.

Guinevere nippte an ihrem Kaffee, während das Sonnenlicht durch das Fenster auf ihr dunkles Haar fiel und ihr Gesicht beleuchtete. Sie glich einer Göttin im Morgenlicht, wobei ihre Haut von einem goldenen Schimmer sanften Lichts geküsst wurde. Ich musste unwillkürlich wieder daran denken, wie sie unter diesem Bademantel aussah.

Mm.

Ich wurde von der nackten Haut an ihrem Nacken förmlich angezogen und trat einen Schritt auf sie zu. So schön. So rein. So Guinevere. Ich schlang die Arme von hinten um ihre Taille und küsste diese geschmeidige Stelle, wobei ich mich von dem Inkubus in meinem Inneren steuern ließ.

Sie verspannte sich.

Als ich meine Hand in den Ausschnitt ihres Bademantels schob, flüsterte ich: »Weißt du, wütender Sex kann auch Spaß machen.«

Guinevere knallte ihren Becher auf die Anrichte und befreite sich aus meinen Armen, indem sie auf den Zehenspitzen herumwirbelte. »Nicht alles auf der Welt dreht sich um Sex«, schnauzte sie und stürmte aus der Küche, wobei sie ihre Tasse zurückließ.

Ich starrte ihr gekränkt nach. Natürlich drehte sich alles auf der Welt um Sex. Schließlich waren wir Sexdämonen.

Seufzend lehnte ich mich gegen die Anrichte und rieb mir mit der Hand übers Gesicht. Zum ersten Mal hatte ich das Gefühl, der Junge und Naive von uns beiden zu sein.

Denn ich hatte keine Ahnung, wie ich diesen Schlamassel wieder in Ordnung bringen sollte.

ZEBULON

ICH NIPPTE an meinem Tee und sah mir die Notizen an, die vor mir ausgebreitet lagen.

Es war nichts dabei, was in irgendeiner Weise nützlich wäre.

Die Informationen entsprachen alle dem Standard und beinhalteten keine überraschenden Antworten. Nirgends war ein Zeichen von besonders raffinierter oder übersteigerter Macht zu entdecken, es wies alles nur auf das übliche Wachstum hin. Es sei denn, einer von ihnen hatte die Fähigkeit entwickelt, meiner natürlichen Gabe als wandelnder Lügendetektor entgegenzuwirken, ansonsten lieferte mir die Gruppe, die ich heute befragt hatte, keine brauchbaren Spuren.

Mit einem Seufzer trank ich meinen Tee aus, während das bernsteinfarbene Nachmittagslicht Schatten in die Ecken meines Büros warf. Ich hatte den ganzen Tag über hier gesessen und einen Dämon nach dem anderen befragt. Und obwohl ich respektierte, wie wichtig diese Überprüfung war, schien sie nicht sonderlich hilfreich zu sein.

Ich stellte meine Tasse beiseite und wollte gerade einen meiner Assistenten rufen, damit er mir noch einen Tee brachte, als ein Klopfen an der Tür ertönte.

Da ich keine Dämonen beschäftigte, die hellseherische Fähigkeiten besaßen, nahm ich an, dass es Ragus war. Er war der Einzige, der den Mut hatte, mich bei der Arbeit zu stören.

Na ja, außer vielleicht Zane. Aber da ich ihn mit Guinevere zurückgelassen hatte, wäre es besser für ihn, wenn er nicht derjenige wäre, der auf der anderen Seite der Tür stand. Es sei denn, er hätte den Sukkubus mitgebracht.

»Herein«, rief ich.

Der Türknauf drehte sich und Ragus öffnete mit einem leisen Knarren die Tür.

Ein Anflug von Enttäuschung durchzuckte mich.

Interessant. Offenbar hatte ich gehofft, es wären Zane und Guinevere. *Das ist neu.* Für gewöhnlich zog ich es vor, selbst zu entscheiden, wann ich mich mit meinen Liebhabern treffen wollte, statt mich von ihnen überraschen zu lassen.

Doch die letzte Nacht war eine ganz neue Erfahrung gewesen, die mir die Augen geöffnet hatte.

Ich hatte den ganzen Tag über daran denken müssen und sehnte mich danach, sie zu wiederholen. *Ich will mehr*, dachte ich. *Viel mehr.*

»Guten Tag, Sir«, sagte Ragus mit ausdrucksloser Stimme. Er stellte nur selten Emotionen zur Schau. »Ashmedai hat mich gebeten, Euch eine Nachricht bezüglich des zeremoniellen Gewands zu überbringen.«

»Tatsächlich?« Ich lehnte mich in meinem Stuhl zurück und zog eine Augenbraue in die Höhe. »Was hat er herausgefunden?«

Das Ōrdinātum neigte den Kopf leicht nach links. »Er

sagte, es habe nichts mit den Todesfällen der Sterblichen zu tun, aber er wisse die Information zu schätzen.«

Ich runzelte die Stirn und legte meinen Stift auf den Notizblock. »Das war alles?«

»Er klang belustigt, Sir«, bemerkte Ragus, wobei ein Anflug von Neugier in seinen pechschwarzen Augen aufleuchtete und sein stoisches Äußeres durchbrach.

»Belustigt?«, wiederholte ich.

»Ja, Sir. Ich könnte mich irren, aber …« Er verstummte und ließ den Rest des Satzes in der Luft hängen. *Aber ich liege nur selten falsch.* Und wahrscheinlich hatte er recht damit, denn mit seinen Instinkten lag er fast immer richtig. Das war der Grund, warum ich ihn als meinen Stellvertreter eingestellt hatte.

Außerdem hatte er nicht nach einem eigenen Territorium verlangt.

Für mich war das nur von Vorteil, denn seine Loyalität und sein Wissen kamen mir sehr zugute.

»Interessant«, antwortete ich und rieb mir übers Kinn. Es war sicherlich bemerkenswert, dass die Robe Ashmedai *belustigte*, denn nur wenige Dinge waren dazu imstande. Es war jedoch typisch für ihn, dass er an Einzelheiten oder weiteren Erklärungen sparte. Er zog es vor, seine Untergebenen selbst die Wahrheit herausfinden zu lassen, und wenn er behauptete, diese Enthüllung habe nichts mit meiner derzeitigen Situation zu tun, dann glaubte ich ihm. »Also gut. Wenn er sagt, dass die Robe nichts mit den Todesfällen zu tun hat, dann legen wir dieses Beweisstück erst einmal beiseite, um es später zu untersuchen.«

Schließlich würde ich trotzdem zu gern wissen, warum einer von Baels Lakaien in meinem Gebiet umherirrte.

Ragus nickte. »Natürlich, Sir.« Er entschuldigte sich und ich wandte mich wieder meinen Notizen zu.

Doch nur wenige Minuten später wurde ich von einer anderen Präsenz abgelenkt.

Xai. Seine Macht verriet ihn mehr als seine Aura. Er war genau wie ich im Wachstum begriffen und wäre in einem Fall wie diesem ein Hauptverdächtiger, wobei ich ihn allerdings gut kannte. Er würde Guinevere niemals auf diese Weise hintergehen. Evangeline würde ihn umbringen, wenn er es versuchen sollte.

Remy war bei ihm. Er war der Portalbewohner, der Xai wahrscheinlich zu meinem Anwesen in Chicago teleportiert hatte.

Ich rollte mit meinem Stuhl vom Schreibtisch weg und ging zur Tür. Ich öffnete sie gerade in dem Moment, in dem fünf meiner dargarianischen Leibwächter die beiden Männer im Flur umzingelten.

»Wegtreten«, sagte ich in ruhigem Tonfall und bedeutete ihnen mit einer abwinkenden Handbewegung, sich zu entfernen.

Xai machte mit seinem muskulösen Körperbau in dem schwarzen Anzug eine imposante Figur und meine Leibwächter taten nur ihre Arbeit. Aber sie kannten Xai seit Jahren und obwohl seine Energie all ihre Beschützerinstinkte weckte, wussten sie es besser, als ihn herauszufordern.

Meine Männer verneigten sich vor mir und verschwanden den Flur hinunter.

Ich begrüßte Xai mit einem Nicken. »Normalerweise ruft man an, um den anderen über einen bevorstehenden Besuch zu informieren, bevor man auftaucht.«

Xai lachte. »So funktioniert das also? Ich vermute nämlich, dass Evangeline darauf ein paar gute Antworten hätte.«

»Schade, dass sie nicht hier ist, um sie zu äußern«, antwortete ich mit einem Grinsen.

»Sie ist mit den Nephilim beschäftigt.«

»Ich nehme an, du bist hier, um mich über ihre Fortschritte zu informieren.«

Xai dachte einen Moment darüber nach und bedachte mich mit einem ernsten Blick. »Nicht ganz. Sie arbeitet sich immer noch durch die Liste der Auferstandenen aus der Dunkelheit und hat bisher nichts Brauchbares finden können.« Er deutete auf die geöffnete Tür zu meinem Arbeitszimmer. »Könnte ich dich kurz unter vier Augen sprechen?«

»Natürlich.« Ich trat zur Seite und bedeutete ihm mit einer Geste, mir zu folgen, dann warf ich einen Blick auf Remy.

Er riss seine grünen Augen auf, als Xai sich von ihm entfernte. Der blonde Portalbewohner wich zwei Schritte zurück, bevor er sich demütig zu Boden warf. Der Anblick hätte mir fast ein Seufzen entlockt. Er sollte wirklich nicht auf diese Art vor mir kauern. Eine einfache Verbeugung würde genügen.

»Rühren«, murmelte ich, folgte Xai in mein Arbeitszimmer und schloss die Tür hinter uns. Statt mich wieder an meinen Schreibtisch zu setzen, holte ich meine Tasse und ging zu dem Barbereich in der Ecke. Ich konnte mir genauso gut selbst einen Tee machen, denn ich vermutete, dass mein Besucher es nicht gutheißen würde, wenn einer meiner Assistenten uns störte.

»Warum bist du hier, Xai?«, wollte ich wissen.

Er hatte es vorgezogen, vor meinem Schreibtisch stehen zu bleiben. »Diese Überprüfung«, begann er. »Könnte sie etwas damit zu tun haben, die Fähigkeiten der Nephilim und Dämonen zu katalogisieren? Vor allem die Talente derer, die sich in den letzten Jahren … weiterentwickelt oder verändert haben?«

Xai war in Bezug auf die politischen Gegebenheiten

der Dämonen und Engel schon immer unglaublich aufgeweckt und scharfsinnig gewesen, weshalb es mich nicht überraschte, dass er aus diesem Grund gekommen war.

Ich stellte meine Tasse in die Spüle und beschloss, etwas Stärkeres zu trinken. »Da du mir diese Frage stellst, muss ich mich darüber wundern, ob deine eigenen Kräfte gewachsen sind«, sagte ich, wohl wissend, dass er an Macht gewonnen hatte.

»Vielleicht frage ich dich ja auch, weil du die Fähigkeit erlangt hast, dich nach Belieben zu teleportieren.«

Ich grinste. Xais kryptische Ausdrucksweise hatte mir schon immer gefallen. Er verriet so viel und sagte doch so wenig. »Es ist eine sehr nützliche Fähigkeit«, sagte ich und öffnete meinen Schnapsschrank, um einen angemessenen Drink zu finden.

»Ja.«

Mit einem Blick über die Schulter hielt ich eine Flasche mit kastanienbrauner Flüssigkeit in die Höhe. »Bourbon?« Xai winkte ab. »Dein Pech.«

Ich schenkte mir einen ordentlichen Schluck ein, trug mein Glas zu meinem Schreibtisch und lehnte mich vor ihm an die Tischkante.

»Teleportieren ist eine Fähigkeit, die du im Laufe der Jahrzehnte selbst perfektioniert hast«, fügte ich hinzu und bezog mich dabei auf seine Gabe, zwischen den Dimensionen hin und her reisen zu können. Er zog es immer noch vor, auf der Erde einen Portalhüter zu bemühen, aber ich wusste, dass er nach Belieben in die Hölle hinabsteigen konnte. Ich hatte ihn mehr als einmal in Aktion gesehen, was ich ihn mit einem herausfordernden Blick wissen ließ.

Er leugnete es nicht.

»Das ist wahr«, antwortete Xai gleichmütig.

Das Teleportieren zwischen den Dimensionen war in der Regel Erzengeln und Erzdämonen vorbehalten, und obwohl Xai von einem Erzengel abstammte, galt er genau genommen nicht als einer. Noch nicht.

Ich hob mein Glas, um auf seine Ehrlichkeit anzustoßen, nahm einen kleinen Schluck, der mir in der Kehle brannte, und kam dann wieder zur Sache. »Es gibt eindeutig einige Veränderungen, aber meine Überprüfung hat noch nicht viel ergeben. Bisher habe ich nur hier und da ein paar Machtverschiebungen entdecken können, aber nichts von Bedeutung. Wie sieht es bei den Nephilim aus?«

»Bisher haben wir noch nichts gefunden.« Er hielt einen Moment inne, um seine Krawatte zurechtzurücken, während er offenbar darüber nachdachte. Im nächsten Moment sah er mich mit seinen mitternachtsblauen Augen an. »Hier geht es nicht um Guinevere. Sie ist nur eine Schachfigur auf jemandes Spielbrett.«

Ich nickte zustimmend. »Ja, es scheint so.«

»Sie ist Evangelines beste Freundin. Wenn ihr deinetwegen etwas zustoßen würde …« Er verstummte und ließ die unausgesprochene Drohung zwischen uns in der Luft hängen.

»Ich werde nicht zulassen, dass ihr etwas zustößt.«

Er musterte mich einen Moment lang. Ich wusste, dass er versuchte, die Beziehung zwischen Guinevere und mir zu ergründen, doch ich gab nichts preis. Ich war ein Meister des Schachspiels. Xai war zwar ein würdiger Gegner, doch deshalb fühlte ich mich noch lange nicht verpflichtet, ihm meine Absichten zu verraten.

Sein Gesichtsausdruck verriet mir, dass er sich dessen bewusst war. »Evangeline besteht darauf, ihren Fall zu übernehmen. Sie will wieder bei Guinevere einziehen.«

»Richte ihr aus, dass das nicht nötig sein wird«, antwortete ich mit sanfter Stimme, »denn Guinevere wird nach Chicago ziehen und hier bei mir bleiben, bis wir die Sache geklärt haben.«

Das Grinsen auf seinem Gesicht verriet mir, dass er genau das zu hören gehofft hatte. »Das werde ich ihr zweifellos ausrichten.«

Ich erwiderte sein Lächeln. »Tu das.«

»Ich denke, das wäre für den Moment alles.« Xai streckte mir eine Hand entgegen. »Ich melde mich, wenn ich mehr weiß.«

»Das Gleiche gilt für mich«, versicherte ich ihm und stellte mein Glas auf den Tisch, um ihm die Hand zu schütteln.

Ich begleitete ihn zur Tür, damit ich mich an den Portalhüter wenden konnte. Remy lehnte an der gegenüberliegenden Wand, doch als wir im Flur erschienen, richtete er sich sofort auf und bedachte mich mit einer respektvollen leichten Verbeugung. Es war viel besser als die Unterwürfigkeit, die er vorhin an den Tag gelegt hatte.

»Hast du etwas von Tax gehört?«, fragte ich ihn und bezog mich dabei auf seinen besten Freund und meinen Lieblingsfährtensucher.

Remy schüttelte den Kopf. »Ich werde mich mit ihm in Verbindung setzen.«

Ich nickte ihm anerkennend zu, wünschte ihnen einen schönen Tag und kehrte dann in die Einsamkeit meines Arbeitszimmers zurück.

Ich lehnte mich in meinem Stuhl zurück und ging die Liste für die morgigen Gespräche durch.

Es waren nur noch einige wenige hochrangige Dämonen übrig und dann noch eine Handvoll Dämonen niederer Stufe, die einen übermäßigen Ehrgeiz an den Tag gelegt oder über ihren Status hinaus gehandelt hatten. Doch während ich die Namen durchlas, konnte ich mir nicht vorstellen, dass einer dieser Dämonen mächtig genug wäre, um mein Territorium zu erobern. Zumindest nicht ohne eine Armee im Rücken.

Kalida war die Einzige gewesen, die auch nur annähernd eine Bedrohung für mich gewesen war, und dabei hatte sie es nur so weit gebracht, weil sie die Hilfe des ehemaligen Dämonischen Lords von Nordamerika namens Geier gehabt hatte.

Geier verfügte sowohl über historisches Wissen als auch große Macht, die die beiden gegen mich eingesetzt hatten. Ich war zwar strategisch gewandter und stärker, doch der ehemalige Dämonische Lord besaß eine gewisse Finesse, die Kalida zu nutzen gewusst hatte, um ihre Ziele zu erreichen.

Natürlich hatte es ihr zum Vorteil gereicht, dass ich nicht einmal bemerkt hatte, wie sehr sie mich hasste. Sie hatte ihrer Mutter zwar nie nahegestanden, doch Amarella hatte sie zur Welt gebracht. Ich nahm an, dass dies ein ausreichender Grund für eine gewisse Bindung zwischen den beiden war. Immerhin war die Bindung stark genug gewesen, um meine Tochter dazu zu verleiten, mein Territorium erobern zu wollen.

Verwegenes, dummes Mädchen, dachte ich und seufzte.

Ich bedauerte nicht, Amarella getötet zu haben. Sie hatte es verdient, da sie meine Geheimnisse an zwei andere Dämonische Lords verkauft hatte. Ganz zu schweigen von der unzüchtigen Affäre, die sie mit Tardís, dem Dämonischen Lord von Europa und bekanntermaßen meinem Rivalen, gehabt hatte.

Ich spannte die Kiefermuskeln an, als die Erinnerung daran mich einholte. Ich ergriff mein Glas und nahm es mit zum Fenster, von dem aus ich mein Grundstück überblicken konnte. Die Sonne ging bereits unter und tauchte die Wolken am Himmel in verschiedene

Pastelltöne. In der Ferne legte sich die dunkle Weite des Michigansees wie eine Decke über die Landschaft, die sich bis zum Horizont erstreckte.

Xai war der Erste gewesen, der mich vor Amarellas Absichten gewarnt hatte. Er hatte mir erzählt, wie sie versucht hatte, ihn im Austausch gegen seine Loyalität zu verführen. Zu ihrem Pech hatte Xais Loyalität – und seine Liebe – seit jeher Evangeline gegolten. Daher hatte er sie abgewiesen und mich sofort informiert.

Der Sohn des Chaos, so lautete Xais offizieller Titel, hatte seine Loyalität mir gegenüber schon lange zuvor unter Beweis gestellt und mir nie Anlass gegeben, seine Absichten infrage zu stellen, also war es mir nicht schwergefallen, ihm zu glauben. Ich begann, Amarella zu überwachen, und fand heraus, dass sie auf direktem Weg in Tardís' Bett gelandet war. Nachdem ich von ihrer Affäre erfahren hatte, war es mir sogar egal gewesen, dass sie Geheimnisse an Valentino, den Dämonischen Lord von Südamerika, verkauft hatte.

Monogamie war ein triviales Konzept, dem ich nur selten Beachtung schenkte.

Doch sie war meine Gefährtin gewesen und hatte dadurch eine Machtposition innegehabt, die sie missbraucht und missachtet hatte, um einen anderen Dämonischen Lord zu befriedigen. Hätte sie sich einen Dämon niederen Standes als zusätzlichen Liebhaber gewünscht, wäre ich einverstanden gewesen.

Aber Lord Tardís? Auf keinen Fall.

Allerdings war die kleine gierige Hexe machthungrig gewesen. Sie war davon ausgegangen, dass ein anderer Dämonischer Lord sein Territorium hätte ausweiten können und ihr einen Teil davon abgegeben hätte, wenn sie ihm dabei behilflich war, mich zu stürzen. Sie hatte alle Möglichkeiten ausgeschöpft. Valentino hatte jedoch kein

Interesse gezeigt, weil er mit seinem südamerikanischen Territorium zufrieden gewesen war.

Und Tardís, nun ja, er hatte nicht unbedingt außerhalb von Europa expandieren wollen. Aber er hatte mich vernichten wollen und hatte den Versuch unternommen, indem er sie dafür benutzt hatte.

Allerdings wäre es für das Gelingen seines Plans nötig gewesen, dass ich ein Herz hatte.

Und das hatte ich nicht.

Stattdessen tötete ich sie vor Tardis' Augen, und zwar in seinem Gebiet, um ein Zeichen zu setzen. Im Grunde hatte ich ihm damit sprichwörtlich ein »Fick dich« an den Kopf geworfen und gleichzeitig das wahre Ausmaß meiner Macht demonstriert.

Sie hatten mich nicht einmal kommen sehen.

Ich hatte sie wie kleine Schachfiguren manipuliert, sie an einen Ort gelockt, an dem ich leicht an sie herankam, und hatte Amarella getötet, ohne mit der Wimper zu zucken. Dann hatte ich Tardís mit dem Schlamassel zurückgelassen. Es war hart, schnell und effizient gewesen.

Und ich hatte Tardís damit eine Botschaft überbracht: *Dir wird dasselbe Schicksal widerfahren, wenn du auch nur einen Fuß in mein Territorium setzt.*

Vielleicht hatte er endlich seinen Mut zusammengenommen und beschlossen, auf mein Angebot einzugehen. Vielleicht half er auch nur zum Spaß jemandem dabei, mich abzulenken. Es würde ihm zweifellos ähnlichsehen, so etwas zu tun.

Ich ließ das Eis in meinem Glas klirren, bevor ich den letzten Rest meines Bourbons leerte und an meinen Schreibtisch zurückkehrte. Tardís war bei meinen Befragungen nicht erwähnt worden, doch das bedeutete nicht, dass er nicht einen Platz auf meiner Liste der Verdächtigen verdient hatte. Er und ich hatten eine gemeinsame Vergangenheit, die sogar noch weiter zurückreichte als meine und Amarellas, nämlich bis in unsere Zeit an der Underworld University.

Doch welchen Nutzen hätte er, wenn er sich jetzt mit mir anlegte? Abgesehen natürlich von der Tatsache, dass er sein Ego kräftigen wollte.

Immerhin hatte ich unsere letzte Schlacht gewonnen.

Ich notierte seinen Namen ganz unten auf der Liste und trug dann mein Glas zur Spüle. Ich würde dieser Überlegung später noch genauere Beachtung schenken.

Jetzt musste ich mich erst einmal zu Guinevere nach Hause teleportieren, um sie darüber zu informieren, dass sie vorübergehend nach Chicago ziehen würde.

Vielleicht auch dauerhaft.

Der Gedanke gefiel mir.

Darüber kann ich später noch nachdenken, beschloss ich.

Zunächst einmal musste ich Ragus finden, um ihm von meinen Plänen zu erzählen, dann würde ich nach Nashville reisen.

GWEN

Entweder war Zane der Meinung, ich müsste an Gewicht zunehmen, oder er glaubte, dass er meine Stimmung mit etwas zu essen heben könnte.

Mit dem Fuß schob ich die leere Schüssel auf dem Couchtisch beiseite und überkreuzte die Knöchel auf dem Wohnzimmertisch.

Brokkoli-Cheddar-Suppe.

Hausgemacht.

Zane hatte das Gemüse geschnitten und den Käse geschmolzen und etwas kreiert, das die Bedeutung von *göttlich* neu definierte. Nach den Armen Rittern mit Eiern zum Frühstück war das mein Mittagessen gewesen.

Am Nachmittag war er mit einer Wurst- und Käseplatte und einem charmanten Lächeln aus der Küche gekommen. Ich hatte Salami und Pepper-Jack-Käse zusammengerollt, das Ganze in selbstgemachten Dijon-Senf getunkt und mich gefragt, wie zum Teufel er unbemerkt einkaufen gegangen war. Ich vermutete, dass ein Portalhüter etwas damit zu tun hatte, weil ich Remys Stimme irgendwann in der Küche gehört hatte. Als ich jedoch den Kopf hineingestreckt hatte, hatte er sich bereits wieder aus dem Staub gemacht.

Ich hatte die ganze Aufschnittplatte gegessen. Sogar die Oliven.

So köstlich sie auch gewesen war, danach war ich immer noch wütend auf Zane gewesen.

Mittlerweile war es bereits spät am Abend und aus der Küche strömten göttliche Düfte. *Knoblauch, Zwiebeln, Tomaten – eindeutig italienisch.* Ich konnte mich nicht selbst belügen und so tun, als würde ich mich nicht auf die Mahlzeit freuen, die Zane gerade zusammenstellte, vor allem, wenn sie seinen Kreationen von vorhin entsprach.

Aber ich hatte auch nicht die Absicht, ihm zu verzeihen, nur weil er mich fütterte.

Ein Tag reichte nicht aus, um den Mist wettzumachen, den er jahrelang verzapft hatte.

Okay, er hatte sich natürlich nicht immer nur wie ein Arschloch verhalten. Aber die meiste Zeit über. Und die Art, wie er mir das Herz gebrochen hatte … selbst alle Speisen der Welt würden nicht ausreichen, um das wiedergutzumachen.

Hm, obwohl, mit Orgasmen wäre das möglicherweise etwas anderes, überlegte ich und erinnerte mich an seine erfahrene Zunge und geschickten Hände. Nein. Von wegen. Ganz ausgeschlossen. Schlag dir den Gedanken sofort aus dem Kopf.

Ich nahm die Füße vom Tisch, schlug die Beine übereinander und wünschte mir wieder einmal, Gleason würde nach Hause kommen, um mich davon abzuhalten, etwas Dummes zu tun.

Wie zum Beispiel Zane zu bespringen.

Oder Zane umzubringen.

Oder Zane zu küssen.

Oder Zane abzustechen.

Scheiße.

Möchte ich ihn ficken? Ja. Werde ich es tun? Nein.

Weil er es nicht verdient hat. Und Lord Zebulon genauso wenig.

Wie hatten sie einfach beschließen können, mein Sexualleben zu kontrollieren? Keiner von ihnen hatte das Recht dazu, denn keiner von ihnen hatte ein Recht auf *mich*. Ich wusste, dass unser Dämonischer Lord genauso viel Schuld traf wie Zane, doch Lord Zebulon war nie wirklich grausam zu mir gewesen. Er hatte mir immer nur die Dosen gegeben, die ich zum Überleben brauchte, und sich dabei stets professionell verhalten.

Was Zane wohl ebenfalls getan hatte.

Trotzdem hatte ich mich in ihn verliebt. Und er hatte mich daraufhin als kindisch beschimpft. Aber er war derjenige, der sich wie ein Kind benommen hatte. Er hätte seinen Mann stehen und mir von Lord Zebulons Erlass erzählen können. Doch das hatte er nicht getan. Stattdessen hatte er beschlossen, mir das Herz zu brechen.

»Zane …«

»*Was ist los, Guinevere?*« *Als ich seinen erschöpften Tonfall hörte, hätte ich fast abgewunken. Aber ich musste es tun. Ich musste es ihm sagen. Dieses Gefühl schwelte schon so lange in meinem Inneren, dass ich glaubte zu explodieren, wenn ich es für mich behielt.*

Er hatte verdient, es zu wissen.

Genauso wie ich das Bewusstsein verdient hatte, endlich reinen Tisch gemacht zu haben.

Nach über zwei Jahrzehnten aufgestauter Spannung biss ich mir auf die Unterlippe, während mir die Worte in der Kehle brannten. Ich fühlte mich auf eine Weise befreit, die ich nie für möglich gehalten hätte. Sag es einfach, *ermahnte ich mich.* Was kann schon passieren?

Wenn ich es damals nur gewusst hätte. Mein Gott, jetzt drehte sich mir der Magen um, als ich daran dachte, was als Nächstes geschehen war. Wie ich diese drei bedeutungsvollen Worte ausgesprochen hatte, die mir auf der Zunge gebrannt hatten.

Und er hatte mich *ruiniert*.

»Oh, Guinevere. Du liebst mich nicht. Du liebst nur eine Vorstellung von mir.« Er betrachtete mich mit herablassendem Blick. *»Du bist wie ein Kind, Schätzchen. Ein naives kleines Mädchen. Du hast keine Ahnung, was du willst, aber wir wissen beide, dass ich es nicht bin.«*

Seine Worte hallten jetzt in meinem Kopf wider, als die Erinnerung mich mit voller Wucht einholte. Ich hatte geweint. Ich war wütend gewesen. Ich hatte die Wahrheit geleugnet. Und dann hatte ich seine Worte schließlich akzeptiert. Ich hatte mich gezwungen weiterzuleben. Zumindest auf meine Weise. Ich hatte mein Herz verschlossen und mir geschworen, ihn nie wieder derart anzuhimmeln, nur, um ihm letzte Nacht zu gestatten, meine Schutzmauern zu durchbrechen.

Und um mich heute Morgen von Neuem zu zerschmettern.

Er hatte mir alles wegen Lord Zebulon gestanden. Weil der Dämonische Lord nicht wollte, dass wir zusammen waren.

Was zum Teufel soll das?, dachte ich, wobei die Wut von Neuem in mir aufflammte. *Was gibt ihm das Recht, über mein Leben zu bestimmen?* Und von Zane wollte ich gar nicht erst anfangen. Er hätte den Mumm haben müssen, um mich zu kämpfen, doch das hatte er nicht getan. Offensichtlich hatte ich also zwei Jahrzehnte damit vergeudet, ihn zu lieben.

Ich knurrte, während meine Verärgerung mit jeder Sekunde wuchs.

»Nun, ich würde gern wissen, wie es sich anfühlt, wenn du das Geräusch von dir gibst, während du meinen Schwanz in deinem Mund hast.« Lord Zebulons sinnliche

Stimme war noch vor seiner Ankunft zu hören, und kurz darauf stieg mir sein minziger Duft in die Nase. Doch statt mich zu verbeugen, sprang ich von der Couch auf und schlug ihm mit der flachen Hand ins Gesicht.

Ich handelte völlig instinktgesteuert.

Ich reagierte nur.

Ich … Im einen Moment saß ich noch auf der Couch und im anderen erschien die Ursache meiner Frustration – oder zumindest ein Teil davon – auf magische Weise mit einem anzüglichen Witz auf der Zunge vor mir, und ich verlor einfach die Fassung.

»Was gibt dir das Recht, über mein Leben zu bestimmen?«, fragte ich und stand kurz davor, ihn noch einmal zu ohrfeigen.

Doch er packte mein Handgelenk und drückte mich mit einer blitzschnellen Bewegung gegen die Wand, wobei mir die Luft aus der Lunge gepresst wurde.

»Als ich dir sagte, dass du dich nicht immer vor mir verbeugen musst, habe ich nicht erwartet, dass du direkt zum Angriff übergehen würdest«, murmelte er wie beiläufig, während er mich gegen die harte Wand in meinem Rücken drückte.

Ich schüttelte den Kopf, um einen klaren Gedanken fassen zu können, während mein Rücken gegen die unsanfte Behandlung protestierte. Er tat mir nicht wirklich weh und hielt mich mit relativ sanftem Griff fest, während er den anderen Arm über meinem Kopf gegen die Wand stützte. Aber seine Bewegungen waren verdammt schnell gewesen.

Mein Herz schlug mir bis zum Hals, als mir klar wurde, *warum* er so schnell gehandelt hatte.

Weil ich ihn geschlagen habe.

Oh verdammt …

Meine Knie begannen zu zittern, doch der Drang, vor

ihm zu Boden zu fallen, wurde von einer neuen Welle der Verärgerung überlagert. Warum sollte ich mich vor ihm verbeugen? Er hatte mein Leben kontrolliert. Er hatte Zane verboten, mich zu berühren. Und warum? Weil ich zu jung war? Zu unschuldig?

Nein, Zane hatte behauptet, Lord Zebulon hatte es ihm verboten, weil er mich für sich selbst wollte.

Und trotzdem hatte er nicht den Mut gehabt, mich zu nehmen.

Ich funkelte ihn an, und es war mir völlig egal, dass er mich daraufhin mit glühendem Blick anstarrte. »Wie kommst du dazu, Zane zu sagen, dass er mich nicht haben kann, wenn du nicht einmal den …«

»Guinevere«, warf Zane ein.

»*Was?*«, schnauzte ich und warf ihm einen finsteren Blick zu. »Er hat dir verboten, mich zu berühren, wobei ich dir immer noch nicht verzeihe, dass du das einfach so hingenommen hast. Und wozu das Ganze? Um mich selbst auch nicht zu berühren?«

»Ich glaube durchaus, dass ich dich letzte Nacht berührt habe, Kleines.«

»Weil du glaubst, dass ich in der Hölle landen werde«, erwiderte ich und blickte Lord Zebulon mit zusammengekniffenen Augen an. »Ja, das ist wirklich ein hervorragender Grund, um endlich Rückgrat zu zeigen.«

Seine Augenbrauen schossen nach oben, als er den Blick langsam von mir löste und sich an Zane wandte. »Was zum Teufel ist heute vorgefallen?«

»Ich habe ihr gestanden, dass ich sie seit ein paar Jahren begehre, und jetzt hasst sie mich.«

Ich schnaubte. »Weil du mich ein naives kleines Mädchen genannt hast, als ich dir meine Liebe gestanden habe.«

»Und du benimmst dich gerade wie ein naives kleines

Mädchen, indem du einen görenhaften Tobsuchtsanfall vor einem Dämonischen Lord hast«, entgegnete er.

»Görenhaft?«, wiederholte ich. *»Görenhaft?«* Jetzt wollte ich ihn wirklich umbringen, aber die männliche Wand vor mir hielt mich davon ab, mich auf den idiotischen Inkubus zu stürzen. »Du hast mir das Herz gebrochen, Zane. Nur weil man dir gesagt hat, dass du mich nicht berühren darfst, und du hast dich dem nicht widersetzt.«

»Er ist ein *Dämonischer Lord*, Guinevere.«

»Das ist mir egal«, gab ich plötzlich erschöpft zu. »Du hättest es mit der Wahrheit versuchen können. Du hättest mir schon vor Jahren sagen können, dass wir nicht zusammen sein dürfen, und ich hätte es verstanden. Aber stattdessen hast du beschlossen, mir gegenüber grausam zu sein.«

»Ich war nie grausam zu dir.«

»Du hast dich wie ein Arsch benommen.«

»Ich bin ein Arsch«, entgegnete er. »Aber du hast dich trotzdem in mich verliebt.«

»Aber das bin ich nicht mehr«, konterte ich. »Überhaupt nicht mehr.«

Er starrte mich nur an.

Ich starrte zurück.

Dann räusperte sich Lord Zebulon und lenkte meine Aufmerksamkeit wieder auf seine schokoladenbraunen Augen. Er berauschte mich mit seiner Macht, zwang mich, mich zu unterwerfen, und ließ meine Knie erneut erzittern.

Ich habe einen Dämonenfürsten angegriffen.

Und dann habe ich seine Männlichkeit beleidigt.

Ich zuckte zusammen.

Was zum Teufel ist nur los mit mir?

»Mein Herr ...«

»Wenn du dich jetzt entschuldigst, werde ich schwer

enttäuscht sein«, warf er ein und strich mit dem Daumen über mein Handgelenk. »Du hast das Recht, wütend zu sein, Guinevere.« Er ließ mich los, nur um mit der Hand meine Kehle zu umfassen. »Es ist dir sogar erlaubt, mich zu schlagen.« Er beugte sich vor und hüllte mich mit seinem minzigen Duft in einen Mantel aus brodelnder Energie, die mir eine Gänsehaut bescherte. »Aber du solltest auch auf meine Reaktion gefasst sein, Kleines.« Er strich mit den Lippen über meinen Mund. »Ich kann sehr leidenschaftlich sein, wenn ich provoziert werde.«

Dann bedeckte er meinen Mund mit seinem.

Mit der Hand um meinen Hals schien er mich zu brandmarken, als er mich für sich beanspruchte, als würde ich ihm gehören. Und in diesem Moment war ich sein. Er raubte mir den Atem und brachte mich um den Verstand. Er stahl sogar meine verdammte Seele.

Denn ich fühlte nur noch ihn, sein Verlangen und seine Dominanz.

Dämonischer Lord, dachte ich voller Bewunderung, während ich mich in seiner Liebkosung verlor. *Deshalb ist er buchstäblich der Dämonische König von Nordamerika. Er ist ... er ist die personifizierte Energie. Königlich. Grausam. Mächtig. Zerstörerisch.*

Ich bebte an seinem Körper, als er den Griff um meinen Hals festigte. Er wollte mich nicht ersticken, sondern seinen Besitzanspruch geltend machen. Er neigte meinen Kopf nach hinten und ließ seine Zunge in meinen Mund gleiten, um die meine zu zähmen.

Ich ging auf jede seiner Forderungen ein, als er mein Becken mit seinen Hüften gegen die Wand presste. Mein Körper war offen für alles, was er begehrte.

Meine Wut ... schmolz einfach dahin.

Der Kuss hob meine ganze Welt aus den Angeln.

Meine Wut schien nicht mehr von Bedeutung zu sein,

sie war nebensächlich und nur vorübergehend. Dieser Moment war alles, was wirklich zählte.

Er. Zane, der uns beobachtete. Zane, der uns begehrte. Zane, der *wartete*.

Ich schluckte unsicher und wusste nicht, was ich als Nächstes tun sollte. Er hatte mich mit diesem Kuss völlig überrascht und mir den Boden unter den Füßen weggezogen.

Dann ließ Lord Zebulon mich schlagartig los und ich verlor das Gleichgewicht. Zane fing mich auf und schlang den Arm fest um meine Schultern. Er stützte mich ab, als Lord Zebulon ihn im Nacken packte und ihn küsste.

Der Kuss strahlte Hitze, Leidenschaft und eine feurige Beteuerung aus. Ich war nicht imstande zu atmen, als ihre heiße Liebkosung meine sukkubischen Sinne versengte.

Mehr, mehr, mehr, keuchte ich förmlich, während mein heißer Unterleib vor Verlangen feucht wurde. Mein Körper brannte vor Sehnsucht nach den beiden.

Ich war mir nicht sicher, ob ich verbrennen, sterben oder die Flucht ergreifen wollte.

Aber ich hatte nicht die Möglichkeit, mich zu entscheiden.

Lord Zebulon riss sich von Zane los und ließ die Hände sinken. Dann wurde er plötzlich gespenstisch ruhig, als seine Präsenz an Intensität gewann und eine elektrische Spannung durch die Luft wirbelte.

Er wandte sich mit einem durchdringenden Blick an Zane. »Bring sie zu meinem Haus in Chicago. Sofort.«

Im nächsten Moment war er verschwunden.

ZEBULON

DIE LUFTFEUCHTIGKEIT in Miami streichelte meine Sinne auf unangenehme Weise. Ich konnte dieses Klima nur genießen, wenn ich mich auf einer Jacht befand und von frischem Wasser umgeben war.

Leider stand ich nur auf der Straße vor einer mir vertrauten Villa.

Meiner Villa.

Es war der Wohnsitz, in dem Kalida gelebt hatte, als sie noch mein Ōrdinātum in diesem Gebiet gewesen war. Der Posten war immer noch nicht wieder besetzt worden. Hauptsächlich lag das daran, dass Ragus ihn nicht wollte und ich mich entschlossen hatte, dieses Gebiet allein zu verwalten.

Aus diesem Grund hatte ich auch die Störung dämonischer Natur gespürt. Sie glitt wie eine mächtige elektrische Spannung über meine Haut, die zu einem anderen Wesen gehörte, das über dieselben Fähigkeiten wie ich verfügte.

Ein Dämonischer Lord.
In meinem Territorium.

Ein ungebetener Gast.

Auf meinem verdammten Grundstück.

Eine sehr schlechte Entscheidung.

Ich erwog kurz, eine dargarianische Wache zu rufen, die mich begleiten sollte, entschied mich aber dagegen. Dies war mein Revier. Mein Anwesen. Wenn jemand so dreist war, sich hier mit mir anlegen zu wollen, würde er den Preis dafür zahlen müssen.

Ich konnte die dämonische Präsenz spüren, die im Inneren des Hauses lauerte und auf mich wartete. Er machte sich nicht die Mühe, seine Anwesenheit zu verbergen.

Entweder ist er lebensmüde oder viel zu selbstsicher, dachte ich und teleportierte mich nur wenige Meter von dem Eindringling entfernt in die Mitte des Hauses. Ich hatte es mit voller Absicht getan, um ihm meine wachsenden Fähigkeiten zu demonstrieren und ihn einzuschüchtern.

Lord Valentino. Dämonischer Lord von Südamerika.

Er saß auf einem vornehmen Ledersofa und hielt träge ein Glas Rotwein zwischen den Fingern. Sein langes, dunkles Haar fiel ihm über die breiten Schultern und seine weiße Leinenhose und helles Hemd standen in starkem Kontrast zu seiner gebräunten Haut. Er hatte alle drei Verandatüren geöffnet und es sich offensichtlich gemütlich gemacht, während er das tief stehende Sonnenlicht beobachtete, das über den Wellen des Meeres glitzerte.

»Kein Portalhüter?«, fragte Lord Valentino zur Begrüßung. »Faszinierend.«

Der Dämon hatte eine ähnliche Größe und Statur wie ich und war auch ebenso mächtig. Wir glichen uns in fast jeder Hinsicht, abgesehen von der Tatsache, dass ich mich nach Belieben teleportieren konnte. Er hatte offenbar noch nichts von meiner neuen Fähigkeit gewusst und war augenscheinlich beeindruckt.

Obendrein war er ein absoluter Schwachkopf, weil er mein Gebiet ohne Einladung betreten hatte.

»Was machst du in meinem Territorium, Val?«, wollte ich wissen. Dieser Trottel kannte die Regeln genauso gut wie ich. Und er hatte mich aus einem bestimmten Grund mit seiner Anwesenheit beehrt. Und diesen Grund wollte ich auf der Stelle erfahren.

»Ich habe ein Geschenk für dich«, teilte mir der langhaarige Vollidiot mit, wobei seine dunklen Augen vor Aufregung funkelten. »Es befindet sich im großen Schlafzimmer.«

Valentino war eindeutig lebensmüde. Ich hatte keine Lust, dem Dämonischen Lord zu gestatten, ein Spiel mit mir zu spielen, daher blickte ich ihn nur mit ausdrucksloser Miene an.

»Es ist etwas, wonach du gesucht hast«, fügte er hinzu und ließ den Köder vor mir baumeln wie eine Maus vor einer Katze. »Vertrau mir.«

»Kommt gar nicht infrage.«

Er seufzte und seine übliche Unbekümmertheit verschwand hinter einer Maske aus ungewohnter Ernsthaftigkeit. »Hör zu, ich wende mich in deinem Territorium an dich. Damit hast du die Oberhand. Das Geschenk ist lediglich ein Zeichen meines guten Willens, denn wir müssen uns unterhalten.« Er stand auf und schwenkte sein Weinglas in meine Richtung. »Folge mir.«

Ich hätte ihn abweisen können. Verdammt, ich hätte ihn dafür töten können, dass er mein Territorium auf derart dreiste Weise betreten hatte. Doch ein leises Aufflackern meiner Neugier brachte mich dazu, ihm mit einem zaghaften Nicken zuzustimmen. Nach allem, was in meinem Territorium vor sich ging, schien Valentinos Auftauchen in irgendeiner Weise damit zusammenzuhängen.

Also würde ich mir anhören, was er zu sagen hatte.

»Nach dir«, sagte ich und bedeutete ihm mit einer Geste vorauszugehen. Ich ging neben ihm her und warf verärgert einen Blick auf sein Glas. »Trinkst du etwa meinen Wein?«

»Hier ist niemand sonst, um ihn zu genießen«, erklärte Valentino mit geschmeidiger Stimme. Er führte mich den Seitenflur hinunter durch die Empfangshalle, von der aus wir die Treppe in den ersten Stock hinaufstiegen. »Dieses Haus ist übrigens wunderschön. Eine Schande, dass es seit dem kleinen Zwischenfall mit deiner Tochter leer steht.«

»Kalida ist nicht mehr meine Tochter«, erwiderte ich, ohne zu zögern.

»Kehrst du deshalb jedes Jahr für sieben Höllenjahre in Ashmedais Reich zurück, um ihrer Bestrafung beizuwohnen?«

»Ich genieße es, sie leiden zu sehen«, log ich leichthin.

Valentino stieß ein Schnauben aus, als wir oben ankamen, und steuerte auf das große Schlafzimmer am Ende des Flurs zu. »Wenn es meine Tochter wäre, würde ich sie mit Silber foltern lassen.«

»Nun, sie ist nicht deine Tochter.«

»Und dafür bin ich verdammt dankbar«, sagte er gedehnt.

Ins große Schlafzimmer gelangte man durch eine Doppeltür, die weit offen stand und den Blick auf den ausladenden Raum dahinter freigab. Ein breites Doppelbett, das von zwei Nachttischen flankiert wurde, nahm einen großen Teil des Zimmers ein. Doch mein Blick wurde sofort von dem Haufen auf der Matratze angezogen.

Ich sah Valentino fragend an. »Mein Geschenk?«

»In Fleisch und Blut«, antwortete er und trank einen weiteren Schluck Wein.

»Hm.« Ich schlenderte zu dem Dämon niederen Ranges, der auf dem Bett hockte. Es handelte sich um einen Dargarianer mit rotem Haar, blasser Haut und kastanienbraunen Augen, in deren Pupillen ein Feuer loderte, welches darauf schließen ließ, dass er wegen seines erstarrten Zustands ziemlich aufgewühlt war. Als ich ihn näher betrachtete, wurde mir klar, warum er derart aufgeregt war.

Er war nicht gefesselt. Er trug weder Handschellen noch Seile, die ihn sichtbar fixierten. Dennoch war sein Körper erstarrt, wobei er seine steifen Gliedmaßen von sich gestreckt hatte. Er versuchte, sich zu bewegen, als ich auf ihn zutrat, doch bis auf ein winziges, kaum merkliches Zucken seines ganzen Körpers regte er sich nicht.

»Du hältst ihn nur mit der Kraft deines Geistes fest«, bemerkte ich. Ich wusste schon lange, dass Valentino über die Gabe der Telekinese verfügte, aber nicht in diesem Ausmaß. Seine Fähigkeiten waren offensichtlich präziser und stärker geworden, als sie es noch vor Äonen gewesen waren. Er hatte diesen Dämon auf dem ganzen Weg von unten mit seinen Kräften in Schach gehalten.

»Du bist nicht der Einzige, der im *Wachstum* begriffen ist«, erwiderte Val mit einem hämischen Lächeln. »Und damit komme ich zum Grund meines Besuchs. Dieser Dargarianer und eine Horde anderer Dämonen haben während der letzten Wochen in meinem Gebiet großen Schaden angerichtet. Sie haben Menschen in Brand gesteckt, Tanzabende veranstaltet, während der sie Sterbliche gequält und massakriert haben, und andere übernatürliche Kräfte zur Schau gestellt. Die Menschen in den religiöseren Gebieten scheinen nun zu glauben, dass sie vom Teufel verflucht wurden. Es ist eine Katastrophe.«

Es belustigte mich ein wenig, dass Valentino offensichtlich in seinem Territorium hatte herumeilen müssen, um Schadensbegrenzung zu betreiben. Aber es war ebenso beunruhigend, dass seine Dämonen sich derart schlecht benahmen.

Ich behielt den Gedanken erst einmal für mich und fragte: »Demonstrieren sie auf diese Weise ihre Macht, weil sie deine Autorität untergraben wollen?«

»Das war meine ursprüngliche Vermutung«, gestand Valentino, wobei er mir mit seinem Glas zuwinkte, »bis mir klar wurde, dass sie keine Kontrolle über ihre Taten hatten.«

Ich zog eine Augenbraue in die Höhe. »Tatsächlich?«

Valentino nickte und lehnte sich an den Nachttisch, wobei er sich das Glas an die Brust drückte. »Scheinbar hat ein *Engel* meine Dämonen seinem Willen unterworfen und sie dazu gebracht, aus der Reihe zu tanzen.«

Mir lief ein Schauer über den Rücken und ich starrte ihn schockiert an. »Ein Engel? Bist du dir sicher?«

Val lächelte, dann wandte er sich an den Dargarianer. »Sag Lord Zebulon, was du mir erzählt hast, Burnz.«

Flammen flackerten in den Iriden des Dämons auf, als er seinen Dämonischen Lord ansah, bevor sein Blick auf mich fiel. »Ich … ich erinnere mich an nichts von dem, was ich getan habe. Ich … ich glaube, ich habe ein paar Leute angezündet. Aber ich weiß nicht mehr, warum ich es getan habe.« Seine zittrige Stimme festigte sich ein wenig, als er sagte: »Ich habe mich in einem Klub auf der Suche nach einer heißen Nummer herumgetrieben. Als Nächstes weiß ich nur noch, dass ich knietief in verkohlten Leichen stand. Als wäre es von einer Sekunde auf die andere geschehen.«

Ich dachte einen Moment darüber nach, dann wandte ich mich wieder an Valentino. »Warum kommst du mit dieser Information zu mir?«

»Weil ich gehört habe, dass du ein Problem mit einem

Sukkubus hast, und das Töten von Sterblichen, ohne die Regeln zu berücksichtigen, kam mir unheimlich bekannt vor.«

Ich runzelte die Stirn. »Wobei der betreffende Sukkubus jedoch unschuldig ist.« Das wusste ich mit Sicherheit, besonders nach dem Vorfall mit meinem Fährtensucher. »Aber ich stimme zu, dass die Geschehnisse eine gewisse Ähnlichkeit aufweisen.«

»Es erinnert mich auch an die Sache mit dem Dämonenhandel vor zwei Jahrzehnten. Es hat den Anschein, als wollte jemand bezwecken, dass die Menschen von unserer Existenz erfahren.«

»In der Tat«, murmelte ich und dachte darüber nach, was ich von den Ereignissen wusste. Es war Teil von Kalidas Plan gewesen, zusammen mit Geier die Erde zu übernehmen und die Menschen zu versklaven. Hatte jemand die Gelegenheit beim Schopf gepackt und beschlossen, die Aufgabe zu Ende zu führen? »Du hast einen Engel erwähnt. Welcher ist es denn?«

»Daran arbeite ich noch«, murmelte er und klang dabei ein wenig verärgert über sich selbst.

»Woher weißt du dann, dass es ein Engel ist?«

Valentino zeigte mit einem Nicken in Richtung der Balkontür, die er offensichtlich bei seiner Ankunft geöffnet hatte, bevor er es sich in meinem Wohnzimmer bequem gemacht hatte.

Arschloch.

Immerhin geizte er nicht mit Informationen.

Wir gingen nach draußen und ließen den Dargarianer in seinen übernatürlichen Fesseln auf dem Bett liegen. Vom Balkon im ersten Stock aus färbte der Sonnenuntergang den Himmel rot und das Meer erstreckte sich wie ein glitzernder Saphir bis zum dunkler werdenden Horizont. Es wunderte mich nicht, dass Kalida dieses Haus gewählt hatte. Es war wirklich wunderschön hier.

Abgesehen von dem milden Klima.

Leider gab es auch in Chicago hin und wieder laue Tage. Besonders im Sommer.

Valentino stützte sich mit den Ellbogen auf dem Balkongeländer ab und ließ sein Glas über dem Garten darunter baumeln. »Wir haben keine Aura finden können.«

Ich zuckte mit den Schultern. »In diesem Fall könnte es ein Nephilim oder ein Engel sein.«

Als ich diese Worte aussprach, wurde mir klar, dass dies der Grund war, warum Ashmedai auf die Überprüfung der Nephilim gedrängt hatte. Er wollte wissen, über welche Kräfte der himmlisch-menschliche Teil der Bevölkerung auf Erden bereits verfügte. Hatte Ashmedai etwa Kenntnis davon, dass ein Nephilim für die Eskapaden in Lord Valentinos Reich verantwortlich war? Oder war es etwas anderes?

Valentino hielt lange genug inne, um den Rest des Weins zu leeren, bevor er sagte: »Ja, aber was hätte ein Nephilim davon?«

»Was hätte ein Engel davon?«, entgegnete ich.

»Nun, einen Platz auf der Erde natürlich. Sie haben all die Jahre damit verbracht, im Himmel zu verweilen, während die Hölle diese Ebene hat. Vielleicht sind nicht alle Engel mit dieser Regelung einverstanden.«

»Eine interessante Überlegung.« Und zwar eine, die ich mit Xai und Evangeline besprechen sollte. »Ich nehme an, diese Information hat ihren Preis?«, fügte ich hinzu, wohl wissend, dass Val nie etwas tat, ohne eine Gegenleistung zu verlangen.

Valentino richtete sich auf und stellte sein leeres Glas auf einen Tisch in der Nähe. »Ich will, dass wir offen miteinander kommunizieren. Du erzählst mir, was du weißt, und ich werde dich darüber informieren, was ich weiß. Eine Art Partnerschaft.«

Der Gedanke kam mir ungewöhnlich und doch seltsam angebracht vor. Valentino war, im Gegensatz zu Tardís, nie mein Feind gewesen, aber wir hatten auch nie Freundschaft miteinander geschlossen. Vielleicht war dies für uns beide der richtige Zeitpunkt für einen Waffenstillstand.

»Ich bin mit deinem Vorschlag einverstanden«, sagte ich. »Ich bin gerade dabei, die Kräfte meiner Dämonen zu überprüfen. Ich schlage vor, dass du diesem Beispiel folgst und die Überprüfung auch auf die Nephilim ausdehnst.«

Als ich die Empfehlung aussprach, festigte sich auf gewisse Weise meine Vermutung, dass ein Nephilim für die Verwüstung in seinem Gebiet verantwortlich war. Ashmedai wusste dies angesichts der Anordnung, die er mir gegeben hatte, natürlich auch. Er nahm an, dass dasselbe auf mein Territorium zutraf.

Valentino zog eine Augenbraue in die Höhe, doch dann nickte er. »Gut. Ich werde es in die Wege leiten, sobald ich wieder zu Hause bin.« Er blickte in Richtung Strand und fügte hinzu: »Ah. Da ist ja mein Transport.«

Eine dunkle Gestalt war in der Nähe des Ufers aufgetaucht – ein Portalhüter.

»Sein Timing ist tadellos«, sagte Valentino und ergriff sein Weinglas. »Ich werde meinen Dargarianer holen und mich auf den Weg machen. Aber wir bleiben in Kontakt.«

»Das werden wir«, stimmte ich zu und folgte ihm zurück ins große Schlafzimmer.

Valentino stellte sein Glas auf dem Nachttisch ab, dann griff er nach der Hand des Dämons und befreite ihn insofern von den Fesseln, dass er imstande war zu gehen. Ich begleitete die beiden hinaus, nahm das schmutzige

Weinglas und stellte es in die Spüle. Ich schloss die Verandatüren auf beiden Stockwerken und schaltete das Licht aus.

Dann wartete ich, bis ich spürte, dass Valentino mein Gebiet verlassen hatte.

Nachdem er gegangen war und meine territorialen Sensoren sich beruhigt hatten, beschloss ich, dass ich mich als Nächstes mit Evangeline unterhalten sollte, um der Lösung des Problems ein Stück näherzukommen.

ZANE

DAS TICKEN der Uhr an der Wand machte mich nervös.

Es war wie eine Mahnung.

Ein ständiges Klick, Klick, Klick, das uns daran erinnerte, dass wir noch nicht in Chicago waren, wo Zebulon uns haben wollte. Wir warteten immer noch auf den verdammten Portalhüter, der uns dort hinbringen sollte.

Ich wusste nicht, warum Zebulon so plötzlich verschwunden war, doch er hatte offenbar eine Bedrohung wahrgenommen.

Aus diesem Grund hatte er uns auch befohlen, nach Chicago zu gehen.

Allerdings hatten wir momentan wenig Erfolg damit, diesem Befehl Folge zu leisten.

Tick. Tack. Tick. Tack.

Ich werde diese verdammte Uhr umbringen.

Ich starrte sie an und war bereit, das furchtbare Ding von der Wand zu reißen.

Guinevere hatte kein Wort gesagt, seit Zebulon verschwunden war. Sie saß auf der anderen Seite des

Küchentischs und hatte die Hände um ein Glas Eiswasser geschlungen, als wäre es das Einzige, was sie im Raum verankerte. Eine unerträgliche Spannung lag zwischen uns in der Luft, dazu kamen die Nachwirkungen von Zebulons lustvollem Kuss. Das Licht schien auf sie herab und betonte ihr schwarzes Haar, das sich um ihr blasses Gesicht legte.

Sie sah besorgt und verängstigt aus. Und immer noch wütend.

Ich wusste nicht, was ich ihr sagen oder wie ich mich entschuldigen sollte. Sie konnte mir doch nicht ewig böse sein, nicht wahr? Wir waren seit Langem Freunde. Zugegebenermaßen hatte ich einige Fehler begangen, aber ich wollte sie immer noch. Und sie bedeutete mir etwas.

Das musste doch auch etwas wert sein.

Ein einfaches »Es tut mir leid« schien mir jedoch nicht gut genug zu sein. Andererseits wäre es ein vernünftiger Anfang.

Doch in dem Moment, in dem ich endlich den Mut fasste, das Schweigen zu brechen, wurde der Raum von einer kalten Energie durchströmt.

Ich verkrampfte mich und Guinevere hob den Kopf. Sie riss die Augen auf, als wir einander ansahen. Der Geruch von Schwefel lag plötzlich in der Luft und eine unheilvolle Präsenz vernebelte mir die Sinne.

Sie erinnerte mich an die, die ich auch letzte Nacht wahrgenommen hatte. Diese Dunkelheit, die ich um Guineveres Haus herum gespürt hatte, als ich aus meinem Wagen gestiegen war. *Der Dämon ist zurück.*

Guinevere sprang von ihrem Stuhl auf und stürmte aus dem Zimmer.

»Guinevere!«, zischte ich und war fassungslos, weil sie mich einfach so hatte sitzen lassen. Ich sprang vom Tisch auf und wäre fast über meine eigenen Füße gestolpert, als ich ihr in den Flur folgte.

Sie stand an der Wand und tippte einen Code in eine Schalttafel ein – eine Schalttafel, die offenbar von dem gewöhnlichen Gemälde von einem Strand verdeckt worden war, an dem ich schon hundertmal vorbeigegangen war. Das Bild hing an geschickt getarnten Scharnieren und war nun zur Seite geklappt, wobei es den Blick auf ein Tastenfeld und eine massive Metalltür darunter freigab.

Der Code des Safes war nicht allzu kompliziert. Instinktiv prägte ich mir alle sieben Ziffern ein. In Anbetracht unserer Umstände hielt ich es für eine weise Entscheidung.

Nachdem vier Pieptöne hintereinander ertönt waren, gab das Bedienfeld ein surrendes Geräusch von sich und die Tür des Safes sprang auf.

Ich zuckte zusammen, als mir die wütende, überwältigende Energie von Silber aus dem Safe entgegenschlug. Ich blickte Guinevere über die Schulter und starrte auf das kleine Fach – es war bis zum Rand mit Gleasons Silberwaffen gefüllt.

Der Nephilim-Wissenschaftler musste einen Weg gefunden haben, den Safe so auszukleiden, dass die Hitze des Silbers keine Auswirkungen auf Guinevere oder andere Dämonen hatte, die zu Besuch kamen. Ich wusste nicht, ob ich ihn für ein Genie halten oder mir Sorgen darüber machen sollte, zu welcher Macht und Zerstörung er fähig war.

Guinevere schnappte sich zwei Messer, die mit ihren silbernen Klingen und schwarzen Griffen dem Dolch ähnelten, den sie gestern Abend benutzt hatte. Statt mir jedoch ebenfalls eine Waffe anzubieten, schloss sie den Safe und schob das Gemälde zurück an seinen Platz.

Ich öffnete den Mund, um zu protestieren. Ich war zwar nicht Eve, aber ich wusste, wie ich mit einem verdammten Dolch umzugehen hatte. Bevor ich jedoch etwas sagen konnte, wurde die Präsenz stärker.

Direkt hinter der Eingangstür.

Ich wirbelte herum und richtete den Blick auf den Eingangsbereich, während Guinevere sich hinter den Tisch im Flur duckte. Sie fuchtelte mit den Armen, um mir zu verstehen zu geben, dass ich mich ebenfalls verstecken sollte, doch ich gestikulierte zurück, um anzudeuten, wie lächerlich die Idee war. Hätte uns jemand von draußen beobachtet, hätte er uns beide wahrscheinlich für verrückt erklärt.

Es läutete an der Tür.

Ich zog eine Augenbraue in die Höhe und Guinevere sah mich stirnrunzelnd an.

Einbrecher klingelten normalerweise nicht an der Tür.

»Hallo«, rief eine weibliche Stimme durch die Tür. »Ich weiß, dass ihr zu Hause seid. Ich will nur mit euch reden.«

»Wer bist du?«, rief Guinevere zurück, woraufhin ich ihr einen finsteren Blick zuwarf. »Was denn? Sie weiß bereits, dass wir hier sind.«

Plötzlich erschien Rauch am Ende des Ganges, gefolgt von dem beißenden Geruch von Schwefel. Dann teleportierte sich der Dämon ins Haus.

Hallo, meine Schöne, dachte ich, während ich den Blick an der Frau auf und ab gleiten ließ. Ihr langes, glänzendes braunschwarzes Haar umrahmte einen mörderisch sexy Körper, der gleichermaßen kurvenreich und kraftvoll wirkte. Sie wurde von einer seltsamen Aura umgeben, die ich erkannte – *ein Halbling. Hm. Das ist selten.*

Dämonen fanden nur selten eine Sterbliche, die in der Lage war, ihre Brut zur Welt zu bringen, aber die menschliche Mutter dieser Frau hatte es offensichtlich vollbracht. Und ihre Fähigkeit, sich zu teleportieren, deutete darauf hin, dass sie einen sehr mächtigen Vater hatte. *Einen Erzdämon vielleicht?*, fragte ich mich. *Was führt dich hierher?*

Guinevere trat einen Schritt zurück und hielt die Messer kampfbereit vor sich, wobei ich vermutete, dass Evangeline ihr diese Haltung beigebracht hatte. Der Anblick erinnerte mich daran, dass wir uns bedroht fühlen sollten, statt von der Frau fasziniert zu sein.

Natürlich.

»Bitte senke die Waffen«, sagte der Neuankömmling. »Ich möchte nur mit Eve sprechen.«

Guinevere sah den Dämon mit zusammengekniffenen Augen an. »Mit Eve?«

»Ja, du weißt schon, Tochter des Todes, knallharter Engel, hat eine Vorliebe für Silbermesser.« Der Dämon warf einen Blick auf die Klingen in Guineveres Händen. »Ich habe versucht, an sie heranzukommen, doch sie ist ständig von Nephilim und *anderen Abscheulichkeiten* umgeben. Mir läuft die Zeit davon.« Sie blickte sich um. »Ich darf mich eigentlich gar nicht hier oben aufhalten. Wenn man mich hier findet, wird es kein schönes Ende nehmen. Aber ich brauche Hilfe, um der Gottheit eine Nachricht zu überbringen.«

Plötzlich erschienen zwei weitere Gestalten in einem Wirbel aus Schwefel. Remy und Tax standen plötzlich auf halbem Weg zwischen uns und dem weiblichen Dämon.

Tax knurrte und deutete mit dem Zeigefinger auf sie. »Keine verdammte Bewegung.«

Der Fährtensucher war groß und schlaksig und meiner Meinung nach etwas zu dünn, daher hatte ich keinerlei Zweifel, dass der Halbling ihn, wenn nötig, zur Strecke bringen konnte. Tatsächlich schien sie von seinem plötzlichen Auftauchen nicht im Geringsten überrascht zu sein. Sie wirkte auch nicht sonderlich verängstigt.

Remy stieß einen leisen Pfiff aus und lehnte sich an die Wand, wobei er sich mit einem muskulösen Arm abstützte, während er sie von oben bis unten musterte. »Hallo, hübscher Halbling. Du bist wirklich schwer aufzuspüren.«

Sie schnaubte. »Ihr zwei Idioten solltet euch ein besseres Hobby zulegen, als mich durch die ganze verdammte Stadt zu jagen. Ihr leistet übrigens beschissene Arbeit«, sagte sie, vor allem an Tax gewandt. »Ich war euch immer zwei Schritte voraus.«

Tax stieß ein Knurren aus und trat drohend einen Schritt nach vorn, doch das schien sie nicht im Geringsten zu stören.

Bevor sich die beiden Dämonen einen Faustkampf liefern konnten, ergriff Guinevere das Wort. »Warum brauchst du Eve, um die Nachricht an die Gottheit zu überbringen?«

Der weibliche Dämon wandte den Blick von Tax ab und konzentrierte sich auf Guinevere. »Weil sie die Einzige ist, die mir wahrscheinlich zuhören wird.«

Guinevere lachte, aber sie hatte ihre Messer noch nicht wieder gesenkt. »Hast du Eve je kennengelernt? Denn ich bin mir ziemlich sicher, dass du dich in diesem Punkt irrst.«

Der Halbling zog eine Augenbraue in die Höhe. »Ihre beste Freundin ist ein Dämon. Daher bin ich mit ihr sicher besser beraten als mit Azrael oder Xai.«

»Nun, sie mag mich«, sagte Guinevere. »Das macht einen Unterschied.«

Der Dämon runzelte die Stirn. »Ich bin durchaus liebenswert.«

»Das bleibt abzuwarten. Immerhin bist du gerade erst uneingeladen hier hereingeschneit. Und du hast dich gestern Abend vor meinem Haus herumgetrieben, nicht wahr?«

Der Halbling schürzte die Lippen und zuckte mit der Schulter. »Ich habe nach Eve gesucht, ja. Aber sie war am Tatort, mit dem ich übrigens nichts zu tun hatte. Sowohl der Fährtensucher als auch der Mensch waren bereits tot, als ich dort eintraf.«

Dieses hatte lange genug gedauert. Wenn Tax sich nicht mit dem Halbling prügeln wollte, dann wollte ich wissen, was sie hier überhaupt zu suchen hatte. Also ergriff ich das Wort und sagte in gebieterischem Tonfall: »Und wer genau bist du eigentlich?«

»Oh, äh, ja, ich hätte mich wohl vorstellen sollen. Tut mir leid.« Der Halbling straffte die Schultern. »Kay … Tochter von Bael.«

Ich erbleichte. *Verdammte Scheiße* … »Du meinst wohl *Prinzessin* von Bael«, sagte ich ehrfürchtig und verbeugte mich vor ihr, wie es sich für jemanden ihres Standes gehörte. Tax, Remy und Guinevere taten es mir gleich, ohne zu zögern.

Erzdämon Bael hatte diese Frau zu seiner Erbin und Prinzessin seines Reiches ernannt. Kein Wunder, dass sie so viel Macht ausstrahlte und sich nach Belieben teleportieren konnte. Was zum Teufel hatte sie in diesem Reich zu suchen?

Kay schnaubte gereizt. »Hört mal, diese Formalitäten sind nicht notwendig. Ich will nur mit Eve sprechen, damit ich durch sie die Göttlichkeit erreichen kann. Das Gleichgewicht zwischen den Dimensionen ist gefährdet und …«

Kay verstummte augenblicklich und erbleichte. Was auch immer sie gespürt hatte, sie war mir und allen anderen in diesem Raum um Sekundenbruchteile voraus.

Oh verdammt …

Der Raum wurde von Energie durchströmt, als eine eintreffende Präsenz Gehorsam und Unterwerfung gebot. Ich verbeugte mich tief, und bis auf Kay taten es mir die anderen gleich, als Erzdämon Ashmedai in einem blauen Flammenmeer erschien.

Höllenfürsten war es eigentlich nicht erlaubt, die Erde zu betreten, doch das hielt sie nicht davon ab, sie hin und wieder zu besuchen. Sie waren einfach zu mächtig und viel zu berauschend, um sich in ihrer Nähe aufzuhalten. Ashmedai war schon immer der personifizierte Sex gewesen. Er war so wunderschön, dass es sogar mich schmerzte, ihn anzusehen.

Mit seiner einschüchternden Präsenz saugte er die Luft aus dem Raum und überragte uns alle mit seinem unnatürlich attraktiven Gesicht, auf dem ein gelassener, leicht belustigter Ausdruck lag.

»Nun, das sind interessante Neuigkeiten, Prinzessin Kayla«, sagte Ashmedai zur Begrüßung.

Die Haut um Kays Augen war angespannt, doch sie verbeugte sich kurz und respektvoll und sagte: »Erzdämon. Es ist schön, dich zu sehen.«

Erzdämon Ashmedai umkreiste Kay und musterte sie mit einem derart durchdringenden Blick, dass es den Eindruck machte, als würde er direkt in ihre Seele schauen. »Bitte sag mir, kleiner Halbling, warum musst du mit der Göttlichkeit in Kontakt treten?«

Kayla atmete tief durch und blickte sich hilfesuchend im Raum um. Keiner von uns sagte ein Wort. Dies war eine Sache zwischen ihr und dem Erzdämon.

Das ist nicht meine Angelegenheit.

Ich hatte bereits alle Hände voll zu tun mit Guinevere.

»Ich habe Informationen, die ich an Johanna weiterleiten muss«, antwortete Kay schließlich.

»Informationen?«, murmelte Erzdämon Ashmedai, als

er direkt an ihrer Schulter innehielt. Er war größer als sie und so mächtig, dass seine Aura den Raum förmlich ausbluten ließ. »Nein, lass mich raten.« Er gab vor nachzudenken. »Handelt es sich dabei möglicherweise um Informationen über das Gleichgewicht?«

»Nur dass ... es hat ein paar ... Machtverschiebungen gegeben«, sagte Kay gedehnt. »Dinge verändern sich. Zerbrechen. Es ist ... es ist zwingend notwendig, dass ich mit Johanna spreche.«

Der Erzdämon stieß ein humorloses Lachen aus. »Nein, Prinzessin von Bael. Es ist zwingend notwendig, dass du mit *mir* sprichst. Wir beide werden uns lange miteinander unterhalten, Schätzchen.« Er legte ihr eine Hand auf die Schulter, dann blickte er wieder den Flur hinunter – und sein Blick blieb auf Gwen haften. »Die Uhr tickt, kleiner Sukkubus.«

Dann waren sowohl der Erzdämon als auch die Prinzessin von Bael verschwunden.

Gwen

Die Uhr tickt, kleiner Sukkubus.

Die letzten Worte des Erzdämons gingen mir immer wieder durch den Kopf. Ihn zu sehen und die unterschwellige Drohung in seinen Abschiedsworten zu hören ließ meine Situation noch realer erscheinen. Es war einfacher gewesen, als zwischen mir und dem Höllenfürsten noch keine direkte Verbindung bestand und Lord Zebulon eine zuverlässige Barriere zwischen mir und dem Erzdämon errichtet hatte.

Doch diese Barriere war jetzt zusammengebrochen.

Und die Bedrohung fühlte sich jetzt umso unmittelbarer an.

Ich schluckte und bebte am ganzen Körper, während ich meine zitternden Finger um die beiden Messer in meinen Händen schloss. Der Erzdämon musste uns ausspioniert haben, um genau zu wissen, wann er auftauchen sollte, um Kayla mitzunehmen. Und wenn er das wusste, was wusste er dann sonst noch?

Wusste er, dass ich unschuldig war? War das alles eine Art verdrehtes Spiel, bei dem ich die Hauptrolle spielte?

Ein Anflug von Wut durchdrang meine Angst. Ich starrte auf die Stelle im Flur, an der er kurz zuvor gestanden hatte, und wünschte, ich könnte mit Messern nach ihm werfen.

Vielleicht war es ein Produkt meiner Angst oder nur ein Hirngespinst, doch mir kam der Gedanke, dass der wunderschöne Höllenfürst mich möglicherweise irgendwie benutzte.

Uns alle.

Aber wofür?

Hatte es etwas mit dem Gleichgewicht zu tun?

Waren wir alle nur Schachfiguren in einem Spiel? Was war das wahre Ziel dieses Spiels? Warum ich? Warum hatte es jemand *auf mich abgesehen*?

Ich hatte die letzten Tage damit verbracht, mir Gedanken über mein Schicksal zu machen, mich wegen meiner Entscheidungen zu grämen und im Allgemeinen Trübsal zu blasen. Doch ich hatte kein einziges Mal innegehalten und gedacht: *Warum ich?*

Womit hatte ich das verdient? *Wer* konnte mir so etwas antun? Ich hätte fast geknurrt. *Ich bin es leid, das hilflose Mädchen zu sein*, dachte ich. *Ich bin es leid, alles hinzunehmen und einfach geschehen zu lassen. Ich bin es leid, als dein* Spielball *zu fungieren.*

»Es ist Zeit zu gehen«, sagte Zane plötzlich.

»Nein«, entgegnete ich, wobei meine Stimme kalt wie Eis war. »Es ist Zeit, dass ich wieder den Köder spiele.«

Zane griff nach meinem Handgelenk. »Wovon zum Teufel redest du? Wir müssen zu Zebulons Anwesen gehen, das hat er uns befohlen.«

Ich schüttelte seine Hand ab und schnauzte: »Scheiß auf seine Befehle. Dieses Mal will ich die Kontrolle übernehmen und sehen, was passiert. Ich habe es satt, das hilflose Mädchen zu sein. Ich bin nicht hilflos, Zane.«

Remy schob sich an uns vorbei und lenkte meine Aufmerksamkeit von Zanes finsterem Gesicht ab. Der Portalhüter grinste. »Hey, es riecht übrigens toll hier drin. Gibt es in der Küche etwas zu essen? Wenn keiner von euch es will, werde ich es mir nehmen.«

Ich starrte ihn nur an und fragte mich, wie er in diesem Moment überhaupt ans Essen denken konnte. Zane durchbohrte den Dämon mit einem sarkastischen Blick, doch Remy schien sich davon nicht beeindrucken zu lassen.

»Wunderbar, ich geh dann mal ...« Er machte eine Geste in Richtung Küche und verschwand dann durch die Tür am Ende des Flurs. Tax folgte ihm wortlos.

Wenn die beiden sich erst einmal über das Abendessen hergemacht hatten, würde für mich nichts mehr übrig sein. Nur gut, dass ich keinen Hunger hatte. Nicht, nachdem Zane mich den ganzen Tag gefüttert hatte, um sein Gewissen zu beruhigen. Und schon gar nicht nach dem überraschenden Besuch des Erzdämons, der mich in die Hölle verbannen könnte.

Zane richtete seine Aufmerksamkeit wieder auf mich. »Guinevere, wir spielen nicht wieder den Köder. Der Zug ist abgefahren. Wir wissen, dass der Mörder es nicht auf dich abgesehen hat.«

»Der Killer hatte es in dem Moment auf mich abgesehen, in dem er mich in seinen Plan miteinbezogen hat«, entgegnete ich. »Er hat mich ins Visier genommen, und jetzt verbringe ich vielleicht den Rest meines Lebens in der Hölle für etwas, das ich gar nicht getan habe. Und ich bin mir ziemlich sicher, Prinz Ashmedai weiß ebenfalls, dass ich unschuldig bin.« Es war ein Bauchgefühl, irgendetwas an der Art, wie er mir diese Worte an den Kopf geworfen hatte, als würde ihn meine Notlage belustigen. »Ich werde mich nicht zurücklehnen und es einfach so mit mir geschehen lassen.«

»Wir lassen das nicht einfach so geschehen, Guin…«

Lord Zebulon wählte genau diesen Moment, um zurückzukehren, und schnitt Zane das Wort ab.

Ein Hauch von Schwefel vermengte sich mit dem minzigen Duft seines Aftershaves, als der Dämonische Lord erschien. Mir lief ein Schauer über den Rücken, der jedoch weniger etwas mit Angst, sondern vielmehr mit *dunkler Neugier* zu tun hatte. Die letzte Nacht hatte einige dekadente neue Erinnerungen zu diesem Duft hinzugefügt, die meine sukkubische Seele bei der bloßen Andeutung von Lord Zebulons Anwesenheit erwartungsvoll aufhorchen ließen.

Ich bebte am ganzen Körper und mein Blut geriet in Wallung, als er sich vor uns materialisierte.

Lord Zebulon wandte sich mit funkelnden Augen an Zane. »Warum seid ihr nicht in Chicago?«

»Jemand hat uns aufgelauert«, antwortete Zane, der trotz des offensichtlichen Zorns, den der Dämonische Lord ausstrahlte, gelassen blieb. »Ein paar unerwartete Besucher.«

Lord Zebulon hielt inne und rümpfte die Nase. »Ashmedai.«

»Und ein Halbling«, erwiderte Zane. »Kayla, Prinzessin von Bael. Anscheinend will sie eine Audienz bei Eve. Sie hat irgendetwas davon gesagt, dass sie der Gottheit eine Nachricht bezüglich des Gleichgewichts überbringen muss. Johanna, um genau zu sein. Der Höllenfürst ist aufgetaucht und wieder mit ihr verschwunden, bevor sie mehr sagen konnte.«

Die Anspannung in Lord Zebulons Schultern schien sich zu lösen, als er einen nachdenklich summenden Laut von sich gab.

Man musste kein Genie sein, um zu erkennen, dass der Dämonische Lord mehr wusste, als er zugeben wollte. In der Unterwelt gab es viele Geheimnisse und er war so oft verschwunden, dass alles Mögliche hätte passieren können. Und ich stand hier und wurde im Dunkeln gelassen, in der Hoffnung, dass er mich retten würde.

Vielleicht wollte ich nicht, dass er mich rettet. Vielleicht wollte ich mich selbst retten.

»Ich will selbst für meine Entlastung sorgen«, beschloss ich lautstark. Dann kehrte ich den beiden den Rücken zu und ging nach oben, um mein »mörderisches« Outfit anzuziehen.

Wenigstens hatte ich nicht das Gefühl, dass mein Schlafzimmer von Dämonen überrannt war. Ich knallte die Tür hinter mir zu, riss mir mein Oberteil über den Kopf und warf es auf dem Weg zum Kleiderschrank auf den Boden. Ich schob die Kleiderbügel hin und her und suchte in meiner eher skandalösen Garderobe nach einem geeigneten kleinen Schwarzen, als die Tür zu meinem Schlafzimmer geöffnet wurde und Lord Zebulon eintrat.

Ich warf einen Blick über die Schulter und verdrehte die Augen, dann wandte ich mich wieder meiner Kleidersuche zu. Mir lagen die Worte *Hau ab* auf der Zunge, doch das schien mir tatsächlich etwas zu kindisch zu sein, also sprach ich sie nicht aus. Stattdessen ignorierte ich ihn einfach.

Sie wollten in mir nur ein Kind sehen.

Dann würde ich mich eben wie eines verhalten.

Nun, im Grunde hatte nur Zane mich kindisch genannt. Lord Zebulon hatte mich als *unschuldig* bezeichnet, was ich in seiner Sprache als dasselbe interpretierte.

Benahm ich mich wie eine trotzige Göre? Mehr oder

weniger. Aber ich war es leid, mich darauf zu verlassen, dass …

Plötzlich spürte ich eine Hand an meinem Unterarm, die mich mit stahlhartem Griff festhielt. Lord Zebulon zog mich mit einer geschickten Bewegung vom Schrank weg und wirbelte mich herum, um mich mit dem Rücken gegen die Wand zu drücken. Mir wurde die Luft aus der Lunge gepresst, doch daran war nicht nur die Wucht des Aufpralls schuld, sondern auch der feurige Blick, mit dem er mich fixierte.

Er stellte sich dicht vor mich, wobei seine dunkle Macht meine Sinne wie eine Droge berauschte. Er presste die Hüften an meine, während er mich weiter mit eisernem Griff am Arm festhielt. Selbst wenn ich es versucht hätte, ich hätte mich ihm nicht entziehen können.

»Liebste Guinevere«, murmelte er, wobei sein Atem mein Ohr kitzelte. Mit den Lippen bahnte er sich einen Weg an meinem Hals hinunter. »Auch wenn ich diese kämpferische Seite an dir ganz entzückend finde, bin ich immer noch dein Herr.«

»Ja, und ich bin mir im Klaren darüber, dass du gern die Kontrolle über alles hast.«

Er zog den Kopf zurück und bedachte mich mit einem sowohl feurigen als auch wütenden Blick.

Ich kämpfte darum, mein Temperament im Zaum zu halten, während ich in seinen Armen dahinschmolz. »Du hast Zane verboten, mich zu berühren, wozu du kein Recht hattest.«

»Tatsächlich?«, knurrte Lord Zebulon. Der besitzergreifende Tonfall ließ keinen Raum für Interpretationen.

»Du kannst nicht einfach jemandem verbieten, mich zu berühren, nur weil du mich für dich selbst haben willst.«

»Doch, das kann ich.« Lord Zebulon packte mein

Haar und zog daran. »Oder muss ich dich erst daran erinnern, wer ich bin?«

In meinem Inneren wallte Begierde auf. Er zerrte an meinen Haaren, bis sich mein Gesicht zur Decke neigte und ich den Kopf nicht mehr bewegen konnte. Ich war ihm völlig ausgeliefert, während er mich mit seinen kräftigen Hüften gegen die Wand presste.

»Also schön«, lenkte ich ein. »Vielleicht kannst du es tun. Aber dann solltest du mich nicht wie eine zerbrechliche Puppe behandeln, die auch von dir nicht berührt werden darf. Ich kann einiges aushalten, Zebulon.«

Schließlich ließ er meinen Arm los und strich mit einem Finger über meinen Oberkörper, wobei seine Berührung mir auf der Haut brannte. »Oh, ich weiß sehr wohl, wie widerstandsfähig du bist, Guinevere.«

Ich war immer noch nicht in der Lage, den Kopf zu bewegen. Er ließ seine Finger wie züngelnde Flammen über meine Brüste wandern, die von meinem Spitzen-BH nach oben gepresst wurden. Dann ließ er die Hand hinunter über meinen nackten Bauch gleiten und schob sie in den Bund meiner Hose. Ich musste schlucken, während er mir den Verstand raubte.

Nein. Ich bin wütend auf ihn. Schon vergessen? Sehr wütend sogar. Ich will die Kontrolle übernehmen, statt mich von ihm kontrollieren zu lassen.

»Hör auf …« Ich hatte keine Gelegenheit mehr, den Satz zu beenden.

Denn Lord Zebulon küsste mich.

Er presste die Lippen heiß und fordernd auf meine, während er den Griff um mein Haar festigte, sodass ich den Mund noch weiter für ihn öffnete und er ihn erkunden konnte. Es war nicht einfach nur ein Kuss, er wollte damit seinen Worten Nachdruck verleihen. Er ließ sich Zeit und küsste mich ausgiebig und gebieterisch, wobei er mich genau wissen ließ, wozu er mit seinem Mund fähig war. Er brandmarkte mich mit seiner Zunge und ruinierte mich mit seiner Berührung.

Ich schmolz an der Wand dahin und hielt mich an seinem Hemd fest, damit ich nicht unter seiner vernichtenden Berührung zusammenbrach.

Wenn wir nicht aufhören würden, würde er mich besitzen. Ich konnte die Verheißung in der Art und Weise spüren, wie er mit seiner Macht jeden Zentimeter meines Körpers beherrschte.

Schließlich zog Lord Zebulon den Kopf zurück und ich keuchte verwirrt.

Zane lehnte am Türpfosten auf der anderen Seite des Raumes und beobachtete mit glühendem Blick jede unserer Bewegungen.

»Was ist los?«, fragte Lord Zebulon, ohne sich umzudrehen.

»Remy will wissen, ob wir immer noch nach Chicago reisen«, sagte Zane, als er den Raum betrat und seinen begierigen Blick auf mich richtete.

Zeb antwortete: »Ja.«

»Nein«, entgegnete ich. »Ich kann den Täter, der mir die Morde anhängen will, nur fassen, solange ich in Nashville bin.«

»Heute ist Sonntag«, sagte Lord Zebulon. »Die Klubs haben heute nicht lange geöffnet, wie willst du ihn dann überhaupt jagen?«

Ich war immer noch zwischen seinem Körper und der Wand neben meinem Kleiderschrank gefangen, während Zane etwas abseitsstand und zusah. Es gefiel mir nicht, keine Kontrolle über mein Leben oder meinen Körper zu haben, aber ich wollte auch nicht, dass er sich von mir löste. Es war ein berauschender Widerspruch, der mich verwirrte und mir ein hilfloses und *besessenes* Gefühl bescherte.

»Es gibt noch andere Orte, an die ich gehen könnte«, erwiderte ich, doch dann setzte mein Herz einen Schlag aus. Nein, er hatte recht. An einem Sonntagabend konnte ich sonst nirgendwo hingehen.

Lord Zebulon schüttelte den Kopf und strich mit den Fingerknöcheln über meine Kieferpartie. »Der einzige Ort, an den du gehen wirst, ist mein Anwesen in Chicago.«

»Du setzt also einfach so voraus, dass ich mit dir nach Hause gehe«, blaffte ich ihn an, wohl wissend, dass ich wie ein bockiges Kind klang. Aber die beiden gaben mir das Gefühl, ein bockiges Kind zu sein. Sie nahmen mir meinen freien Willen und mein Verantwortungsgefühl und versuchten ständig, mich »zu meiner eigenen Sicherheit« in einen Käfig zu sperren.

Anfassen verboten, weil sie zu unschuldig ist.

Anfassen verboten, weil sie Raum zum Wachsen braucht.

Ausgehen verboten, weil … weil man nirgendwo hingehen kann.

Scheiße.

Lord Zebulon hielt mich am Ellbogen fest. »Ja, weil du *tatsächlich* mit mir nach Hause gehst.«

Er streckte die andere Hand aus, packte Zane an der Schulter und teleportierte uns davon.

Ich schrie auf, denn dieses Gefühl war mir fremd. *Er teleportiert uns. Oh verdammt … diese Macht … diese Energie … dieses überwältigende Glühen dämonischen Potenzials …*

Ich zitterte und meine Haut kribbelte vor Unbehagen.

Dann wurde ich von seinem Duft umhüllt, als er mit den Lippen meine Schläfe streifte und eine Hand an mein Kreuz legte, um mich an sich zu ziehen. Er umsorgte mich, hielt mich in Ehren und beschützte mich.

Schwefel und Minze und ein schwindelerregendes Gefühl von Wärme umgaben mich.

Sicher. Ich fühlte mich *sicher.*

Lord Zebulon durchströmte meinen ganzen Körper mit seinem Duft und berauschte mich, während er mich mit seiner summenden Energie umgab. Ich verlor mich in dem Gefühl seiner Macht, während meine dämonische Seele schnurrte und nach mehr verlangte. So viel mehr.

Mir war schwindelig.

Ich war wie benommen.

Und ließ mich von dem Gefühl verzehren.

Ich konnte mich nicht einmal mehr daran erinnern, warum ich so wütend gewesen war oder wohin ich hatte gehen wollen. Ich begehrte nur noch mehr von seiner Männlichkeit, Stärke und *Macht.* Ich war von ihm berauscht, süchtig und verloren.

Wir landeten in seinem Schlafzimmer und ich nahm meine Umgebung gar nicht wahr. Ich war zu versunken in der Hitze, die von Lord Zebulon ausging. Ich beugte mich vor, um mehr von seiner Lebenskraft zu spüren und noch einmal seine Lippen zu kosten.

Aber er ließ mich los und trat einen Schritt zurück.

Er entledigte sich seines Jacketts und warf mir einen Blick über die Schulter zu, während er seine Krawatte löste. »Du willst mehr, Kleines? Dann zieh dich aus.«

GWEN

Iᴄʜ ʙʟɪɴᴢᴇʟᴛᴇ. »Wie bitte?«

»Du hast gehört, was ich gesagt habe«, antwortete Lord Zebulon, während er sich die Krawatte vom Hals riss. »Ich werde mich nicht wiederholen.«

Zane lehnte sich an den Pfosten eines riesigen, mit schwarzer Bettwäsche bezogenen Bettes. Ich war schon einmal hier gewesen. Als Lord Zebulon mich zum ersten Mal geküsst hatte. Kurz nachdem ich ihm eine beunruhigende Nachricht über Geier und Kalida überbracht hatte.

Er war so wütend gewesen, so lebendig und so voller brennender Emotionen. Ich hatte vor Angst gezittert, weil ich geglaubt hatte, er würde mich töten. Ich war ehrfürchtig auf die Knie gefallen und hatte ihn angefleht, seinen Zorn nicht an mir auszulassen.

Und dann war etwas Seltsames geschehen.

Er hatte mir befohlen aufzustehen.

Dann hatte er meine Aura gelesen und mir angeboten, mir zu helfen.

Und ich hatte sein Angebot angenommen.

Es war der mächtigste Kuss meines Lebens gewesen, in dem so viel verlockende Kraft mitgeschwungen hatte, dass ich mich ein wenig in ihn verliebt hatte. Und jedes Mal, wenn er mich seitdem geküsst hatte, war mein Verlangen, ihn anzubeten und zu ehren, gewachsen.

Kuss für Kuss.

Berührung für Berührung.

Und jetzt stand ich verwirrt vor ihm und wollte alles, was er mir bieten konnte. Ich hatte gespürt, dass er sich über die Jahre hinweg zurückgehalten hatte. Er hatte so viel mehr zu geben. Eine unendliche Quelle an Energie, die in Hitze und Leidenschaft verankert war.

Ich leckte mir begierig über die Lippen.

Doch ich begehrte nicht nur ihn, sondern auch Zane.

Der betörende Inkubus verströmte genauso wie ich eine unbändige sexuelle Energie. Nur hatte er im Laufe der Jahrhunderte gelernt, seine Gabe in eine erotische Waffe zu verwandeln. Seine sinnlichen Fähigkeiten waren ein fester Bestandteil von ihm, den er mit jedem Atemzug zum Einsatz brachte. Ich spürte, wie seine Essenz über meine Haut glitt, meine Brustwarzen reizte und zwischen meine Schenkel tauchte. *Begehre mich,* flüsterte seine dämonische Seele. *Begehre mich. Koste mich. Nimm mich.*

Ich erzitterte, als mein sukkubisches Herz auf ihn reagierte und die Spannung im Raum steigerte.

Lord Zebulon begann, sein Hemd aufzuknöpfen, während er mit brennenden Iriden die meinen fixierte. Er würde seine Forderung nicht wiederholen. Er würde lediglich warten und mich mit seiner Essenz ersticken, bis ich unter der Intensität seiner Macht zusammenbrach.

Er war im Grunde genommen königlich und stand nur eine Stufe unter einem Höllenfürsten. Ein buchstäblicher König eines Reiches als Dämonischer Lord von Nordamerika.

Und ich stand in seinem Schlafzimmer und trug nichts weiter als Shorts und einen BH.

Keine Schuhe.

Keine weitere Kleidung.

Kein Ausweg.

Mein wie auch immer gearteter Plan ging in Flammen auf. Er verbrannte zu den letzten Resten, die von meinem Verstand noch übrig waren, und war im Nu vergessen.

Zebulon entblößte langsam seinen Oberkörper und meine Kehle war plötzlich wie ausgetrocknet.

Warum wollte ich mich ihm verweigern?, fragte ich mich, während mein Gehirn bei dem verlockenden Anblick der dunkelbraunen Haut einen Kurzschluss erlitt. *Ich will ihn lecken.*

Doch Zane kam mir zuvor.

Er schlenderte zu Lord Zebulon hinüber und sagte wie beiläufig: »Wenn du erlaubst, mein Herr.« Dann begann er, den König kunstvoll zu entkleiden.

Mit seinen geschickten Händen knöpfte Zane ihm das Hemd auf, bevor er es ihm aus der Hose zog und es ihm von den Schultern schob.

Es war erotisch.

Heiß.

Und geradezu sündhaft.

Meine Knie zitterten vor Verlangen und mein Herz schlug so wild in meiner Brust, dass ich mir Sorgen um meine Gesundheit machte.

Dann begannen die beiden Männer, sich zu küssen.

Nicht zärtlich oder keusch, sondern leidenschaftlich. Mit den Zungen kämpften sie um die Vorherrschaft, während Lord Zebulon Zane fast das Hemd vom Leib riss. Es war ein schwarzes T-Shirt aus fester Baumwolle, das er sich zuvor von Gleason geliehen hatte.

Er würde es ihm nicht zurückgeben.

Denn es lag in Fetzen zu *meinen* Füßen.

Wo Lord Zebulon es hingeworfen hatte.

Es war eine Art Einladung für mich, mich ihnen anzuschließen. Aber zuerst musste ich mich ausziehen und meine Kleider zu dem Haufen hinzufügen. Es war eine klare Anweisung, die mich vor Verlangen keuchen ließ. Ich konnte es kaum erwarten, mit ihnen zu spielen.

Die beiden Männer, die miteinander rangen, erregten mich nur noch mehr, wobei ihre Wildheit meine Instinkte überwältigte. *Ich will sie*, dachte ich, während mir bei ihrem Anblick das Wasser im Munde zusammenlief. *Ich will sie so sehr.*

Lord Zebulon öffnete Zanes Hose, die er auch gestern Abend getragen hatte, und zog den Reißverschluss herunter, um seiner Männlichkeit zur Freiheit zu verhelfen.

Er trug keine Boxershorts.

Denn er hatte kein Ersatzpaar mitgebracht.

Und so war Zane nackt, als Lord Zebulon die Hose zu Boden schob.

Meine Güte … Ich spannte die Schenkel an, als mein Unterleib vor Begierde zuckte. Erst heute Morgen hatte ich Zane in seiner ganzen Pracht gesehen, und gestern Abend hatte ich Lord Zebulon dabei beobachtet, wie er ihn in ähnlicher Weise gestreichelt hatte, und doch war ich wie ausgehungert.

Eine elektrisierende Energie wirbelte durch die Luft und ließ die Härchen auf meinen Armen zu Berge stehen.

Die beiden Männer fielen praktisch übereinander her, um sich gegenseitig zu entkleiden, während sie mit der Zurschaustellung ihrer Männlichkeit meine Sinne verführten.

Hitze durchflutete meinen Körper, während ein Strom dunklen Verlangens in meinem Unterleib aufwallte, als

Lord Zebulons Hose, gefolgt von seinen Boxershorts, zu Boden fiel.

Beide Männer waren nackt.

Und ich stand immer noch in Shorts und BH vor ihnen und errötete wie ein unschuldiges Mädchen.

Ich blinzelte. *Unschuldig. Kindlich. Naiv.*

Ich wollte nicht, dass sie so über mich dachten. Ich wollte, dass sie meine Stärke als Frau anerkannten. Meine Sexualität. Meine Fähigkeit, ein Schlafzimmer zu dominieren, zumindest auf meine Weise.

Oh, natürlich würde ich mich Lord Zebulon unterwerfen.

Aber ich würde ihm den Boden unter den Füßen wegziehen, ihn dazu bringen, seine Erwartungen an einen Sukkubus neu zu bewerten, und ihn in die Knie zwingen – so wie er es immer mit mir getan hatte.

Sie wollten mich behandeln, als wäre ich aus Porzellan gefertigt? Nun, ich würde ihnen beweisen, dass ich nicht zerbrechen konnte. Und dann würde ich sie dazu bringen, vor mir zu kriechen und mich um mehr anzuflehen.

Ja, das war viel besser, als in meinem Wohnzimmer herumzusitzen und Trübsal zu blasen.

Ich würde meine besten Fähigkeiten in die Tat umsetzen.

Ich öffnete meinen BH und grinste, als die Männer voneinander abließen, um mich anzusehen. Im einen Moment verschlangen sie sich gegenseitig und taten so, als würde ich nicht vor ihnen stehen und sie beobachten, und im nächsten Augenblick wandten sie mir ihre erregten Blicke zu und konnten es kaum erwarten, bis ich mich meiner Spitzenunterwäsche entledigte.

Ich lächelte. *Damit kenne ich mich aus.*

Zane mochte ein Meister der sexuellen Spiele sein. Er war älter und kultivierter als ich, doch ich verfügte über

Vorzüge, an denen es ihm mangelte. Ich zeigte ihnen nun zwei davon, indem ich den BH fallen ließ und meine Brüste entblößte.

Ihre Nasenflügel bebten und ihr Verlangen war ein berauschender Duft, der mich wie eine zärtliche Liebkosung umhüllte. Ich atmete ihre Aromen ein. Sie rochen nach Minze und Sünde mit einem Hauch verruchter Absichten, die meine Sinne küssten.

Ja. Mehr.

Ich hakte die Daumen in meine Shorts ein und ließ sie langsam an meinen Schenkeln hinabgleiten, wobei ich hin und her wiegte, um die Geschmeidigkeit meines Körpers zur Schau zu stellen.

Sie strahlten eine Wärme aus, die sich wie eine Decke um mich legte und mich von Kopf bis Fuß einhüllte, als ich mich aufrichtete und mich ihnen zuwandte.

Nun waren wir alle nackt.

Erregt.

Heiß.

»Und ich dachte schon, sie hätte keine Lust zu spielen«, murmelte Zane.

»Hm«, brummte Lord Zebulon zustimmend, während er mich musterte. Er machte den Eindruck, als würde er einen Plan aushecken, wie er mich am besten nehmen sollte. Er hatte eindeutig das Sagen und behielt stets die Kontrolle.

Plötzlich war ich versucht, sie ihm zu entreißen. Ich wollte ihn dazu verführen, sich fallen zu lassen, um ihm dann dabei zuzusehen, wie er in die Knie ging. Ein sanfter Moment der Schwäche, der in der Leidenschaft begründet lag.

Konnte ich es tun? Würde ich den Mut dazu aufbringen?

Wäre ich in der Lage, die Konsequenzen zu ertragen?

Er verzog die Lippen zu einem Lächeln, als könnte er meine Gedanken lesen, und seine braunen Augen blitzten herausfordernd auf. *Du kannst es ja versuchen, Kleines*, schien er zu sagen. *Komm und führe mich in Versuchung. Komm und spiel mit mir.*

Ich schlenderte auf ihn zu und stellte mich der unausgesprochenen Herausforderung. Seine Energie umgab mich, während er mich in seinem berauschenden Duft ertränkte.

Ich hatte ihnen beiden noch nicht vergeben.

Aber ich konnte sie auf andere Weise bestrafen. Ich würde ihnen zeigen, was genau sie all die Jahre auf ein Podest gestellt und nicht zu berühren gewagt hatten.

Sie würden bereuen, dass sie so viel Zeit verschwendet hatten.

Sie würden sich nach mehr sehen.

Und sie würden erkennen, dass ich für sie beide die Richtige war.

Ich wusste, was ich tun musste und wie ich mit *ihnen* umzugehen hatte. Und ich würde es ihnen auf die einzige Art beweisen, die ich kannte.

Lord Zebulon streckte die Hand nach mir aus, als ich mich ihnen näherte. Er war bereit, die Kontrolle zu übernehmen, doch ich presste die Lippen auf die seinen, bevor er mich nach seinem Belieben leiten konnte. Ich gab ihm mit meinem Mund zu verstehen, dass ich jetzt das Zepter in die Hand nehmen und ihm zeigen würde, wozu ich fähig war. Er konnte mich entweder gewähren lassen oder dagegen ankämpfen.

Wie dem auch sei, ich würde gewinnen.

Denn im Schlafzimmer war ich die Königin.

Und das erklärte ich ihm, indem ich meine Zunge sprechen ließ.

Er knurrte und packte unsanft meinen Hintern, doch

er erwiderte meinen Kuss. Nein, er vertiefte ihn sogar. Er parierte meinen Kontrollversuch mit einem Gegenschlag und dominierte mich mit seinem Können.

Allerdings war ich auf diesem Gebiet ebenso geschickt und bewies es ihm, indem ich meine Finger um den Ansatz seines Schaftes schlang und begann, ihn mit einer Aufwärtsbewegung zu streicheln. Dann strich ich ihm über die Eichel und ließ meine Finger wieder nach unten gleiten, um die Bewegung zu wiederholen. Ich beobachtete sowohl seine Atmung als auch seine Reaktionen, während ich ihn mit meiner Hand dominierte.

Zane hatte mir letzte Nacht Lord Zebulons Vorlieben nähergebracht.

Nun ließ ich ihn mit jeder Berührung wissen, dass ich nicht nur gut aufgepasst hatte, sondern auch meine eigenen Talente mit einfließen lassen konnte. Als er die Finger in meinem Haar verwob und an den Strähnen zog, wusste ich, dass es ihm gefiel. Er neigte meinen Kopf nach hinten, um den Kuss zu vertiefen, wobei er mit der anderen Hand nach Zane griff und ihn hinter mich zog.

Der Inkubus packte sofort meine Hüften und ich hatte das Gefühl, als wollte er mich mit seinen Händen brandmarken. Dann presste er seinen harten Schwanz gegen meinen Hintern und ließ keinen Zweifel an seinen Absichten.

»Ich werde dich auf diese Weise nehmen«, flüsterte er mir ins Ohr, »während unser Herr dich fickt.«

Ich spannte die Schenkel an. *Ja, ja, das will ich.*

Er legte eine Hand auf meinen Unterleib und ließ die Finger zwischen meine Spalte gleiten. »Mm, ich dachte mir schon, dass dir die Vorstellung gefallen würde.« Er knabberte an meinem Ohrläppchen, dann ließ er seine heißen Lippen an meinem Hals entlang nach unten gleiten, bevor er seine Zähne in meiner Schulter vergrub.

Ich stieß einen Schrei an Lord Zebulons Mund aus, aber er hielt mich fest. Er beherrschte mich mit seiner Zunge und fixierte mich mit seinem muskulösen, harten Körper, während Zane mich von hinten bedrängte.

Ich war zwischen den beiden eingeklemmt.

Zwischen zwei umwerfenden, mächtigen Dämonen.

Beide waren genau genommen auch meine Vorgesetzten, Lord Zebulon dank seiner Position und Zane dank seines Alters und seiner Erfahrung.

Oh verdammt … Ich würde zwischen ihnen verglühen. Ich würde explodieren und an meiner wachsenden *Begierde* vergehen.

Zane ließ seine Finger in meinen Unterleib gleiten, um sie mit meinem Saft zu benetzen. Dann zog er sie aus mir heraus, griff nach hinten und bereitete mich darauf vor, seine Männlichkeit in mich aufzunehmen.

Kein Vorspiel.

Er kam ohne Umschweife zur Sache.

Obwohl dies im Grunde ein Vorspiel war, so wie auch letzte Nacht eines gewesen war.

Heute Nacht würde es richtig zur Sache gehen. Ich konnte es an der Art spüren, wie Lord Zebulon mich mit seinem Mund in Besitz nahm. Ich hatte mich gegen ihn gewehrt, ihn herausgefordert und versucht, das Kommando zu übernehmen.

Sie wollten mich auf die Erde zurückholen, nur um mich mit einer überwältigenden lustvollen Erfahrung in den Himmel zu heben.

Ich akzeptierte es und begehrte es sogar. Und das gab ich Lord Zebulon mit meiner Hand auf seinem pochenden Schaft zu verstehen, indem ich ihn mit Nachdruck massierte und ihn auf eine Nacht voller Sünde vorbereitete.

Er ließ mein Haar los, um meine Brust zu streicheln,

dann beugte er sich hinab, um mit den Lippen meine Brustwarze zu umschließen, während Zane mit einem zweiten Finger von hinten in mich eindrang.

Ich schrie auf und wölbte mich dem Dämonischen Lord entgegen, als Zane mit der anderen Hand meinen feuchten Unterleib packte und mich zu sich zurückzog.

Oh verdammt ... Ich keuchte, während mir das Herz bis zum Hals schlug.

Die Kraft und die Erregung der beiden Männer vermengte sich mit meiner eigenen und trieb mich immer näher an den Rand des Abgrunds, dabei hatten wir noch nicht einmal richtig begonnen.

Lord Zebulon ließ die Hände an meine Taille wandern und hob mich mühelos hoch. »Schling deine Beine um mich«, befahl er mir.

Ich tat, wie geheißen, und klemmte dabei Zanes Finger in meinem Unterleib ein, während mein heißes Geschlecht sich an Lord Zebulons Erregung schmiegte.

Der Inkubus reagierte mit einem Grinsen an meinem Hals, wobei er seine Lippen über meine pochende Schlagader gleiten ließ. Dann begann er, mich zu massieren, wobei er auch Lord Zebulon streichelte. Ich schnappte nach Luft.

Es war so unglaublich erotisch. Er verband uns dadurch auf eine intime Art, die ich nicht für möglich gehalten hätte. Zane verstärkte das Gefühl, als er mit seinen feuchten Fingern über Lord Zebulons Schaft strich.

»Ist sie bereit?«, wollte unser Herr wissen.

»Sie ist immer bereit«, antwortete Zane, wobei ich seinen heißen Atem auf meiner Haut spürte. »Genau wie ich. Genau wie du.«

Lord Zebulons Brust vibrierte an meiner, als er ein zustimmendes Knurren ausstieß. Dann küsste er mich wieder, während Zane die Eichel des anderen Mannes an meinen Unterleib führte.

Ich bebte, denn ich war überwältigt von der erotischen Natur dieser Geste.

Zane gibt den Anstoß für ein Liebesspiel zwischen mir und Lord Zebulon. Oh verdammt …

Der Dämonische Lord nahm die Einladung mit einem Stoß an und füllte mich bis zum Anschlag aus, während ich mich an ihn klammerte, als wäre er eine Rettungsleine. Wenn er jetzt aufhörte, würde ich ihn umbringen. Ich brauchte ihn mehr als die Luft zum Atmen. Ich brauchte seine Macht. Seine Lust. Seine Begierde. Ich wollte darin ertrinken, tage- und wochenlang in seiner Essenz schwelgen und nie wieder auftauchen.

Wenn dies tatsächlich meine letzte Woche auf Erden war, dann wollte ich etwas erleben, woran ich mich noch lange erinnern würde.

Ich nahm nur vage wahr, wie Lord Zebulon sich in Bewegung setzte und uns zu seinem überdimensionalen Bett führte. Dann kletterte er gekonnt auf die Matratze, während ich immer noch an seinen Hüften hing. Dann legte er sich mit dem Rücken aufs Bett und ich saß rittlings auf ihm, während ich seinem Mund mit den Lippen folgte und er mich fast um den Verstand küsste.

Zane kniete hinter mir und fuhr mit den Fingern über meine Wirbelsäule, während er mich mit der anderen Hand weiter für seinen Schwanz vorbereitete.

Dies war der wahr gewordene Traum eines Sukkubus – zwei heiße, kraftvolle Männer, die von beiden Seiten in sie eindrangen.

Ich wand mich zwischen ihnen und war bereit zu tanzen, zu ficken und mich diesem Moment der verruchten Glückseligkeit hinzugeben. »Nimm mich,

Zane«, flehte ich ihn an, während ich mit den Lippen über die von Lord Zebulon strich. »Bitte.«

Er beugte sich vor, um meinen Nacken zu küssen, dann glitt er mit den Zähnen an meiner Wirbelsäule hinab. Doch bevor er mein Steißbein erreichte, hielt er inne, als wollte er mir damit sagen: *Hab Geduld.*

Ich wollte nicht geduldig sein. Ich wollte ihn zusammen mit Lord Zebulon in mir spüren, und zwar jetzt sofort. Ich bäumte mich auf und löste dabei die Lippen von Lord Zebulons berauschendem Mund. Dann drehte ich den Kopf nach hinten, um Zane leidenschaftlich zu küssen und ihn zu unterwerfen.

Doch er war ein Inkubus durch und durch und erwiderte meine Leidenschaft, wobei er mit einer Hand meine Brust umfasste und sie ermahnend drückte.

Dann strich Lord Zebulon mit dem Daumen über meine Klitoris und mein Körper wurde von einer plötzlichen Explosion erfasst, die jeden Zentimeter meines Wesens durchzuckte. »Oh!« Mein Herz setzte einen Schlag aus und mir wurde schwarz vor Augen. Als Nächstes nahm ich wahr, dass Zane in mich eingedrungen war und mich so ausfüllte, wie ich es begehrte, während die beiden Männer sich innig küssten.

»Zane!«, schrie ich auf, als der Druck mich übermannte und sich gleichzeitig so richtig anfühlte. Der Mann unter mir kniff in meine empfindsame Knospe, um nicht vergessen zu werden, und ich ließ mich auf seine Brust fallen, um seinen Mund von Neuem zu erobern. »Zebulon.« Ich presste meine Lippen auf die seinen und erschauderte, als er mit der Zunge augenblicklich die Kontrolle übernahm.

Dann setzte er mich wieder auf und zwang mich, sie beide in mich aufzunehmen. Er setzte sich ebenfalls auf und schmiegte die Brust an meine, während Zane und ich rittlings auf seinen Hüften und Schenkeln saßen.

Beide Männer waren bis zum Anschlag in mich eingedrungen.

Und dann begannen sie, sich zu bewegen. Lord Zebulon stützte sich mit einer Hand auf der Matratze ab, um noch kraftvoller aufwärts stoßen zu können.

Ich verfiel in einen glückseligen Rhythmus aus Bewegung und Sex. Lord Zebulons Verlangen hing schwül in der Luft und machte mir das Atmen schwer. Ich ließ mich von seiner Energie umhüllen, die so wunderbar war und mich fast erstickte.

Ich atmete tief ein und sog seine Lebenskraft in mich auf, um mich auf berauschende Weise von ihm zu nähren.

So viel Macht.

Sie bedeckte jeden Zentimeter meines Wesens, brandmarkte mich als sein Eigentum und trug mich an einen Ort, an den ich niemals freiwillig hätte gehen sollen. Doch ich tat es, weil ich dadurch noch mehr von ihm trinken konnte. Seine Essenz, seinen Geist und seine überwältigende Präsenz.

Ich schwelgte darin, spürte, wie Zane das Gleiche tat, und verlor mich völlig in diesem Augenblick.

Ich wurde von einer weiteren Explosion erschüttert, die mich in eine dunkle Vergessenheit stürzte. Zane folgte mir kurz darauf und ergoss sich heiß und feucht in meinem Inneren. Doch Lord Zebulon war noch lange nicht fertig. Er drehte uns beide um, sodass Zane auf dem Rücken lag und ich auf ihm, während sein Schwanz immer noch tief in meinem Anus vergraben war. Unser Herr begann, sich noch kraftvoller zu bewegen, und stieß in dieser Position in uns beide, wobei er Zane innerhalb weniger Minuten zu einem weiteren Höhepunkt trieb.

»*Scheiße*«, keuchte er an meinem Nacken, wobei er mit der Hand meine Brust drückte.

»Ja«, keuchte Lord Zebulon zustimmend. »Ja.« Er stieß weiter in mich, während er mit seiner Kraft meine Sinne peitschte und mich in seiner Aura ertränkte.

Ich erstickte fast daran und war überwältigt, wie viel er zu geben hatte.

Und doch spürte ich, dass er sich zurückhielt.

Selbst als er sich mit einem Brüllen in mir ergoss, behielt er die Kontrolle über die Situation. Ich hatte ihn zerbrechen sehen wollen, doch nun spürte ich, wie der kontrollierte Teil von ihm mich fast in zwei Hälften zerriss, und ich war mir plötzlich nicht mehr sicher, ob ich ihm im rasenden Zustand gewachsen wäre.

Ich keuchte zwischen den beiden und fühlte mich fast ausgelaugt.

Doch Lord Zebulon war noch nicht fertig.

Genauso wenig wie Zane.

»Geh dich waschen«, sagte Lord Zebulon. »Als Nächstes tauschen wir die Plätze.«

Oh verdammt, dachte ich zitternd. *Ja.*

Wir rollten uns auf die Seite, wobei Zane mit den Lippen meinen Hals streifte. »Ich werde dir einen Waschlappen holen«, flüsterte er.

Mir wurde warm ums Herz und ich wollte ihm zustimmen, doch ich war nicht imstande, ihm zu antworten. Lord Zebulon stieß noch immer in mich hinein, wobei ihm unsere vereinten Säfte als Gleitmittel dienten.

»Du bist wunderschön«, sagte er leise. »So verdammt schön. Es tut mir leid, dass ich so lange gewartet habe, dich zu berühren, Guinevere.« Er schlang eine Hand um meinen Nacken und streichelte mit dem Daumen über meine Halsschlagader. »Wir werden es wiedergutmachen, Kleines. Glaub mir.«

Er hatte bereits damit begonnen. Allein diese Entschuldigung wirkte bei mir schon Wunder. Außerdem war es nicht zu verachten, dass sie mir gerade zwei überwältigende Orgasmen beschert hatten. »Ich will mehr«, sagte ich.

»Das wollen wir auch«, versprach er. »Der heutige Abend ist erst der Anfang.«

Ich schluckte, denn ich hatte nicht erwartet, diese Worte von ihm zu hören.

Aber ich weigerte mich, mir darüber den Kopf zu zerbrechen.

Stattdessen stimmte ich mit einem Nicken zu.

Dann ließ ich mich von ihnen zu einer nächsten Runde verleiten, und zu einer dritten. Am Ende war ich so berauscht vom Leben, dass ich mich nicht einmal mehr daran erinnern konnte, was er gesagt hatte. Ich schwelgte in der Glückseligkeit und meine sukkubische Seele war zum ersten Mal in meinem Leben befriedigt.

Ich schlief mit einem Lächeln ein.

Wund und erschöpft.

Und so wunderbar … vollkommen.

ZEBULON

Guinevere lag an meine Seite geschmiegt neben mir und zeichnete mit den Fingerspitzen unsichtbare Muster auf meiner Haut, während sie vor sich hin summte. Ich erkannte die Melodie als ein altes Seemannslied, obwohl ich mich nicht an die Worte erinnern konnte. Es war eine uralte Melodie, die ich von einem modernen Sukkubus nie zu hören erwartet hätte. Doch als die lieblichen, unschuldigen Töne Guineveres Mund verließen, wiegte ich mich in einem beruhigenden, friedvollen Zustand der Zufriedenheit.

Dann hielt sie inne und ihr Schweigen ließ mich aufhorchen.

»Ich bin satt«, sagte sie staunend mit einem verträumten Unterton in der Stimme.

Ich runzelte die Stirn. »Satt?«, wiederholte ich.

Sie blinzelte und blickte mit ihren blauen Augen durch dichte Wimpern zu mir auf. »Ja. Ich … Für gewöhnlich bin ich nach dem Sex immer noch hungrig. Aber ich fühle mich satt. Ich könnte zwar sofort wieder Sex haben, aber ich müsste mich nicht nähren.«

»Hm.« Ja, Zane hatte so etwas Ähnliches erwähnt, kurz nachdem wir zum ersten Mal miteinander geschlafen hatten. Er hatte behauptet, ich hätte ihn über Wochen befriedigt. Daraufhin hatte ich ihm angeboten, es noch einmal zu tun, und der Rest war Geschichte. Ich begegnete seinem wissenden Blick über ihre Schulter und sah, dass er belustigt grinste.

»Ich fühle mich auch so lebendig«, fuhr Guinevere fort. »Kraftvoll, wund und wunderbar.«

»Berauscht?«, fügte Zane als Anregung hinzu.

»Ja«, stimmte sie zu und schloss mit einem glücklichen Seufzer die Augen.

Ich lachte belustigt. »Oh, Liebling, wir haben doch gerade erst begonnen«, murmelte ich, wobei ich mit den Lippen über ihren Hals streifte und dann zu ihrem Ohr hinaufwanderte. »Atme erst einmal tief durch. Da ist noch mehr.«

Sie bebte und bewegte ihren Oberschenkel zwischen meinen Beinen. »Ja«, wiederholte sie, und ich war mir nicht sicher, ob sie mit diesem einen Wort anerkannte, dass wir noch mehr miteinander erleben würden oder ob sie damit einfach nur ihr Einverständnis gab.

Ihr weiches Haar kitzelte auf meiner Haut und sie schmiegte sich an meinen Oberkörper, wobei sie in meiner Armbeuge lag, als würde sie dorthin gehören.

Zane lag an ihren Rücken gepresst und hatte die Arme von hinten um sie geschlungen. Auch er hatte einen Ausdruck der vollkommenen Zufriedenheit auf dem Gesicht. Doch ich vermutete, dass es eher etwas damit zu tun hatte, dass Guinevere zwischen uns lag. Er kannte meine sexuellen Fähigkeiten und war an meine Kraft gewöhnt. Obwohl ich sie beide mit verdammt viel Macht getränkt hatte, hatte unser Sukkubus das meiste davon aufgesaugt.

Sie war fast unersättlich gewesen und hatte sich an meiner Vitalität gelabt, als wäre sie ihr Leben lang völlig ausgehungert gewesen. Manche Sexdämonen brauchten einfach mehr, und Guinevere schien eine von ihnen zu sein.

Sie seufzte erneut völlig zufrieden.

Ich grinste und erlaubte ihr, sich an den Nachwirkungen unseres Liebesspiels zu erfreuen. Sie döste immer wieder ein, wobei ihr Summen immer wieder verstummte, bis sie sich ganz dem Schlaf hingab.

Ich hatte die feste Absicht, das Ganze zu wiederholen, wenn sie wieder zu sich kam. Doch fürs Erste gönnte ich ihr Ruhe und hielt sie im Arm, während sie schlief. Es war ein merkwürdiges und auf seltsame Weise wärmendes Gefühl häuslicher Glückseligkeit. Ich war zwar nicht daran gewöhnt, doch es widerstrebte mir auch nicht. Nein, es … gefiel mir sogar.

»Warum bist du verschwunden?«, fragte Zane mit träger Stimme, in der ein sinnlicher Unterton mitschwang.

Guinevere rührte sich nicht und ihre Augen waren geschlossen, während sie zwischen uns ruhte.

»Valentino ist in Kalidas Anwesen in Miami aufgetaucht«, erzählte ich ihm, während ich Guinevere das lange Haar aus dem Gesicht und hinters Ohr strich.

»Der Dämonische Lord von Südamerika«, sagte Zane. »Was zum Teufel wollte er von dir?«

»Scheinbar ist mein Territorium nicht das einzige, in dem es zu seltsamen Machtverschiebungen gekommen ist.« Ich umriss kurz mein Treffen mit Valentino und erzählte ihm dabei auch, was der dargarianische Dämon über das brennende Massaker im Klub erzählt hatte. Außerdem erwähnte ich, dass der Dämon sich an keine seiner Taten erinnern konnte und scheinbar von einem Wesen ohne Aura kontrolliert worden war.

»Valentino glaubt, dass die Geschehnisse in seinem Territorium eine Ähnlichkeit mit den Vorfällen in meinem haben«, fuhr ich fort. »Und er hat damit nicht unrecht. Wir haben also einen vorübergehenden Waffenstillstand zwischen uns vereinbart, der beinhaltet, dass wir miteinander in Kontakt bleiben und uns austauschen.«

Zane brauchte einen Moment, um das alles zu verarbeiten, bevor er bemerkte: »Er sagte, der Täter besitzt keine Aura. Engel oder Nephilim?«

»Ich tendiere zu den Nephilim, da Ashmedai mir ausdrücklich befohlen hat, auch sie zu überprüfen.«

Zane zog eine Augenbraue in die Höhe. »Das ist merkwürdig. Glaubst du, er weiß mehr, als er zugibt?«

Guinevere gähnte. »Ja.«

Ich streichelte über ihren nackten Arm und lächelte. Selbst berauscht vom Sex hörte sie zu und verarbeitete die Einzelheiten. So viel zu meiner Annahme, dass sie eingeschlafen war.

»Wie kommst du darauf, Kleines?«, fragte ich und war neugierig zu erfahren, was sie zu unserer Unterhaltung beitragen würde.

»Die ganze Sache mit Kay«, murmelte sie. »Und seine Bemerkung darüber, dass die Uhr tickt.«

»Seine was?« Ich blickte Zane fragend an. »Was hat er gesagt?«

»Die Uhr tickt, kleiner Sukkubus«, antwortete Guinevere mit einem Singsang. »Er meinte mich. Ich bin der Sukkubus.«

Ich lachte in mich hinein. »Ja, dessen bin ich mir durchaus bewusst, Liebling.« Ich küsste sie auf die Schläfe, dann wandte ich mich wieder an Zane. »Ich denke auch, dass er mehr weiß, als er zugibt. Und es wird immer deutlicher, dass in Bezug auf diese Machtverschiebungen etwas Schändliches vor sich geht.«

Zane stützte den Kopf auf die Hand, sodass er mich über Guinevere hinweg besser sehen konnte. »Sein Befehl, alle zu überprüfen, und das Fehlen von Auren sprechen für die Theorie, dass die Nephilim etwas damit zu tun haben.«

»Ja. Valentino glaubt jedoch, dass es sich um einen Engel handelt, der in seinem Reich mit Dämonen spielt. Er sagte, dass es im Himmel wahrscheinlich einige gibt, die nicht damit einverstanden sind, dass unseresgleichen die Erde übernommen hat. Ich stimme ihm zwar zu, aber ich kann mir nicht vorstellen, dass der Himmel sich überhaupt die Mühe machen würde, sich mit solch lästigen Angelegenheiten abzugeben. Was mich wiederum an die Nephilim denken lässt, die von ihren himmlischen Eltern stets vernachlässigt wurden.«

Zane nickte. »Und da Guinevere eng mit den Auferstandenen aus der Dunkelheit verbunden ist, gibt es sicher Nephilim, die von ihrer Beziehung zu dir wissen.«

»Beziehung?«, wiederholte sie und runzelte die Stirn. »Es gibt keine Beziehung.«

»Natürlich gibt es die«, entgegnete ich, »und zwar schon seit Jahren. Dadurch bist du zur Zielscheibe geworden. Denn diejenigen, die den Auferstandenen aus der Dunkelheit angehören, wissen um meine Gunst dir gegenüber.« Ich hatte zuvor nicht über diese Verbindung nachgedacht, da ich die Möglichkeit nicht in Betracht gezogen hatte, dass die Nephilim an dem Schlamassel schuld sein könnten. Doch da sich jetzt die Puzzleteile langsam zusammenfügten, ergab es mehr und mehr Sinn, dass einer von ihnen etwas damit zu tun haben könnte. Vor allem, da wir jetzt wussten, was in Valentinos Territorium vor sich ging.

Jemand hatte seine Dämonen seinem Willen unterworfen und sie zum Handeln gezwungen.

Und danach hatte er ihre Erinnerungen an die Taten ausgelöscht.

Auf eine dunkle, bedrohliche Art war es faszinierend.

»Welche Nephilim kennst du?«, fragte ich Guinevere, während ich mit dem Daumen über ihr Kinn strich, um ihre Aufmerksamkeit auf mich zu ziehen.

Sie blinzelte. »Nephilim? Äh, Gleason.«

Ich tauschte einen Blick mit Zane aus.

»Oh nein«, sagte sie, wobei sie aus ihrem glückseligen Zustand aufschreckte. Sie entzog mir die Wärme ihres Körpers, als sie sich aufsetzte, wobei ich gegen den sofortigen Drang ankämpfen musste, sie wieder an mich zu ziehen, wo sie hingehörte. Sie raffte die Bettdecke, um ihre Brüste zu bedecken, und drehte sich zu uns um. Sie bedachte uns mit einem unbeugsamen Ausdruck im Gesicht. »Auf gar keinen Fall. Untersteht euch, Gleason in die Sache mit hineinzuziehen.«

Aha, da ist ja mein streitlustiger Sukkubus wieder. Diese neue Seite von ihr gefiel mir. Als sie mich vorhin geschlagen hatte, hätte ich ihr beinahe die Kleider vom Leib gerissen und sie gegen die Wand gefickt, doch Valentino hatte mir den Spaß verdorben.

»Er ist ein Nephilim«, stellte Zane fest, wobei sein Tonfall jedoch nicht anklagend war.

»Außerdem hat er seit Jahren Zugang zu deinem Leben«, fügte ich hinzu. »Er kennt sowohl deine Gewohnheiten als auch deine Schwächen.«

Guinevere schüttelte den Kopf. »Gleason hat nichts mit der Sache zu tun. Er ist weder an meiner vertrackten Situation schuld, noch steht er mit den Machtverschiebungen in Verbindung. Ich vertraue ihm, genauso wie Eve. Wenn ihr mir also nicht glaubt, dann glaubt wenigstens ihr.«

Ich legte eine Hand an ihre Wange. »Ich vertraue auf

dein Urteil«, sagte ich mit Nachdruck, denn ich wollte, dass sie die Überzeugung in meiner Stimme hörte. Die Tatsache, dass Evangeline Gleason für unschuldig hielt, bestärkte in meinen Augen diese Einschätzung, doch Guineveres Meinung zählte für mich ebenso viel, wenn nicht noch mehr.

»Er steckt nicht dahinter«, flüsterte sie, als ich mich aufsetzte und ihr ins Gesicht sah. »Gleason würde mir so etwas nicht antun. Ich kenne ihn, mein Herr. Er würde mich nicht …«

»Schhh«, beruhigte ich sie und strich ihr mit dem Daumen über die Unterlippe. »Ich glaube dir.«

Sie schluckte und nickte. »Okay.«

»Und du kannst mich Zebulon nennen, wenn wir zusammen im Bett sind«, fügte ich leise hinzu. »Zane bezeichnet mich nur als seinen Herrn, weil er mich damit reizen will.«

»Und weil es dich erregt«, entgegnete er verschmitzt.

Es stimmte, also widersprach ich nicht. Stattdessen konzentrierte ich mich auf Guinevere. »Hier drin wird sich nicht verbeugt, es sei denn, es ist mit einer sexuellen Handlung verbunden. Hier gibt es keinen Lord Zebulon. Nur mich. Zebulon. Deinen Geliebten. In Ordnung?«

»Ja, mein … Zebulon.« Sie räusperte sich.

Mein Zebulon, dachte ich und genoss den Klang dieser Worte aus ihrem Mund ein wenig zu sehr. Ich presste meine Lippen auf die ihren und ließ mich zurück in die Kissen fallen.

»Gleason war außerdem in der Nacht, in der Trevor ermordet wurde, bei mir«, fügte sie hinzu.

»Taylor«, verbesserte Zane.

Sie stieß den Atem aus. »*Taylor*. Aber das ist nicht der Punkt. Gleason war bei mir, also kann er unmöglich der

Schuldige sein. Und er hat gesehen, wie Tre… äh, *Taylor* das Haus lebend verlassen hat.«

Mit einem Nicken stimmte ich ihrer Überlegung zu. »Okay, welche Nephilim hast du sonst noch getroffen?«

Sie zog nachdenklich die Nase kraus. »Äh, da wären Shane, Trudy, Creek. Und ein Typ namens Buck …« Sie verstummte. »Weißt du, wenn ich es mir recht überlege, hat Buck es nicht gutgeheißen, dass Gleason bei mir wohnt.«

Ich machte mir eine gedankliche Notiz, diesen Buck auf meine Liste der möglichen Verdächtigen zu setzen. »Sonst noch jemand?«

Guinevere schüttelte den Kopf, wobei ihr weiches schwarzes Haar nach vorn fiel und um ihre Schultern wallte. »Nein. Ich habe nur ein paar Mitglieder der Auferstandenen zwischen Tür und Angel getroffen, aber es waren wirklich nicht viele. Ich versuche, sie zu meiden, genauso wie sie mich.«

Zane lachte leise. »Wahrscheinlich besser so.«

Ich setzte mich auf, lehnte mich gegen die Kissen und überkreuzte meine Knöchel neben ihr. »Hast du dir in all den Jahren, in denen du auf der Erde gelebt hast, je Feinde gemacht?«, fragte ich und versuchte es mit einem anderen Ansatzpunkt. Es ging bei dieser Sache zwar eindeutig um mich, aber es wäre möglich, dass jemand ihr Schaden zufügen wollte und darin einen zusätzlichen Pluspunkt sah.

Sie schüttelte den Kopf. »Nein, nicht wirklich. Nachdem ich aus der Hölle aufgestiegen war, habe ich in den ersten Jahren gemodelt und habe es dadurch sogar zu etwas Ruhm gebracht. Es gab damals einige Menschen und Dämonen, die wussten, wer ich war.«

Ich hatte Guinevere damals nur als eine Bewohnerin meines Territoriums gekannt, aber ich hatte in dieser Zeit Bilder von ihr gesehen. Sie war ein Naturtalent auf dem

Laufsteg und vor der Kamera atemberaubend gewesen. Allerdings nahm ich an, dass mich das bei einem Sukkubus nicht überraschen sollte.

»Es schien niemanden zu interessieren«, fuhr sie fort. »Ich meine, ich habe mir mit meiner Tätigkeit als Model eine anständige Karriere aufgebaut, wobei ich heute noch von dem Geld lebe. In den letzten Jahren habe ich größtenteils im Verborgenen gelebt, während mein alter Ruhm immer weiter verblasst, doch selbst auf dem Höhepunkt meiner Karriere habe ich mehr Zeit unter Menschen als unter Dämonen verbracht.«

Ich kratzte mir über die Bartstoppeln an meinem Kinn. »Wie sieht es mit deinen Finanzen aus? Hast du je bei jemandem Schulden gehabt oder einen Kauf getätigt, bei dem sich deine Wege mit denen eines Nephilim gekreuzt haben?«

Guinevere seufzte und zog die Decke fester um ihren Körper. »Nein. Ich habe gut investiert und ein paar kluge Entscheidungen getroffen, und dabei habe ich noch nicht einmal das ganze Geld erwähnt, das Eve mir hinterlassen hat, als sie in den Himmel aufgestiegen ist. Seitdem ich mich zurückgezogen habe, ist mein Freundeskreis ziemlich geschrumpft. Wohl genauso wie der Kreis möglicher Feinde. Ich gehe nicht einmal ins Fitnessstudio, obwohl Creek mich ständig dazu einlädt.«

»Und Creek ist einer von Gleasons Schützlingen?«

Guinevere lachte. »Ja, aber er hat ganz sicher nichts mit der Sache zu tun. Er ist … nun ja, er ist eben Creek.«

Zane schnaubte und sein Missfallen war offensichtlich.

»Was ist los?«, fragte ich ihn.

»Er ist scharf auf unseren Sukkubus.«

»Aha.« In Gedanken setzte ich auch den Namen dieses Nephilims auf unsere Liste, mehr aus persönlicher Neugierde als alles andere.

»Nur weil er mit mir schlafen will, ist er noch lange nicht schuldig«, bemerkte ich.

»Ja, aber es führt nicht gerade dazu, dass ich ihn sonderlich mag«, erwiderte Zane gedehnt.

»Ach? Soll ich jetzt auch jeder Frau, die dich lecken will, misstrauen und sie nicht mögen?«

Er grinste. »Ich hätte nichts gegen deine Eifersucht einzuwenden.«

Sie schnaubte. »Ich gegen deine schon.«

»Ich bin nicht eifersüchtig auf Creek.«

»Doch, das bist du«, warf ich ein, bevor sie ihm antworten konnte. »Und das ist kein Problem, aber wir reden am Thema vorbei. Sonst noch jemand, Guinevere? Oder fällt dir noch irgendetwas ein?«

Sie überlegte einen Moment, dann schüttelte sie den Kopf. »Es tut mir leid, nein. Ich habe nur … ich habe nicht wirklich viele Probleme, abgesehen von dem mit der, äh, Selbstbeherrschung.«

Ich verzog die Lippen zu einem Lächeln, als sie errötete. »Bei mir hast du dich ganz gut unter Kontrolle.« Das war gelogen. Wäre ich ein Dämon niederen Standes gewesen, hätte sie mich mit ihrem Hunger getötet. Aber ich hatte sie absichtlich bis an ihre Grenzen getrieben, weil ich sie mit meiner Essenz hatte tränken wollen. Und sie hatte mir wunderbar gehorcht.

Die Vorstellung weckte in mir den Wunsch, es zu wiederholen.

Sie war wieder bei klarem Verstand und mir gefiel ihr Zustand der Glückseligkeit sehr.

Ich stieß mich von den Kissen ab, griff nach ihrer Taille und zog sie zurück zwischen mich und Zane. Ich beugte mich über sie und küsste zuerst ihr Kinn und dann ihre Wange, bevor ich mich über ihren Mund beugte. »Ich glaube, ich bin für den Moment fertig mit Reden.«

»Oh?«, hauchte sie.

»Ja«, sagte ich, als Zane begann, ihren Arm zu streicheln. Es war ein Zeichen der Zustimmung, zumindest fasste ich es als solches auf.

Wir hatten noch nie eine Frau auf diese Weise geteilt. Oder einen Mann. Wir spielten eigentlich bevorzugt allein. Doch Guinevere gab unserer Verbindung eine Dynamik, von der ich nicht einmal gewusst hatte, dass sie uns fehlte. Doch jetzt, da sie zwischen uns lag, war ich mir nicht mehr sicher, ob ich sie wieder gehen lassen wollte.

Doch ich schob den Gedanken beiseite und entschied mich stattdessen, den Moment zu genießen.

Es konnte nicht ewig so weitergehen.

Das wussten wir alle.

Also sollten wir es genießen, solange es möglich war.

Ich brachte all das mit einem Kuss zum Ausdruck und zog dann den Kopf zurück, um ihr zu sagen: »Deine Lippen schmecken nach Zane. Schmecken noch andere Stellen deines Körpers nach ihm?«

Sie blickte mit ihren umwerfend blauen Augen zu mir auf, in denen ihre berauschende Erregung deutlich zu sehen war. »Wahrscheinlich.«

»Gut«, murmelte ich. »Ich will seine Essenz von dir lecken und hören, wie du meinen Namen schreist.«

Ich küsste sie noch einmal und bahnte mir dann einen Weg an ihrem Körper hinab.

Ich grinste, als Zane ihren Mund mit dem seinen bedeckte.

Ja, sie passt zu uns, dachte ich, als ich den Mund auf ihren Unterleib presste. *Sie passt perfekt.*

ZANE

Lord Zebulon weckte mich bei Tagesanbruch, indem er mit den Lippen über meinen Mund strich. »Versuche, sie heute nicht zu verärgern«, sagte er leise und biss mir zärtlich in die Unterlippe.

»Ich kann nichts versprechen«, antwortete ich.

Er biss ein wenig heftiger zu und durchbrach die Haut, sodass ich blutete, dann leckte er mit der Zunge über die Wunde, bevor er ins Badezimmer schlenderte, um zu duschen. Ich schlief wieder ein, als ich das fließende Wasser hörte, und wachte auf, als er mit den Lippen über meine Wange streifte. Er hatte einen seiner schwarzen Maßanzüge angezogen und sein Bart war frisch gestutzt. Er war ein Abbild sinnlicher Perfektion.

»Wenn ich dich ansehe, bekomme ich einen Steifen«, beschwerte ich mich, wobei ich meinen Schwanz an Guineveres straffen Hintern schmiegte. Sie rührte sich nicht, denn ihr Körper war die Anstrengungen noch nicht gewohnt, die eine Nacht in Zebulons Bett mit sich brachten.

Er lachte leise. »Sei nett zu ihr, vielleicht lutschst sie dir dann den Schwanz.«

»Ein Inkubus kann träumen«, murmelte ich und gähnte.

Er beugte sich über mich hinweg und drückte ihr einen Kuss auf die Schläfe, dann küsste er mich noch einmal auf die Wange und ging.

Ich lächelte und schloss die Augen.

Einige Stunden später erwachte ich völlig erregt von dem Duft der Frau in meinen Armen. Sie war perfekt. Kurvenreich. Selbstbewusst. Wunderschön, sowohl innerlich als auch äußerlich. Und ich wollte sie mehr als die Luft zum Atmen.

Doch als wir das letzte Mal im Bett nebeneinander erwacht waren, hatte sie mich am Ende gehasst, und das wollte ich nicht noch einmal erleben, also musste ich behutsam vorgehen. Ich musste dafür sorgen, dass es diesmal nur um *sie* ging.

Sie sehnte sich genauso sehr nach Sex wie ich.

Wenn ich sie und nicht mich selbst befriedigte, würde sie dieses Opfer besser verstehen als die meisten anderen.

Ich küsste ihren Hals und achtete auf ihre gleichmäßige Atmung. Sie lag in meinen Armen und hatte den Rücken an meine Brust geschmiegt. Einer meiner Arme ruhte unter ihrem Kopf, während ich den anderen auf ihre Taille gelegt hatte.

Die perfekte Position, um von hinten in sie einzudringen.

Und auch die perfekte Position, um sie mit meiner Hand zu verwöhnen.

Ich legte die Hand auf ihren Bauch und schmiegte meine Männlichkeit an ihren Hintern, dann ließ ich meine Finger nach unten zwischen ihre Schenkel gleiten.

So weich, staunte ich, als ich mit den Fingerspitzen ihre

seidige Haut ertastete. Sexdämonen waren meist sehr auf ihre Körperpflege bedacht. Ich selbst rasierte mich ebenfalls im Intimbereich. Es machte uns attraktiver in den Augen der Sterblichen. Natürlich brauchte es nicht viel, um einen oder sogar mehrere ins Bett zu locken.

Guinevere stöhnte auf, als ich mit der Fingerspitze über ihre empfindsame Knospe strich. Sie schmiegte ihren wohlgeformten Hintern einladend an meine Lenden.

»Guten Morgen«, murmelte ich in ihr Ohr, während ich sie weiter massierte. »Hast du gut geschlafen?«

»Mm«, antwortete sie, wobei sie ein Bein über meines legte. Dadurch öffnete sie sich weit für mich, was Zebulon sicher gefallen würde, wenn er hier wäre. Leider musste er arbeiten, und so musste ich mit unserem süßen Sukkubus allein spielen.

Sie ließ ihre Hüften an meinem Schwanz kreisen und jagte mir damit einen elektrisierenden Schauer durch den Körper.

Kluges Mädchen, dachte ich belustigt über ihr sinnliches Spielchen. Doch vor allem schöpfte ich Hoffnung.

Diese Reaktion war viel besser als die von gestern. Ich war zwar immer noch nicht aus dem Schneider, aber ich hoffte, dass wir meine Verfehlungen hinter uns lassen und an die Zukunft denken konnten. Denn nachdem ich sie nun gekostet hatte, bezweifelte ich, dass ich je damit würde aufhören können. Und ich vermutete, dass es Zebulon genauso ging.

Ich ließ einen Finger in ihren heißen Unterleib gleiten. Ich lächelte, als sie nach Luft schnappte und begann, sich gegen meine Hand zu schmiegen. Sie ergab sich ihrer Lust mit einer Hingabe, die ich voll und ganz verstand und respektierte.

»Mehr«, keuchte sie.

»Mehr was?«, fragte ich, wobei ich meine Finger

absichtlich langsam und träge kreisen ließ, um den Moment und damit ihr Vergnügen in die Länge zu ziehen. Ich wollte, dass sie explodierte, wie sie es letzte Nacht getan hatte. Ich wollte, dass sie meinen Namen schrie. Ich wollte, dass sie bebte, stöhnte und sich wand.

Ich ließ einen zweiten Finger in sie hineingleiten und presste meinen Schwanz an ihren Hintern. Sie stieß einen zischenden Laut aus, dann griff sie nach meinem Schwanz und versuchte, ihn zu lenken.

»Nicht doch«, flüsterte ich. »Hier geht es um dich, Süße. Nicht um mich.« Ich beugte mich über sie und drehte sie dabei auf den Rücken, dann stützte ich mich auf dem Ellbogen ab, um ihren umwerfenden Körper zu bewundern. Sie hatte immer noch die Beine gespreizt und hieß meine Liebkosung willkommen, wobei ihre Brustwarzen mich förmlich anflehten, sie zu schmecken.

Ich beugte mich hinunter, um eine der rosigen Knospen mit meinen Lippen zu umschließen und sie zwischen meine Zähne zu saugen. Sie keuchte und wölbte sich auf, dann warf sie den Kopf zurück, als ich leicht an ihrer Brustwarze knabberte.

Dabei verwöhnte ich sie weiter mit meinen Fingern und gab ihr mit langsamen, sinnlichen Stößen genau das, wonach sie sich sehnte. Mit der Handfläche übte ich dabei Druck auf ihre Klitoris aus, der gerade stark genug war, um sie aufstöhnen zu lassen, aber nicht ausreichte, um sie über den Abgrund fallen zu lassen.

Noch nicht.

»Ich bin so heiß«, hauchte sie.

»Was willst du?«, fragte ich.

»Dich.«

»Ich will, dass du darum bettelst«, neckte ich sie und krümmte meine Finger in ihrem Inneren.

»Fick dich«, sagte sie mit einem keuchenden Lachen.

Sie packte mein Haar und zog mich hinunter, um mich zu küssen. Fast hätte sie damit meinen Entschluss zunichtegemacht, nur ihre Befriedigung in den Mittelpunkt zu stellen.

Doch mir wurde klar, dass sie genau das bezweckte.

Denn im nächsten Moment rollte sie sich auf mich und drehte mich auf den Rücken, wobei sie sich rittlings auf mich setzte und mich mit einer gekonnten, sinnlichen Bewegung in sich aufnahm, sodass ich Sterne vor Augen hatte.

Ich war mir nicht einmal sicher, wie sie meine Finger aus sich herausgezogen hatte, doch meine Hand lag jetzt mit ihrem Saft überzogen auf ihrer Hüfte, während sie uns beide in die Besinnungslosigkeit ritt.

Ich konnte keinen klaren Gedanken mehr fassen, denn sie hatte mich völlig unvorbereitet getroffen und erteilte mir jetzt eine Lektion, wie ich sie noch nie zuvor erlebt hatte.

Sie beherrscht mich, erkannte ich und festigte den Griff um ihre Hüfte, als ich wieder die Oberhand gewann.

Ihr Rücken schlug auf der Matratze auf und sie stieß die Luft aus, als ich wieder in sie eindrang.

»*Zane*«, stöhnte sie und krallte sich in meinen Rücken.

Ich presste meinen Mund auf den ihren, küsste sie leidenschaftlich und beherrschte sie mit meiner Zunge.

Sie wehrte sich.

Unser Liebesspiel wurde zu einem sinnlichen Willenskampf zwischen zwei gleichermaßen erregten Sexdämonen. Wir waren immer noch berauscht von Zebulons Essenz. Unsere Körper waren bereit, sich auf leidenschaftliche Art zu vereinen, ohne sich nähren zu müssen. Und genau das taten wir nun.

Wir gaben unseren niederen Instinkten nach und trieben uns gegenseitig über den Abgrund der Ekstase, bis wir nur noch keuchend, fluchend und sogar lachend in Zebulons Bett lagen.

Wenn er jetzt zurückkäme, würde ihn der Anblick aufs Äußerste belustigen.

Und dann würde er eine Wiederholung verlangen, wozu ich noch nicht bereit wäre. *Vielleicht in fünf Minuten*, dachte ich und atmete schwer, als ich mich neben Guinevere aufs Kissen fallen ließ.

Sie lachte, dann sah sie mich an und kicherte wieder.

»Du bist völlig berauscht«, sagte ich.

»Da hast du recht«, stimmte sie zu. »Meine Güte, ich fühle mich … als … könnte ich einen Marathon laufen, oder zwölf. Oder vielleicht einfach einen Marathon im Bett genießen.«

»Ich bin bereit«, sagte ich gedehnt.

Sie warf einen Blick hinunter auf meine Leistengegend und grinste. »Ja, das bist du.« Dann begegnete sie meinem Blick. »Aber ich bin immer noch wütend auf dich.«

Ich stieß einen Seufzer aus. »Ich weiß.«

»Ich meine, nur weil wir miteinander spielen … und wir sind wirklich gut darin … heißt das nicht, dass ich dir vergebe«, fügte sie hinzu.

Ein Lächeln umspielte meine Lippen, denn ihre Wortwahl amüsierte mich, dann sagte ich noch einmal: »Ich weiß.«

Sie drehte mir ihren Kopf zu und sah mich an. »Das ist kein Witz, Zane. Du bist ein Arschloch.«

»Ich weiß«, stimmte ich zum dritten Mal zu. »Aber ich bin ein Arschloch, das dich seit dem Tag, an dem ich dich kennengelernt habe, begehrt. Also verzeih mir, wenn ich das hier einen Moment lang einfach genießen möchte. Denn in der letzten Nacht hatte ich zweifellos den besten Sex meines Lebens. Und ich ärgere mich ein bisschen über mich selbst, weil ich so lange damit gewartet habe.«

Sie dachte einen Moment lang darüber nach und ein Anflug von Stolz blitzte in ihren Iriden auf. Und zu Recht. Ich hatte ihr gerade ein großes Kompliment gemacht und ich hoffte, dass sie es erwidern würde, doch ich wollte mein Glück nicht herausfordern.

Das hier war alles, was ich je gewollt hatte. Und noch so viel mehr.

Ich strich ihr mit den Fingern über die Wange und sagte: »Ich habe ihm gesagt, wie sehr ich es verabscheue, dich nicht berühren zu können.«

»Wirklich?«

Ich nickte. »Ein paarmal. Aber ich habe Lord Zebulon nie widersprochen, denn er hatte recht.«

»Er hatte recht?«, wiederholte sie mit einem ungläubigen Unterton. »Du findest es in Ordnung, dass er dir verboten hat, mich zu berühren?«

»Nicht ganz«, begann ich langsam, während ich meine Worte vorsichtig abwog. »Es ist nur ... du warst neu. Du brauchtest Zeit, um zu wachsen. Du musstest zu einem eigenständigen Dämon werden und ich wollte dich nicht ausnutzen. Als dein Mentor hätte das durchaus passieren können.«

Ich war so viele Jahre Professor an der Underworld University gewesen, dass es für mich selbstverständlich war, mich einem Studenten zu verwehren.

»Und«, fuhr ich fort, »ich habe früher angenommen, dass du nur für mich geschwärmt hast, weil ich dein Mentor war. Als Autoritätsperson und Inkubus war es nur logisch, das zu denken. In meiner Studienzeit ist mir das selbst oft genug passiert.«

Sie musterte mich. »Ich nehme an, dass deine Energie als Inkubus zu Anfang teilweise für meine Zuneigung zu dir verantwortlich war, aber für mich war es immer mehr als das, Zane. Ich ... ich kann es nicht erklären. Zwischen uns besteht einfach eine gewisse Chemie. Selbst wenn du dich wie ein Arschloch verhältst und mich in Rage bringst, fühlt es sich richtig an, mit dir zusammen zu sein. Als wäre ich an deiner Seite vollkommen.«

Ich nickte und verstand dieses Gefühl, denn ich spürte es ebenfalls in ihrer Nähe. Vor allem in diesem Moment.

»Ich wollte immer gut genug für dich sein«, fügte sie hinzu. »Und es war mir zuwider, wenn ich etwas vermasselt und dich enttäuscht habe. Deshalb hat deine Zurückweisung auch so wehgetan. Ich hatte das Gefühl, den größten Fehler meines Lebens begangen zu haben, als ich dir meine Gefühle gestanden habe. Ich hatte alle Anzeichen falsch gedeutet, sogar die offensichtlichen, und … ich konnte spüren, wie enttäuscht du von mir warst.«

Ich stützte mich überrascht auf einen Ellbogen, um sie direkt ansehen zu können. »Gwen, du hast mich nie enttäuscht. Wenn du diese Emotion in mir wahrgenommen hast, dann nur, weil ich von mir selbst enttäuscht war. Ich habe es gehasst, dir all diese Dinge an den Kopf zu werfen.«

»Aber ich habe dich in der Vergangenheit immer wieder enttäuscht«, drängte sie, »wenn ich mich versehentlich … beim Nähren übernommen habe.«

»Nein, süßes Mädchen.« Ich setzte mich auf, zog sie auf meinen Schoß und schlang meine Arme um sie, wobei die Decke von unseren Körpern glitt und mir einen verlockenden Blick auf ihre nackte Haut gewährte. »Selbstkontrolle muss man erst lernen und jeder braucht unterschiedlich lange, um sie zu beherrschen. Wir beide unterscheiden uns darin, dass ich kein schlechtes Gewissen hatte, als ich jemanden getötet habe.«

»Ein Mangel an Empathie würde diesen Lebensstil definitiv einfacher machen«, brummte sie. Sie hatte ihr Gesicht an meinen Hals geschmiegt, sodass ich ihren

Gesichtsausdruck nicht sehen konnte. »Vielleicht wäre ich dann weniger kindisch.«

Ich umarmte sie noch fester. »Nein, das glaube ich nicht. Ich bewundere deine Menschlichkeit und die Art, wie du dich um andere sorgst. Es ist liebenswert, nicht kindisch.«

»Warum hast du es mir dann als Beleidigung an den Kopf geworfen?«

»Weil es einfacher war, dich wegzustoßen, als mich mit Lord Zebulons Logik auseinanderzusetzen.« Ich strich ihr mit dem Kinn übers Haar und liebkoste dann ihr Ohr. »Außerdem bin ich immer davon ausgegangen, dass es uns ohnehin nie möglich sein würde, zusammen zu sein, daher habe ich bei Lord Zebulon nie darauf bestanden, dich haben zu dürfen. Es ist nicht fair. Wir würden immer mit jemandem teilen müssen, um uns zu nähren.«

»Wäre das denn so schlimm?«, fragte sie.

Ich stieß ein kurzes, verbittertes Lachen aus. »Ich habe jeden Mann gehasst, der dich berührt hat, während ich es nicht tun konnte.«

»Aber du teilst mich mit Lord Zebulon«, bemerkte sie. »Und ich habe sogar den Eindruck, dass du es gern tust.«

Dagegen konnte ich nicht einmal etwas einwenden. Mit den beiden zusammen im Bett zu sein war … *unglaublich* gewesen.

»Wie lange führt ihr schon eine Beziehung?« Ihre Stimme klang sanft und zögerlich, als wäre sie sich nicht sicher, ob es angemessen war, danach zu fragen. Aber ich hatte keine Skrupel, mit ihr über Zebulon zu sprechen. Wenn wir auch in Zukunft gemeinsam spielen wollten, dann hatte sie das Recht, alles zu erfahren. Zumindest von meinem Standpunkt aus.

»Ich würde es nicht wirklich eine Beziehung nennen«, begann ich und dachte über meine Vergangenheit mit dem

Dämonischen Lord nach. »Wir sind seit fast einem Jahrhundert zusammen, aber nicht ausschließlich. Wir … passen einfach gut zusammen. Nach allem, was mit Amarella geschehen war, wollte Zebulon sich keine weitere Gefährtin zulegen. Wir helfen einander und verschaffen uns gegenseitig Erleichterung. Es ist wie eine einvernehmliche Partnerschaft.« In der allerdings unterschwellige romantische Gefühle existierten, die keiner von uns je zugegeben hatte. Ich liebte ihn nicht unbedingt, aber ich mochte ihn. Und ich wusste, dass er dasselbe für mich empfand.

»Ich habe Amarella nie kennengelernt«, sagte sie leise. »Aber sie war ein Sukkubus, nicht wahr?«

Ich öffnete den Mund, um ihre Vermutung zu bestätigen, doch dann erschien Lord Zebulon plötzlich, als hätten wir ihn mit dem Gegenstand unseres Gesprächs heraufbeschworen. Er materialisierte sich im Schlafzimmer auf dem Rand der Matratze sitzend, während der schwache Schwefelgeruch verblasste und dem minzigen Duft seines Aftershaves wich.

Ich schloss den Mund und fragte mich, wie viel er vor seinem Erscheinen wohl gehört hatte. Zebulon sprach nicht gern über seine frühere Gefährtin, daher wäre er wahrscheinlich nicht gerade begeistert, dass wir uns über sie unterhalten haben.

Ausnahmsweise versuchte Guinevere, nicht aufzuspringen, um sich vor ihm zu verbeugen. Sie lächelte nur und streckte eine Hand aus, um seine Schulter zu berühren. Er ergriff sie und drückte ihr einen Kuss auf die Fingerknöchel, bevor er sie wieder losließ.

Lord Zebulon legte den Knöchel des einen Beins auf das Knie des anderen. Er wirkte, als hätte er schon den ganzen Morgen dort gesessen. »Du hast Amarella nie kennengelernt, meine liebste Guinevere, weil ich sie getötet habe, bevor du zur Erde aufgestiegen bist.«

Guinevere verkrampfte sich bei diesen Worten.

Offenbar sind wir heute alle ehrlich zueinander, dachte ich. Ich zog eine Augenbraue in die Höhe und warf dem Dämonischen Lord einen vielsagenden Blick zu. *Du solltest ihr besser den Grund dafür nennen.*

»Amarella hat mich an einen bekannten Feind verraten und versucht, mich zu stürzen«, fuhr er mit distanzierter Stimme fort. Obwohl er sich mit Amarellas Verhalten abgefunden hatte, wusste ich, dass es ihn immer noch wütend machte. Ich konnte es ihm nicht verübeln. Was sie getan hatte, war unverzeihlich.

Zebulon streichelte Guineveres Wange und ließ den Daumen über ihre Unterlippe gleiten. »Versuche nie, mich zu hintergehen, Guinevere. Ich würde es verabscheuen, wenn du auf ähnliche Weise enden würdest.«

Sie erstarrte in meinen Armen und ihr stockte der Atem.

Ich hätte fast laut aufgestöhnt, dennoch konnte ich verstehen, warum er es gesagt hatte.

Die Warnung war nicht an sie, sondern an ihn selbst gerichtet.

Nur diejenigen, die zu seinem inneren Kreis gehörten, hatten die Möglichkeit, ihn zu verletzen, und mit jeder intimen Liebkosung kam sie seinem Herzen ein Stück näher.

Bisher hatte er sich noch nicht entschlossen, das zu akzeptieren, und bis es so weit war, würde er sie mit Drohungen auf Abstand halten. Mir gegenüber hatte er sich anfangs ebenso verhalten. Aber wir waren schon seit Jahrzehnten miteinander im Reinen. Er vertraute mir und ich vertraute ihm. Und eines Tages, der hoffentlich bald eintreffen würde, würden wir beide in der Lage sein, auch Guinevere zu vertrauen.

Lord Zebulon nickte mir zu. »Wir müssen zurück nach Nashville. Geht duschen. Ich werde in meinem Arbeitszimmer auf euch warten, bis ihr beide fertig seid.«

GWEN

Lord Zebulons Worte verfolgten mich, als ich duschte.

Danach trocknete ich mich benommen ab, zog meine Shorts und den BH von gestern Abend an und schlang die Arme um meine nackte Taille, weil ich mich plötzlich ein wenig zu entblößt fühlte.

Er hatte mir gedroht.

Er hatte mir zu verstehen gegeben, dass ich auf ähnliche Weise wie Amarella enden würde, sollte ich ihn jemals verraten. Sie hatte versucht, ihn zu stürzen? Einen Dämonischen Lord? Warum sollte sie so etwas tun? Ich war noch nie machthungrig gewesen, sondern hatte mich immer nur nach mehr Kontrolle über mich selbst und meine Fähigkeiten gesehnt. Ich konnte mir nicht vorstellen, wie es wäre, eine Stadt, geschweige denn ein ganzes Territorium zu regieren.

Vielleicht gaben sich nicht alle Dämonen mit ihrem Geburtsrecht zufrieden.

»Mir gefällt es, ein Sukkubus zu sein«, murmelte ich vor mich hin. »Abgesehen von dem Aspekt des Tötens.«

Zane küsste meine entblößte Schulter, als er sich hinter mich stellte. »Und mir gefällt es, ein Inkubus zu sein«, murmelte er. »Aber aus welchem Grund verkünden wir das überhaupt?«

»Weil ich nicht verstehe, warum jemand in unserer Position unseren Herrn würde stürzen wollen.« Ich drehte mich zu ihm um und wollte ihn gerade weiter über Amarella ausfragen, als ich von dem Gegenstand in seiner Hand abgelenkt wurde.

Er streckte mir ein blaues Hemd entgegen. »Zebulon besitzt nicht viel Freizeitkleidung«, erklärte er. »Das muss fürs Erste reichen, bis wir deine Garderobe wieder auffüllen können.«

Ich schlüpfte in das weiche Seidenhemd und knöpfte es zu, wobei ich die oberen drei Knöpfe offen ließ. Zane hatte ein ähnliches Hemd gewählt, welches jedoch weiß war. Dazu trug er eine Cargohose, die ebenfalls aus dem Schrank des Dämonischen Lords stammte.

»Bedienst du dich oft an Lord Zebulons Sachen?«, fragte ich, als ich Zane aus dem Schlafzimmer folgte. Währenddessen krempelte ich die langen Ärmel meines geliehenen Hemdes über die Ellbogen.

»Wenn die Umstände es erfordern.«

»Wie oft erfordern es die Umstände denn?«

Er grinste und warf mir einen amüsierten Blick zu. »Warum, bist du eifersüchtig?«

»Nein.« Ich war nicht eifersüchtig, ich war nur neugierig, weil ich mehr über ihr gemeinsames Leben erfahren und herausfinden wollte, welchen Platz ich darin einnehmen würde. Oder ob ich überhaupt einen Platz darin finden würde.

War ich für sie nur ein vorübergehendes Vergnügen? Ich nahm an, dass es so war, da ich möglicherweise bald für einen dauerhaften Besuch in die Hölle zurückkehren würde.

Teilten sie sich oft Frauen? Es würde mich im Grunde nicht stören, schließlich hatte ich auf keinen von ihnen einen Anspruch. Dennoch fragte ich mich, wie es wohl wäre, sie mein zu nennen.

Die letzte Nacht hatte bewiesen, dass Lord Zebulon Zane und mich zufriedenstellen konnte … *auf unbestimmte Zeit.*

Aber wollte er das auch? Wollte Zane das?

»Denk nicht zu viel darüber nach, Liebes«, flüsterte Zane mir ins Ohr, während er mich eine große Treppe hinunter in die Eingangshalle führte.

»Ich denke nicht darüber nach«, log ich.

»Doch, das tust du«, entgegnete er und ergriff meine Hand, als wir den Marmorboden am Fuß der Treppe erreichten. Er hatte sich auch ein Paar schwarze Schuhe von Lord Zebulon geliehen. Das Outfit passte Zane wie angegossen und verriet, wie ähnlich die beiden Männer gebaut waren. Sie waren beide über einen Meter achtzig groß, hatten breite Schultern und eine schlanke Taille. Sie waren muskulös, aber nicht übermäßig, und verfügten eher über eine athletische und schlanke Figur. Und sie waren beide in *überaus* guter Form.

Mir lief das Wasser im Mund zusammen, als ich ein Bild von ihnen mit nacktem Oberkörper vor meinem geistigen Auge sah.

Woraufhin Zane mich mit einem Grinsen bedachte. »Gegen diesen Gedanken habe ich allerdings nichts einzuwenden.«

Ich verdrehte die Augen.

Dann führte er mich einen Flur entlang zu Lord Zebulons Arbeitszimmer. Er stand dort mitten im Raum und hatte uns den Rücken zugewandt. Sein komplett schwarzes Outfit bildete einen starken Kontrast zu Zanes helleren Farbtönen, während beide Männer sehr elegant wirkten.

Kultivierte Eleganz, entschied ich. *Genau das verkörpern sie.*

Zane drückte meine Hand, als wir uns näherten, während er die andere Hand ausstreckte, um mit den Fingern über Lord Zebulons Rücken zu streicheln. Es war eine beiläufige, vertraute Liebkosung, woraufhin unser Herr sich mit einem Lächeln zu uns umdrehte. Er beugte sich vor, um die Lippen über Zanes Mund gleiten zu lassen, dann packte er mich im Nacken und zog mich an seinen harten Körper. Ich zuckte zusammen, als ich von einer elektrisierenden Energie durchströmt wurde und sein spürbares Verlangen mir den Atem raubte.

Und dann küsste er mich.

Leidenschaftlich.

Zane schmiegte sich an meinen Rücken und presste meine Brust noch dichter an Zebulons Oberkörper.

Und dann flogen wir.

Vielmehr teleportierte er uns, nahm ich an.

Das Gefühl war so kraftvoll, dass sich mir der Magen verkrampfte. Mein Verstand setzte aus, während Lord Zebulon meinen Mund vereinnahmte und mein Körper in der Hitze der innigen Umarmung dahinschmolz.

Oh, danach könnte ich süchtig werden, dachte ich und war wie benommen von ihren machtvollen Düften und glühenden Berührungen. Ich verlor mich in ihnen und schwelgte in der berauschenden Mischung aus Männlichkeit, die sie beide verströmten.

Doch dann unterbrach ein Räuspern unsere glückselige Umarmung und veranlasste Zane zu einem Lachen.

Lord Zebulon zog den Kopf zurück, während er noch immer die Hand um meinen Nacken geschlungen hatte. Er legte die Stirn für einen kurzen Moment an meine, dann neigte er den Kopf zur Seite. »Daniel.«

Ich blinzelte, als ich mein Wohnzimmer wahrnahm.

Gleason saß in seinem Lieblingssessel mit einer Tasse Kaffee in der Hand. »Zebulon«, erwiderte er.

Ich verzog die Lippen zu einem Lächeln, als ich den verärgerten Unterton in seiner Stimme hörte. Er zog es vor, mit seinem Nachnamen angesprochen zu werden, und schätzte es nicht, wenn ihn jemand beim Vornamen nannte. Und *Daniel* war die Form seines Vornamens, die er am wenigsten mochte.

Zane küsste meinen Nacken. »Kaffee?«, flüsterte er mir ins Ohr.

»Ich kann eine Kanne kochen«, erwiderte ich und wollte einen Schritt zur Seite treten.

Zane hielt mich an der Hüfte fest, um mich daran zu hindern. »Ich mache das schon«, sagte er und führte mich zurück zu Lord Zebulon. »Ich habe dich nur gefragt, ob du einen Kaffee möchtest.«

»Oh.« Ich warf einen Blick über die Schulter und sah ihn an. »Du musst das nicht tun.«

»Ich möchte es aber«, antwortete er mit einem Zwinkern. Dann richtete er den Blick über mich hinweg auf unseren Dämonischen Lord. »Tee?«

»Ja bitte.«

Zane nickte und ließ mich los, um in die Küche zu gehen. Ich sah ihm mit einem Stirnrunzeln hinterher. »Ich glaube, wir haben keinen Tee.«

»Doch, wir haben welchen«, murmelte Gleason. »Wir haben auch verschiedene Käse- und Wurstsorten sowie Zutaten für selbstgemachte Pizza auf der Anrichte stehen.«

Ich biss mir auf die Lippe. »Ja, das Abendessen ist gestern nicht so gelaufen wie geplant.« Remy hatte wohl das ganze Essen verputzt, ohne hinterher aufzuräumen. Typisch.

»Ich kümmere mich darum«, rief Zane aus der Küche.

Gleason antwortete mit einem Knurren. Dann schaltete er einen Hologramm-Bildschirm in der Mitte des Raumes ein. Er sah sich normalerweise keine Shows oder Filme an, also vermutete ich, dass er etwas anderes im Sinn hatte. Er tippte einen Code an seinem Handgelenk ein, woraufhin ein Logo mit Engelsflügeln auf dem Bildschirm erschien.

»Die Auferstandenen aus der Dunkelheit?«, nahm ich an.

Gleason knurrte wieder. »Shane war der Meinung, wir bräuchten ein Logo. Er hat es entworfen.« Er tippte auf einige Knöpfe, dann wurde das transparente Bild dunkel und das quadratische Objekt schwebte bedrohlich über dem Teppichboden.

»Setzt euch«, sagte er und deutete auf die Couch. »Ich muss euch ein paar Dinge zeigen.«

Verwirrt ließ ich mich auf eines der Sofas sinken. *Soll das eine Art Besprechung sein?*, fragte ich mich. *Hat Gleason sie einberufen?* Es fühlte sich ein wenig seltsam an, vor allem da dies mein Haus war und ich mich plötzlich eher wie eine Besucherin fühlte.

Lord Zebulon setzte sich neben mich, wobei er mit dem Schenkel den meinen berührte, als er fragte: »Wo sind Xai und Evangeline?«

»Sie treffen sich mit Azrael.« Gleason fuhr sich mit der Hand über sein müdes Gesicht, wobei seine Augenringe heute noch schlimmer als gestern zum Vorschein kamen. Er hatte offensichtlich überhaupt nicht geschlafen. »Er bereitet sich auf seinen Aufstieg vor und sie nimmt die letzten Anordnungen für die Auferstandenen aus der Dunkelheit entgegen.«

Lord Zebulon nickte verständnisvoll. »Was hast du herausgefunden?«

Gleason räusperte sich. »Wenn die Auferstandenen ein neues Mitglied willkommen heißen, wird es häufig eine Zeit lang überwacht. Hauptsächlich dient es seinem Schutz, doch es ist auch eine Sicherheitsmaßnahme.« Er streckte die Hand aus und tippte auf eine Schaltfläche auf dem holografischen Bildschirm. Ein neues Fenster öffnete sich und er ließ seinen Finger nach rechts gleiten, um eine Reihe von Videos und Fotos aufzurufen. »Das ist alles, was wir über Creek haben.«

Ich schnappte nach Luft. »Creek? Was hat Creek denn getan?«

Gleason warf mir einen Blick zu, den ich nicht deuten konnte, und wählte dann eine Videoaufnahme aus der Liste aus. Er vergrößerte sie, bis sie den ganzen Bildschirm einnahm und wir alle die Aufnahme sehen konnten. »Er hat einige Zeit mit Dämonen verbracht, was mit dem Fall zu tun haben könnte, oder … vielleicht bedeutet es auch etwas ganz anderes.«

Ich erkannte die gläserne Theke und die Umgebung sofort. Es war eine beliebte Adresse in der Innenstadt, direkt am Wasser. Ein Lagerhaus, das zu einer Kombination aus Billardkneipe und Nachtklub umgebaut worden war. Es war nicht mein Stammlokal, aber ich war schon das eine oder andere Mal an besonderen Abenden dort gewesen.

Creek tauchte in der Menge auf, wobei ihm der Rauch und die schwache Beleuchtung fast ein unheilvolles Leuchten verliehen. Doch er hielt ein Bier in der Hand und lächelte, als er sich zu einer hübschen, zierlichen Blondine vorbeugte. Die beiden flirteten offenbar und strahlten eine Energie aus, die meine sukkubische Seele sofort erkannte.

Lord Zebulon trat näher an den Bildschirm heran und zeigte auf das Mädchen. »Das ist Jinx. Sie ist eine Portalhüterin, die ich erst kürzlich in mein Territorium aufgenommen habe. Das ist kaum belastend. Sie vergnügt sich offenbar nur.«

Gleason stimmte ihm zu, indem er ein Grunzen ausstieß, das einem Höhlenmenschen würdig gewesen wäre, dann schloss er das Fenster mit dem Video und rief ein weiteres auf.

Lord Zebulon fluchte.

Ich rutschte an den Rand meines Sitzes und bekam eine Gänsehaut.

Ragus. Lord Zebulons getreuer Stellvertreter. Er und Creek standen in einer dunklen Ecke des Klubs und unterhielten sich. Sie hatten die Köpfe zusammengesteckt und obwohl Creeks Gesichtsausdruck ungewöhnlich ernst war, ließ sich keiner von ihnen etwas anmerken.

Warum sollte sich Ragus mit einem Nephilim herumtreiben?

Zane kam mit zwei Tassen in der Hand zurück und pfiff durch die Zähne, als er das Bild sah. Er stellte die Tassen auf dem Couchtisch ab. »Ich wusste nicht, dass die beiden miteinander befreundet sind.«

»Ich auch nicht«, erwiderte Lord Zebulon, dessen Verärgerung deutlich spürbar war.

Aber ich ignorierte ihn zugunsten von etwas anderem auf dem Bildschirm, als eine Reihe von Standbildern erschien.

Gleason sagte etwas, woraufhin der Dämonische Lord in wütendem Tonfall antwortete. Doch ich hörte sie nicht wirklich, denn meine Aufmerksamkeit wurde auf die untere Ecke des Bildschirms gelenkt, als ich dort etwas Aufblitzen sah.

Ist das …

Ich stand auf und trat näher an die Projektion heran, dann vergrößerte ich mit den Fingern das Bild, das mir ins Auge gefallen war. Es war eine Seitenansicht aus dem Video von Jinx und Creek beim Flirten. Im Klub war es voll und sie waren von Leuten umringt, aber ein Gesicht stach in dem schummrigen Licht heraus. Ein seitliches Profil direkt am Rand des Bildes.

Das Gesicht kam mir bekannt vor, doch aufgrund der verrauchten Atmosphäre und der schlechten Beleuchtung konnte ich den Mann nicht einordnen.

Während Gleason, Lord Zebulon und Zane weiter über Ragus diskutierten, scrollte ich durch die Seitenleiste, um einen besseren Blickwinkel der Szene zu finden. Im Klub befanden sich überall Kameras, also wusste ich, dass es mehr als eine Ansicht geben musste. Ich blätterte durch alle Bilder der ersten und dann der zweiten Kamera, dann spulte ich ein Stück vor und fand genau das, was ich zu finden gehofft hatte – eine Frontansicht des Mannes.

»Trevor«, hauchte ich.

Alle drei Männer verstummten und blickten mich an, als hätten sie vergessen, dass ich überhaupt im Raum war. Zane und der Dämonische Lord bedachten mich beide mit demselben verwirrten Ausdruck im Gesicht.

»Trevor?«, wiederholte Lord Zebulon und zog eine Augenbraue in die Höhe.

»Ja, der Buchhalter von neulich Abend.« Ich legte zwei Finger auf den Bildschirm, drehte das Bild und vergrößerte es über dem Video von Ragus. *Die Technik ist heutzutage viel besser als früher.* »Seht ihr, in dieser Aufnahme unterhält Creek sich mit ihm.« Das Gespräch hatte etwa eine Stunde nach seiner Unterhaltung mit Ragus stattgefunden, zumindest laut dem Zeitstempel am oberen Bildschirmrand.

Ich drückte auf *Play* und sah zu, wie die beiden

Männer lachten. Ihr freundschaftlicher Umgang miteinander wurde deutlich, als Trevor Creek auf den Rücken klopfte, bevor sie sich trennten.

Lord Zebulon musterte mich einen Moment, dann beugte er sich vor, um das Bild genauer zu betrachten. »Du meinst Taylor Smith?«

Ich biss mir auf die Unterlippe und schüttelte den Kopf. »Ich schwöre, er nannte sich Trevor. Aber wie auch immer er heißt, das ist der Buchhalter von neulich Abend.« Ich hielt das Bild an und zeigte auf ihn, nur für den Fall, dass ich mich nicht klar ausgedrückt hatte. »Woher sollte Creek ihn kennen?«

Gleason betrachtete das eingefrorene Bild und legte seine Stirn in Falten. »Das ist nicht der Typ von neulich Abend, Gwen. Das ist ein Nephilim.«

»Wie bitte?«, fragte ich verwirrt. Ich vergrößerte das Bild, um meine Behauptung noch einmal zu überprüfen. Dann schüttelte ich langsam den Kopf. »Nein, nein, das ist definitiv der Typ von neulich Abend. Der Buchhalter.«

Lord Zebulon starrte mich an. »Guinevere, das ist nicht die Leiche, die wir mit deiner Energiesignatur gefunden haben.«

Gleason tippte auf den Bildschirm. »Hier, ich habe die Aufnahmen vom Tatort.« Er blätterte durch einige Fenster und wählte ein paar Ordner aus, bis er das fand, wonach er suchte. Er rief ein riesiges Bild eines sehr toten Mannes auf. »Das ist die Leiche vom Tatort.«

»Das ist nicht Trevor«, sagte ich und schüttelte langsam den Kopf. »Nicht einmal annähernd.«

»Weil das Taylor Smith ist«, antwortete Gleason und tippte auf das Gesicht des Mannes, um es zu vergrößern. Dann zog er das Bild des Mannes in den Vordergrund, den ich als Trevor kannte, und öffnete einige Notizen, die mit dem Bild verbunden waren. »Das ist Jaxon Christian

Trevor, ein bekannter Nephilim und ein Rekrut der Auferstandenen aus der Dunkelheit.«

Zane murmelte: »Das ist ein ganz schöner Haufen von Vornamen.«

Niemand sonst beachtete die Bemerkung des Inkubus, denn wir waren zu sehr damit beschäftigt, uns auf das Standbild in der Mitte meines Wohnzimmers zu konzentrieren. Gleason öffnete ein weiteres Fenster und eine Berichtsdatei füllte den Bildschirm, die ein ganzseitiges Dossier über Jaxon Christian Trevor einschließlich eines Fotos enthielt.

»Das ist er ganz bestimmt«, sagte ich. »Das ist der Typ, mit dem ich zusammen war und der mir gesagt hat, er wäre Buchhalter.«

»Wer ist dann Taylor Smith?«, erkundigte sich Zane. »Wie kommt es, dass deine Essenz an ihm klebt? Und warum ist er derjenige, den Gleason beim Verlassen deiner Wohnung gesehen hat?«

Lord Zebulon senkte nachdenklich den Kopf. »Das sind alles sehr gute Fragen.«

»Wartet«, sagte Gleason und wischte das Dossier beiseite. »Ich will etwas nachsehen.«

Er blätterte zur Suchleiste und tippte den Namen des Klubs ein, in dem ich Trevor getroffen hatte. Nachdem er noch einige weitere Schaltflächen gedrückt hatte, gelangte er zu einem internen Server, auf dem die Überwachungsaufnahmen des Klubs gespeichert waren.

Gleason war ein wissenschaftliches und technisches Genie, wodurch er über seine Verbindungen zu den Auferstandenen aus der Dunkelheit Zugang zu gesicherten Videoaufnahmen aus der ganzen Welt hatte. Dabei war es hilfreich, dass mittlerweile alles digitalisiert war. Überall befanden sich Kameras, da so etwas wie Privatsphäre in dieser Dimension längst nicht mehr existierte. Gleason konnte also auf alles, was er wollte und wo er wollte, zugreifen.

In nur wenigen Minuten scrollte er durch Stunden von Überwachungsaufnahmen und fror dann ein Bild ein. Obwohl das Bildmaterial verschwommen und voller blinkender Lichter war, konnte ich deutlich sehen, wie ich mit …

Jaxon Christian Trevor tanzte.

Nicht mit Taylor Smith.

»Sein Name war also tatsächlich Trevor«, sagte ich mit einem Anflug von Stolz, weil ich mich genau an seine Identität erinnert hatte. »Aber du hast Taylor Smith gesehen, wie er das Haus verließ«, fügte ich hinzu, als ich mich an Gleason wandte.

»Ja, ich hätte Jax erkannt«, antwortete er, »da ich ihn zuvor schon einmal getroffen habe.«

»War der echte Taylor Smith in jener Nacht im Klub?«, fragte Lord Zebulon.

Gleason begann wieder, im Eiltempo das Filmmaterial zu sichten, wobei er seine Blicke über den Bildschirm huschen ließ. Ich konnte mit den ständig wechselnden Bildern nicht Schritt halten, aber er hatte offenbar kein Problem damit. Plötzlich hielt er an, spulte ein paar Bilder zurück und zeigte dann auf ein Gesicht auf dem Bildschirm. »Da ist er.«

Ich betrachtete das Bild. »Mit wem spricht er da?«, fragte ich mich laut.

Wir beugten uns alle gemeinsam vor und versuchten, das Gesicht im schwachen Licht zu erkennen.

Lord Zebulon erstarrte beim Anblick der hübschen Brünetten neben Taylor.

Zane räusperte sich. »Ist das …«

»Amarella«, knurrte Lord Zebulon. Er ließ den Blick von oben bis unten über den Bildschirm wandern. »Das ist unmöglich. Amarella ist vor über einem Jahrhundert gestorben. Ich habe sie mit Silber erwürgt und im Bett von Lord Tardís in Stücke gerissen.«

Ich zuckte bei der Vorstellung zusammen. Die wenig subtile Erinnerung daran, wozu Lord Zebulon fähig sein würde, falls ich ihn verraten sollte, jagte mir einen Schauer über den Rücken.

»Ist die Aufnahme mit einem Zeitstempel versehen?«, fragte er.

»Sie ist von der Nacht, in der auch der Mord stattgefunden hat«, bestätigte Gleason.

Zane tippte auf die Pausentaste, als die Frau die Hand hob und mit den Fingern über Taylors Schlüsselbein strich. »Ja, das ist sie ohne Zweifel. Diese Bewegung ist typisch für sie.«

»Woher weißt du das?«, wollte ich argwöhnisch wissen, während ich mich fragte, ob Lord Zebulon und Zane jemals gemeinsam mit Amarella geschlafen hatten.

Der Gedanke beunruhigte mich. Wenn sie sich Amarella in der Vergangenheit geteilt hatten, dann war ich für sie nichts Besonderes. Ich war nur ein weiterer Sukkubus in ihrem Bett. Doch diesmal wollte Lord Zebulon mich nicht als seine Gefährtin behalten, so wie er sich für sie entschieden hatte. Sie hatten mich gewählt, um mit mir ein bisschen Spaß zu haben – doch nur für eine Weile. Sie hatten mir nichts versprochen und hatten nichts davon gesagt, dass sie mich behalten wollten.

Und in diesem Moment wurde mir klar, wie sehr ich mir wünschte, dass sie mich behielten.

Ich war schon immer in Zane verliebt, und auch Lord Zebulon hatte ich eine Zeit lang begehrt. Nachdem ich sie zusammen erleben durfte, gefiel mir der Gedanke nicht besonders, sie *nicht* behalten zu können.

Doch das versetzte mich in eine ziemlich unangenehme Lage.

Denn wir hatten nie über eine langfristige Beziehung gesprochen und ich bezweifelte, dass wir das jemals tun würden.

Zane zuckte mit den Schultern. »Wir haben zusammen die Underworld University besucht. Sie liebte diese Bewegung.«

»Hast du …« Ich verstummte, als mir bewusst wurde, dass jetzt nicht der richtige Zeitpunkt für diese Frage war.

Aber Zane verstand, was ich wissen wollte, und stieß ein humorloses Lachen aus. »Nein. *Ganz sicher nicht.*« Er warf einen Blick auf Lord Zebulon. »Nichts für ungut.«

Zebulon machte eine abwinkende Handbewegung. »Schon gut«, sagte er leise, wobei er jedoch mich ansah. Er runzelte die Stirn. Offensichtlich wollte er etwas sagen, aber was auch immer es war, er verwarf es wieder, als er sich wieder auf das Filmmaterial konzentrierte. »Wie zum Teufel kann Amarella noch am Leben sein? Ich habe diese Schlampe sterben sehen.«

Sein Tonfall erinnerte mich an den Tag, an dem ich ihm die Nachricht von Evangeline überbracht hatte.

Beißend. Kalt. *Wütend.*

Sein Zorn ließ meine Knie erzittern und ich wurde plötzlich von dem Instinkt überwältigt, mich vor ihm zu verbeugen. Er packte jedoch meinen Ellbogen, bevor ich vor ihm zu Boden fallen konnte. »Wenn du jetzt vor mir niederkniest, werde ich dich auf der Stelle ficken«, sagte er und festigte den Griff um meinen Arm. Dann packte er mit der anderen Hand mein Kinn und zwang mich, ihm in die Augen zu blicken. »Ich bin nicht wütend auf dich, Kleines. Ich bin wütend über die Situation.«

»I-ich weiß«, flüsterte ich. »Es ist nur …«

»Ihr Instinkt«, antwortete Zane für mich und legte eine

Hand an mein Kreuz. »Ich weiß.« Er zog mich an seine Seite und hielt mich mit seiner Kraft aufrecht, als Zebulon mein Kinn losließ. Aber er hielt mich weiterhin am Ellbogen fest und ließ den Daumen durch den Stoff meines geliehenen Hemdes auf meiner Haut kreisen.

Diese kleine Geste besänftigte mein Verlangen, mich vor ihm zu verbeugen, und erlaubte mir, wieder durchzuatmen.

Gleason fuhr mit dem Finger über Amarellas Kopf auf dem Bildschirm. »Wäre es möglich, dass eine gestaltwandlerische Magie im Spiel ist?«

Lord Zebulon schüttelte den Kopf. »Nein. Amarella hat eine solche Fähigkeit nicht besessen, das hätte ich gewusst.«

Wir verfielen in Schweigen, während Lord Zebulons Anspannung von Minute zu Minute stärker wurde.

»Ich werde alles, was wir über Jaxon Trevor haben, in Erfahrung bringen«, unterbrach Gleason die Stille. »Und ich werde Eve bitten, ihn ganz oben auf die Überprüfungsliste zu setzen.«

»Gut. Tu das«, sagte Lord Zebulon in finsterem Tonfall. »Ich muss ein paar Anrufe tätigen.«

ZEBULON

Mit »Anrufen« hatte ich Hausbesuche gemeint.

Genauer gesagt, bei mir zu Hause.

Um mit Ragus zu sprechen.

Gleason schickte mir die Überwachungsdateien von Creeks Gespräch mit meinem Stellvertreter und ich spielte sie Ragus in meinem Büro vor. Er sah mit teilnahmsloser Miene zu, bevor er sich mir zuwandte. »Er hat mich auf einen Drink in den Klub eingeladen. Ich habe aus reiner Neugierde zugesagt.«

»Und?«, drängte ich.

»Er wollte nur über Euch reden, was für mich nichts Ungewöhnliches ist.« Er setzte sich auf den Stuhl gegenüber von meinem Schreibtisch und schlug lässig ein Bein über das andere. »Allerdings fand ich seine Herkunft interessant. Für gewöhnlich sprechen mich nur Dämonen auf Euch an, aber keine Nephilim. Aus diesem Grund habe ich einen Fährtensucher auf ihn angesetzt.«

Ich lehnte mich in meinem Stuhl hinter dem Schreibtisch zurück und verschränkte die Hände in meinem Schoß. »Du hast einen Fährtensucher auf ihn angesetzt?«

Er nickte.

»Und du hast mir nichts davon gesagt?«

Er legte den Kopf schief. »Als Euer Stellvertreter betraue ich häufig niedere Dämonen mit bestimmten Aufgaben, um Euch zu beschützen. Hättet Ihr gern eine Liste?« Sein Tonfall verriet mir, dass seine Worte nicht sarkastisch gemeint waren.

Ich seufzte und kratzte über die Stoppeln an meinem Kinn. Ich hatte meinen Bart erst heute Morgen gestutzt, doch er fühlte sich bereits uneben an. »Nein, ich vertraue dir.« Ich meinte es ernst. Ich war nicht seinetwegen frustriert, sondern Amarellas wegen. »Hat dein Fährtensucher etwas über Creek herausfinden können?«

»Er hat mir bisher noch nichts mitgeteilt, aber ich werde dem nachgehen.«

»Tu das«, sagte ich und seufzte. »Was wollte er über mich wissen?«

»Er hat sich nach Eurem Aufstieg erkundigt und mich dann gefragt, warum ich kein eigenes Territorium innehabe. Ich sagte ihm, dass ich keines wolle. Dann wollte er wissen, ob ich gern für Euch arbeite.«

»Und?«

»Ich habe ihm gesagt, dass ich es hasse«, sagte er tonlos, was mich zum Grinsen brachte. »Ich habe ihm gesagt, dass ihn das verdammt noch mal nichts angeht«, formulierte er den Satz neu. »Er hat gelacht und danach ist die Unterhaltung im Sand verlaufen.« Er zuckte mit einer Schulter. »Es waren die üblichen Fragen. Alle wollen wissen, warum ich nicht meine eigene Stadt verlange. Bla, bla, bla.«

»Willst du denn eine?«, fragte ich ihn.

Er grunzte. »Nein, daran hat sich nichts geändert.«

»Ich wollte es nur wissen.« Das stimmte eigentlich nicht, denn mir war klar, dass er nicht darauf erpicht war, eine ganze Stadt zu leiten. Für ein Ōrdinātum war das zwar ungewöhnlich, aber Ragus schien es vorzuziehen. »Lass es mich wissen, falls du etwas findest.«

»Das werde ich.« Er beugte sich vor und hatte einen neugierigen Ausdruck in seinem sonst so stoischen Gesicht. »Warum seht Ihr Euch die Überwachungsvideos von Creek aus dem Klub an?«

»Die Auferstandenen aus der Dunkelheit beschatten ihn als neuen Rekruten. Wir können von Glück reden, denn«, ich bewegte die Tasten auf meiner Hologrammtafel und rief die Überwachungsaufnahmen von Amarella auf, »wir haben das hier gefunden.«

Ihm stand der Mund offen und ich konnte sein Entsetzen spüren. »Amarella?« Er sprang von seinem Sitz auf, um das Bild besser sehen zu können. »Wie zum Teufel …«

»Das frage ich mich auch«, antwortete ich. »Sie war in der Nacht, in der Taylor Smith starb, im Klub.«

»Ist das der menschliche Buchhalter?«

»Ja.« Ich bewegte das Bild, damit er sehen konnte, mit wem Amarella sprach. »Das ist definitiv kein Zufall.«

»Nein, das sehe ich auch so.« Er schüttelte den Kopf, wobei ihm sein dunkles Haar in die ebenso dunklen Augen fiel. »Was soll ich Eurer Meinung nach tun?«

»Guinevere beschützen«, sagte ich, ohne zu zögern. »Weil ich vermute, dass sie als Nächstes auf der Liste der Zielpersonen steht.«

Er nickte. »Wird erledigt.«

»Gut.« Ich fuhr mir mit der Hand über den Nacken und begegnete seinem Blick. »Sie ist …« Ich verstummte, denn ich war mir nicht ganz sicher, wie ich es ausdrücken sollte. Der praktische Teil von mir hatte es in dem Moment erkannt, in dem ich das Bild von Amarella erblickt hatte. Aber der *emotionale* Teil ganz tief in meinem Inneren mochte den Gedanken nicht, den ich im Begriff war zu äußern.

Aber es musste gesagt werden.

»Ich muss Guinevere … als Köder benutzen.« Die Worte blieben mir im Halse stecken und schmeckten bitter, als sie mir über die Lippen kamen, doch das machte sie nicht weniger wahr. »Amarella hat es offensichtlich bereits auf sie abgesehen, was auch erklärt, warum Guinevere die Morde angehängt wurden. Um Amarella zu fangen, muss ich Guinevere als Druckmittel benutzen.«

Er betrachtete mich einen Moment lang. »Werdet Ihr dazu in der Lage sein?«

Es war mir zuwider, wie gut er mich durchschaute. »Ich glaube kaum, dass ich eine andere Wahl habe.«

»Man hat immer eine Wahl, mein Herr«, erwiderte er.

Und genau da lag mein Problem. Ich stieß mich vom Schreibtisch ab, um mir einen Drink einzuschenken. Es war mir egal, dass es erst drei oder vier Uhr nachmittags war. Ich brauchte etwas Starkes, das mir half, die Sache zu überdenken. »Amarella will mir wehtun. Sie weiß offensichtlich über meine Beziehung zu Guinevere Bescheid.«

»Aber sie hat Zane in Ruhe gelassen«, bemerkte er.

Ich dachte einen Moment darüber nach. »Sie würde ihn nicht als Konkurrenten sehen.«

»Er ist ein Inkubus.«

»Ja«, stimmte ich zu. »Das bedeutet, dass er eine Reihe von Eigenschaften hat, die sie nicht nachahmen kann. Und sie verfügt über genügend strategische Fähigkeiten, um das zu respektieren. Aber Guinevere …« Ich brach ab, als ich eine bernsteinfarbene Flüssigkeit in ein Glas goss.

»In ihr wird sie eine Nachfolgerin sehen«, beendete er den Satz für mich.

»In der Tat.« Ich schenkte ihm ebenfalls ein Glas ein und reichte es ihm auf dem Weg zurück zu meinem Schreibtisch. »Das macht Guinevere zu einem wahrscheinlichen Ziel. Andernfalls hätte sie Zane von Anfang an im Visier gehabt.« Allerdings wäre es nicht leicht gewesen, ihm mangelnde Selbstbeherrschung vorzuwerfen. Dieser kleine Makel war einzig und allein Guinevere zuzuschreiben.

Ich lehnte mich gegen meinen Schreibtisch und nippte an meinem Glas.

Ragus tat es mir gleich und sagte dann: »Und aus diesem Grund soll ich sie beschützen.«

Ich nickte. »Ja. Ich will nicht, dass ihr etwas zustößt.«

»Ihr solltet dennoch auf die Möglichkeit vorbereitet sein, dass etwas passieren könnte«, entgegnete er. »Ich werde tun, was Ihr von mir verlangt, aber diese ganze Situation ist ziemlich bizarr.« Er blickte wieder auf den Bildschirm zwischen uns, der immer noch geöffnet war. »Ich nehme an, dass die Nephilim irgendwie darin verwickelt sind.«

»Das ist unsere Theorie«, antwortete ich. »Aber bisher ist noch nichts bewiesen.«

»Amarella, die mit den Nephilim zusammenarbeitet.« Er schüttelte den Kopf. »Es wäre typisch für sie, für ihre Zwecke eine höhere Macht aufzusuchen, vor allem, da ihre dämonischen Verbindungen nicht zu ihren Gunsten funktioniert haben.«

»Ich würde gern wissen, warum zum Teufel sie noch am Leben ist«, murmelte ich. »Immerhin habe ich sie *getötet*.«

Ähnlich wie Guinevere angeblich Taylor Smith getötet hatte.

Ich runzelte die Stirn, als ich die Bilder von Neuem durchging und mir ein Gedanke kam. »Der Sterbliche am Tatort ist derselbe, den Gleason beim Verlassen des Hauses gesehen hat, aber Guinevere schwört, dass sie mit einem Mann namens Trevor geschlafen hat, von dem wir wissen, dass er Jaxon Trevor, ein Nephilim, ist.«

Ich zog sein Bild neben das von Taylor und Amarella und betrachtete die drei.

Ich leerte meinen Drink und starrte auf meine ehemalige Gefährtin, bevor ich die beiden Männer erneut musterte.

»Amarella ist kein Gestaltwandler«, fuhr ich fort, wobei ich laut nachdachte. »Aber vielleicht kann Trevor sein Aussehen verändern. Vielleicht hat er beim Verlassen des Hauses so getan, als wäre er Taylor. Sie haben die gleiche Haarfarbe, die gleiche Statur, und Guinevere hätte ihn von hinten gesehen, sodass sie nicht bemerkt hätte, wenn er sein Gesicht verändert hätte.«

Das erklärte jedoch nicht Amarella.

Es sei denn …

»Was, wenn er die Fähigkeit hat, irgendwie zu projizieren und zum Beispiel das Aussehen anderer zu verändern? Oder er kann die Sicht anderer manipulieren, sodass sie eine andere Person wahrnehmen.« Ich blickte Ragus an. »Vielleicht hat er Amarellas Gestalt an diesem Tag auf eine andere Frau projiziert oder mein Sehvermögen irgendwie verändert?«

Er stellte sein Glas ab und seine dunklen Augen blitzten auf. »Das wäre eine unglaubliche Fähigkeit.«

»Nicht wahr?« Ich ging im Geiste alle mir bekannten Engel durch und versuchte, einen zu finden, der diese Fähigkeit besitzen könnte und die der Nephilim geerbt haben würde. »Aus seinen Akten geht hervor, dass er noch ein relativ junger Nephilim ist, doch das bedeutet nicht, dass er die Wahrheit gesagt hat.« Wenn er vor hundert Jahren bereits existiert hatte, dann hätte er meiner Gefährtin helfen können, ihrem Tod zu entkommen.

Meine Kiefermuskeln begannen zu zucken und ich schnaubte verärgert.

»Das Positive an der Sache ist, dass ich sie noch einmal töten kann«, murmelte ich, obwohl mich die Aussicht nicht wirklich besänftigte. Aber ich würde es ohne Zweifel genießen, sie sterben zu sehen.

Ich schüttelte den Kopf und seufzte.

»Dabei werde ich Euch gern behilflich sein, Sir«, erwiderte Ragus.

»Ich möchte, dass du Guinevere beschützt«, wiederholte ich. »Das ist deine oberste Priorität.«

»Meine zweite«, verbesserte er mich. »Meine oberste Priorität ist Eure Sicherheit.«

Ich blickte ihn mit zusammengekniffenen Augen an. »Ich kann auf mich selbst aufpassen. Guinevere ist …« Nun, sie war nicht gerade schwach. Sie war schön und stark und besaß eine Liebe für die Menschheit, die sie in meinen Augen noch liebenswürdiger machte. Aber gegen Amarella … »Guinevere kann sich zwar selbst verteidigen, doch Amarella wird nicht mit fairen Mitteln kämpfen.« Das hatte sie nie getan. Als Beweis dafür diente die Tatsache, dass sie augenscheinlich noch am Leben war.

Und Guinevere wollte niemandem etwas zuleide tun.

Sie war liebreizend, aufrichtig und *unschuldig*.

Amarella war das genaue Gegenteil und ihr Machthunger war vom ersten Tag an offensichtlich gewesen. Das war einer der Gründe, warum ihr Verrat mich nicht sonderlich schockiert hatte. Ich war wütend gewesen, doch überrascht hatte es mich nicht.

Guinevere würde mich nie auf diese Weise verletzen. Ich hatte ihr vorhin gedroht, als ich sie und Zane bei ihrer

Unterhaltung über meine Vergangenheit belauscht hatte, doch ich hatte es fast sofort bereut. Sie hatte mich angesehen, als könnte sie nicht glauben, dass ich so etwas zu ihr sagen würde. Und dieser schockierte Blick hatte mir alles verraten, was ich über sie wissen musste.

Sie würde nie tun, was Amarella mir angetan hatte.

Sie hatte nicht das Zeug, es auch nur zu versuchen. Noch würde sie es je wollen.

Und dafür war ich ihr eine Entschuldigung schuldig. Oder zumindest eine bessere Erklärung.

Später, dachte ich und warf einen Blick auf mein leeres Glas. Ich nahm es und schlenderte zur Bar hinüber, um mir nachzuschenken, dann sagte ich: »Ich muss Valentino anrufen und ihn auf den neuesten Stand bringen.« Denn die neueste Enthüllung würde ihn ohne Zweifel interessieren.

»Natürlich, Sir.« Ragus stand auf. »Ich werde an einem Plan arbeiten, um Guinevere zu beschützen.«

»Danke«, erwiderte ich.

Er entschuldigte sich mit einer leichten Verbeugung und verließ den Raum mit meinem Glas in der Hand. Er würde es spülen und später zurückbringen. Nachdem ich einen weiteren Schluck getrunken hatte, der mir in der Kehle brannte, kehrte ich an meinen Platz zurück und rief Valentino an.

Sein Entsetzen war spürbar, als ich ihm die Ereignisse des Nachmittags schilderte.

Am Ende fluchte er so laut, wie ich es in Gedanken getan hatte, als ich die Bilder von Amarella gesehen hatte. Ich schickte ihm das Filmmaterial, damit er es selbst begutachten konnte.

Als wir fertig waren, bereitete ich mich auf meinen nächsten Hausbesuch vor.

Bei Ashmedai in der Hölle.

Ich erreichte die Tore seines Palastes im surrealen blauen Schein seines Reiches und kündigte einem der königlichen Wächter gleich hinter den diamantenbesetzten Toren meine Ankunft an. Dann wartete ich, während das blaue Licht der saphirblauen Sonne so hell auf mich herabschien, dass mein rechtes Auge zuckte. Ich konnte mir nicht vorstellen, jeden Moment unter diesem Licht leben zu müssen und nie die kalte Stille der Nacht zu erleben.

Wenige Augenblicke später erschien Ashmedai, indem er anmutig durch die Luft auf die geschlossenen Tore zu schwebte. Er schlug zweimal mit seinen riesigen, marineblauen Flügeln, als er behände mit nackten Füßen auf dem Boden landete. Heute trug er sein übliches Outfit, das nur aus einer Jeans bestand und etwas weniger einschüchternd wirkte als sein königliches Gewand.

Ich verbeugte mich zur Begrüßung. Diesmal zwang er mich nicht, vor ihm zu kriechen.

»Du bist schon zurück, Zebulon? Erhebe dich.«

Ich gehorchte und strich mit der Hand über mein Jackett, um die Falten zu glätten. »Es gibt Neuigkeiten.«

Ashmedai neigte den Kopf zur Seite und betrachtete mich mit violetten Augen und unnahbarer Miene. »Werde ich deshalb wütend werden?«

»Möglicherweise«, antwortete ich wahrheitsgemäß.

Ashmedai nickte und winkte mit einer Hand, um die Tore zu öffnen. »Dann solltest du wohl besser eintreten.«

Er führte mich den langen, eleganten Weg die Treppe hinauf, dann traten wir durch die riesigen Türen und gingen einen Flur entlang, der in sein reich verziertes Arbeitszimmer führte. Es war ein offener Raum mit Fenstern an der Rückseite und einer mit Malereien verzierten Decke, die etwa zwei Stockwerke über uns aufragte. Auf dem Weg dorthin schwiegen wir, während er seine Flügel in die Höhe hielt, damit sie nicht über den makellosen Boden schleiften.

Doch als wir den Raum betraten, erstarrte ich.

Eine dunkelhaarige Halblingsfrau saß in seinem Stuhl und hatte die Füße auf den Schreibtisch gelegt, wobei sie ihre langen Beine an den Knöcheln gekreuzt hatte. Sie hatte einen steinernen Ausdruck im Gesicht, der wirkte, als hätte sie gute Lust, Ashmedai in den Hintern zu treten. Neben ihr schwebte eine Tafel mit blauen und roten Punkten, die aber in dem Moment verschwand, in dem wir eintraten.

Ashmedai seufzte. »Was habe ich über Stiefel auf dem Schreibtisch gesagt, Prinzessin?«

Aha. Die Prinzessin von Bael. Ich hatte vergessen, dass Zane mir erzählt hatte, wie Ashmedai sich mit ihr aus dem Vorzimmer von Guineveres Haus aus dem Staub gemacht hatte. In der Zwischenzeit hatte Prinzessin Kayla es sich offensichtlich gemütlich gemacht.

Der Höllenfürst erwähnte mit keinem Wort die auf wundersame Weise verschwundene Stecktafel, daher unterdrückte ich eine Bemerkung. Allerdings fragte ich mich, was es damit auf sich hatte, zumal Prinzessin Kayla es für nötig hielt, die Tafel vor mir zu verstecken.

Die Halblingsfrau schwang ihre Beine von der Schreibtischplatte und setzte sich auf, wobei der Stuhl unter ihr knarrte. »Das ist mein Stichwort, nicht wahr? Kann ich jetzt gehen?«

Ashmedai schüttelte den Kopf. »Noch nicht ganz.«

»Verdammt«, murmelte sie leise, dann warf sie einen Blick auf ihre Hände. »Alles ist so blau hier.«

Ashmedai grinste, als würden ihre Spielchen ihn belustigen, während ich jedoch an ihrem Verstand zweifelte. Sie hatte auf eine Art und Weise mit ihm gesprochen, die für einen jungen Halbling völlig inakzeptabel war. Außerdem machte sie keine Anstalten, ihm seinen Schreibtisch wieder zu überlassen.

Da hat wohl jemand die Arroganz von Prinz Bael geerbt, dachte ich und stieß im Geiste ein Schnauben aus.

Unbeirrt drehte Ashmedai dem Halbling den Rücken zu und lehnte sich an die Kante seines Schreibtisches. »Was verschafft mir die Ehre deines frühen Besuches, Zeb?«

Seine Frage deutete darauf hin, dass er es nicht als Sicherheitsrisiko erachtete, in Gegenwart von Kayla offen zu sprechen.

Na gut, dann würde ich eben gleich zur Sache kommen. »Amarella ist am Leben und hält sich in meinem Territorium auf.«

Ashmedai verschränkte die Arme vor der nackten Brust und zog eine Augenbraue in die Höhe. »Nun, das sind ja interessante Neuigkeiten. Ich dachte, du hättest sie getötet?«

»Das habe ich«, murmelte ich, wobei erneut Verärgerung in mir aufwallte, weil ich überlistet worden war. »Zumindest habe ich eine Variante von ihr getötet. Wir vermuten, dass ihr ein Nephilim hilft, der irgendwie dazu in der Lage ist, Identitäten zu verschleiern, einschließlich seiner eigenen.« Genau genommen hatte ich den Verdacht gehegt, doch Zane und Guinevere hatten in meiner Abwesenheit wahrscheinlich eine ähnliche Theorie aufgestellt. Es war die einzige Erklärung, die einen Sinn ergab.

»Ein Nephilim«, sagte Ashmedai. »Wie bist du zu diesem Schluss gekommen?«

Ich erzählte ihm von der Situation mit Taylor und Trevor und lieferte ihm auch die Informationen, die ich von Lord Valentino über den auralosen Manipulator erhalten hatte. Ashmedai hörte gebannt und mit unverändertem Gesichtsausdruck zu. Ich konnte sehen, dass auch Kayla meinen Ausführungen lauschte, obwohl sie krampfhaft bemüht war, sich nichts anmerken zu lassen. Ich hatte keine Ahnung, warum Ashmedai das junge Ding nicht aus seinem Büro geworfen hatte, aber er war hier der Chef, nicht ich.

»Ich glaube, das wahre Bild dieses Nephilims ist auf den Aufnahmen zu sehen«, beendete ich, wobei ich den Verdacht laut aussprach, als er mir in den Sinn kam. Ich war immer noch dabei, alle Möglichkeiten im Geiste zu katalogisieren und jeden strategischen Pfad zu bewerten. Und dieser Aspekt schien mir logisch und würde erklären, warum Amarella sich derart unvorsichtig in einem Nachtklub in meinem Territorium herumtrieb. Was darauf hindeutete, dass sie nicht wusste, dass ihre Identität auf Film festgehalten werden konnte.

»Das Gleiche muss für Amarella gelten, denn ich nehme an, dass sie seit einem Jahrhundert mit einem neuen Gesicht herumläuft. Das ist die einzige logische Erklärung dafür, dass sie so lange überlebt hat, während mir niemand ihre Anwesenheit gemeldet hat.« Denn die Dämonen meines Reiches würden ihr auf keinen Fall erlauben, durch mein Territorium zu streifen, ohne mich zu informieren. Einige wenige wären vielleicht mutig genug, ihren Aufenthaltsort geheim zu halten, doch es wären nicht viele.

»Oder ihre Kräfte sind stärker geworden«, warf Ashmedai ein, der nicht gerade erfreut über diese Aussicht zu sein schien.

Ich legte den Kopf schief. »Es wäre möglich, ja. Aber in diesem Fall hätten ihre Kräfte schon vor über einem Jahrhundert zu wachsen begonnen.«

»Wenn sie sich Jahrzehnte lang von einem Dämonischen Lord genährt hat, könnte das zu einer solchen Veränderung geführt haben«, sagte er betont mit zusammengekniffenen Augen.

»Ja, in der Tat, es wäre sicher möglich.« Daran hatte ich nicht gedacht, aber ich konnte nicht leugnen, dass er recht hatte. Verdammt, was wäre, wenn ich derjenige gewesen wäre, der Amarella die nötige Munition geliefert hatte, um mein Komplott gegen sie zu überleben? Das würde bedeuten, dass ich indirekt für das verantwortlich war, was mit Guinevere geschehen war.

Ashmedai ließ die Arme sinken und stützte die Hände auf dem Schreibtisch ab. »Ich nehme an, du willst damit sagen, dass Amarella für die Ereignisse in deinem Territorium verantwortlich ist, und nicht Guinevere?«

»Das ist richtig.«

Ashmedai lächelte und richtete sich mit einem unbekümmerten Achselzucken auf. »Dann erwarte ich, dass du dich des Problems annimmst.«

Ich grinste. »Das werde ich mit Vergnügen tun, mein Prinz.«

»Das kann ich mir vorstellen«, stimmte Ashmedai zu. »Schick mir einfach ihren Kopf, wenn du mit ihr fertig bist.«

Damit entließ er mich.

Und ich verabschiedete mich mit einem Lächeln.

»Ich werde ihn dir persönlich überbringen«, antwortete ich und verbeugte mich respektvoll vor ihm, bevor ich einen weiteren Blick auf den Halbling warf, der uns immer noch beobachtete.

Sie winkte mir kurz zu und verzog ihre Lippen zu einem Lächeln.

Ich ignorierte sie und kehrte nach Nashville zurück, wo Zane und Guinevere gerade am Küchentisch saßen. Auf dem Tisch stand eine Reihe von italienischen Gerichten, die von drei Gedecken umgeben waren.

Zane und Guinevere saßen vor zwei von ihnen.

Das dritte war unbesetzt.

»Erwartet ihr Besuch?«, fragte ich und unterbrach Zane, der gerade etwas gesagt hatte, als ich neben ihnen erschien.

Guinevere legte den Kopf zurück und schien mit ihren blauen Augen über das zu lächeln, was der Inkubus ihr erzählt hatte.

Ich zog neugierig eine Augenbraue in die Höhe, doch ich war auch ein wenig erleichtert, sie derart entspannt zu sehen. Sie sprang nicht von ihrem Platz auf, um sich zu verbeugen, sondern neigte lediglich den Kopf und sagte: »Dich.«

Ich brauchte einen Moment, um ihre Begrüßung zu verstehen, dann erinnerte ich mich an meine Frage und grinste. »Nun, ich habe Hunger«, gestand ich und zog meine Jacke aus, um sie über die Stuhllehne zu legen. Dann rollte ich die Hemdsärmel auf, während sie mich beobachtete.

Zane ergriff eine Flasche Rotwein, um mein Glas zu füllen, während Guinevere begann, einen Salat für mich zusammenzustellen.

Es schien, als hätten sich die beiden eine Vorspeise gegönnt, während sie auf mich gewartet hatten, und ich begann, mich zu fragen, wie mein Leben wohl aussehen würde, wenn sie ständig an meiner Seite wären.

Ich würde den Tag über arbeiten.

Und die ganze Nacht lang mit ihnen spielen.

Wir würden ruhige Unterhaltungen mit sexuellen Anspielungen und Familienessen genießen.

Zane kümmerte sich gern um mich, für ihn war es ganz natürlich. Und ich hatte es sehr genossen, ihm dabei zuzusehen, wie er sich um Guinevere kümmerte. Vielleicht war ihr nicht bewusst, auf wie viele erdenkliche Arten er im Laufe der Jahre für ihre Sicherheit und ihr Wohlbefinden gesorgt hatte. Er hatte sich immer bemüht, einen geeigneten Bettpartner für Guinevere zu finden, um sie zu führen und sie darin zu unterweisen, wie man sich richtig nährte. Er hatte viele ihrer Liebesakte beaufsichtigt, einige davon auch ohne ihr Wissen, nur um ihr zu helfen.

Es war eine Qual für ihn gewesen.

Denn er hatte mitspielen wollen, doch es war ihm nicht vergönnt gewesen.

Er war jedes Mal wütend zu mir zurückgekehrt. Und jedes Mal hatte ich ihm gestattet, seine Frustration an mir auszulassen. Denn es war meine Schuld, dass er sie nicht berühren durfte, auch wenn wir beide wussten, dass es das Beste für sie gewesen war.

Sie hatte erst wachsen müssen.

Und hätten wir sie schon zu Anfang für uns beansprucht, hätte sie sich uns nicht aus freien Stücken unterworfen, sondern weil wir es ihr befohlen hätten.

Vor allem mir.

Oh, sie hatte immer schon erfahren wollen, was ich ihr zu geben hatte. Doch es bestand ein Unterschied darin, einen rasenden Hunger zu stillen oder die Sehnsucht nach *mir*, dem Mann, nicht ihrem Herrn, zu befriedigen.

Sie könnte mich dafür hassen, dass ich die Entscheidung für sie getroffen hatte. Ich würde es ihr gestatten. Und ich würde sie dazu bringen, mir mit der Zeit zu verzeihen.

Ich stand zu meinem Entschluss.

Genauso wie ich akzeptierte, dass sie meinetwegen frustriert war.

Ich strich ihr eine Haarsträhne hinters Ohr und nahm dann neben ihr Platz. »Danke für das Festmahl, Zane«, murmelte ich, wohl wissend, dass er jedes Gericht selbst zubereitet hatte. »Und danke für die Einladung«, fügte ich zu Guinevere hinzu und beugte mich vor, um ihr einen Kuss auf die Schläfe zu drücken. »Ich würde mich dafür entschuldigen, dass ich dein Territorium übernommen habe, Kleines, aber es wäre nicht aufrichtig gemeint. Ich bin sehr gern hier bei dir.« Ich blickte Zane an. »Bei euch beiden.«

Ein Lächeln umspielte seine Lippen und in seine blauen Augen leuchteten verständig auf. »Bon appétit«, murmelte er.

Ich zwinkerte ihm zu, denn ich war mir der Verheißung dieser Worte nur allzu bewusst.

Wir würden das Abendessen genießen – was für sie beide wohl eher ein Frühstück und ein Mittagessen war – und dann würden Zane und ich Guinevere zum Nachtisch verspeisen.

GWEN

MEIN KÖRPER VIBRIERTE BEFRIEDIGT und meine Seele war gesättigt, nachdem ich noch lange mit Zane und Lord Zebulon gespielt hatte.

Wir hatten den größten Teil des Abendessens damit verbracht, seine Unterhaltungen mit Ragus, Lord Valentino und Prinz Ashmedai zu besprechen. Dabei war ich völlig verblüfft gewesen, weil Lord Zebulon mit uns ungehemmt jedes Detail erörtert hatte, als wären wir ihm ebenbürtig. Dann hatten wir uns zum Nachtisch in mein Zimmer zurückgezogen.

Bei besagtem Nachtisch hatte ich im Mittelpunkt gestanden und mich von ihren Mündern und Händen verwöhnen lassen. Ich war öfter vor Ekstase explodiert, als ich zählen konnte.

Und das, *nachdem* Lord Zebulon mir mitgeteilt hatte, dass ich in Prinz Ashmedais Augen offiziell entlastet war.

Es war im wahrsten Sinne des Wortes die beste Nacht meines Lebens.

Ich gähnte und streckte mich und genoss die Wärme, die von Zane und Lord Zebulon ausging. Sie schliefen zu beiden Seiten von mir und hatten die Köpfe auf gegenüberliegende Kissen gelegt.

Es war perfekt.

Ein Traum.

Und doch hatte mich etwas aus meinem glückseligen Schlaf gerissen.

Ich warf einen Blick auf die Uhr und stellte fest, dass es noch früh am Morgen war. Oder spät in der Nacht, je nachdem, wie man es definierte.

Wie auch immer, ich sollte eigentlich noch im Reich der Träume sein. Aber irgendetwas fühlte sich … *seltsam* an. Wie ein Kribbeln, das nicht hierhergehörte.

Es durchzog meine Glieder und meine Instinkte erwachten zum Leben. Ich rümpfte die Nase und schnupperte nach ungewöhnlichen Gerüchen, während mein sukkubisches Wesen nach Auren jagte, die hier nichts zu suchen hatten.

Ist das irgendeine Art Magie?, fragte ich mich, wobei sich die Härchen auf meinen Armen aufstellten, als eine neue Welle statischer Elektrizität über mich hinwegrollte. *Was geschieht hier?*

Ich hob die Hand, um mir die Augen zu reiben, doch ich erstarrte mitten in der Bewegung, als mein Blick auf die *gebräunte Haut* meiner Handfläche fiel.

Was zum Teufel geht hier vor?

Ich setzte mich erschrocken auf.

Meine Arme waren ebenfalls gebräunt. Und meine Beine auch. *Äh … träume ich etwa noch?*, fragte ich mich. *Halluziniere ich?* Hatte Lord Zebulon mich irgendwie mit seiner Macht gebrandmarkt? Vielleicht hatte ich zu viel davon absorbiert und meine Haut hatte einen sonnengebräunten, goldenen Teint angenommen?

Ist das überhaupt möglich?

Ich hatte keine Ahnung. Zebulon war der erste Dämonische Lord, der mein Bett beehrt hatte.

Stirnrunzelnd ließ ich die Hand zurück auf die Decke fallen und blickte zuerst zu Zane und dann zu Lord Zebulon hinüber. Beide schliefen tief und fest und ahnten nichts von meiner Notlage. Ich überlegte, ob ich sie aufwecken oder einfach aus dem Bett schlüpfen sollte, ohne sie zu wecken, um ins Bad zu gehen. Ich wollte sehen, wie weit diese Bräune reichte, denn sie schien meinen ganzen Körper zu bedecken. Aber hier im Zimmer war es dunkel. Also vielleicht …

Lord Zebulon bewegte sich neben mir. Seine Macht erwachte zum Leben und berührte meine Sinne.

Kann er es auch fühlen?, fragte ich mich, als ich mich wieder neben ihn legte.

Er öffnete seine funkelnden Augen und seine langen Wimpern flatterten, als er aus dem Schlaf erwachte. Er sah mir in die Augen und ich lächelte schüchtern, wobei ich schon eine Entschuldigung auf den Lippen hatte. Ich hatte ihn nicht wecken wollen, aber ich war froh, ihn zu sehen. Vor allem, weil ich ihn fragen wollte, ob ich in seinen Augen ebenso gebräunt aussah. »Tut mir leid, wenn ich …«

Wut entlud sich zwischen uns und strömte in Wellen von ihm aus. Die Emotion verzehrte alles und schien den Raum zwischen uns, das Zimmer und die gesamte Welt auszufüllen, während sie mich in einer berauschenden Woge von Energie ertränkte, die mir die Luft abschnürte.

Die Worte erstarben in meiner Kehle und mein Körper wurde zu Eis.

Dann wurde mir klar, dass es nicht seine Emotionen waren, die mich am Atmen hinderten, sondern seine *Hände.* Sie waren fest um meine Kehle geschlungen und drohten, mich zu ersticken.

Ich zuckte erschrocken zusammen und griff nach seinen Handgelenken, während ich versuchte, seine Reaktion zu verstehen.

Schläft er noch? Schlafe ich noch? Ist das ein Albtraum?

Er setzte sich auf die Knie und übte noch mehr Druck auf meine Luftröhre aus, bis mein Herz in meiner Brust nur noch unregelmäßig schlug. In seinen Augen funkelte ein wahnsinniger Ausdruck, der den Dämonischen Lord, den ich kannte und verehrte, erlöschen ließ. »Wo ist Guinevere?«, fragte er knurrend.

Ich öffnete den Mund, um ihm zu antworten und ihm zu sagen, dass ich hier war, doch der Druck auf meinen Hals war zu stark, als dass ich auch nur einen Laut hätte von mir geben können. Ich konnte weder atmen, noch konnte ich mich unter seinem Griff bewegen. Ich versuchte, mich zu wehren, um etwas sagen zu können, doch er presste ein Knie auf meine Oberschenkel, die heftig schmerzten.

Was zum Teufel ist hier los? Hatte Lord Zebulon den Verstand verloren?

»Wo ist sie, Amarella?«, brüllte er und schüttelte mich.

»Wie ist Amarella hier hereingekommen?«, wollte Zane wissen.

»Wahrscheinlich hat sie sich als Guinevere ausgegeben«, knurrte Zebulon.

Moment mal … wie bitte? Ich bin nicht … Was soll das? Tränen stiegen mir in die Augen und ich versuchte, Zane hilfesuchend anzusehen. Er musste mich sehen, um zu wissen, dass ich es war. Aber er saß neben uns und starrte mich so hasserfüllt an, dass mir das Herz schmerzte.

Das ist schlimmer, als von ihm kindisch genannt zu werden, erkannte ich. *Dieser Ausdruck … in seinen Augen … die auf mich gerichtet sind …*

Ich versuchte zu schlucken.

Es gelang mir nicht.

Ich versuchte zu atmen.

Es gelang mir nicht.

Wach auf, sagte ich mir. *Wach sofort auf.* Es musste ein Albtraum sein. Vielleicht weil Lord Zebulon mir gesagt hatte, was passieren würde, wenn ich ihn verriete? Ich wusste es nicht. *Aber ich bin nicht sie. Ich bin nicht Amarella.*

Ich öffnete den Mund und schloss ihn wieder, während ich verzweifelt versuchte, Atem zu schöpfen. Lord Zebulon musste erkannt haben, dass ich nicht imstande war, ihm zu antworten, denn er gab gerade so viel nach, damit ich ein einziges Mal Luft holen konnte.

»Ich bin's!«, brachte ich quietschend hervor. »Ich bin Gwen!«

Lord Zebulon lachte. Es war ein kaltes, grausames Lachen, das ich noch nie von ihm gehört hatte. »Von wegen. Ich kann dämonische Auren wahrnehmen, Amarella. Ich weiß, dass du es bist. Ich kann dich im ganzen verdammten Raum spüren. Also, wo zum Teufel ist Guinevere?«

Er verletzte meine Haut, während er mir die Kehle zudrückte. Die Tränen liefen mir nun ungehindert über die Wangen, weil ich Schmerzen hatte, weil ich nicht atmen konnte und weil ich Angst hatte.

»Mein Herr«, keuchte ich und zuckte zusammen, als er den Griff um meinen Hals wieder festigte. »Ich bin es. Guinevere. Ich schwöre …«

Er schnitt mir erneut die Luftzufuhr ab, quetschte meine Sehnen und würgte mich, als würde ich ihm nichts bedeuten.

Zane meldete sich mit unbarmherziger Stimme zu Wort. »Ich weiß, wo sich die Silberwaffen befinden. Wir könnten die Information aus ihr herausfoltern.«

Lord Zebulon dachte einen Moment lang darüber

nach und das erste Lebenszeichen huschte über sein Gesicht. Dann bewegte sich Zane und ich hörte, wie er stapfend das Zimmer verließ.

Lord Zebulon musst genickt haben. Oder vielleicht hatte Zane die Antwort nur an seiner Körpersprach abgelesen.

Weil er mich foltern will.

Nein, nicht mich. Sondern Amarella.

Er war sofort in Rage geraten, als er aufgewacht war, und hatte die Situation nicht einen Moment durchdacht. *Amarella ist eine Betrügerin*, wollte ich ihm sagen. *Wie sollte es möglich sein, dass sie hier ist? Wie konnte ich sie sein?* Ich wollte ihn anschreien, um ihn wieder zur Vernunft zu bringen.

Doch als er den Blick aus seinen kalten Augen wieder auf mich richtete, wusste ich, dass er noch nicht weit genug gedacht hatte, um über seine Wut hinwegzusehen.

Amarella hatte ihn verraten.

Dann hatte sie ihren Tod vorgetäuscht.

Und jetzt … jetzt glaubte er, ich wäre sie.

Er würde sich keine Zeit nehmen, um die Situation richtig einzuschätzen. Er war völlig außer sich.

Das hier ist kein Traum, erkannte ich und verspürte einen Stich im Herzen. *Oh verdammt, es geschieht wirklich.*

»Sie ist es nicht wert, gefoltert zu werden«, entschied er, als Zane zurückkam.

»Und du bist dir sicher, dass es Amarella ist?«, fragte Zane leise.

Zebulon knurrte und der Klang durchbohrte mein Herz. »Zweifelst du etwa an mir?« Eine unbändige Welle der Wut, wie ich sie noch nie zuvor erlebt hatte, ging von ihm aus, als er auf Zanes Frage reagierte.

»Natürlich nicht, mein Herr«, antwortete Zane. Ich hörte die Überzeugung in seiner Stimme und die Worte versetzten mir einen weiteren Stich im Herzen.

Sie können mich wirklich nicht spüren. Meine Welt wurde innerhalb eines Moments auf den Kopf gestellt. *Lord Zebulon wird … er wird mich umbringen.*

Mir blieb nichts anderes übrig, als ihn dazu zu bringen, mir zuzuhören.

Doch dazu musste ich seine Hände von meiner Kehle lösen und etwas Abstand zwischen uns bringen. Ich musste ihn zum Nachdenken bringen, damit er über seinen Hass hinwegsah und Vernunft walten ließ.

Denk nach, Guinevere. Denk nach!

Ich setzte mich abrupt auf, womit mein Hals noch fester in seine Handflächen gepresst wurde. Doch ich hatte ihn damit überrascht und nutzte den kurzen Moment der Unachtsamkeit aus. Mit meinem Körpergewicht rollte ich mich vom Bett und zog Lord Zebulon mit mir.

Ich landete auf ihm und seine Hände lösten sich von meinem Hals, als er unsanft auf dem Boden aufprallte und ihm die Luft aus der Lunge gepresst wurde. Ich stieß mich von ihm ab, bevor er mich wieder packen konnte, und hielt eine Hand in die Höhe.

»Halt!«, röchelte ich, während meine Kehle brannte. »*Ich* bin es!« Meine Stimme klang abgehackt und meine Kehle weigerte sich zu funktionieren. Ich war zu sehr damit beschäftigt, Luft zu holen, um einen verständlichen Laut von mir zu geben.

Er packte meinen Knöchel und zog mich ruckartig zu sich. Dann versetzte er mir mit dem Ellbogen einen Schlag ins Gesicht, der fast unbeabsichtigt wirkte, und ich spürte einen stechenden Schmerz in meinem Wangenknochen.

Eve und Gleason hatten mich intensiv in Selbstverteidigung geschult. Ich griff jetzt auf dieses Wissen zurück, denn es war alles, was ich noch hatte.

Ich blockte seine Hand ab, als er erneut meine Kehle packen wollte, und versetzte ihm einen Schlag ins

Zwerchfell. Als er hustete, schlang ich die Beine um seine Taille und drehte mich, sodass er unter mir lag.

»Hör zu!«, kreischte ich und schlug seine Hände von mir weg. Mein Blick fiel auf Zane, der neben dem Bett auf dem Boden kniete und uns beobachtete, während wir miteinander kämpften. »Ich bin nicht *Amarella*!«

Der winzige Vorteil, den ich mir verschafft hatte, war verschwunden, als Lord Zebulon mich erneut am Hals packte. Er stützte sich auf mir ab, als er aufstand, und zog mich dabei auf die Knie. Ich griff nach seinem Handgelenk, grub meine Fingernägel in seine Haut und flehte ihn an, mich anzuhören. Doch von ihm gingen eine Kraft und Macht aus, die unglaublich waren.

Unbesiegbar, dachte ich. *Er ist … unbesiegbar.*

Und ich hatte schon wieder keine Möglichkeit mehr zu sprechen.

Seine Seele erstickte die meine mit einer ebensolchen Wucht, mit der sich seine Finger um meinen Hals legten. Mit seiner physischen Kraft und seiner dämonischen Aura hob er mich hoch, bis meine Füße nutzlos in der Luft baumelten, dann warf er mich auf die Matratze.

Mein Hals war frei.

Doch mir fehlten die Worte.

»Wenn ich dich nur zweimal töten könnte«, sagte er mit eiskalter Stimme, »dann würde ich es liebend gern tun und deinen ausgehöhlten Schädel selbst an Prinz Ashmedai ausliefern.«

Meine Tränen fühlten sich plötzlich kalt an, als eine Reihe von Gefühlen in mir aufwallte. *Zuneigung. Angst. Ehrfurcht.*

Dies war mein Herr. Egal wie verbissen ich kämpfte, ich würde es nie mit ihm aufnehmen können. Und die Magie, die mich verbarg, war zu stark für ihn, um sie zu durchschauen. Denn seine Wut machte ihn blind. Und ich machte es nur noch schlimmer, indem ich zurückschlug.

Lord Zebulon war das mächtigste Wesen in diesem Raum und ich hatte keine Chance gegen ihn.

Ich werde durch die Hand der Männer sterben, in die ich mich im Laufe der Jahre verliebt habe. Und diese Erkenntnis zerriss mich innerlich.

Ich schluckte, als mein Herz sich meinem Schicksal ergab.

Was konnte ich sonst noch tun? Schimpfen? Schreien? Ich würde ihn nicht aufhalten können. Ich würde nichts dagegen tun können. Nicht einmal Zane würde mir jetzt noch glauben, ich konnte es an seiner versteinerten Miene sehen.

Dies ist weder ein Traum noch ein Albtraum, erkannte ich wie betäubt. *Es ist Schicksal.*

Langsam glitt ich vom Bett und ging auf die Knie, um mich tief und respektvoll zu verbeugen. Er konnte mich töten, aber er würde immer mein Herr sein. Und in diesen letzten Minuten meines Lebens wollte ich dafür sorgen, dass er es wusste.

Denn wenn ihm klar wurde, wen er getötet hatte ... Ich wollte, dass er eine letzte Erinnerung hatte, an der er sich festhalten konnte.

Ich wollte ihn wissen lassen, dass ich ihn respektierte.

Und dass ich sie beide liebte.

Ich flehte ihn auf die einzige Art an, die ich kannte.

Ich spürte, wie Zane das Ende des Bettes umkreiste. Seine Anwesenheit wirkte seltsam beruhigend auf mich, selbst als ich das Brennen des Silbers über meinem Kopf spüren konnte.

Er überreicht Lord Zebulon ein silbernes Messer, erkannte ich. Wahrscheinlich war es mein eigenes, was diese Situation nur noch deprimierender machte.

Mein Herz klopfte wild in meiner Brust, doch ich rührte mich nicht und kniete weiter in tiefer Verbeugung vor ihm. Stille breitete sich im Raum aus und schien ewig anzuhalten, wobei jeder Augenblick eine Qual war.

»Hast du noch etwas zu sagen?«, wollte Lord Zebulon wissen.

»Ich liebe dich«, flüsterte ich, weil ich es zumindest einmal aussprechen musste, um es sowohl mir selbst als auch ihnen gegenüber anzuerkennen. Denn ich liebte sie schon seit einer Weile. Lange bevor sie mich in ihr Bett eingeladen hatten. Vielleicht schon seit Jahren. Doch ich hatte meine Liebe bisher nur Zane gestanden. Und jetzt … jetzt würde ich es ihnen beiden sagen. Ich schloss die Augen. »Ich liebe euch beide.«

Lord Zebulon kniete sich vor mir auf den Boden. Er legte zwei Finger unter mein Kinn und hob mein Gesicht an. Er musterte mich mit stoischem Blick.

Einen Moment lang glaubte ich, er würde mir glauben. Ich dachte schon, er hätte die seltsame Magie, die mich gefangen hielt, durchschaut und wusste, dass ich es war.

Doch dann breitete sich dieses berechnende Lächeln auf seinem Gesicht aus, das ich so liebte, und er packte mit einer Hand meinen Nacken. Er krallte sich in meine Haut und vergrub die Finger tief in meinen Sehnen und Muskeln.

»Als würde ich je wieder darauf hereinfallen«, stieß er hervor. Er setzte mir das Messer an die Kehle. Ich hätte erwartet, dass es mehr brennen würde, da er das Silber so dicht an meine Haut hielt. Er führte die Lippen an meine. »Leb wohl, Amarella.«

Dann küsste er mich.

Vor Schreck war ich wie erstarrt. Ich war so überrascht von dem Gefühl seiner Lippen auf den meinen, dass ich für den Bruchteil einer Sekunde wie versteinert war. Dann schloss ich die Augen, genoss diesen letzten innigen Moment und ignorierte die Tatsache, dass er mich für Amarella hielt. Ich öffnete mich ihm ganz und gar und hieß seine Zunge in meinem Mund willkommen, denn ich brauchte diese letzte Verbindung mit ihm, um ihn mit in den Tod zu nehmen.

Dann rann etwas Warmes über meine Zunge, das nach Kupfer schmeckte.

Blut.

Sein Blut.

Ich riss die Augen auf und ich wollte den Kopf zurückziehen, aber er krallte die Finger noch tiefer in meinen Nacken. Mit dem Griff meines Silberdolches strich er über meinen Nacken, um mir zu verstehen zu geben, dass ich schlucken musste.

Ich verstand es nicht.

Aber ich gehorchte.

Es brannte auf wunderbare Weise und erinnerte mich an einen edlen Whisky, während es mich von innen heraus wärmte. Er strich mit der Zunge über die meine, wobei ich mich in seinem köstlichen Geschmack und seiner sinnlichen Essenz verlor. Noch mehr von seinem Blut rann mir die Kehle hinunter und ich spürte eine Energie, die über meine Haut vibrierte.

Seine Energie.

Das ist … verdammt … Ich zitterte, als mein Verstand einer verbotenen Erkenntnis gewahr wurde. Erzdämonen und Erzengel teilten ihr Blut auf diese Weise. Mit ihren Gefährten.

Ist er … Bin ich …

Noch mehr von seiner kraftvollen Essenz floss in meinen Mund und brachte meine Gedanken zum Schweigen. Seine überwältigende und heiße Macht umhüllte mich. *Mehr. Ich brauche mehr.*

Ich stöhnte und griff nach ihm. Ich wollte seine Haut spüren und meinen Körper um den seinen schlingen.

Doch er zog den Kopf zurück und ich starrte ihn benommen und verwirrt an.

»Weißt du was? Ich habe meine Meinung geändert. Lass sie uns in die Hölle bringen, damit Ashmedai sie foltern kann«, sagte Lord Zebulon an meinem Mund.

Dann wurde mir schwarz vor Augen.

Zebulon

Amarella wehrte sich nicht mehr. Tränen glitzerten auf ihren Wangen, als sie vom Bett glitt und sich auf den Boden warf. Sie senkte den Kopf in vorgetäuschter Ehrfurcht und blieb dort liegen.

Unbeweglich.

Niemals zuvor hatte sich Amarella auf diese Weise vor mir verbeugt.

Oh, sie hatte hin und wieder den Kopf ehrerbietend gesenkt. Aber noch nie war sie auf so anmutige Weise zu Boden gefallen, um mich derart demütig anzuflehen. Es lag einfach nicht in ihrer Natur. Amarella unterwarf sich niemandem, nicht einmal ihrem Dämonischen Lord.

Ich ließ die Schultern hängen und mein Herz setzte einen Schlag aus.

Guinevere.

Scheiße.

Jedes Mal wenn ich vor ihr erschienen war, hatte sie sich ehrfürchtig verbeugt und war am Boden liegen geblieben, bis ich sie aufgefordert hatte aufzustehen. Und jedes Mal war mein Schwanz dabei hart geworden.

So wie jetzt.

Meine Guinevere.

Um mich herum wurde es still, als ich begriff, was geschehen war. All die Informationen, die ich in letzter Zeit hatte sammeln können, begannen, sich in meinem Kopf wie ein Puzzle zusammenzufügen.

Amarella hatte Guineveres Gestalt verzaubert … wie sie es auch mit der Frau getan haben musste, die ich in Lord Tardís' Bett getötet hatte.

Ashmedai hatte recht gehabt. Wie andere Dämonen überall auf der Welt hatte auch Amarella an Macht gewonnen, wobei sie entweder die Fähigkeit hatte, die Gestalt anderer zu verändern oder Auren zu manipulieren.

Wut wallte in mir auf und drängte darauf, sich zu entladen. Sie war auf die Frau am Boden gerichtet, doch ich wehrte sie ab und leitete sie in Richtung der Frau, die sie verdient hatte. *Die echte Amarella.*

Doch sie prallte zurück und richtete sich wieder auf die Frau vor mir.

Ich hätte vor Verärgerung fast geknurrt, als mein Bedürfnis nach Kontrolle immer stärker wurde und ich die Wut erneut bändigte und sie in die richtigen Bahnen lenkte. Es war ein so seltsames Gefühl, als würde ich gegen meine eigene Wut ankämpfen, die nicht einmal meine eigene war.

Ich schüttelte den Kopf und versuchte, einen klaren Gedanken zu fassen. *Konzentrier dich,* ermahnte ich mich. *Konzentrier dich, verdammt.*

Ich musste schlucken, als ich es endlich schaffte, meine Wut zu zügeln. Ich brauchte nur einen Atemzug, damit mir meine Sinne bestätigten, was ich gerade erkannt hatte.

Ich kann sie spüren, dachte ich. *Ich kann Amarella überall auf Guinevere spüren.*

So hatte sie mich also ausgetrickst.

Guinevere roch sogar nach ihr.

Doch als ich meine Sinne ausbreitete und den Energiesträngen folgte, wurde mir klar, dass die wahre Quelle der Macht ganz in der Nähe lauerte. Und zwar nicht *im* Schlafzimmer, sondern außerhalb.

Dennoch war ich immer noch auf übersteigerte Weise rasend vor Wut. Es war, als wollte ich die Frau hassen, die vor mir auf dem Boden kniete und wie Amarella aussah. *Jemand manipuliert mich ... und Guinevere ... und die Auren.*

Ich versuchte, irgendjemanden in Amarellas Nähe ausfindig zu machen, doch ich konnte nichts wahrnehmen.

Aber mein Instinkt sagte mir, dass sie nicht allein war.

Ein Nephilim. Entweder half er ihr bei diesem Irrsinn oder er diente einem anderen Zweck.

Wenn ich raten müsste, würde ich sagen, dass der Nephilim wahrscheinlich der Gestaltwandler war, während Amarella die Auren manipulierte. Zusammen bildeten sie ein teuflisches Team, um das ich mich kümmern würde, sobald ich die Show hier beendet hatte.

Denn Amarella wollte eindeutig eine Show entfesseln.

Und ich hatte keine Möglichkeit zu wissen, was sie in diesem Raum sehen oder hören konnte.

Zane stand schweigend hinter Guinevere.

Ich drehte das Messer mit dem schwarzen Griff zwischen meinen Fingern und blickte ihm in die Augen. Wir wechselten schweigend Worte, woraufhin Zane einen Blick auf Guinevere warf und ihre Haltung betrachtete.

Seine Nasenflügel bebten, als die Erkenntnis sein Gesicht erhellte.

Er verstand ebenfalls, was das zu bedeuten hatte.

Ich hatte unseren geliebten Sukkubus, unsere Guinevere, angegriffen.

Ich festigte den Griff um das Messer, als die Wut mich wieder übermannte. Amarella hätte mich beinahe überlistet. *Schon wieder.* Und ich wollte diese Schlampe dafür bezahlen lassen.

Doch zuerst musste ich diese Scharade zu Ende bringen, denn ich hatte keine Ahnung, wie weit Amarellas Macht reichte. Konnte sie durch Guineveres Augen sehen? Konnte sie alles hören, was vor sich ging? Ich konnte mir nicht sicher sein.

Also musste ich diese Scharade fortsetzen, andernfalls würde ich riskieren, dass sie mich durchschaute.

»Hast du noch etwas zu sagen?«, wollte ich wissen. Ich nahm an, Guinevere würde noch einmal beteuern, dass sie nicht Amarella war.

Doch … das tat sie nicht. Stattdessen atmete sie tief durch und flüsterte: »Ich liebe dich.« Sie schien den Kopf in tiefer Demut noch weiter zu senken. »Ich liebe euch beide.«

Ihre Antwort schockierte mich zutiefst.

Sie liebt mich.

Ich blickte Zane wieder in die Augen und einen Moment lang konnte ich den Gedanken nicht ertragen, ihr wehzutun. Ich quälte mich deshalb, doch ich unterdrückte das Gefühl und kniete mich vor sie. *Beende die Scharade. Töte Amarella. Dann entschuldige dich zutiefst bei Guinevere.*

Ich zwang mich zu einem schroffen Lachen, das mir kaum über die Lippen kam, also lächelte ich stattdessen und sagte, was ich Amarella in diesem Fall gesagt hätte: »Als würde ich je wieder darauf hereinfallen.«

Zane hatte sowohl ein silbernes Messer als auch eine Klinge mitgebracht, die nicht aus Silber gefertigt war, um sie wahrscheinlich bei der Folter einzusetzen. Er kannte meine Gewohnheiten und Begierden auf eine Weise, die den meisten verschlossen blieb. Indem man während der Folter zwischen silbernen und nicht silbernen Klingen wechselte, ließ man den dämonischen Gefangenen im Ungewissen und steigerte so seine Angst.

Ich setzte ihr das nicht silberne Messer an die Kehle und sagte: »Leb wohl, Amarella.«

Dann biss ich mir auf die Zunge und küsste Guinevere.

Selbst ihr Mund war verändert worden, damit er dem von Amarella ähnelte, und das altbekannte Gefühl ließ Wut in mir aufsteigen. Ich knurrte ein wenig und stieß meine Zunge zwischen Guineveres Lippen. Ich wusste, dass Amarella arrogant genug sein würde anzunehmen, dass ich einen Schlussstrich ziehen wollte, indem ich meine frühere Geliebte küsste.

Doch in dem Moment, in dem Guinevere sich mir öffnete, konnte ich die Süße schmecken, die nur ihr eigen war, was es mir umso leichter machte, sie zu küssen.

Denn sie war meine Guinevere.

Mein echter, gutherziger Sukkubus.

Ich ließ mein Blut in ihren Mund fließen und als sie nicht sofort schluckte, fuhr ich mit dem Griff der Klinge über ihren Hals. Sie erstarrte und ich konnte ihre Verwirrung deutlich spüren. Dann fühlte ich durch meine Hände an ihrer Kehle, wie sie schluckte. Ich presste noch mehr Blut aus meiner Zunge, füllte damit ihren Mund und ermutigte sie, es zu trinken.

Es war ein seltenes Geschenk. Mächtige Dämonen, Erzdämonen oder sogar Erzengel konnten mit ihren Gefährten Blut austauschen, um sie zu schützen. Ich hatte noch nie jemanden von mir trinken lassen, aber ich musste etwas tun, um Guinevere zu zeigen, dass ich mir darüber im Klaren war, dass ich sie statt Amarella in den Armen hielt. Ich wollte sie wissen lassen, dass ich sie auserwählt hatte und ihr nicht dauerhaft schaden würde.

Als sie schluckte, was ich ihr zu geben hatte, erkannte ich, wie richtig es war. Ich wollte sie behalten und sie für immer zu meiner Gefährtin machen. Ich hatte noch nie zuvor ein Wesen mit einem so reinen Herzen getroffen, und während Amarella mein Vertrauen zwar zerstört hatte, wusste ich, dass Guinevere so etwas niemals tun würde. Sie hatte noch nie ein Anzeichen von Machthunger gezeigt. Sie war zufrieden mit ihrem Leben und ihrem Platz in dieser Welt. Sie wollte einfach nur leben, und das bewunderte ich an ihr.

Ich begegnete Zanes Blick ein weiteres Mal, während ich sie küsste. Mein ganzer Körper war vor Aufregung angespannt und Zane sah genauso nervös aus, wie ich mich fühlte. Aber ich konnte einen Ausdruck der Zuneigung in seinen Augen erkennen, während er uns beobachtete. Dann stieß Guinevere ein leises Stöhnen aus, das meine Seele in Brand setzte.

Ich hatte eigentlich vorgehabt, sie zu beschützen, indem ich ihr mit der nicht silbernen Klinge die Kehle durchschneide, nachdem ich ihr mein Blut gegeben hatte. Doch dazu war ich jetzt nicht mehr fähig. Ich konnte Guinevere nicht bluten lassen, sie hatte schon genug gelitten.

Ich zog den Kopf zurück, ließ meine Lippen jedoch weiterhin an ihren schweben. »Weißt du was? Ich habe meine Meinung geändert. Lass sie uns in die Hölle bringen, damit Ashmedai sie foltern kann.«

Dann versetzte ich ihr mit dem Griff des Dolches einen Stoß gegen den Schädel, um sie bewusstlos zu schlagen.

Guinevere in Amarellas Körper sackte zu Boden und blieb reglos liegen.

Zane stieß einen gequälten Seufzer aus, den ich in meiner eigenen Brust spürte. Mein Blut würde ihr helfen, sich schnell wieder zu erholen, was für mich der einzige Trost dafür war, dass ich sie verletzt hatte.

Der dunkle Raum wurde von einer erdrückenden Stille erfasst. Ich kniete über Guinevere, während Zane wie angewurzelt hinter ihr stand. Keiner von uns schien auch nur zu atmen, während wir auf … *etwas* warteten. Doch obwohl ich spürte, dass Amarella immer noch in der Nähe lauerte, zeigte sie keinerlei Reaktion. Sie hatte sich nicht einmal von der Stelle wegbewegt, an der ich sie zu Anfang wahrgenommen hatte.

Vielleicht konnte sie Guinevere doch nicht hören oder sehen.

Das bedeutete aber nicht, dass ich die Scharade beenden konnte.

»Fessle sie mit Silber«, sagte ich, als ich leise aufstand.

»Natürlich, Sir«, antwortete Zane knapp, während in seinen Augen jedoch ein verständiger Ausdruck lag. Er würde nicht zulassen, dass Gwens Haut mit Silber in Berührung kam.

Ich schlang eine Hand um Zanes Nacken und zog ihn an mich, um ihn zu küssen. Ich wiederholte das Blutritual mit ihm, weil ich Zane ebenso schützen wollte wie Guinevere.

In dem Moment, in dem mein Blut seine Zunge berührte, erstarrte er vor Schreck. Ich versenkte meine Zähne in seine Unterlippe und war wie berauscht, als sein Blut an die Oberfläche sickerte, um meine eigenen Lippen zu benetzen und den Austausch zu vollenden. Eine machtvolle Energie vibrierte zwischen uns, als ich den Kopf zurückzog und mit den Lippen die Worte formte: *Pass auf sie auf.*

Zane senkte zustimmend den Kopf und reichte mir

den Silberdolch. Dann setzte er sich auf den Boden, um Guinevere in seinen Schoß zu ziehen und sie in den Armen zu halten.

Ich fühlte das scharfe Brennen der silbernen Klinge, als ich mich aus dem Haus teleportierte. Ich landete nicht weit von dem Ort, an dem ich Amarella gespürt hatte, und stellte fest, dass sie auf dem Beifahrersitz eines schwarzen Geländewagens saß, der am Straßenrand geparkt war. Ich schlich mich unter den Schatten der Bäume entlang und erhaschte einen Blick auf die Person auf dem Fahrersitz. Der Nephilim Jaxon Trevor saß neben ihr.

Es war früh am Morgen und die Sonne war noch nicht aufgegangen, daher war es unwahrscheinlich, dass um diese Zeit schon jemand unterwegs war. Das bedeutete, dass keine Sterblichen in der Nähe sein würden, wenn ich gleich die Gewalttat begehen würde, die ich geplant hatte.

Ich materialisierte mich etwas abseits des Wagens an einer Stelle, die Amarella und ihr Begleiter nicht im Blick hatten.

Dann wartete ich einen Moment und wägte die Angriffspunkte und ihre möglichen Folgen ab. Sie schienen weder bewaffnet zu sein, noch hatte sie meine Aura direkt neben sich wahrgenommen.

Ich hätte fast einen Seufzer ausgestoßen.

Doch ich war froh, dass ich nicht mit ihnen würde kämpfen müssen. Je schneller ich mit Amarella fertig war, desto schneller konnte ich zu Guinevere zurückkehren.

Bevor ich jedoch in Aktion trat, ließ ich mein Netz aus Energie noch einmal um mich herum ausströmen, um die Gegend nach weiteren potenziellen Angreifern abzutasten.

Doch ich konnte sonst niemanden wahrnehmen.

Also schön.

Ich riss die Tür des Geländewagens aus den Angeln und packte Amarella, bevor sie auch nur aufschreien konnte. Ich zerrte sie aus dem Wagen und ließ ihre Schreie mit der Klinge verstummen, indem ich ihr den Dolch direkt in den Mund stieß. Es hatte keinen Sinn, Zeit zu verschwenden.

Der Nephilim startete den Wagen, doch während Amarella röchelnd an meinem Messer hing, wirbelte ich herum und fesselte Trevor mit einer Welle meiner Macht. Dabei handelte es sich weniger um Telekinese, sondern vielmehr um unsichtbare, feurige Seile, die ich gedanklich auswarf. Es »brannte« im Grunde nicht, hielt ihn jedoch fest, sodass er sich nicht von der Stelle rühren konnte. Mit diesem Teil von mir zwang ich andere Dämonen oft in die Knie. Sie konnten das unsichtbare Gewicht meines Wesens auf ihren Schultern spüren, das ihre Unterwerfung forderte.

Dies war auch der Grund dafür, dass Guinevere sich mir immer unterwarf, wenn ich vor ihr erschien. Sie konnte meine Energie zwar körperlich nicht spüren, doch sie nahm die Intensität der Macht wahr, die ich auf ihren Geist ausübte.

Trevor keuchte und hob die Hände, um die unsichtbaren Fesseln zu bekämpfen.

Ich hatte nicht gewusst, ob meine Kräfte bei ihm Wirkung zeigen würden, da er ein Nephilim war und keine Aura besaß, doch ich stellte zufrieden fest, dass ich Erfolg damit hatte. Denn das bedeutete, dass ich seine Seele zermalmen konnte.

Buchstäblich.

Er verkrampfte sich, als ich noch fester zudrückte. Dann sackte er auf das Lenkrad und seine Hand glitt vom Schaltknüppel, als er die Kontrolle über seinen Körper verlor.

Nachdem ich den Nephilim durch meine Macht gefesselt hatte, wandte ich mich wieder Amarella zu.

Blut rann ungehindert aus ihrem Mund und lief mir heiß und klebrig über die Hand. Sie hatte die Augen vor Angst weit aufgerissen und krallte sich in meinen Arm. Ihrer Kehle entwichen gurgelnde Laute, die nicht einmal menschlich klangen.

Ich fühlte … nichts. All der Hass, den ich wegen ihres Verrats empfunden hatte, lastete nicht mehr mit demselben Gewicht auf mir wie früher, und das hatte ich Guinevere und Zane zu verdanken. Als ich Amarella in diesem Moment betrachtete, wurde mir klar, dass ich sie nie geliebt hatte.

Aber ich glaubte, dass ich Guinevere liebte. Und Zane ebenfalls.

Doch darüber konnte ich auch noch ein andermal nachdenken.

Jetzt musste ich erst einmal meine ehemalige Gefährtin abschlachten.

Ich riss ihr den Dolch aus dem Mund. Die Klinge, die sich in ihrem weichen Gaumen verankert hatte, hatte sie aufrecht gehalten, doch jetzt sackte sie im Gras zusammen und fiel auf die Knie. Noch mehr Blut rann ihr über die Lippen, während sie nach Luft rang. Die Flüssigkeit, die aus ihr herausströmte, wirkte im Mondlicht fast schwarz – eine angemessene Farbe.

Ich hatte ihren Verrat an mir zwar verwunden, doch ich konnte nicht über die Art und Weise hinwegsehen, wie sie Guinevere gequält hatte. Und aus welchem Grund? Um sich an mir zu rächen? Wie erbärmlich.

Ich wurde von kalter und berechnender Wut gepackt. Amarella hätte schon vor einem Jahrhundert sterben sollen. Doch sie hatte überlebt und jemanden verletzt, der unter meinem Schutz stand.

Dafür hatte sie den Tod verdient.

Nicht dass es irgendeinen Zweifel an ihrem Schicksal gegeben hätte.

Ich griff sie mithilfe meiner Macht an, doch statt sie zu fesseln, wie ich es mit Trevor getan hatte, verwandelte ich meine Energie in eine Waffe und legte sie ihr um den Hals.

Dann drückte ich zu.

Und zwar fest.

Sie fasste sich an die Kehle, um nach den Fesseln zu suchen, doch sie griff nur ins Leere.

Daraufhin festigte ich meinen mentalen Griff noch.

Und drückte *fester und fester* zu.

Ich hätte ihr am liebsten ihren verdammten Kopf abgerissen, um ihn dann erster Klasse in die Hölle zu schicken.

Doch leider verweigerte sich mir meine Macht. Ich war nicht in der Lage, sie durch Strangulation zu enthaupten. Aber ich hatte ihr das Genick gebrochen und sie die Besinnung verlieren lassen.

Also benutzte ich die Klinge und schnitt ihr den Kopf ab.

Ich wartete und zählte.

Wenn dies nur eine Fata Morgana war, würde sie mit dem Körper vergehen, nicht wahr?

Ihr Kopf rollte davon und blieb dann ein paar Meter entfernt im Dreck mit dem Gesicht nach unten liegen. Ich löste meine Macht auch von dem Rest ihres Körpers, woraufhin sie seitlich ins Gras fiel.

Ich konnte keine schimmernde Magie wahrnehmen.

Und ihr Körper und Kopf veränderten sich nicht.

Dennoch wartete ich.

Ich richtete mich auf, als eine sich nähernde Aura meine Sinne berührte.

Ashmedai erschien auf der anderen Seite von Amarellas Körper mit einem Grinsen im Gesicht. Er trug

Schwimmshorts und Sandalen, ähnlich dem Outfit, zu dem Guinevere ihm geraten hatte, als die beiden mich das erste Mal besucht hatten. Allerdings hatte er auch diesmal wieder das Hemd vergessen.

Ich neigte den Kopf, doch ich verbeugte mich nicht ganz, um Amarella nicht aus den Augen zu verlieren. »Mein Prinz.«

Ashmedai erkannte den Mangel einer echten Verbeugung mit einem Nicken an, dann bückte er sich und hob Amarellas Kopf auf. Er drehte ihn herum, bis ihre leblosen Augen mir zugewandt waren. »Das war eine großartige Vorstellung, Zebulon.« Er beäugte mich und betrachtete dann den Nephilim im Wagen. »Ich werde ihn mir ausleihen müssen.«

»Ich will erst sichergehen, dass sie wirklich Amarella ist«, sagte ich und starrte den Kopf mit zusammengekniffenen Augen an. *Diesen Kopf sollte ich eigentlich persönlich in der Hölle abliefern*, dachte ich bei mir. *Aber du hast offensichtlich andere Pläne.* Was er bewies, indem er vorhatte, den Nephilim mitzunehmen.

»Sie ist es«, sagte er. »Ich habe gespürt, wie ihre Seele vergeht.«

Ich blinzelte. »Dann wusstest du schon vorher, dass sie lebt?«

Er dachte einen Moment darüber nach. »Nicht ganz, denn ich hatte mich nicht so sehr auf sie konzentriert wie heute. Es ist schwer zu erklären.«

Damit wollte er mir im Grunde sagen: *Mach dir nicht die Mühe, mich danach zu fragen. Ich werde nicht näher darauf eingehen.*

Also fügte ich mich und verbeugte mich noch einmal. Wenn er sich sicher war, dass Amarella diesmal wirklich gestorben war, dann würde ich ihm glauben.

Außerdem hatte ich getan, was ich mir vorgenommen

hatte. Jetzt wollte ich nur noch zu Guinevere und Zane zurückkehren, mich mit ihnen ins Bett kuscheln und dort liegen bleiben. Möglicherweise für immer.

Ashmedai drehte Amarellas Schädel und warf stirnrunzelnd einen Blick auf ihr Gesicht. »Es ist noch nicht vorbei. Ich vermute, unsere Machtkämpfe werden eskalieren. Beende die Überprüfung sowohl der Dämonen als auch der Nephilim und melde dich am Tag von Guineveres Gerichtsverhandlung bei mir.« Verblüfft öffnete ich den Mund, um zu widersprechen, doch Ashmedai schloss die Faust um Amarellas Haare und hielt die andere Hand in die Höhe, bevor ich etwas sagen konnte. »Ich weiß, dass sie unschuldig ist, Zebulon. Ich habe es von Anfang an gewusst. Aber ich will trotzdem, dass du die Überprüfung zu Ende bringst.«

Wut wallte in mir auf und ich musste ein paarmal tief durchatmen, um mir meinen Zorn nicht anmerken zu lassen.

Denn endlich verstand ich es.

Er hatte ein *sehr* gefährliches Spiel mit Guineveres Leben gespielt, denn er hatte die ganze Zeit über gewusst, dass sie unschuldig war, und dennoch hatte er ihr Schicksal als Druckmittel gegen *mich* benutzt. Genauso wie er höchstwahrscheinlich gewusst hatte, dass Amarella noch am Leben war – vielleicht nicht von Anfang an, doch er war sich ihrer sicher gewahr geworden, nachdem die Probleme in meinem Territorium begonnen hatten. Er hätte ihre Anwesenheit gespürt. Er war zu mächtig, um es nicht zu tun.

Das bedeutete, dass er von Beginn an mit mir gespielt hatte. Vielleicht war es für ihn eine weitere Form der Folter gewesen, damit ich für Kalidas Verbrechen büßte.

Ich spannte die Kiefermuskeln an und ärgerte mich

über die Art und Weise, wie er uns alle benutzt hatte. »Du hättest einfach um die Überprüfung bitten können.«

»Ja, vielleicht«, stimmte Ashmedai zu. »Aber so war es viel aufregender. Außerdem musstest du mit der Vergangenheit abschließen, um dein Leben weiterzuführen.« Er schwieg einen Moment und musterte mich mit einem Ausdruck, den ich nicht deuten konnte, dann fügte er mit leiser Stimme hinzu: »Die Liebe steht dir gut zu Gesicht, Zebulon. Lass die beiden nicht gehen.« Er ließ seinen Blick nachdenklich an mir auf und ab wandern. »Darf ich dir außerdem den Vorschlag machen, dass du dir etwas anziehst, wenn du das nächste Mal auf die Straße gehst? Deinem kleinen Sukkubus zufolge sind wir zu schön, um uns in dieser Dimension unbekleidet zu zeigen. Die Seelen der Menschen sind zu zerbrechlich.«

Er schenkte mir ein Grinsen und verschwand in einer Woge der Macht, wobei er Amarellas Überreste und den verängstigten Nephilim mit sich nahm.

ZANE

DIE MACHT VIBRIERTE durch meine Venen.

Zebulons Macht.

Er hatte … *ein Blutsband* … zwischen uns geschlossen.

Für alle Ewigkeit.

Der Austausch von Blut zwischen Dämonen war extrem selten. Und von jemandem in seiner Machtposition bedeutete es, dass wir nun für immer verbunden waren.

Sein Blut würde nun immer durch meine Adern fließen. Seine Essenz. Seine unerschütterliche Energie. Sie beschützte mich und beanspruchte mich als den *Seinen*.

Und im Gegenzug hatte er mein Blut getrunken, um diese Verbindung zu festigen.

Er hatte mich nicht um Erlaubnis gebeten, sondern es sich einfach genommen.

Typisch Zebulon.

Er hatte auch Guinevere gezeichnet. Ich konnte sehen, wie die Energie auf ihrer Haut aufblühte und ihr einen leuchtenden Glanz verlieh, während sie neben mir auf dem Bett heilte. Ihr Haar hatte begonnen, sich zu verfärben, wobei ein Hauch von Rot ihre dunklen

Strähnen durchzog. Es war seine Macht, die sich äußerlich bemerkbar machte und sie als die Seine kennzeichnete.

Ich fuhr mit den Fingern durch ihre farbigen Strähnen und blickte in ihr Gesicht, das endlich wieder das ihre war. Sie hatte sich einige Minuten, nachdem Zebulon verschwunden war, zurückverwandelt und mir gesagt, er hätte Amarella draußen gefunden. Ich war mir nicht sicher, wie es ihm im Moment ging, doch ich konnte spüren, wie er lebendig, gesund und *stark* in mir aufblühte.

Mir gefiel dieses neue Gefühl.

Wir hatten nie über eine langfristige Beziehung gesprochen und einfach die Gesellschaft des anderen genossen, während wir uns im Laufe der Jahrzehnte immer wieder gesehen hatten. Und zwar häufig. Es war fast so gewesen, als wären wir ein Liebespaar. Aber nur fast.

Wobei Lord Zebulon nur selten Sex mit anderen hatte. Ich nahm an, es lag daran, dass er nicht fähig war, sich auf jemand anderen außer auf sich selbst zu verlassen. Er weigerte sich, verletzlich gegenüber anderen zu sein, denen er nicht vertrauen konnte. Doch sich in einem Moment der Glückseligkeit zu verlieren machte einen verletzlich, wenn auch nur für ein paar Sekunden.

Unsere ersten gemeinsamen Jahre waren eine Art Probezeit gewesen. Am Anfang hatte er mich immer gefesselt, um mich zu ficken, denn er wollte sich vergewissern, dass er die Kontrolle über mich behielt.

Es hatte mich nicht gestört.

Perversionen bereiteten mir Vergnügen.

Schließlich hatte er mir einige Freiheiten zugestanden, die unsere intimen Momente noch eindringlicher gemacht hatten. Irgendwann hatte er mir dann freie Hand im Schlafzimmer gelassen und war sogar so weit gegangen, sich mir anzuvertrauen.

Ich studierte Guineveres geschmeidige Gesichtszüge

und bemerkte, dass sie schon viel gleichmäßiger atmete. Zebulon hatte ihre Kehle schwer verletzt, aber sein Blut war dabei, sie zu heilen.

Ich strich mit den Fingerknöcheln über ihre geröteten Wangen und mein Herz machte einen Satz, als ich ihre perfekte Gestalt bewunderte. Wir lagen einander zugewandt auf dem Bett und teilten uns ein Kissen. Ich hatte sie auf die Matratze gelegt, nachdem Zebulon verschwunden war. Und während ich sie jetzt betrachtete, wurde mir klar, was für ein Narr ich gewesen war.

»Ich hätte wissen müssen, dass du es bist«, flüsterte ich mit einem Ausdruck des Bedauerns in der Stimme. »Ich glaube, ein Teil von mir wusste es, weil ich gezögert habe. Aber Zebulon war so wütend, dass es … mein Urteilsvermögen getrübt hat. Es tut mir leid, Guinevere. Es tut mir so leid.« Ich war mir nicht sicher, ob sie mich hören konnte. Aber ich hatte das Bedürfnis, mit ihr zu reden und mich ihr anzuvertrauen. Ich wollte ihr sagen, wie ich mich fühlte.

»Es tut mir auch leid, dass ich so viele verletzende Dinge gesagt und getan habe. Ich hätte unser Schicksal von Anfang an einfach akzeptieren sollen. Ich glaube, ich habe dich die ganze Zeit über geliebt, Guinevere.« Es war mir bewusst geworden, als ich hörte, wie sie die drei Worte zu Zebulon gesagt hatte. Sie hatten sich so *richtig* angefühlt. »Als du mir zum ersten Mal deine Liebe erklärt hast, war ich so überrascht von deinem Geständnis und meiner Reaktion gewesen, dass ich dir die ersten Worte an den Kopf geworfen habe, die mir in den Sinn gekommen sind. Ich wusste nur, dass ich dich von mir stoßen musste, weil ich andernfalls meinen Eid gegenüber Zebulon gebrochen hätte.«

Es hatte mich in eine überaus komplizierte Lage versetzt.

Als hätte ich zwischen meinen Gefühlen für Guinevere und denen, die ich für meinen Herrn entwickelt hatte, wählen müssen.

»Ein Teil von mir liebt ihn auch«, fügte ich mit gedämpfter Stimme hinzu. »Ich glaube, das tue ich schon lange, aber ich habe es mir selbst und ihm gegenüber nie eingestanden, weil er nicht für die Liebe geschaffen ist. Er ist ... er ist Zebulon. Er will nicht einmal eine Geliebte, geschweige denn einen richtigen Liebhaber. Also habe ich diese Gefühle ignoriert und habe mich vor diesen Emotionen in meinem Herzen versteckt. Deshalb war es für mich fast selbstverständlich, dich von mir zu stoßen.«

Ich atmete tief durch, weil ich mir ziemlich sicher war, dass meine Worte keinen Sinn ergaben.

»Ich ... Ich hätte dich nicht wegstoßen sollen, Gwen. Ich hätte zu meinen Gefühlen stehen sollen. Aber ich bin mir nicht einmal sicher, ob ich sie damals erkannt habe. Du warst diese verbotene Frucht, die ich nicht berühren durfte. Und obwohl sich meine inkubische Seele davon angesprochen fühlte, hat mein Verstand die Oberhand gewonnen. Ich habe alle meine Sehnsüchte ignoriert, ohne zu wissen, was ich tat.«

Ja, das ergab auch nicht mehr Sinn.

»Ich hoffe wirklich, du kannst mein Gefasel nicht hören«, sagte ich. »Aber auf der anderen Seite wünsche ich mir, dass du es hörst. Denn ich fühle mich ein wenig verloren. Ich ... ich weiß nicht, wie ich mich zu verhalten habe. Ich bin ein Inkubus, ich lasse mich eigentlich nicht auf Beziehungen ein. Doch es fühlt sich richtig an, mit dir und Zebulon zusammen zu sein. Und ich wünsche mir eine Zukunft mit euch. Ich will jede Nacht neben dir einschlafen und jeden Morgen neben dir aufwachen. Und ich glaube, Zebulon will das auch.«

»Das tue ich.« Seine tiefe Stimme ertönte hinter mir

und seine Energie wirbelte durch die Luft, als er sich in meinem Rücken manifestierte.

Mir lief ein Schauer über den Rücken. »Wie viel hast du gehört?« Ich hatte nicht auf meine Umgebung geachtet. Ich war zu sehr in Gedanken versunken gewesen, während ich zu Gwen gesprochen hatte, die immer noch bewusstlos war.

»Genug«, murmelte er und ging ums Bett herum, um unter die Decke zu schlüpfen.

Er schmiegte seine Brust an Guineveres Rücken, dann zog er mich näher zu sich und umarmte uns beide, während seine Macht um uns herum zum Leben erwachte.

Ich schloss die Augen und gab mich dem vertrauten Gefühl seiner Energie hin, die sanft durch mein Haar und über meine Haut wehte, als er uns teleportierte. Einen kurzen Atemzug später umschmeichelte seidige Bettwäsche meine Sinne, als Zebulon uns drei mühelos in seinem Bett in Chicago materialisierte.

Er ließ die Hand über meine Taille gleiten. »Sieh mich an«, sagte er leise.

Ich leistete seiner Aufforderung folge, indem ich die Augen aufschlug und seinem glühenden Blick begegnete. Er betrachtete mich einen Moment, dann weiteten sich seine Pupillen, als er die Hand an meine Hüfte gleiten ließ.

Mein Körper reagierte schlagartig und ich presste meine erregte Männlichkeit an Guineveres geschmeidigen Unterleib. Sie hatte sich bisher noch nicht gerührt, doch ich vermutete, dass sie jeden Moment aufwachen würde. Und ich war mir nicht sicher, wie sie sich dann fühlen würde.

»Es tut mir leid«, sagte Zebulon mit rauer Stimme, während er mich mit funkelnden Augen betrachtete. »Es tut mir leid, dass ich dich all die Jahre benutzt habe, ohne dir den nötigen Schutz zu bieten.«

Ich blinzelte ihn an. »Mein Herr ...«

»Lass mich ausreden«, warf er ein und festigte den Griff an meiner Hüfte. Es war nicht schmerzhaft, doch ich spürte, dass er verzweifelt nach Halt suchte, um die richtigen Worte zu finden.

Ich schwieg, um ihm die Möglichkeit zu geben, seine Worte abzuwägen, und löste meine Hand von Guineveres Taille, um sie an die seine zu legen. Seine dunkle Haut wärmte meine Handfläche, während seine Macht wie ein stärkender Kuss war, der zu meiner Seele sprach.

Ich konnte ihn in mir spüren.

Er wuchs und beanspruchte mich.

Und machte mich zu dem Seinen.

Ich lächelte, während ich das Gefühl genoss. Dann veränderte sich etwas in seinem Gesichtsausdruck und ein Lächeln umspielte seine Lippen. »Dir gefällt unsere Verbindung.« Es war eine Feststellung, keine Frage. »Ich hätte sie dir schon vor Jahren anbieten sollen. Aber damals war ich noch nicht bereit dazu. Amarella hatte mir auf eine Weise geschadet, die ich mir nie wirklich eingestanden hatte. Und sie musste fast Guinevere ermorden ... und zwar durch *meine* Hände ... damit ich endlich erkennen konnte, zu was für einem Mann ich geworden bin. Ich hätte von Anfang an wissen müssen, dass es Guinevere war, und das hätte ich auch getan, wenn ich ihr meinen Schutz angeboten hätte. Was, wenn ich sie getötet hätte, Zane?«

»Aber das hast du nicht.«

»Ihretwegen. Weil sie mir mit ihrem Körper gezeigt hat, was ich nicht hatte sehen können, weil ich blind vor Wut war.« Sein Blick fiel auf ihren Hinterkopf und er betrachtete die wunderschönen Farbtöne in ihrem Haar. »Sie sagte, dass sie mich liebt – dass sie uns liebt –, selbst als ich im Begriff war, sie umzubringen.« Er stieß ein

Seufzen aus und auf seinem Gesicht zeichnete sich ein Ausdruck ab, den ich noch nie an ihm gesehen hatte.

Reue.

Dabei bereute er nicht, dass sie diese Worte ausgesprochen hatte, sondern das, was er ihr fast angetan hätte. Ich spürte den Schmerz in seiner Aura und las ihn in seinen Augen, während er sie weiter betrachtete. »Sie hat gesagt, dass sie uns liebt«, wiederholte er mit ehrfurchtsvollem Tonfall.

Ich lächelte. »Ja, sie hat eine Vorliebe für derartige Geständnisse«, sagte ich, als sie die Augen aufschlug und mich aufmerksam musterte.

Sie hatte die ganze Zeit über zugehört.

Vielleicht hatte sie sogar meine Worte vorhin gehört.

Ich hatte keine Gelegenheit, Zebulon vorzuwarnen, denn er sagte bereits mit tiefer Stimme: »Ihr Eingeständnis hat etwas in mir bewirkt. Ich habe darauf reagiert. Ich habe ihr mein Blut gegeben, weil ich sie beschützen wollte. Ich hatte den Drang, mich bei ihr zu entschuldigen und es wiedergutzumachen. Es … es war eine rein intuitive Reaktion.«

»Bedauerst du, es getan zu haben?«, fragte ich, wobei ich Guinevere in die Augen blickte und bemerkte, dass sie sich zwischen uns verkrampfte.

Zebulon war ebenfalls wie erstarrt und warf mir einen kurzen Blick zu, bevor er wieder Guinevere ansah. Er hatte gespürt, dass sie wach war, vielleicht sogar schon seit einer Weile, doch das hielt ihn nicht davon ab zu antworten: »Nein. Ich glaube, sie hat mir eine Möglichkeit vor Augen geführt, für die ich zuvor blind gewesen war. Ich glaube, diese ganze Sache hat mich unwiderruflich verändert. Es ist seltsam, dass ich Amarella in gewisser Weise dafür danken muss, denn sie hat mich mehr oder weniger dazu gezwungen, indem sie Guinevere die Schuld für die Morde in die Schuhe schieben wollte.«

»Ich denke, wir haben auch Guinevere zu danken«, flüsterte ich, wobei ich sie immer noch ansah und bemerkte, wie sich ihre Pupillen erweiterten und ihr der Atem stockte. »Sie ist das Herz, von dem wir nie wussten, dass wir es brauchten.«

»Ja«, stimmte Zebulon zu, drückte einen Kuss auf ihren Hinterkopf und vergrub sein Gesicht in ihrem Nacken.

»Sie spricht und handelt aus tiefstem Herzen heraus, das ich einst für naiv und kindlich gehalten habe, während ich in Wirklichkeit derjenige war, der sich unreif verhalten hat«, flüsterte ich. »Ich habe sie von mir gestoßen, indem ich ihr einige grausame Worte an den Kopf geworfen habe. Ich war wie ein kleiner Junge, der zu verängstigt war, um die Wahrheit zu erkennen, sie auszusprechen und sie *anzunehmen*.«

Ich löste meine Hand von Zebulons Körper, um ihre Wange zu streicheln, und mein Herz schlug mir bis zum Hals, als ich in ihre unsagbar blauen Augen blickte.

»Ich hätte dir an diesem Tag sagen sollen, dass ich mich in dich verliebt habe. Ich hätte dir sagen sollen, warum ich dich nicht berühren konnte. Und vor allem hätte ich mir selbst und Zebulon gegenüber ehrlich sein und mir meine Gefühle eingestehen sollen. Aber ich habe mich wie ein Kind benommen und dich stattdessen verjagt.« Ich strich mit dem Daumen über ihre Unterlippe und folgte der Bewegung mit einem Blick. »Ich verdiene deine Vergebung nicht, Guinevere. Aber ich werde so lange warten, bis ich sie mir verdient habe.«

Zebulon löste die Hand von meiner Hüfte, um den Arm um ihre Taille zu schlingen, während er ihren Hals küsste. »Ich werde mich nicht für den Befehl, den ich Zane gegeben habe, entschuldigen«, sagte er leise. »Ich glaube immer noch fest daran, dass du zuerst wachsen musstest, Guinevere. Es gibt nicht viele, die mir gewachsen sind, und ich weiß jetzt, dass ich mich anfangs geweigert habe, dich zu berühren, weil ich wollte, dass du bereit für mich bist. Ich wollte, dass du mich als Zebulon und nicht als deinen Herrn begehrst.«

Er knabberte an ihrem Ohrläppchen, dann blickte er wieder mich an.

»Und du, Zane, hast dich ein Jahrhundert lang um mich gekümmert. Du hast so viele Opfer für mich gebracht und warst so unglaublich geduldig, doch ich habe dich auf ganzer Linie enttäuscht. Das sehe ich jetzt ein. Ich wollte keinen Geliebten und ich will auch heute keinen Geliebten.« Er streckte erneut die Hand nach mir aus. Diesmal packte er mein Haar und zog mich zu sich über Guinevere hinweg, bis ich nur noch seine glühenden Iriden sehen konnte. »Ich will einen Gefährten. Ich will dich.« Er blickte auf Guinevere hinab, als er hinzufügte: »Ich will euch *beide*.«

Dann küsste er mich.

Er war leidenschaftlich und fordernd, genau wie ich es mochte. Ich neigte mich ihm entgegen, als er den Kuss vertiefte, wobei er mit der Zunge meinen Mund eroberte und seine Zähne über meine Lippen gleiten ließ.

Verdammt.

Es war aggressiv, hart und ganz und gar Zebulon.

Bis ich das Blut in meinem Mund schmeckte.

Wieder bat er mich nicht um mein Einverständnis. Wieder gab er mir sein Blut und vergrub dann die Zähne in meiner Unterlippe, als er mir meines *nahm.*

Wir waren bereits eine Bindung eingegangen, nicht nur durch Blut, sondern auch durch die Zeit und unsere gemeinsame Erfahrung. Er war schon seit Jahrzehnten der Meine. Ich hatte nie an eine langfristige Verbindung gedacht, weil ich mich nie auf Beziehungen eingelassen hatte.

Aber hundert Jahre *waren* eine lange Zeit.

Zwischen uns existierte ein Jahrhundert, in dem wir uns gegenseitig verwöhnt hatten, Gefühle füreinander entwickelt und eine Beziehung zueinander aufgebaut hatten. Ein Jahrhundert, in dem wir im Wesentlichen zu Gefährten geworden waren.

Doch erst als Guinevere zu uns gestoßen war, hatten wir erkannt, was uns gemeinsam ausmachte. Und wir hatten ihr Geständnis gebraucht, um unsere Schicksale zu besiegeln.

Mein starker, schöner Sukkubus.

Guinevere war wirklich unser Herz, der Puls unseres Lebens und der Grund dafür, dass wir hier und jetzt unser Blut miteinander teilten. Als Zebulon sich von mir löste, um auf sie hinabzustarren, wusste ich, was gleich geschehen würde.

Wir würden sie beanspruchen.

Auf ehrliche Weise.

Ohne Kompromisse.

Vorausgesetzt, sie wollte uns auch.

Er drehte sie auf den Rücken und ihre blauen Augen weiteten sich, als wir über ihr schwebten. Es gab kein Entkommen, sie würde ganz und gar unser werden. Nicht nur vorübergehend oder bis der Rausch nachließ, sondern für immer.

Ich spürte Zebulons Zusicherung und hatte keine Zweifel an seinen Absichten.

Ich antwortete ihm, indem ich seine Aura meine Zustimmung spüren ließ.

Diese Frau war für uns bestimmt.

»Ein Blutsband zwischen Dämonen ist selten«, murmelte Zebulon. »Es ist eine Verpflichtung fürs Leben. Für die Ewigkeit.« Er legte den Kopf schief und starrte sie an. »Ich habe dir mein Blut gegeben, aber ich habe deines nicht als Gegenleistung genommen. Du hast die Wahl, Guinevere.«

Eine Wahl, die er mir nicht gelassen hatte, weil er wusste, dass sie nicht nötig war. Ich hatte meine Wahl in der Nacht getroffen, in der ich mich zum ersten Mal von ihm fesseln ließ. Seitdem gehörte ich ihm.

Das war der wahre Grund, warum ich Guinevere all die Jahre von mir gestoßen hatte. Nicht aus Verpflichtung ihm gegenüber, sondern weil ich seinem Urteil vertraute. Ich wollte ihm gefallen. Ich wollte der Inkubus sein, den er in mir sah. Ich wollte perfekt für ihn sein.

Doch ich hatte versagt.

Denn ich hätte zu ihm gehen und ihm meine Gefühle gestehen sollen.

Ich könnte weiter darüber nachgrübeln und vor ihm kriechen. Aber ich hatte gesagt, was ich zu sagen hatte. Jetzt war es an Guinevere, ihre Wahl zu treffen.

Sie musste sich entscheiden.

Sie musste die Kontrolle übernehmen.

Und uns entweder vergeben oder ihr Leben weiterleben.

Nur weil sie uns liebte, hieß das nicht, dass sie bei uns bleiben wollte.

Ich respektierte das und wusste, dass Zebulon es auch tat.

»Wie entscheidest du dich, Gwen?«, fragte ich leise. »Wirst du uns akzeptieren oder uns ablehnen?« Ich mochte nicht die Fähigkeit haben, wie Zebulon ein Blutsband mit ihr einzugehen, aber seine Macht würde uns für immer miteinander verbinden. So wie ihr Herz für immer der

Kern unserer Verbindung sein würde. Sie war die Liebe, von der wir nicht gewusst hatten, dass wir sie brauchten. Während wir die Stärke waren, nach der sie sich immer gesehnt hatte.

Aber es lag an ihr, sie für sich zu beanspruchen.

GWEN

Ist dies das Leben nach dem Tod?, fragte ich mich. *Hat Lord Zebulon mich getötet und meine Seele in eine bizarre Dimension gesandt, in der alle meine Träume wahr werden?*

Zane und Zebulon starrten beide erwartungsvoll auf mich herab. Ich spürte, wie sie zögerten, schmeckte ihre Begierde auf meiner Zunge und fühlte die erwartungsvolle Spannung, die in der Luft lag.

Lord Zebulon hatte mir gerade angeboten, unser Band zu vervollständigen. Seine Energie brodelte in mir und reizte meine Seele, während sie mich mit voller Kraft wieder zum Leben erweckte.

Ich hatte gespürt, wie sie jeden Bluterguss heilte, jeden Schmerz linderte und mich gerade lange genug am Rande des Bewusstseins gehalten hatte, um alles mitzuhören, was sie zu sagen hatten, bevor ich wieder voll und ganz bei Bewusstsein war.

Jedes Wort hatte etwas Traumhaftes an sich, das mich an der Realität zweifeln ließ.

Zane hatte sich entschuldigt und ich hatte diese Entschuldigung bis in meine Seele *gespürt*. Dann hatte er mir gesagt, was er hätte tun sollen … und diese Eingeständnisse hätten mich fast in die Knie gezwungen. Natürlich konnte ich mich nicht bewegen, während sie zu beiden Seiten von mir lagen. Doch das wollte ich auch gar nicht. Sie waren so warm und schön und *mein*.

Oh verdammt … sie wollen mein sein!

Vorausgesetzt, das hier war real.

Ich zwickte mich in die Seite, was Lord Zebulon mit seinem allzu aufmerksamen Blick bemerkte. Er stützte sich auf einem Ellbogen ab, während er die andere Hand träge auf seinem nackten Oberschenkel ruhen ließ.

Zane tat es ihm gleich und die beiden warteten gespannt darauf, dass ich etwas sagte.

»Ich …« Ich räusperte mich und zuckte zusammen, als mich ein dumpfer Schmerz in meiner Kehle durchfuhr, der davon herrührte, dass er mich *gewürgt* hatte.

Zebulon legte sofort seine Hand auf meinen Hals und strich mit dem Daumen über meine Kehle. Er runzelte die Stirn und beugte sich vor, um mit seinen Lippen denselben Weg zu beschreiben, womit er mein Blut in Wallung brachte.

Oh ja, mehr bitte.

»Es tut mir leid, Guinevere«, flüsterte er. Seine Worte waren wie ein Kuss, den er wiederholte, als er seine Lippen an mein Ohr wandern ließ. »Ich hätte wissen müssen, dass du es bist. Wenn ich dich vorher geküsst hätte, dann *hätte* ich es gewusst.«

»Ist das der Grund …«, ich verstummte und schluckte aufs Neue den stechenden Schmerz hinunter, »warum du dich … binden willst?«

»Zum Teil, ja«, gestand er und seine Worte ließen mein Herz unangenehm in meiner Brust pochen. »Nachdem ich dich beinahe getötet hatte, wurde mir klar, dass ich dich nicht verlieren will«, fuhr er fort. »Das klingt hart, aber es ist die Wahrheit. Zu erkennen, wie kurz davor ich stand, das hier zu zerstören«, er berührte meine Wange und blickte dann zu Zane auf, »uns zu zerstören ... Es hat mein Leben wieder ins rechte Licht gerückt.«

Er starrte mich mit seinen glühenden braunen Augen an und die Inbrunst, die in ihnen aufflammte, reichte aus, um meine Seele zu versengen.

»Ich will es, Guinevere. Ich will dich. Ich will dich beschützen. Und ja, wenn ich sehe, wie nahe ich daran war, dich zu verletzen, will ich ein Band mit dir eingehen, damit dir so etwas nie wieder passieren kann. Es geht nicht darum, dass ich dir keinen Schaden zufügen kann, sondern darum, dass dir auch sonst niemand schaden kann.« Er strich mir sanft mit dem Daumen über den Wangenknochen, während er mich mit seinem Blick fast durchbohrte. »Ich möchte, dass du mein bist, damit ich dich beschützen kann, Guinevere.«

»Unser«, warf Zane ein. »Damit *wir* sie beschützen können.«

Zebulon blickte ihn an. »Ich muss auch dich beschützen.«

»Genauso wie ich dich«, konterte Zane. »Und ich will, dass Guinevere auch unter meinem Schutz steht.« Er blickte mich mit strahlenden Augen an. »Wir sind eine Einheit. Wir beschützen uns gegenseitig. Wir schätzen uns gegenseitig. Wir werden gemeinsam durchs Leben gehen.«

Ich begann wieder, an der Realität zu zweifeln.

Zane, die Liebe meines Lebens, sprach von einer Zukunft. *Mit mir.*

Nein, mit *uns.*

Mit Lord Zebulon ebenfalls.

Wir drei. Ein Dreiergespann, das ein Band miteinander eingegangen war.

Aber ich hatte Fragen.

»Werden wir auch mit anderen schlafen?«, fragte ich, als ich daran dachte, dass mein Energiepegel fallen könnte und ich das Bedürfnis haben könnte, mich zu nähren. Dabei hatte ich im Moment überhaupt keinen Hunger. Ich war letzte Nacht nicht einmal in der Lage gewesen, mich zu nähren, da ich noch von unserem letzten Liebesspiel gesättigt gewesen war. Und auch jetzt verspürte ich keinen großen Hunger. Tatsächlich schien meine Seele immer noch extrem gesättigt zu sein, was ich noch nie zuvor erlebt hatte.

Die beiden Männer tauschten einen Blick aus, bevor Zane mich fragte: »Willst du denn mit anderen schlafen?«

»Ich …« Ich dachte über die Frage nach und runzelte dann die Stirn. »Nein, nicht wirklich«, gab ich zu und dachte daran, wie ich mich gefühlt hatte, als ich vermutet hatte, dass sie gemeinsam mit Amarella im Bett gewesen sein könnten. »Mir gefällt es, wenn es … außer uns niemanden gibt.« Ich fühlte mich unsicher, als ich die Worte aussprach, doch ich wollte ehrlich zu ihnen sein. »Ich habe das Gefühl, dass wir drei zusammen etwas Besonderes sind.«

Möglicherweise klang ich dadurch unreif oder erweckte den Eindruck, sie zu sehr vereinnahmen zu wollen.

Aber es war die Wahrheit und ich würde mich nicht dafür entschuldigen.

»Mir ist es auch lieber, wenn wir unter uns sind«, antwortete Zane. »Und Zebulon kann uns mit mehr als genug Energie versorgen, um uns beide zu befriedigen.«

»Ich bin mir nicht sicher, ob ich auch einen Dritten nähren könnte.« Lord Zebulon klang belustigt. »Es könnte mich umbringen.«

Zane schnaubte. »Du könntest es mit zehn Sexdämonen aufnehmen und keinen Schaden nehmen.«

Lord Zebulon dachte einen Moment lang darüber nach und verzog das Gesicht. »Nein. Das wäre ermüdend, und zwar nicht auf eine angenehme Art und Weise.«

Zane zog wissend eine Augenbraue in die Höhe. »Aber nur wir beide?«

»Oh, mit zwei von euch komme ich gut zurecht«, murmelte der Dämonische Lord. »Vorausgesetzt, unser geliebter Sukkubus will mich immer noch.« Seine Hand fühlte sich plötzlich wie ein Brandmal auf meiner Wange an, während seine Pupillen vor Hitze und Vitalität aufflammten. »Ich möchte dich behalten, meine Kleine. Ich möchte mich mit dir verbinden. Ich will sehen, was die Zukunft für uns bringt. Aber du musst dem zustimmen. Ich werde dir diese Entscheidung nicht abnehmen.«

»Das werde ich auch nicht«, pflichtete Zane ihm bei. »Und ich stimme mit Zebulon überein. Ich will das hier. Ich will dich.« Dann fügte er wie beiläufig hinzu: »Und ich kann nichts dafür, dass unser Herr ein Teil davon ist. Er hat mich seit Jahren in der Hand. Jetzt will er auch dich besitzen.«

Der Dämonische Lord schnaubte. »Hör auf, sie abzulenken.«

»Ich stelle nur eine Tatsache fest.«

Zebulon sah zu ihm auf. »Willst du dich etwa über unsere Bindung beschweren?«

»Das würde ich nie tun«, erwiderte Zane ernsthaft. »Aber Guinevere verdient es zu wissen, was zwischen uns besteht. Sie muss verstehen, warum ich unsere Bindung so leichtfertig akzeptiert habe.«

Die beiden führten wieder eine dieser wortlosen Unterhaltungen.

Aber dieses Mal verstand ich sie.

Es war eine seltsame Art von *Wissen*, das sich in meine Gedanken schlich und in meinem Inneren ein Licht anknipste, von dessen Existenz ich nichts gewusst hatte. »Ihr seid schon so lange zusammen, dass ihr den anderen nicht um Erlaubnis bitten müsst, wenn ihr etwas tun wollt. Ihr … *tut* es einfach. Und ihr müsst den anderen nicht erst akzeptieren, weil ihr ohnehin wisst, dass es das Richtige ist.«

Sie sahen mich beide mit spürbarer Neugierde an.

»Genau das empfinde ich auch für euch beide«, fuhr ich leise fort. »Es … es fühlt sich *richtig* an, wenn ich bei euch bin. Bei euch beiden. Es ist zwar neu für mich, euch beide gemeinsam in meiner Nähe zu haben, doch auch getrennt voneinander habe ich mich bei euch immer wohl gefühlt. Aus diesem Grund habe ich Zane gesagt, dass ich ihn liebe. Weil ich davon überzeugt war. Ich wusste, dass wir dazu bestimmt waren, zusammen zu sein. Deshalb hat seine Ablehnung mich auch so sehr getroffen.«

Er zuckte zusammen und zog die Mundwinkel nach unten.

»Nein, ich … du musst dich nicht entschuldigen. Ich verstehe, warum du mich zurückgewiesen hast. Es tut immer noch weh. Aber es hat mir geholfen, dein Bedauern aus deinem Mund zu hören.« Es hatte nicht alle meine Wunden geheilt, doch mit der Zeit würden sie heilen. *Er* würde sie heilen. Und während er mich ansah, spürte ich, dass er mir schwor, es wiedergutzumachen. Er hatte es schon einmal gesagt, aber er wiederholte den Schwur jetzt mit einem Blick.

Und ich verstand.

Schon wieder.

Denn ich verstand diese Männer. Meine beiden Liebhaber.

»Selbst du«, flüsterte ich, als ich mich an Lord Zebulon wandte. »Deine Macht erschreckt und verführt mich gleichermaßen. Deine Präsenz verunsichert und fasziniert mich. Doch deine Berührung«, sagte ich und bedeckte seine Hand mit der meinen, »beruhigt mich auf eine Art und Weise, wie es kein anderer je vermocht hat. Du gibst mir das Gefühl, normal zu sein, als könnte ich ich selbst sein. Du *stärkst* mich. Nicht nur durch deine Aura und deine sexuelle Kraft, sondern durch dich. Der Mann, der hinter der Macht steht, der mir Mut macht, mich hoffen lässt und einen Grund gibt aufzublühen. Du hast an mich geglaubt, als andere aufgegeben hätten. Du hast dich entschieden, mir zu helfen, als andere mich einfach nach Hause geschickt hätten. Du bist nicht nur mein Gebieter, Zebulon. Du bist mein Retter.«

Ich sah Zane an und legte eine Hand an seine Wange, während ich Zebulon mit der anderen Hand weiter an mich schmiegte.

»Ihr seid beide meine Retter. In so vielerlei Hinsicht. Ihr habt mich gelehrt, stark zu sein und ich selbst zu sein. Ihr habt mir Raum zum Atmen gegeben. Aber ich will diesen Raum nicht mehr. Ich will euch beide. Das will ich schon lange.«

Ich lächelte und nahm mir einen Moment Zeit, um durchzuatmen.

Dann fuhr ich fort und sagte ihnen nichts als die Wahrheit. »Ich bin dir dankbar dafür, dass du mir Abstand gegeben hast, um sicherzugehen, dass ich weder Reue noch Bedenken hege. Und aus diesem Grund werde ich an meiner Entscheidung nie zweifeln. Ihr beide seid meine Zukunft. Und jetzt lass es geschehen, Zebulon. Lass mich dein werden, damit ich endlich einen Platz habe, an den ich *gehöre*.«

ZEBULON

Iᴄʜ ʜᴀ̈ᴛᴛᴇ ꜰᴀsᴛ ɢᴇʟᴀ̈ᴄʜᴇʟᴛ, denn Guineveres Forderung war Musik in meinen Ohren.

Aber ich hatte noch ein letztes Geständnis, das ich den beiden gegenüber zur Sprache bringen musste. Wir sprachen über die Ewigkeit und ich wollte, dass sie verstanden, was dies für mich bedeutete.

»Ich existiere schon seit einer sehr langen Zeit«, begann ich und räusperte mich. »Ich bin mir nicht wirklich sicher, ob ich Amarella oder sogar Kalida je geliebt habe. Sie waren eher eine Errungenschaft als eine Herzensangelegenheit.« Es war ein kaltherziges Eingeständnis, das jedoch notwendig war. »Jedoch gibst du mir das Gefühl, lebendig zu sein, wie ich es nie für möglich gehalten hätte, Guinevere. Du bringst mich dazu, neue Erfahrungen machen zu wollen und mich der Liebe hinzugeben.«

Es war mir sofort klar geworden, als Ashmedai gesagt hatte, dass die *Liebe* mir gut zu Gesicht stand.

Bis zu diesem Moment war mir nicht bewusst gewesen,

dass ich dieses Gefühl hegte, vor allem, weil ich noch nie für jemanden so empfunden hatte.

Außer für Zane.

An den ich mich jetzt wandte.

»Du warst auf eine Art und Weise für mich da, die ich bis heute Nacht nicht ganz verstanden habe. Du bist der Grund dafür, dass ich überhaupt fähig bin zu lieben, Zane. In all den Jahren, die wir zusammen verbracht haben, hast *du* unendlich viel Geduld bewiesen und mich gelehrt, wieder zu vertrauen. Und bis zu diesem Moment war mir nicht einmal klar, wie wichtig das ist. Deinetwegen will ich, dass es funktioniert. Deinetwegen bin ich in der Lage, wieder jemandem zu vertrauen.«

Ich sah Guinevere in die Augen, während ihre Hand noch immer auf meiner ruhte.

»Ich will dir vertrauen«, flüsterte ich und beugte mich zu ihr hinunter, um sie zu küssen. »Ich will dich halten«, fügte ich an ihrem Mund hinzu. »Ich will dich für mich beanspruchen, dich beschützen und dich zu der Meinen machen, wie ich es bisher nur bei einem anderen gewollt habe.« Ich zog meine Hand unter ihrer hervor und streckte sie nach Zane aus. »So wie ich nur dich begehrt habe.« Ich küsste ihn leidenschaftlich, beherrschte ihn mit meiner Zunge und versprach, ihn so lange zu behalten, wie er mich haben wollte.

Das Band schweißte uns für die Ewigkeit zusammen.

Doch wenn er je einen anderen begehrte, würde ich ihn gehen lassen … und ihn trotzdem mit meiner Energie beschützen. Denn er bedeutete mir *so viel*. Und ich ließ ihn das mit meinem Mund wissen. Wenn er sich dafür entschied, nur mit Guinevere zusammen zu sein und mich ganz aus der Gleichung zu entfernen, würde ich es zulassen, denn ich wäre zufrieden, solange sie beide in Sicherheit, glücklich und zusammen wären.

Aber ich spürte, dass eine Gewissheit von ihm ausging und er mich für immer begehren würde. Ich hatte ein Jahrhundert lang Beweise dafür sammeln können, dass er mich ebenso sehr wollte wie ich ihn.

Was bedeutete, dass wir nun eine Ewigkeit Zeit hatten, um Guinevere in unser Bett zu verführen.

Sie hatte bereits eingewilligt.

Ich würde sie jetzt sofort an mich binden.

Sie beanspruchen. Sie nehmen. Sie als die Meine *brandmarken*.

Aber ich würde sie niemals in einen Käfig sperren.

Bei der Liebe ging es darum, diejenigen, die uns am Herzen liegen, gedeihen zu lassen, damit sie sich entfalten konnten. Es ging nicht darum, sie wegzusperren und verwelken zu lassen.

Guinevere würde für immer mein Schützling sein, meine Vertraute, meine Gefährtin und meine Geliebte, und ich würde für sie alles sein, was sie brauchte. Dies war mein Versprechen an sie, das ich laut aussprach, bevor ich mich zu ihr hinunterbeugte, um sie zu küssen.

Zane legte eine Hand auf meinen Rücken. Seine Berührung war wie ein Brandzeichen, das uns alle zusammenschweißte.

Guinevere hatte immer noch die Hand an seine Wange gelegt. Wir drei waren komplett, doch es fehlte noch ein Detail.

Ich biss mir auf die Zunge und nährte meinen geliebten Sukkubus mit meiner Vitalität und Stärke und spürte, wie das Vibrieren der Magie die Luft verdunkelte, als meine dämonische Seele von der ihren Besitz ergriff und sich mit ihr vereinigte.

Dann schmeckte ich ihren Lebenssaft, als sie sich ebenfalls auf die Zunge biss. Sie übernahm die Verantwortung für ihre eigenen Entscheidung und zeigte mir damit, dass auch sie mich begehrte. Sie wartete nicht darauf, dass ich ihr Blut nahm, sondern gab es mir bereitwillig.

Eine elektrisierende Energie wirbelte um uns herum und festigte das Band, als meine übermächtige Energie ihre erdete.

Nicht alle Dämonischen Lords besaßen die Macht, dies zu tun.

Bis jetzt war mir nicht bewusst gewesen, dass ich darüber verfügte. Aber es war für mich ganz natürlich, eine Bindung mit ihnen beiden einzugehen, und ich spürte, wie das dämonische Feuer zwischen uns aufflammte und unsere Schicksale miteinander verband.

Sie würden stärker, schneller und schwerer zu besiegen sein.

Vielleicht brauchten sie sich nicht einmal mehr zu nähren, weil sie für immer mit meiner Lebenskraft verbunden sein würden.

Und ich würde immer in der Lage sein, sie zu spüren und zu wissen, dass sie in Sicherheit sind.

Es war schon vorgekommen, dass Gefährten, die eine Bindung miteinander eingegangen waren, die Gabe der Telepathie entwickelt hatten. Vielleicht würden wir irgendwann über eine ähnliche Fähigkeit verfügen. Für den Moment war ich einfach froh zu wissen, dass ich sie *spüren* konnte und sie mich spüren konnten.

Dass wir zusammen waren.

Verbunden.

Und zufrieden.

Guinevere spreizte die Schenkel, als ich mich zwischen ihnen niederließ und unsere Körper wie selbstverständlich zueinander fanden. Wir *passten* zusammen. Ich drang mit Wucht in sie ein, als ich sie leidenschaftlich küsste und ihr süßes Blut auf meiner

Zunge schmeckte. Ihr perfekter und schöner Körper schmiegte sich heiß an den meinen.

Zane liebkoste meine Schulter und ließ seine Hand über meinen Rücken gleiten. Er streichelte mich, während ich immer wieder in sie eindrang, wobei seine Berührung genau das war, was ich brauchte.

Als ich die Lippen von ihrem Mund löste, wartete Zane bereits, um mich mit seiner Zunge zu verehren, während ich ihren Körper verwöhnte. Sie ließ ihre Fingernägel über meine Taille gleiten, während ihre Brüste gegen meinen Oberkörper drückten. Dann spürte ich, wie sie die Hand nach Zane ausstreckte und im Takt meiner Stöße seine erregte Männlichkeit massierte.

Wir waren eine Einheit.

Perfekt.

Und sinnlich wie die Sünde.

Ich erschauderte, als die Empfindungen und Emotionen mich zu neuen Höhen trugen.

»Ihr Mund«, keuchte ich, als ich den Kopf zurückzog, um meine Hände auf dem Bett abzustützen und noch tiefer in ihrer glückseligen Hitze zu versinken. »Fick ihren Mund.«

Ich konnte mich kaum noch beherrschen. Ich versuchte, die Kontrolle nicht zu verlieren, um auch im Bett ihr Herr zu sein.

Keiner von beiden nährte sich von mir, sie schwelgten nur in der Hitze unseres sinnlichen Liebesspiels.

Zane setzte sich über Guinevere und legte eine Hand auf ihren Hinterkopf, um ihn in einem Winkel abzuneigen, in dem sie ihm den Schwanz lutschen konnte.

Allerdings brauchte sie keine Hilfe.

Sie brachte sich bereits in Position und wusste genau, was ich wollte – *was wir alle wollten.* Denn ich konnte ihre Sehnsüchte spüren, die sich mit meinem Verlangen deckten, was mich mit einer Welle unsichtbarer Flammen durchströmte.

Scheiße.

Meine Hoden spannten sich an und meine Muskeln verkrampften sich unter der Wucht der geballten Erregung.

»Ich kann dich spüren«, sagte ich staunend und verlor mich aufs Neue in dem Gefühl. *»Verdammt, ich kann dich spüren.«*

Diesmal packte Zane meinen Nacken und zog mich an sich, um mich zu küssen. Er ließ die Zähen über meine Unterlippe gleiten und biss gerade so fest zu, um mir ein Knurren zu entlocken. Der zärtliche Biss brachte mich in die Gegenwart zurück und meine Selbstsicherheit kehrte zurück.

Denn er kannte mich.

Er wusste, dass ich es vorzog, die Oberhand zu haben.

Ich küsste ihn und bedankte mich bei ihm, als ich die Positionen wechselte. Ich zog Guinevere auf die Knie und drang von hinten in sie ein, während Zane ihren Mund an seine Lenden führte.

Sie stöhnte zustimmend auf, denn die Position war natürlicher. Ich hatte mich bewegt, weil ich ihr Unbehagen *gespürt* hatte.

»Diese Verbindung ist wirklich nützlich«, zischte ich, als ich in sie hineinstieß und eine Hand auf ihre begierige Klitoris legte, um sie zu streicheln.

Bei meinem nächsten Stoß fiel sie über den Abgrund. Ihr Körper war von unserer gemeinsamen Erregung so angespannt gewesen, dass sie nicht mehr dagegen hatte ankämpfen können.

Ich lächelte und beugte mich vor, um ihren Nacken zu küssen, dann sah ich zu, wie Zane tief in ihren Mund eindrang. »Wunderschön«, lobte ich und knabberte an ihrem Ohr. »Schluck ihn für mich, Kleines. Und dann küss mich. Ich will ihn auf deiner Zunge schmecken.«

Sie erschauderte und ihr Stöhnen brachte sowohl meinen als auch Zanes Körper zum Vibrieren.

Und im nächsten Moment kam auch er zum Höhepunkt und ich hatte die Kontrolle wieder vollständig übernommen.

Für meine beiden Gefährten war gesorgt, was bedeutete, dass ich mich jetzt ganz meiner Lust hingeben konnte.

Und das tat ich.

Immer und immer wieder stieß ich in Guineveres feuchte Hitze und schwelgte in den gemeinsamen Empfindungen ihrer beider Ekstase.

Ich fuhr mit den Fingern durch Guineveres Haar, dann zog ich sie an mich und küsste sie, weil ich wie versprochen Zane schmecken musste.

Der erste Streich meiner Zunge ließ mich explodieren, denn die Kombination ihrer Aromen war wie Ambrosia für mich.

Ich verlor die Kontrolle, knurrte und entleerte mich in Guineveres engem kleinen Körper, als sie wieder zum Höhepunkt kam und jeden Tropfen aus meinem Schaft herauspresste.

Ich stieß einen Fluch aus, dann flüsterte ich ihren Namen wie ein Gebet.

Sie vervollständigte mich auf eine Weise, von der ich nicht gewusst hatte, wie sehr ich sie brauchte.

Sie vervollständigten mich *beide*.

Vielleicht hatte Ashmedai recht gehabt. Vielleicht war es wirklich Liebe. Vielleicht war es sogar mehr. Vielleicht war es einfach mein Schicksal.

Aber ich akzeptierte sie beide und akzeptierte diese

Verbindung, wobei ich niemals zulassen würde, dass jemand sie zerstörte.

Diese beiden Dämonen gehörten mir. Für die Ewigkeit.

Ich küsste sie beide und schwor wortlos, sie für immer in Ehren zu halten.

Dann sah ich zu, wie Zane meinen Saft zwischen Guineveres Schenkeln aufleckte. Seine blauen Augen standen in Flammen, als er ihr mit meinem Samen auf seiner Zunge einen dritten Orgasmus bescherte.

Es war erotisch. Heiß. *Hemmungslos.*

Und es gab keinen anderen Ort, an dem ich lieber gewesen wäre.

Hier war mein Platz, bei meinen Gefährten. Dies war *meine Zukunft.*

Gwen

Etwas über eine Woche später

Ich stellte mich auf die Zehenspitzen, um einen Tupperware-Behälter für den restlichen Kuchen auf der Anrichte zu finden. Ich wollte etwas davon mit nach Chicago nehmen, aber den Großteil für Gleason aufheben, da es seine Lieblingsleckerei war.

Zumindest war es die einzige Sünde, die er sich gönnte.

Er zog gesundes Essen den Süßigkeiten vor. Ich hatte die letzten zehn Jahre versucht, ihn auf den Geschmack zu bringen, doch wäre er mit all dem gegrillten Fleisch und Gemüse auf sich allein gestellt.

Ich verzog den Mund und streckte mich noch ein wenig.

Mist. Der rechteckige Behälter, nach dem ich greifen wollte, war gerade außerhalb meiner Reichweite. Ich knurrte gereizt und streckte mich, so weit ich konnte, ohne auf die Anrichte klettern zu müssen.

Gleason stellte seine dampfende Kaffeetasse neben mir ab und griff dann über meinen Kopf hinweg nach dem

Glasbehälter. »Ich hoffe, die Schränke in Chicago sind nicht so hoch. Ich möchte nicht, dass du dir einen Muskel zerrst.«

»Ha, ha«, murmelte ich und nahm ihm den Behälter aus der Hand. »Warum habe ich dir eigentlich diesen Kuchen gebacken?«

»Weil du mich vermissen wirst«, antwortete er, während er seine Tasse wieder ergriff. »Das ist auch der Grund, warum du mir das Haus überlässt.«

Ich verdrehte die Augen. »Es bleibt als Vermögenswert in meinem Namen.«

»Vorläufig«, stimmte er zu und nippte an seinem Kaffee. »Vielleicht kaufe ich es dir ab.«

»Tatsächlich? Ist die Bezahlung bei den Auferstandenen aus der Dunkelheit heutzutage denn so gut?«

Er knurrte. »Nein, aber meine Silberverkäufe schon.«

»Ich werde so tun, als hätte ich das nicht gehört«, murmelte Lord Zebulon, als er sich in der Küche materialisierte.

»Evangeline ist eine meiner besten Kundinnen«, fuhr Gleason fort, der von der Anwesenheit eines Dämons, der ihn mit einem einzigen Gedanken in Stücke reißen könnte, völlig unbeeindruckt zu sein schien. »Genau deshalb wirst du mich in Ruhe lassen.«

Lord Zebulon stieß ein leises Lachen aus. »Ich lasse dich am Leben, wenn du mir Evangelines Bericht über die Nephilim-Überprüfung aushändigst«, sagte er. »Ich würde sie gern durchlesen, bevor ich sie an Ashmedai weitergebe.«

Mithilfe des Geräts an seinem Handgelenk rief Gleason den Bildschirm auf und stellte die Tasse ab, um auf ein paar Schaltflächen zu tippen. Dann ertönte ein hörbares Zischen, als die Dateien auf elektronischem Weg zu Lord Zebulon gesandt wurden. Zumindest nahm ich an, dass es sich darum handelte.

Bei Gleason konnte man nie wissen.

Eine halbe Sekunde später bedankte sich Lord Zebulon bei ihm und setzte sich an meinen Küchentisch, um seinen eigenen Bildschirm aufzurufen.

Er überflog die Dateien ohne merkliches Interesse, wobei er die Informationen überflog, während ich die Kuchenstücke in den Behälter packte.

»Ich hoffe, du hast keine Fragen«, sagte Gleason wie beiläufig. »Eve und Xai haben sich nämlich gerade für einen längeren Aufenthalt in ihre Berghütte zurückgezogen.«

»Oh, ich werde mich sofort melden, wenn ich etwas brauche«, antwortete Lord Zebulon. Dann warf er einen Blick auf Gleason. »Ich habe ihre Adresse in den Akten.«

Mein zukünftiger ehemaliger Mitbewohner zog eine Augenbraue in die Höhe. »Tatsächlich? Ich glaube kaum, dass sie sie dir gegeben haben.«

»Deine Vermutung lässt darauf schließen, dass du Grips hast«, sagte mein Herr gedehnt.

»Ich nehme auch an, dass du mir nicht verraten wirst, was Ashmedai mit Jaxon gemacht hat«, fügte Gleason hinzu.

Zebulon grinste. »Du bist wirklich ein Genie. Doch in diesem Fall habe ich keine Ahnung. Allerdings werde ich dem nachgehen, wenn ich dem Höllenfürsten heute Nachmittag den Bericht vorlege.« Er schloss den Bildschirm und wandte sich an Gleason. »Betrachte es als ein Zeichen meiner Dankbarkeit dafür, dass du meinen Sukkubus über die Jahre hinweg beschützt hast.«

Ich schnaubte. »Ich habe mich selbst beschützt.«

»Ich bin klug genug, dem nicht zu widersprechen«, erwiderte Gleason.

»Aber nicht klug genug, um mir zuzustimmen.« Ich tippte mir ans Kinn. »Als wir das erste Mal miteinander gekämpft haben, hast du ziemlich oft auf dem Rücken gelegen.«

»Ja, mit einem verdammt heißen Sukkubus auf mir«, antwortete er, ohne zu zögern.

»Eindeutig ein Genie«, murmelte Zebulon, als er aufstand.

Was auch immer ich hätte erwidern können, war wie weggeblasen, als er auf mich zu schlenderte und ein Grinsen seine fülligen Lippen umspielte.

Sein sanftes, minziges Aftershave umhüllte mich, als er sich vorbeugte, um meine Wange zu küssen. »Ich komme zurück, sobald die Besprechung beendet ist, und dann bringe ich uns nach Chicago.«

Ich rückte seine perfekt sitzende Krawatte zurecht und blickte mit einem Lächeln zu ihm auf, wohl wissend, dass er mein unmittelbares Interesse spüren konnte, das durch seine Nähe hervorgerufen wurde.

Er war heiß. Und ich war ein Sukkubus. In seiner Gegenwart spielten meine Hormone ständig verrückt.

»Ich werde bereit sein«, versprach ich, wobei mir die doppeldeutige Bemerkung leicht über die Lippen kam. Mein Körper war absolut *bereit* und ich hatte meine letzten Sachen bereits gepackt. Da wir die vergangene Woche damit verbracht hatten, den größten Teil meines Besitzes nach Chicago zu überführen, gab es nicht mehr viel zu tun. Ich würde also für *alles* bereit sein, was er wollte.

Ein Funkeln blitzte in seinen schokoladenbraunen Augen auf. »So langsam, wie die Zeit in der Hölle vergeht, sollte ich nicht lange weg sein.«

»Gut.« Ich stellte mich auf die Zehenspitzen, um ihn zu küssen. Er schlang die Hände um meine Taille und ließ sie unter mein Oberteil gleiten, um sie besitzergreifend auf meine nackte Haut zu legen. »Beeil dich«, flüsterte ich.

Er verschwand mit einem Zwinkern, wobei sein Duft mich wie ein sinnlicher Kuss umhüllte.

Gleason schüttelte nur den Kopf und trank seinen Kaffee aus. Dann öffnete er den Geschirrspüler, stellte die Tasse hinein und starrte auf das Geschirr. »Das hast du gekauft.«

»Das stimmt.«

»Nimmst du es mit?«

»Nein. Ich lasse alles hier.« Ich sah ihn an. »Es gehört hierher.«

Er nickte und blickte ein wenig verlegen drein. Dann fuhr er sich mit den Fingern durch sein dichtes kastanienbraunes Haar und räusperte sich. »Weißt du, das hier wird immer dein Zuhause sein. Du kannst immer hierher zurückkommen. Jederzeit.«

Ich musterte ihn und grinste. »Du wirst mich vermissen«, bemerkte ich.

Er stieß ein Schnauben aus, doch es klang nicht sehr überzeugend. »Wie auch immer.«

»Du wirst mich auf jeden Fall vermissen«, wiederholte ich und grinste mittlerweile übers ganze Gesicht. »Es ist schon in Ordnung, Gleason. Ich werde dich auch vermissen.«

Er schwieg einen Moment lang, dann nickte er. »Mit dir war es auf jeden Fall nie langweilig.«

»Langweilen dich denn die Auferstandenen aus der Dunkelheit?«, fragte ich ihn belustigt.

»Schön wär's«, murmelte er. »Creek treibt mich mit seinen Eskapaden noch in den Wahnsinn.«

»Womit beschäftigt er sich denn jetzt schon wieder?«

Seine Miene verfinsterte sich. »Mit Dämonen.«

»Ist das nicht euer Job? Sollt ihr euch nicht auf Dämonen konzentrieren und uns in Schach halten?«

Er ließ den Blick an mir auf und ab schweifen. »Nun, in deinem Fall habe ich wohl gute Arbeit geleistet.«

Ich verdrehte die Augen. »Du willst offenbar, dass ich dir noch einmal beweise, wie ich dir in den Hintern treten kann.«

Seine grünen Augen funkelten. »Deinem Dämonischen Lord würde meine Reaktion darauf nicht gefallen.«

»Ach so, da ich jetzt ausziehe, ist Flirten also gestattet?«, stichelte ich. Er fehlte mir bereits.

Er zuckte mit den Schultern. »Jetzt wird die Versuchung nicht mehr im Nebenzimmer schlafen. Ich kann endlich wieder aufatmen.«

Ich umarmte ihn daraufhin und küsste ihn auf die Wange. »Ich werde dich wirklich vermissen, Gleason«, flüsterte ich ihm ins Ohr und schlang die Arme fest um ihn.

Ich konnte sein Interesse an mir spüren, doch es wurde durch Lord Zebulons Essenz abgeschwächt und gedämpft, die besitzergreifend durch meine Adern floss. Ich konnte auch Zane spüren, denn der Dämonische Lord hatte uns drei mit seinen Kräften und seinem Blut verbunden.

»Du bringst mich noch um, Gwen«, keuchte Gleason.

»Ich bringe dir nur meine übliche Zuneigung entgegen«, erwiderte ich. »Du würdest dich viel weniger gut fühlen, wenn ich versuchen würde, dich zu töten.« Ich ließ ihn mit einem Grinsen wieder los und er sog übertrieben die Luft ein, als wollte er sich von meinem Angriff befreien. Aber ich konnte das Funkeln in seinen Augen sehen.

Er mochte mich. Aber nicht im sexuellen Sinn oder als jemand, in den er sich verlieben könnte, sondern einfach als Freundin.

»Ich muss jetzt zur Arbeit«, sagte er und schluckte. »Pass auf dich auf, Gwen.«

»Du auch, G«, murmelte ich.

Er ließ den Blick über meinen Körper wandern und hielt mit einem Lächeln inne, als er auf mein Haar fiel. »Mir gefällt der neue Look. Er steht dir.«

Ich lächelte, als ich ein paar farbige Strähnen vorzog, um sie zu betrachten. »Ja, mir auch.« Es war eine Art besitzergreifendes Zeichen von Lord Zebulons Macht, das von seiner sinnlichen Energie begleitet wurde, die wie ein fordernder Kuss über meine Haut glitt.

»Bis später, Mitbewohnerin«, sagte Gleason und ging in Richtung Eingangshalle.

»Bis später, Mitbewohner«, erwiderte ich. Genau diese Worte hatten wir an unserem ersten Tag in diesem Haus miteinander gewechselt.

Es schien passend, dass wir sie jetzt, an unserem letzten Tag, wiederholten.

Ich seufzte und wandte mich wieder dem Rest meiner Sachen zu, als die Haustür ins Schloss fiel.

Ich verband mit diesem Haus eine Menge guter Erinnerungen. Aber wir hatten nicht lange genug hier gelebt, damit ich hätte Wurzeln schlagen können. Da ich unsterblich war, verging die Zeit in dieser Hinsicht auf seltsame Weise – was für einen Sterblichen eine lange Zeit war, war für mich nur ein Wimpernschlag.

Ich ging die Treppe zu meinem Zimmer hinauf, um zu sehen, ob ich wirklich alles gepackt hatte, als es an der Haustür klingelte. Darauf folgte Creeks typisches Klopfen.

Zweimal klopf, klopf-klopf, und noch einmal klopf.

Ich lächelte, als ich zurück nach unten eilte, um ihn zu begrüßen. »Du hast Gleason gerade verpasst«, sagte ich, als ich ihm die Tür öffnete. »Soll ich ihn für dich zurückrufen?«

»Nein, das mache ich schon.« Er wischte sich die Stiefel auf der Fußmatte im Eingangsbereich ab, als ich die Tür hinter ihm schloss, dann schenkte er mir ein charmantes, schiefes Grinsen unter seinem buschigen, kastanienbraunen Bart. »Aber ich habe mein Armband im Wagen vergessen. Kann ich mir deins ausleihen?«

»Sicher.« Ich versuchte, mich zu erinnern, wo ich es liegen gelassen hatte. »Ich glaube, es ist in der Küche.« Ich setzte mich in Bewegung und er folgte mir. Die Nephilim nahmen es mit dem persönlichen Freiraum nicht so ernst, wenn sie in meiner Nähe waren, doch das machte mir nichts aus. Die meisten Männer fühlten sich automatisch zu mir hingezogen. Dies waren sowohl die Vorteile als auch die Konsequenzen, mit denen ein Sukkubus leben musste.

»Ich benutze es nicht sehr oft«, gestand ich, während ich begann, die Schubladen zu durchsuchen. »Vielleicht ist es nicht einmal aufgeladen.«

»Hm.« Er stieß ein leises, singendes Brummen aus, das mich dazu veranlasste, mich zu ihm umzudrehen. Er schenkte mir ein heiteres Grinsen, doch irgendetwas kam mir seltsam daran vor.

»Weißt du, vielleicht solltest du deins holen. Meines liegt wahrscheinlich in irgendeiner Schachtel vergraben.«

Er nickte, machte jedoch keine Anstalten zu gehen.

Ich musterte ihn und meine Kehle war plötzlich wie ausgetrocknet.

Irgendetwas stimmt hier nicht. Ich konnte es nicht benennen, es war nur ein Instinkt, der mir einen eiskalten Schauer über den Rücken jagte.

Creek zog seine Lederjacke aus und warf sie über den Küchenstuhl. Dann begann er, auf und ab zu gehen, und er hatte einen nachdenklichen Ausdruck im Gesicht, als er zurück in den Flur ging.

Ich folgte ihm und fragte mich, ob er wieder nach draußen gehen würde.

Wenn ja, würde ich die Tür abschließen und Gleason anrufen. Ich wusste zwar nicht, wo mein Armbandgerät war, aber ich wusste, dass er mindestens eines in seinem Arbeitszimmer liegen hatte.

Meine Haut kribbelte, als Creek sich noch einmal umdrehte und sich von der Eingangstür entfernte.

Eine Sekunde später wurde mir klar warum, als ich das schwarze Holster an seiner Hüfte erblickte.

Silberkugeln.

Ich erschauderte. Das war es, was meine Instinkte in Alarmbereitschaft versetzte.

Aber als Mitglied der Auferstandenen aus der Dunkelheit war es völlig normal, dass er eine Waffe und Munition besaß.

Nein ... das ist es nicht.

Es ist etwas anderes ...

Etwas Unheilvolles ...

GWEN

»Weißt du, ich habe dich immer gemocht«, sagte Creek und blieb vor mir stehen. »Du hast so etwas Unschuldiges an dir, das fast engelhaft wirkt. Ganz anders als Amarella. Sie war verrucht. Und gerissen. Und mir in so vieler Hinsicht ebenbürtig.«

Ich schluckte. *Ja, das ist gar nicht gut.* Da Amarella und Trevor aus dem Spiel waren, hatten wir den Fall zu den Akten gelegt.

Und wir hatten ganz vergessen, Creek in unsere Ermittlungen miteinzubeziehen.

»Wir haben Zebulon mehr als ein Jahrhundert lang an der Nase herumgeführt«, fuhr er fort und begann, wieder im Zimmer auf und ab zu gehen. »Dann wollte sie sich auf ein kleines Spiel einlassen. Ich habe ihr davon abgeraten. Aber ihr Stolz war wegen seiner Beziehung zu dir verletzt.« Er schüttelte den Kopf. »Ich meine, sie wusste, dass du nicht seine Geliebte warst. Aber sie sagte, die Art, wie er dich ansah, habe sie verunsichert.« Er blickte mich an. »Wahrscheinlich hat er sie nie auf diese Weise angesehen.«

Seine Schritte wurden ausladender, als er mein Wohnzimmer erreichte, während er jeden Winkel überprüfte. Der fröhliche, freiheitsliebende Nephilim, den ich kennengelernt hatte, war hinter einer Maske der Gleichgültigkeit verschwunden. Oder vielleicht war dies sein wahres Gesicht.

»Wir hatten Pläne. Pläne, die so viel bedeutender waren als du und der Dämonische Lord. Aber sie hat darauf bestanden, verstehst du? Sie wollte unbedingt, dass er dafür bezahlt.« Er seufzte dramatisch. »Jetzt hat sie den ultimativen Preis bezahlt und mir all diese losen Enden hinterlassen, die ich verknüpfen muss.«

Er legte die Zunge gegen die Vorderzähne, während er über diesen letzten Gedanken nachzugrübeln schien und verärgert die Schultern anspannte.

»Die hohen Tiere sind noch nicht so weit. Und sie denken darüber nach, mich aus dem Dienstplan zu streichen, weil ich Amarella nicht richtig unter Kontrolle hatte.« Er stieß ein Lachen aus. »Als könnte ich diese Frau jemals kontrollieren. Das wäre so, als würde ich versuchen, mich selbst zu kontrollieren, und das geht einfach nicht. Ich mag Regeln nicht sonderlich. Oh, aber die Auferstandenen aus der Dunkelheit schon.« Er knurrte. »Lächerlich, nicht wahr? Die scheinen zu glauben, dass sie mit ihrem Moralkodex alle bei der Stange halten können.«

Ich machte einen Schritt nach links, um mich Gleasons Waffenversteck in diesem Raum zu nähern, doch Creek wirbelte herum und fixierte mich.

»In dieser Welt gibt es keine Ordnung mehr, Gwen. Das Gleichgewicht verschiebt sich. Alles ist im Wandel begriffen. Der Krieg hat bereits begonnen. Aber nicht jeder ist bereit mitzuspielen, nicht wahr?«

Ich biss mir auf die Unterlippe, weil ich nicht wusste, was ich auf sein Geschwafel erwidern sollte.

»Leider gehörst du nicht zu den Spielfiguren. Du bist eher ein, nun ja, ein Ärgernis. Du hast den Dämonischen Lord von Nordamerika dazu verleitet zu fühlen, und das bringt das ganze Spiel durcheinander, Schätzchen. Ich habe also wirklich keine andere Wahl. Und ich nehme an, ich vergelte Gleiches mit Gleichem, wenn man bedenkt, was er Amarella angetan hat.«

Meine Kehle war wie zugeschnürt, als ich versuchte, ihm zu antworten, doch die Worte kamen mir nicht wie geplant über die Lippen. *Er ist wahnsinnig. Völlig wahnsinnig.*

Lord Zebulon war in der Hölle. Er würde nicht lange weg sein.

Zane war in Chicago. Ich konnte ihn nicht erreichen, es sei denn, ich fand ein Armband ... was erklärte, warum Creek meines hatte »benutzen« wollen, als er eingetreten war.

Scheiße. Würde Gleason Creeks Abwesenheit stutzig machen? Würde er hierher zurückkehren?

»Hast du denn gar keine Fragen?«, fragte Creek gedehnt, während sein geschmeidiger, charmanter Südstaatenakzent den Wahnsinnigen in seinem Inneren leicht verbergen konnte. »Ich meine, ich hätte zumindest erwartet, dass du etwas über den Wandel wissen willst.« Er lehnte sich an die Wand, direkt neben Gleasons Gemälde.

Weil er von dem geheimen Waffenlager wusste, das sich hinter dem Bild befand.

Verdammt, natürlich.

Er war Gleasons Schützling. Er hätte es ihm gezeigt.

»Oh, bist du etwa sprachlos?«, fragte Creek grinsend. »Weißt du, ich habe mir immer vorgestellt, dich auf eine ganz andere Weise zum Schweigen zu bringen. Ich habe manchmal an dich gedacht, während Amarella mir einen geblasen hat. Das habe ich ihr natürlich nicht gesagt. Sie war eifersüchtig genug auf Zebulons Reaktion auf dich.

Ich wollte die alte Dame nicht verärgern, weißt du.« Er zuckte mit den Schultern. »Aber nichts für ungut. Na ja, das stimmt wohl nicht ganz, weil ich dich jetzt töten muss.«

Er leckte sich wieder über die Zähne und zuckte zusammen.

»Warum?«, fragte ich, als ich endlich meine Stimme wiederfand. Allerdings klang sie ein wenig heiser. »Warum bin ich ein loses Ende? Wir haben den Fall doch schon abgeschlossen.«

»Tatsächlich?«, entgegnete er und zog eine Augenbraue in die Höhe. »Denn ich bin mir ziemlich sicher, dass der Höllenfürst noch nicht fertig ist.«

»Wenn du mich tötest, wirst du ohne Zweifel dafür sorgen«, bemerkte ich.

Er wippte mit dem Kopf hin und her, während er über meine Worte nachdachte. »Möglicherweise. Oder ich schicke sie alle wieder auf einen Irrweg, während alles andere weiter seinen Lauf nimmt.«

Er stieß sich von der Wand ab und trat auf mich zu.

»Weißt du, so habe ich auch in Amarellas Fall mit den hohen Tieren argumentiert. Ich sagte ihnen, es sei eine gute Ablenkung. Was ja auch stimmte. Die ganze andere Scheiße hat um euch herum seinen Lauf genommen, aber Zeb war zu sehr mit dir und deinen Problemen beschäftigt, um es zu bemerken.« Er grinste. »Ziemlich schlau, nicht wahr?«

Eher wahnsinnig, wollte ich sagen. Stattdessen schluckte ich und versuchte, einen Weg zu finden, ihn hinzuhalten.

Wenn ich nicht an das Waffenversteck herankam, musste ich ihn zum Reden bringen, bis Zebulon zurückkehrte.

Denn im Nahkampf hatte ich keine Chance, solange Creek eine mit Silberkugeln geladene Waffe hatte.

»Warum erzählst du mir das alles?«, fragte ich.

»Weil ich dich mag, Gwenie. Ich bin nicht gerade begeistert davon, dich töten zu müssen, also dachte ich mir, dass ich es dir wenigstens alles erklären kann, nicht wahr?«

»Okay. Dann erzähl mir von dem Wandel«, schlug ich vor und trat einen Schritt zur Seite, als er sich wieder auf mich zubewegte. Wenn wir diesen Tanz noch eine Weile weitertanzen würden, könnte ich mich vielleicht mit dem Rücken zur Wand positionieren.

Und dann könnte ich mir eine Waffe schnappen.

Falls ich schnell genug handelte.

»Das ist es ja«, sagte er und seine Lippen verzogen sich zu einem aufrichtigen Grinsen. »Das Gestaltwandeln ist meine Gabe, Schätzchen. Ich kann mich selbst nicht verwandeln, nur andere. Ich kann auch mit Auren spielen. Sie replizieren. Ich kann sie auch über Leichen legen, wie ich es bei deinen früheren Bettgefährten getan habe. Amarella hat sie getötet, aber ich habe ihre Energie am Tatort durch deine ersetzt. Ein nützliches Talent, das mir mein Vater da oben geschenkt hat.« Er neigte den Kopf zur Seite. »Ihr habt alle geglaubt, es war Jax, oder?«

Es würde nichts bringen, ihn anzulügen, also nickte ich. »Ja.«

Seine Grübchen kamen zum Vorschein und verliehen ihm einen jungenhaften Charme. »Ja, er hatte keine Ahnung, dass wir ihn nur benutzten. Irgendwie tut er mir leid, aber nicht wirklich. Er ist nur totes Gewicht.« Er zuckte mit den Schultern. »Aber er hat den Abend mit dir genossen. Also ist er nicht ganz schuldlos. Er wusste, dass ich ihn wie diesen Buchhalter aussehen ließ. Natürlich dachte er, dass es nur dazu diente, um seine Identität gegenüber Gleason zu verschleiern. Kurz darauf wurde ihm klar, dass wir dir einen Mord angehängt hatten.«

»Wie hat er darauf reagiert?«, fragte ich mich und trat einen weiteren winzigen Schritt zur Seite. *Fast da.*

»Ach, na ja, Amarella hat ihn beruhigt. Darin war sie ziemlich gut. Sie hat Emotionen manipuliert. Ein nützlicher Trick. Sie hat Zebulon in dieser Nacht so sehr in Rage versetzt, dass er dich fast umgebracht hätte.« Er verzog den Mund.

Ich wartete darauf, dass er fortfuhr, und nutzte den Moment, um mich noch ein Stück weiter zur Seite zu bewegen.

Er fuhr sich mit der Hand über den Nacken. »Ja, wir waren wirklich ein gutes Team, mit meinen Fähigkeiten der Auren-Manipulation und den Verwandlungskünsten und ihrem Talent, mit Gefühlen zu spielen. Auf diese Weise hat sie ihren Tod vorgetäuscht und das Mädchen gefügig gemacht. Seltsam, dass es bei dir nicht funktioniert hat. Oder vielleicht hat sie es gar nicht erst versucht, weil sie ihre ganze Kraft auf Zeb verwenden musste, um ihn blind vor Wut werden zu lassen.«

Er stieß einen gedehnten und lauten Seufzer aus.

»Aber sie hat trotzdem versagt. Er hat sich als stärker erwiesen und ich habe sie gewarnt, dass das passieren würde. Wie auch immer, ich werde das Miststück vermissen. Ich werde dich auch vermissen. Aber sie noch mehr. Wir waren länger zusammen, also …« Er verstummte und zuckte mit der Schulter. »Wie auch immer, willst du noch etwas wissen, bevor ich«, er schnalzte mit der Zunge, wobei er mit den Fingern eine Pistole formte, »du weißt schon.«

»Wenn du derjenige bist, der das Aussehen der anderen verändert«, begann ich langsam und überlegte krampfhaft, was ich sagen sollte, während ich versuchte, ihn noch ein wenig länger hinzuhalten, »dann musst du in der Nacht im Haus gewesen sein, als Trevor bei mir war.«

»Nein. Ich wusste, was vor sich ging, aber ich war mit Gleason zusammen. Ich habe ihn nach unserem Work-out

im Fitnessstudio nach Hause gebracht und dann Jax'
Aussehen manipuliert, als er das Haus verließ.« Er zuckte
wieder mit der Schulter. »Gleason hatte keine Ahnung.«

Fast da.

»Ich sehe, was du vorhast, Gwenie«, sagte er leise. »Du
wirst es nicht mehr rechtzeitig schaffen.« Mit einer
geschmeidigen, viel zu schnellen Bewegung entsicherte
Creek seine Waffe und richtete sie auf mich. »Gleason hält
mich für einen Anfänger. Das bin ich aber nicht.«

Meine Instinkte erwachten zum Leben und zwangen
mich zum Handeln, weil ich keine Gelegenheit hatte,
meine Bewegungen zu überdenken.

Ich duckte mich, als er die Waffe abfeuerte und die
Kugel direkt über meinen Kopf hinwegzischte. Die Wand
hinter mir gab ein krachendes Geräusch von sich, als das
silberne Geschoss dort einschlug.

Dann rollte ich mich auf Creek zu, sprang auf und
nutzte das Überraschungsmoment, um ihm mit der
Schulter den Arm nach oben zu drücken. Er stöhnte auf,
als ich mich drehte und seinen Ellbogen mit Wucht nach
unten zog. Die Waffe fiel mit einem dumpfen Aufprall auf
den Teppich und ich war überaus dankbar für Eves und
Gleasons intensives Training.

Ich stieß die Waffe den Flur hinunter, dann drehte ich
mich um und versetzte Creek einen Roundhouse-Kick, der
ihn mit einem Stöhnen rückwärts taumeln ließ.

Er beugte sich nach vorn und hielt sich mit der Hand
den Bauch, während er atemlos und sichtlich amüsiert
lachte. »Beeindruckend. Ich wusste gar nicht, dass du dazu
fähig bist, Gwenie.«

Er stürzte sich auf mich.

Ich versuchte, ihm auszuweichen, indem ich zur Seite
sprang, aber er stieß mir mit der Schulter in die
Magengrube. Ich verlor den Halt, segelte rückwärts durch

die Luft und prallte gegen die Wand. Mein Kopf stieß gegen die harte Oberfläche und ich hatte Sternchen vor Augen.

Sobald meine Füße auf dem Boden aufkamen, fand ich mein Gleichgewicht wieder, wich seinem Schlag aus und rammte mein Knie hart zwischen seine Beine.

Er sank nach vorn, umklammerte seine Männlichkeit mit beiden Händen und stieß einen Fluch aus. Ich sprang über seine am Boden liegende Gestalt und lief zum Gemälde.

Aber mir blieb keine Zeit, den Code einzugeben.

Creek war bereits wieder in Bewegung.

Scheiße. Ich entdeckte die Waffe ein paar Schritte entfernt an der Fußleiste neben der Küchentür. Ich sprintete los und machte einen Satz, gerade als er auf mich zustürzte.

Sein Körper prallte gegen meinen, als ich nach der Pistole griff. Meine Finger berührten das Metall, doch dann brachte er mich knapp außerhalb der Reichweite der Waffe zu Fall.

Ich hatte mich noch nie wirklich auf diese Weise verteidigen müssen und hatte es immer nur während des Trainings geübt. Normalerweise waren die Männer meiner sukkubischen Seele derart verfallen, dass ich mir nur die Lippen lecken musste, um sie in die Knie zu zwingen.

Aber das würde bei Creek nicht funktionieren.

Er hatte die Stärke eines Nephilim. Doch was mir an Kraft fehlte, machte ich durch Widerstandsfähigkeit wett, und das bewies ich jetzt, indem ich mit dem Ellbogen nach hinten schlug. Ich traf ihn an der Nase, die ein knirschendes Geräusch von sich gab, während seiner Kehle ein Knurren entfuhr.

Er packte mich an den Haaren und rammte meinen

Schädel seitlich gegen den Boden, sodass ich wieder Sternchen vor Augen hatte.

Dann durchfuhr ein stechender Schmerz meine Seite.

Eine silberne Klinge.

Der Schmerz durchzuckte meinen Oberkörper und presste die Luft aus meiner Lunge. Ich bäumte mich unter Creeks massiger Statur auf, wobei er das Messer aus mir herauszog. Es fühlte sich an, als hätte er dabei meinen gesamten Brustkorb mitgerissen.

Verdammt!

Adrenalin rauschte durch meine Adern und ich machte es mir zunutze, um meinen Kopf nach hinten zu werfen. Ich prallte mit dem Schädel gegen Creeks bereits verletzte Nase.

Er fluchte und sein Gewicht hob sich mit einem Zischen von meinem Körper, als er sich neben mir auf den Boden rollte.

Sein Messer war ihm aus der Hand geglitten und lag direkt neben mir.

Aber ich konnte nicht danach greifen, ich war zu benommen, um meinen Arm zu heben.

Silber, dachte ich und mir wurde schwindelig, als die Empfindungen meine Seele überwältigten und das tödliche Element meinen Körper vergiftete. *Er hat mich mit … mit Silber erstochen. Und es breitet sich in mir aus.*

Und obwohl er es aus mir herausgezogen hatte, durchzog das Brennen meinen ganzen Körper.

Weil das Metall mit Gift versetzt war, erkannte ich und erinnerte mich daran, dass Eve von ähnlichen Waffen Gebrauch gemacht hatte. *Oh verdammt …*

Es spielte keine Rolle, dass er die Klinge entfernt hatte.

Die verbleibende Essenz würde mich auch töten, wenn er mir keine weitere Wunde zufügte.

Ich musste lange genug überleben, um ihn zu töten,

lange genug, bis Lord Zebulon zurückkehren würde, lange genug, bis ... Hilfe kam.

Es war ein Gift, das seine Wirkung langsam entfaltete.

Ich hatte Zeit.

Und ich habe eine Rettungsleine, dachte ich schwach. *Ja, eine Rettungsleine.* Instinktiv griff ich auf Lord Zebulons Reserven zu und saugte seine Kraft in mich hinein. Es war so einfach wie das Atmen, wie ein Muskel, den ich noch nie benutzt hatte, der sich jedoch anfühlte, als wäre er schon mein Leben lang ein Teil von mir.

Seine Energie überflutete mich mit einer schützenden Welle, pumpte Leben durch meine Adern und heilte meine Wunden schneller, als ich es selbst vermochte.

Vielleicht bildete ich es mir auch nur ein, wahrscheinlich eine Folge meines benommenen Zustands, aber es half mir gerade lange genug, um das Messer zu ergreifen. Der Griff brannte, als das Silber meine Haut berührte, aber ich kämpfte mich durch den Schmerz und wirbelte die Klinge herum, um sie in Creeks Brust zu rammen.

Mit einem gequälten Aufschrei, der bis in meine Seele drang, ließ er die Hände von seinem Gesicht fallen.

Ich wich zurück. Meine Seite brannte noch immer wie Feuer und meine Hand schrie förmlich vor Schmerzen, nachdem ich das Metall mit meiner bloßen Haut umgriffen hatte.

Der Geruch von Metall drang mir in die Nase, als Blut auf uns beide spritzte und seine Haut, seinen Bart und seine Finger dunkelrot färbte.

Dann blickte er auf das Messer hinunter, das aus seinem Brustkorb ragte, und lachte.

Er lachte nicht nur, er gackerte wie ein Wahnsinniger, als würde es ihn belustigen, dass ich tatsächlich ein Messer in seiner Brust versenkt hatte.

Er ist wahnsinnig, dachte ich. *Völlig übergeschnappt.*

Oder vielleicht fühlte er rein gar nichts.

Ein echter Soziopath, der sich daran ergötzte, seine Mitmenschen zu verletzen, und der überhaupt nicht fähig war zu begreifen, dass er selbst auch verwundet wurde.

Ich zitterte, als das silberne Gift mich innerlich zu zerreißen schien, obwohl Lord Zebulons Energie mich durchströmte. Ich nahm all meine Kraft zusammen, um von Creek wegzukriechen, doch er hatte mich schwer verletzt und das Silber breitete sich in mir aus, wenn auch langsam.

Wohnzimmer, dachte ich und versuchte verzweifelt, hinter eine Wand zu kriechen.

Doch ich schaffte es kaum einen Meter weit, bevor sich die Waffe hinter mir entlud.

Scheiße! Ich hatte die Pistole vergessen.

Eine Silberkugel durchbohrte meine Schulter und ein beißender Schmerz explodierte in meinem Inneren. Ich schrie gequält auf, denn es waren die schlimmsten Schmerzen, die ich je gespürt hatte.

Ich sackte auf die Seite und blickte zurück. Creek stand hinter mir und hielt die rauchende Pistole in der einen und das Messer in der anderen Hand, von dem unser beider Blut tropfte. Ein irres Grinsen huschte über sein Gesicht.

Ich hatte keine Ahnung, wie er es geschafft hatte aufzustehen, geschweige denn, sich zu bewegen.

Dann kratzte er sich mit dem Lauf der Pistole am Kinn, bevor er damit wieder auf mich zielte. »Nun, das war …«

Peng!

Ich zuckte zusammen und erwartete, das Brennen einer zweiten Kugel zu spüren.

Doch sie traf nicht mich.

Sie … sie traf Creek.

Gefolgt von einer dritten.

Und einer vierten.

Sie ließ den Nephilim zu Boden fallen, während er ein paarmal schockiert nach Luft schnappte.

Ragus trat aus der Eingangstür in mein Blickfeld. Sein Gesichtsausdruck war völlig neutral, als er das Magazin in Creeks Schädel entlud.

»Ich habe dich nie gemocht«, sagte Ragus im Plauderton. »Du hältst einfach nie die Klappe.«

Lord Zebulon erschien in einem Wirbel von Energie und mit einem wütenden Brüllen, woraufhin der bereits bewusstlose Creek von einer weiteren Flutwelle aus Energie getroffen wurde.

Ragus steckte seine Waffe lässig ins Halfter und stieß einen leisen Fluch aus, als er sich mir näherte. »Ich hätte früher nach dir sehen sollen«, sagte er. »Ich dachte, er wäre nur auf einen Plausch vorbeigekommen, bis ich den Schuss gehört habe.«

Lord Zebulon knurrte, während er seine Aufmerksamkeit auf Creek gerichtet hatte, bis er mich an der Wand entdeckte.

Alles schien zu erstarren. Zumindest schien für mich alles stillzustehen. Es war, als wären … ihre Gesichter eingefroren.

Und ich spürte den *Zorn*.

Oh … Er schwappte über mich und machte mich noch benommener.

Meine Augenlider fühlten sich schwer an. Doch ein knirschendes Geräusch ließ mich aufschrecken und lenkte meinen Blick auf Creek. Lord Zebulon hatte seinen Fuß auf dem Hals des Nephilim platziert.

Dann verspürte ich einen weiteren Energiestoß, als Prinz Ashmedai auf dem Flur erschien. Er ließ den Blick über das Geschehen im Wohnzimmer schweifen und ein Anflug von Emotionen erhellte seine violetten Iriden, als er mich auf der anderen Seite des Raumes erblickte.

Lord Zebulon schien sich neben mir zu materialisieren, während ich nur noch alles verschwommen sah.

So viel Silber.

In meinem Inneren.

Es steht in Flammen.

Ich hörte ihn meinen Namen sagen und gab ihm murmelnd eine Antwort.

Ich streckte die Hand nach ihm aus und bemühte mich, mich auf sein Gesicht zu konzentrieren, um bei ihm zu bleiben.

Doch ich lag völlig reglos da.

Ich streichelte ihn nicht mit meinen Fingern und mein Mund bewegte sich nicht, als ich versuchte zu sprechen. Nichts … nichts existierte. Ich existierte nicht mehr.

Ein seltsames Gefühl.

Geisterhaft und grausam und so *heiß*.

Alles drehte sich um mich herum.

Plötzlich spürte ich Prinz Ashmedais Hände auf meiner Haut.

Er wechselte ein paar Worte mit Lord Zebulon, doch ich konnte nichts davon verstehen.

Und dann wurde mein Innerstes von einem unerträglichen Schmerz durchflutet, als mein Blut zu *kochen* begann.

Ich schrie, aber die Männer hielten mich fest, während mir mein Lebenssaft durch die Wunden, die Creek verursacht hatte, buchstäblich aus dem Körper gerissen wurde.

Lord Zebulon presste sein Handgelenk an meinen Mund und befahl mir etwas.

Ich konnte die Worte nicht verstehen und sein Blut

erstickte mich, während meine Adern weiterhin durch diese machtvolle Energie ausgesaugt wurden. *Was tun sie mit mir?*, dachte ich, während ich Todesqualen durchlitt. *Warum weiden sie mich aus?*

Nein. Sie weideten mich nicht aus.

Sie lassen mich ausbluten.

Ein elektrischer Strom durchzuckte mich, der mit einem Zischen Spuren von Prinz Ashmedais Essenz hinterließ.

Er zieht das Silber aus meinem Körper, erkannte ich plötzlich. *Und Lord Zebulon gibt mir die Kraft, es zu überleben.*

Ich blinzelte wieder und konnte für einen Moment klar genug sehen, um in zwei glühende braune Augen zu blicken. »*Trink*«, befahl Lord Zebulon. »Du musst trinken.«

Mein Mund war voller Blut und ich begann zu schlucken. Ich war kurz davor gewesen, es einzuatmen.

Die Zeit blieb stehen, als die Dunkelheit mich umhüllte.

Doch meine Kehle arbeitete weiter.

Bis sie damit aufhörte.

Ich konnte mich nur noch fallen lassen, während die Welt um mich herum in hypnotisierende Strukturen zerfiel, die von dunklen … dunklen … Wellen überflutet wurden.

ZANE

Ich warf einen Blick auf die Uhr an der Wand, dann rührte ich mit dem Pfannenwender die Mischung aus Olivenöl, Knoblauch und Zwiebeln um.

Zebulons Lieblingsköchin stand daneben und runzelte die Stirn, weil ihr meine Anwesenheit in ihrer Küche missfiel. Allerdings wollte ich heute Abend kochen. Und sie musste sich daran gewöhnen, ihren Raum mit mir zu teilen, da ich für immer einziehen würde.

Dieser Bereich gehörte jetzt teilweise mir.

Zebulon besuchte seine Küchen nicht oft und zog es vor, seine Hausangestellten alles für ihn erledigen zu lassen. Aber ich war nicht er und kochte mit Vorliebe.

Außerdem war der heutige Abend etwas Besonderes. Wir verbrachten unseren ersten Abend als eine Einheit in *unserem* Heim. Nachdem wir die ganze Woche mit Packen und Umziehen verbracht hatten, war es ein schönes Gefühl, endlich …

Ein Energiestoß raubte mir den Atem, als ich Lord Zebulons Erscheinen spürte, das von Wut und alles verzehrendem Schmerz durchzogen war.

Ich ließ den Pfannenwender fallen und wandte mich der Quelle zu, doch er hatte sich nicht in der Küche materialisiert.

Oben.

Ich dachte nicht nach, sondern rannte geradewegs ins Obergeschoss, während mein Blut mit jedem Schritt ein wenig mehr erkaltete. *Irgendetwas stimmt hier ganz und gar nicht.*

Die dargarianischen Leibwächter hatten sich ebenfalls in Bewegung gesetzt und stapften mit ihren Stiefeln die Treppe hinauf, wobei sie direkt auf Zebulons Schlafgemach zusteuerten.

»Aus dem Weg!«, rief ich und versuchte, mich durch sie hindurch zu kämpfen.

Ein weiterer Energiestoß ging von Zebulon aus, als er mir befahl einzutreten und von den anderen forderte, sich zu verpissen.

Die Luft schien zu Eis zu gefrieren und die Dargarianer erstarrten, statt zu gehorchen.

Ich stieß ein paar von ihnen beiseite und riss sie aus ihrer Benommenheit. Sie huschten zur Seite, verbeugten sich und nahmen ihre Positionen im Flur ein, um mir schließlich durch die weit geöffnete Doppeltür Einlass zu gewähren.

Ich stürmte hinein und fand Zebulon, der sich über das Bett beugte, um Guinevere sanft auf die Decke zu legen.

Eine sehr blutige, bewusstlose Guinevere.

Ich wurde von Angst gepackt, durchquerte schnurstracks den Raum und fragte: »Was zum Teufel ist passiert?«

»Creek.« Zebulon knurrte den Namen, als wäre er ein Schimpfwort.

»Creek? Ich dachte, er wäre …« Ich verstummte und erinnerte mich an das Gespräch, das wir über Creek geführt hatten, als Gleason uns die Überwachungsvideos von ihm gezeigt hatte.

Aber wenn Creek in die Sache verwickelt war, was war dann mit all den Dämonen …

Ich kniete neben Gwen auf dem Bett und nahm ihren Kopf in meine Hände. Sie fühlte sich klamm und fiebrig an und ihre Augen schienen in ihrem Kopf zurückzurollen. »Was ist passiert?«

»Eine Silbervergiftung«, antwortete Zebulon düster und riss ihr das ohnehin schon zerrissene Oberteil vollständig vom Leib. Direkt neben der Vertiefung neben ihrem Schlüsselbein klaffte eine Wunde, aus der Blut quoll. »Ich habe die Kugel entfernt und Ashmedai … hat die Silberfragmente aus ihr herausgesaugt.«

Mein Herz setzte einen Schlag aus. »Er hat sie *ausgesaugt*?«

»Telekinese. Er hat sie eingesetzt, um das Gift zu extrahieren.«

»Scheiße«, hauchte ich, als ich ihre blasse Haut und schwindende Aura bemerkte. »*Scheiße*. Was … *Wie?*«

»Ich wäre fast zu spät gekommen«, fuhr Zebulon fort, dessen Wut deutlich spürbar war. »Er wollte gerade noch einmal auf sie schießen, aber Ragus … hat ihn zur Strecke gebracht.«

»Ragus?«, wiederholte ich ungläubig.

»Er hatte einen Fährtensucher auf Creek angesetzt.« Er sah mich mit seinen dunklen Augen an. »Der Fährtensucher hat ihn angerufen, weil er den Eindruck hatte, dass etwas nicht mit rechten Dingen zuging. Ragus ist dort erschienen und als er den Schuss hörte, hat er sofort reagiert.«

Zebulon hielt inne und biss die Zähne zusammen. Ein Stoß magischer machtvoller Energie ging von ihm aus. Ich konnte fühlen, dass er sich auf etwas konzentrierte, das ich nicht sehen konnte und sich vermutlich in Guineveres Körper befand. Die Energie wallte auf und ebbte wieder ab, als Zebulon schwer atmend die Augen öffnete.

Er sprach weiter, als wäre nichts gewesen. »Ragus hat mir in dem Moment einen Notruf geschickt, als ich Guineveres Qualen spürte.« Zebulon verzog das Gesicht und ließ die Hand an Guineveres Arm hinabgleiten, während er in die Ferne zu blicken schien. »Glücklicherweise befand ich mich bereits mit Ashmedai in dieser Dimension.«

»Nicht in der Hölle?«

»Nein, er hat mich in Miami auf der Jacht getroffen.« Er ging nicht weiter darauf ein, sondern schloss die Augen und summte etwas vor sich hin.

»Was tust du da?«

Eine Ader pulsierte auf Zebulons Stirn, während er die Fingerspitzen auf die zarte Haut an Guineveres Armbeuge presste. »Ich heile sie, indem ich ihre Energie auffrische und sie leite.«

»Kann ich helfen?«, fragte ich.

Er nickte einmal. »Berühre mich.«

Ich zögerte nicht und legte meine Hand an seine Schulter.

»Nackte Haut«, stieß er zwischen zusammengebissenen Zähnen hervor.

Ich riss die Knöpfe seines schwarzen Hemdes auf und legte die Hand auf seine Brust, direkt über seinem Herzen. Ich konnte fühlen, wie es raste, und ich wurde sofort von seiner Energie umhüllt, als er sich an mich lehnte, um Kraft zu schöpfen.

Ich schnappte erschrocken nach Luft, als ich spürte, wie erschöpft seine Reserven waren. Mir wurde klar, wie viel er Guinevere gespendet haben musste, um sie am Leben zu erhalten.

Ich legte meine andere Hand auf ihr Brustbein. Ein Energiestoß durchzuckte die Luft, als wir drei uns miteinander verbanden.

Die Temperatur im Schlafzimmer schnellte in die Höhe, als ein elektrischer Strom zwischen uns zum Leben erwachte. Zebulon war die Quelle der Macht, die die Energie in Guinevere umleitete und ihren Körper zur Heilung zwang.

Sie wäre fast gestorben, dachte ich, als mir klar wurde, wie nahe sie dem Tod gekommen war. *Zebulon ist derart erschöpft ... Scheiße.*

Plötzlich erschien Prinz Ashmedai im Raum, wobei seine königliche Robe einen raschelnden Laut von sich gab. Er richtete den Blick aus seinen violetten Augen sofort auf Guinevere.

»Das ist eine beeindruckende Menge an Energie, Zebulon«, murmelte Ashmedai und streckte seine Hand aus, um selbst etwas zu dem Energiefluss beizusteuern. Doch er half damit weniger, als dass er ihn *überprüfte*.

Zumindest zu Anfang.

Dann ließ er seine geballte Kraft in den Strom mit einfließen, um Zebulons Reserven zu stärken.

Verdammt. Ich schnappte nach Luft, als ich durch die plötzliche Schockwelle aufs Bett neben Guineveres geworfen wurde. Ich konnte die Verbindung kaum aufrechterhalten, während ich Lord Zebulons Brust nur noch mit den Fingerspitzen berührte und meine andere Hand flach auf Guineveres Brustbein presste.

Prinz Ashmedai gab einen summenden Laut von sich, während er seine Finger über den Energiestrom tanzen ließ. »Ich hoffe, dass deine Macht weiter wachsen wird«, sagte er. »Wir werden sie in den kommenden Jahrzehnten auf der Erde brauchen, denn ich glaube, uns steht ein Krieg bevor, der nicht von der Hölle angezettelt wird.«

Zebulon stieß die Luft aus und öffnete die Augen, wobei in seinen Iriden eine berauschende Mischung aus Macht und Schmerz flackerte. »Ein Krieg?«, wiederholte er in schroffem Ton.

»Es hat etwas mit dem Gleichgewicht zu tun«, sagte Prinz Ashmedai mit nachdenklichem Tonfall. »Ich habe vor, Creek zu verhören, wenn er aufwacht. Du und Ragus habt ihn zwar übel zugerichtet, aber ihr habt ihn nicht enthauptet, wofür ich euch dankbar bin. Ich brauche noch ein paar Antworten von ihm.«

Er verfiel in nachdenkliches Schweigen und ließ seinen Blick suchend über Guinevere schweifen.

»Es ist faszinierend, Zebulon«, fügte er nach einem Moment hinzu. »Deine Triade stärkt dich und du sie. Das bringt mich auf eine Idee.«

»Was für eine Idee?«, fragte mein Herr, wobei seine Stimme an Kraft gewann.

Prinz Ashmedai lächelte nur, dann stellte er sich hinter Zebulon und legte eine Hand auf die Schulter des Dämonischen Lords, als er eine weitere Schockwelle durch unsere Verbindung sandte.

Ich erzitterte, als ich von der Energie erfasst wurde, und mein Körper krümmte sich automatisch Guinevere entgegen. Sie schnappte ebenfalls nach Luft, doch dann wurde sie wieder still.

Zu still.

Dennoch *spürte* ich, wie ihr Herz unaufhörlich schlug.

Im nächsten Moment kehrte ihre Atmung zurück und ihre Haut rötete sich durch die Fülle der Elektrizität, die sie durchströmte.

Prinz Ashmedai ließ Zebulons Schulter mit einem entschlossenen Nicken los. »Das sollte genügen.«

Er trat einen Schritt zurück und bewunderte uns alle drei.

Zebulon atmete noch einmal tief durch, dann ließ er die Schultern und den Nacken rollen, wobei seine Energiereserven dank Ashmedais letztem Schub fast wieder vollständig aufgefüllt zu sein schienen.

»Danke«, sagte er leise.

Prinz Ashmedai nickte ihm anerkennend zu. »Wie viel Spaß es dir machen muss, deine Gefährten durch Sex zu heilen«, sagte er belustigt. »Wenn ich einen Sukkubus halten und mit ihm eine Bindung eingehen könnte, würde ich es tun. Aber leider brauche ich jemanden, der, sagen wir mal, die Welt etwas mehr erschüttern kann. Genau. Und jetzt muss ich einen ganzen Prüfungsbericht nach einem geeigneten Kandidaten durchforsten.« Er wackelte mit den Augenbrauen. »Wünscht mir Glück. Nicht dass ich es brauchen werde.«

Mit diesen Worten verschwand er.

Ich starrte ihm hinterher. »Hat er gerade angedeutet, dass er sich eine Gefährtin nehmen wird, um seine Macht zu stärken?«

Lord Zebulon zog sich das verschmutzte Jackett und sein Hemd aus und warf alles auf den Boden. »So habe ich es auch verstanden.«

Ich begann, das blutigen Laken unter Guineveres schlafendem Körper zu entfernen, während ich fragte: »Haben Erzdämonen überhaupt Gefährten?«

»Haben Dämonischer Lords normalerweise welche?«, entgegnete Zebulon.

»Stimmt auch wieder.« Ich warf das Laken auf den Boden und zog Guinevere die restlichen Kleider vom Leib, die nur noch aus niedlichen Shorts und einem Spitzentanga bestanden.

Zebulon entledigte sich seiner Hose. Guineveres Blut hatte den Seidenstoff durchdrungen und einen feuchten Schimmer auf seiner geschmeidigen, dunklen Haut hinterlassen. Als Nächstes zog er die Boxershorts aus, dann beugte er sich über Guinevere und presste seine Lippen auf meine.

»Aber ich habe nichts dagegen, mit euch gemeinsam neues Territorium zu beschreiten«, fügte er hinzu und bezog sich dabei auf seine Bemerkung in Bezug auf Dämonische Lords und seine Gefährten.

Ich fuhr mit meinen Fingern über seine Brust und erwiderte: »Ich auch nicht, mein Herr.«

Er fuhr mit der Zunge über meine Unterlippe. »Unsere Guinevere braucht Kraft, um ihre Heilung zu vollenden. Vielleicht können wir sie mit sexueller Energie wiederbeleben, während wir alle zusammen ein Bad nehmen?«

Ich erschauderte bei dem Gedanken an seinen riesigen Badebereich. Er glich eher einem überaus luxuriösen Schwimmbecken als einer Wanne, in dem sich zwei Sitzbänke und eine Treppe befanden. »Ja«, sagte ich, ohne zu zögern. »Ja«, stieß ich noch einmal hervor.

Er lächelte und hob Guineveres reglosen Körper vorsichtig vom Bett. Ich folgte ihm ins Bad und entledigte mich auf dem Weg dorthin meiner Kleider.

Ich wusste bereits, wo sich all die Badesalze und duftenden Lotionen befanden, da ich schon viele Male in seiner Gegenwart gebadet hatte. Er überließ es mir, alles vorzubereiten, und ging mit Guinevere in den offenen Duschbereich, um das Blut von ihren Körpern zu waschen.

Sie rührte sich nicht, nicht einmal, als er mit den Händen zärtlich über ihre Haut strich.

»Es geht ihr … gut, oder?«, fragte ich verängstigt, weil sie immer noch keine Reaktion gezeigt hatte. Wenn er mich auf diese Weise berührt hätte, hätte ich längst in Flammen gestanden.

Zebulon nickte. »Sie braucht nur noch etwas mehr Energie, um aufzuwachen. Sie muss sich *nähren*.« Dabei warf er mir einen wissenden Blick zu und seifte sich dann mit einer Hand ein, während er sie mit der anderen an sich drückte.

Die Zuschaustellung von Kraft brachte seine muskulöse Statur zur Geltung und ließ meinen Schwanz hart werden.

Denn er glich einer kunstvollen Skulptur.

Er blickte mich an und ein Grinsen umspielte seine Mundwinkel. »Ist das Bad fertig?«

»Fast«, sagte ich und verschluckte fast meine Zunge. Ich räusperte mich und konzentrierte mich darauf, eine Reihe von beruhigenden Düften ins Wasser zu mischen.

Keine Seifenblasen.

Denn Zebulon hasste sie.

Als ich fertig war, kam er frisch geschrubbt und mit einer feuchten Guinevere im Arm aus der Dusche. Er ging an mir vorbei und legte sie zuerst in die Wanne, wobei er sie sich auf den Schoß setzte und ihren Kopf auf seine Schulter legte. Ich wollte ihm folgen, aber er schüttelte den Kopf. »Nein, ich möchte, dass du dich auf den Rand setzt. Genau da.« Er zeigte mit dem Kinn auf den Platz neben sich.

Ich runzelte die Stirn und fragte mich, was er vorhatte. Ich tat jedoch, wie geheißen, und setzte mich auf den steinernen Rand des riesigen Wannenbereichs und stellte meine Füße auf die Sitzbank im Wasser. Auf dem Rand hätten fünf oder sechs Personen bequem Platz finden können, was für einen Inkubus buchstäblich ein feuchter Traum war.

Zebulon hielt Guinevere mit einem Arm fest und griff mit seiner freien Hand nach meiner Männlichkeit.

Ich zuckte zusammen, als er mich mit festem Griff

streichelte. Seine Berührung brannte auf der empfindlichen Haut meines Schafts. *»Verdammt«*, keuchte ich.

»Mm«, murmelte er.

Ich verstand erst, was er vorhatte, als er sich vorbeugte und seinen Mund an meine Eichel presste. Mir entfuhr ein weiterer Fluch, als ich den Kopf in den Nacken fallen ließ. *Oh ... hallo ... samtig ... Dämonengott ...*

Zebulon hatte mich in all unserer gemeinsamen Zeit noch nie auf diese Weise verwöhnt. Es versetzte mich in eine überlegene Position, da er mich im Grunde mit seinem Mund verehrte und nicht umgekehrt.

Er hatte mich schon dort geleckt.

Er hatte mich sogar dort geküsst.

Aber er hatte noch nie *vorsätzlich* meinen Schwanz gelutscht. Nicht auf diese Art. Ich legte meine Hand an seinen Hinterkopf, wobei ich ihn nicht dazu bringen wollte, mich noch tiefer in sich aufzunehmen. Ich wollte ihn lediglich *liebkosen* und ihm auf meine Weise *danken*.

Er stöhnte auf, wobei der Laut durch meinen Körper vibrierte und mich bis in die Zehenspitzen erregte.

Es war dekadent.

Heiß.

Intensiv.

Er griff nach meiner Hand auf seinem Hinterkopf und legte sie auf Guineveres Haar, wobei ich mit den Fingern automatisch durch ihre feuchten, bunten Strähnen strich.

Ihre Augen waren immer noch geschlossen, aber ich konnte die Lust spüren, die um sie, in ihr und durch sie hindurch aufflammte.

Zebulon ließ seine Zunge gekonnt über meinen Schaft gleiten und ich hatte Sternchen vor Augen. Ich ballte meine Hand zur Faust und hätte Guinevere fast an den Haaren gezogen. Ich stieß seinen Namen fluchend aus, während mein ganzer Körper sich unter seinen Liebkosungen anspannte.

Warum hatte ich ihn zuvor nie darum gebeten? Er war so *verdammt* gut. Und das sagte ich ihm nun.

Er grinste, als er meinen Schwanz bis zum Ansatz schluckte, dann fuhr er fort, mich mit seinem sündigen Mund zu verwöhnen.

»Dämonengott«, murmelte ich, weil ich es für angemessener hielt als Lord.

Er fuhr mit den Zähnen über die Unterseite meines Schaftes und entlockte mir ein Stöhnen, als er mich mit seiner begierigen Energie umhüllte. Er wollte es genauso sehr wie ich. Ich spürte, wie er sich nach meinem Geschmack sehnte, wie er meinen Orgasmus in seinem Mund spüren wollte. Diese Empfindung allein ließ mich fast über den Abgrund fallen.

Ich war so *heiß. Verloren. Sein.*

Es raubte mir den Verstand.

Alles zusammen brachte mich noch näher an den Rand der Ekstase.

Dann blickte ich hinunter in Guineveres geöffnete Augen, deren blaue Iriden voller Kraft und Leben leuchteten, während sie sich an unserer lustvollen Energie labte ... und ich explodierte.

Zebulon schluckte und verstärkte mit einem zustimmenden Knurren meine Lust. Meine Glieder zitterten und mein Herz schlug wild in meiner Brust.

Energie.

Feuer.

Meine Haut kribbelte und meine Seele schwelgte in den Empfindungen, als Zebulon mich bis auf den letzten Tropfen aussaugte. Dann zog er den Kopf zurück und gab mir einen sanften Kuss auf meine Eichel, der mich auf Wolke sieben schweben ließ.

Ich fühlte mich … *geliebt.*

Und ich konnte diese Empfindung auch in ihm spüren. Dies war sein Geschenk an mich. Er zeigte mir damit seine Zärtlichkeit auf eine Weise, von der er wusste, dass ich sie als Inkubus angemessen interpretieren würde.

Er hatte gerade direkt zu meiner verdammten Seele gesprochen.

Ich ließ mich ins Wasser gleiten, umarmte ihn und küsste ihn mit einer Leidenschaft, die ich mit jeder Faser meines Wesens empfand. Er erwiderte den Kuss und zog sich dann sanft zurück, um Guineveres Gesicht zu betrachten.

Sie war jetzt hellwach und bedachte uns mit einem wachsamen und hungrigen Blick, der uns beiden ein Grinsen aufs Gesicht zauberte.

»Wie fühlst du dich?«, fragte er mit tiefer, sinnlicher Stimme.

»Ich bin am Verhungern«, flüsterte sie.

»Ich glaube, damit können wir behilflich sein, Kleines.« Er presste den Mund auf ihren, dann küsste er mich erneut, bevor er meinen Mund an ihre Lippen führte und mich anwies, sie mit meiner Zunge zu liebkosen.

Wir verloren uns in einem erotischen, feuchten Liebesspiel, das stundenlang andauerte, während wir in der Wanne spielten und das Wasser bis spät in die Nacht immer wieder aufs Neue erhitzten.

Schließlich kehrten wir ins Bett zurück.

Dort legten wir Guinevere in die Mitte und überprüften ihre wachsende Kraft.

Am Ende brach sie gesättigt und voller Lebenskraft zwischen uns zusammen. Sie war wie berauscht und hatte ein trunkenes Lächeln auf dem Gesicht, als sie mir langsam den Kopf auf dem Kissen zudrehte und mich anblickte. Ich küsste sie noch einmal, um sie zu spüren, um mich zu vergewissern, dass sie überlebt hatte, und um in den Nachwirkungen ihres wunderbaren Glühens aufzublühen.

Es fühlte sich richtig an.

Wie ein Zuhause.

Mein Zuhause.

Und mir wurde klar … dass genau in diesem Moment der Rest meines Lebens begann.

Mit ihr. Mit Zebulon.

Das ultimative Leben.

GWEN

Lord Zebulon ließ seine Finger träge über meine nackte Haut gleiten, während seine sinnliche Energie mich wie eine warme Brise liebkoste. Sie war tröstlich und schützend und ließ mich langsam erwachen. Ich öffnete die Augen und blickte in seine dunkelbraunen Iriden.

Zane ruhte hinter mir. Er hatte seine muskulöse und warme Brust an meinen Rücken geschmiegt und den Arm fest um meine Taille geschlungen. Und Zebulon teilte sich mein Kopfkissen und hatte ein Bein zwischen meine Schenkel geschoben. Seine Hand lag auf meiner Hüfte, während er mit dem Daumen weiter die verführerischen Muster nachzeichnete, die mich aus dem Schlaf geholt hatten.

»Deine Augen leuchten«, sagte er staunend und musterte mein Gesicht. »So schön und blau.«

»Das bist du«, flüsterte ich. »Deine Macht in mir.«

»Und Ashmedais Macht«, sagte er. »Er hat geholfen, dich zu heilen.«

Ich nickte und spürte, wie die verbleibende Kraft des

Erzdämons, die noch in meinem Inneren floss, in mir aufblühte. »Warum hat er das getan?«

»Ich denke, er wollte damit sein Bedauern zum Ausdruck bringen«, antwortete er. »Er wusste die ganze Zeit über, dass du unschuldig bist. Aber statt es zuzugeben, stellte er ein Schachbrett auf und sah zu, wie wir alle die Figuren hin und her schoben. Ich habe immer strategisch gehandelt, doch Ashmedai ist derjenige, der mir beigebracht hat, wie man dieses Spiel wirklich spielt.«

»Er war dein Mentor.«

»Ja«, antwortete Zebulon leise. »Und in gewisser Weise ist er das immer noch.« Er löste die Hand von meiner Hüfte und ließ sie über meine Taille bis zu meinem Hals hinaufwandern, dann hob er sie, um mir eine Haarsträhne hinters Ohr zu streichen. »Er will, dass wir zusammen sind. Das ist auch der Grund, warum er dir geholfen hat, Guinevere. Er sorgt sich auf seine Weise um dich. Vielleicht will er auch nur sehen, wie mächtig wir gemeinsam werden können.« Sein Blick wurde nachdenklich. »Er will es auf jeden Fall sehen«, sagte er nach einer Weile, »denn er hat behauptet, dass ein Krieg bevorsteht.«

»Ein Krieg?«, wiederholte ich.

»Ja, es hat etwas mit dem Machtgleichgewicht zu tun.«

Ich runzelte die Stirn und erinnerte mich an Creeks Worte. Ich erzählte Zebulon alles, was er gesagt hatte, und endete mit: »Aus seinem Mund klang es so, als würde er für jemanden arbeiten, oder vielleicht sogar für mehrere Personen. Er erwähnte irgendwelche hohen Tiere und sagte, dass sie noch nicht bereit seien, aber er ging nicht näher darauf ein.«

Jedenfalls nicht wirklich.

Ich überlegte krampfhaft, was er sonst noch von sich gegeben hatte, das nützlich sein könnte.

»Er hat auch gesagt, dass er Amarellas Taten vor diesen hohen Tieren verteidigen musste«, fuhr ich fort, während ich laut nachdachte. »Er nannte sie eine Ablenkung. Und dann erwähnte er seinen Vater auf eine vertraute Weise.« Zumindest war mir die Wortwahl bekannt vorgekommen. »Er sagte, seine Gaben seien eine Gefälligkeit seines ›Vaters da oben‹. Vielleicht war sein Gefasel aber auch nur typisch Creek.«

»Oder sein Vater, wer auch immer das sein mag, hat etwas damit zu tun«, erwiderte Zebulon mit nachdenklicher Miene. »Das würde zu Valentinos Theorie passen, dass dieser Krieg vom Himmel und nicht von der Hölle angezettelt wird.«

»Vielleicht auch nur von bestimmten Mitgliedern des himmlischen Reiches«, schlug ich vor.

»Das alles hängt sicher damit zusammen, dass Prinzessin Kayla der Gottheit eine Botschaft überbringen wollte«, fügte Zane hinzu, dessen Stimme tief und verschlafen klang. Aber er hatte uns eindeutig zugehört.

»Und dass Ashmedai sie stattdessen in sein Reich gebracht hat«, murmelte Zebulon. »Er wollte herausfinden, was sie wusste.«

Zane nickte an meinem Hinterkopf. »Ja.«

»Ich vermute, wir werden bald mehr erfahren.« Zebulon strich mit den Fingern über meine Wange. »Im Moment müssen wir uns darauf konzentrieren, die Macht zwischen uns zu stärken, um uns auf das vorzubereiten, was auch immer kommen mag.«

Ich konnte Zanes Reaktion auf diese Worte an meinem Hintern spüren und musste lächeln. *Einmal ein Inkubus, immer ein Inkubus.* Natürlich krampfte sich auch mein Unterleib bei diesem Gedanken zusammen, daher war ich auch nicht viel besser.

»Ich muss Valentino über alles, was geschehen ist,

informieren«, fuhr Zebulon in sachlichem Tonfall fort. Ein begieriges Flackern verdunkelte jedoch seinen Blick, als seine dämonische Seele auf die beiden sexuellen Wesen in seinem Bett reagierte. »Ich habe versprochen, die Kommunikationswege vorerst offen zu halten. Wenn ich ihn auf den neuesten Stand bringe, wird mich das in meiner Entschlossenheit bestärken, auch weiterhin mit ihm zu kommunizieren.«

»Ein intelligenter Ansatz«, murmelte Zane.

Lord Zebulon nickte anerkennend, dann brach eine angenehme Stille über uns herein.

Sie war beruhigend.

Warm.

Richtig.

Ich seufzte und genoss das Gefühl, einfach nur gehalten zu werden und zwischen den beiden Männern zu liegen, denen mein Herz gehörte.

Lord Zebulon blickte mich mit seinen dunklen Augen an und verzog die Lippen zu einem zärtlichen Lächeln. »Weißt du, ich glaube, ich habe schon einmal davon geträumt. Von diesem Moment, in dem ich mit euch beiden im Bett liege und euch im Arm halte, in dem Wissen, dass ihr beide mir gehört. Vielleicht war es auch nur eine Fantasievorstellung, die ich nicht zu akzeptieren bereit war.«

Zane hob den Arm von meinem Körper und griff nach Zebulons Hüfte. »Wir entwickeln uns alle weiter. Oder vielleicht passen wir uns nur an eine neue Realität an, mit der unseresgleichen leben wird.«

»Wegen der Machtverschiebungen.« Lord Zebulon klang nachdenklich. »Möglicherweise. Aber ich glaube, dass ich mich selbst auch weiterentwickle. Nicht nur im Hinblick auf meine Macht, sondern auch auf meine Seele. Ihr beide habt mich gelehrt, zu vertrauen, zu lernen und

… vielleicht auch zu lieben.« Ein Ausdruck von Hoffnung blitzte in seinen Augen auf, als der Gedanke, sein Herz zu öffnen, seine Züge erweichte.

»Du liebst uns bereits auf deine eigene Weise«, sagte ich leise. »Indem du uns beschützt und uns miteinander verbindest.« Ich streckte die Hand aus und streichelte seine Wange. »Indem du uns ins Leben zurückholst.«

Er schmiegte sich an meine Handfläche. »Ein Leben ohne dich an unserer Seite wäre in der Tat langweilig, Guinevere. Du hast einen Funken zwischen uns entfacht, den es vorher nicht gegeben hat, und ich möchte nur, dass diese Flamme noch heißer brennt.«

»Mm, ich auch«, murmelte Zane und zog seine Hand von Zebulon weg, um zwischen meine Schenkel zu fassen. »Viel heißer.«

»Du denkst nur an das Eine«, neckte ich ihn und wölbte mich seiner Hand entgegen.

»So ähnlich wie du«, erwiderte er und knabberte an meinem Hals.

Ich musste schlucken und erschauderte, als er mit seiner Berührung meine Seele für ein weiteres Liebesspiel weckte.

Zebulon grinste. »Dein unstillbarer Hunger wird eine Herausforderung sein, die ich für den Rest meines Lebens täglich genießen werde.«

Zane brummte zustimmend.

Ich lächelte nur, dann begegnete ich seinem Blick. »Wir werden uns bemühen, dich immer zufriedenzustellen, mein Herr.« Ich strich mit dem Daumen über seine Unterlippe. »Und wir werden dein Vertrauen nie brechen.« Es erschien mir richtig, das zu sagen. Er war von seiner letzten Geliebten betrogen und verletzt worden, dennoch hatte er noch einmal zwei Gefährten in seinem Bett willkommen geheißen. Er beschloss, uns zu vertrauen und uns als sein Eigentum zu betrachten. »Ich schwöre, dich niemals zu verraten.« Es war fast so, als würde ich ihm meine Liebe gestehen, doch auf gewisse Weise war es noch tiefgründiger. Ich wusste, dass er das Versprechen von mir hören musste, und ich fühlte mich darin bestätigt, als seine Augen aufleuchteten.

»Ich weiß, dass du es nicht tun wirst«, erwiderte er und hob seine Hand, um damit meine zu bedecken, die noch immer an seiner Wange lag. »Ich kann deine Aufrichtigkeit durch unsere Verbindung spüren.« Er blickte Zane an. »Und deine auch.«

»Ich bin nicht gerade unschuldig.«

»Nein, das bist du nicht«, stimmte Zebulon zu. »Aber du bist ehrlich.«

Zane bestätigte diese Aussage mit einem Nicken.

Ich runzelte die Stirn. »Ich bin auch nicht so unschuldig«, sagte ich, während es mir missfiel, dass Zane andeuten wollte, ich wäre im Gegensatz zu ihm ein Unschuldslamm.

Zebulon lächelte. »Nein, du bist auch nicht unschuldig«, stimmte er zu. »Aber du hast eine Aufrichtigkeit an dir, an der es Zane mangelt. Er hält es für Unschuld, weil es liebenswert und verführerisch ist.«

Zane nickte wieder und sagte: »Stimmt.«

Ich dachte einen Moment lang über diese Definition nach. »Ich verletze nicht gern jemanden, der schwächer ist als ich. Deshalb … deshalb habe ich es immer gehasst, dass ich meine Begierden nicht kontrollieren konnte.«

»Das wissen wir«, sagte Zane leise. »Und deshalb haben wir versucht, dir zu helfen.«

»Ich glaube, das ist vielleicht auch ein Grund, warum ich mich all die Jahre geweigert habe, dich zu berühren«, sinnierte Zebulon. »Ich hatte Angst, ich könnte deine Liebe zur Menschheit irgendwie korrumpieren. Sie ist ein

Teil deines Herzens und deiner Seele, und ich wollte nicht riskieren, daran etwas zu ändern. Aber mir ist jetzt klar, dass es einfach ein Teil deines Wesens ist, Guinevere. Du wirst dich immer um andere sorgen. Selbst meine Dunkelheit wird daran jemals etwas ändern.«

»Das soll nicht heißen, dass wir uns um die Menschheit nicht sorgen«, fügte Zane hinzu. »Wir haben nur … nicht denselben Respekt vor ihr wie du.«

»Wir bewundern diese Eigenschaft an dir, Guinevere«, flüsterte Zebulon und zog mich zu sich, um mich zu küssen.

Mir wurde warm ums Herz, als ich ihre Worte hörte.

Und die Art, wie sie mich jetzt hielten.

Unsere Einheit war komplett. Wir waren glücklich und blühten auf.

Als Lord Zebulon sich zurückzog, neigte Zane meinen Kopf zurück und küsste mich. Mit einer unbändigen Hitze ergriff er von meinem Mund Besitz. Ich genoss die Art, wie sich unsere dämonischen Kräfte zwischen uns erhoben und die Luft mit einem berauschenden Duft erfüllten.

Wer wusste schon, was die Zukunft bringen würde, wie sich unsere Kräfte verändern oder wir uns gar selbst verändern würden? Die Ewigkeit war eine lange Zeit. Aber wir würden uns gemeinsam weiterentwickeln. Als eine Einheit. Wir würden immer eine Einheit sein.

»Ich bin genau da, wo ich sein will«, stellte ich laut fest, wobei ich ein wenig atemlos klang.

»Gut«, sagte Lord Zebulon leise, »denn ich glaube nicht, dass du mein Bett jemals wieder verlassen wirst.«

Zane legte ein Bein über das meine, sodass meine Schenkel zwischen seinem und Lord Zebulons eingeklemmt waren. »Ich nehme an, das bedeutete, dass wir uns außerhalb nicht nähren dürfen«, sagte er. Ich wusste, dass unser Herr uns damit nur reizen wollte, denn wir hatten dieses Gespräch bereits geführt, also lächelte ich nur und sah ihnen beim Spielen zu.

Lord Zebulon stieß ein belustigtes Brummen aus, das durch mich hindurch vibrierte. »Du brauchst nicht noch mehr Energie, kleiner Prinz.«

Zane zog spielerisch eine Augenbraue in die Höhe und sagte: »Ich glaube, ich habe eine gründliche Demonstration nötig, um den Wahrheitsgehalt dieser Aussage zu überprüfen.«

»Du bist unersättlich«, murmelte Lord Zebulon, aber ich konnte das Lächeln in seiner Stimme hören.

Zane griff über mich hinweg und fuhr mit dem Finger über Lord Zebulons geschmeidige Haut. »Du würdest mich nicht anders haben wollen, mein Herr.«

»Und ich auch nicht«, fügte ich hinzu.

Zane stützte sich mit dem Ellbogen hinter mir auf, sodass er mir mit einem breiten Grinsen in die Augen sehen konnte. »Du bist wirklich eine vorbildliche Schülerin, meine Königin.«

»Meine Königin?«, wiederholte ich lachend.

Zane beugte sich vor und presste zärtliche Küsse auf mein Schlüsselbein. »Ja, meine Königin, denn als Nächstes habe ich vor, dich zu verehren.« Er ließ seine Lippen über die Wölbung meiner Brust gleiten und seine Zunge mit quälender Langsamkeit um meine Brustwarze kreisen. Er benetzte mit der Zunge meine Haut, während er sich einen Weg nach unten leckte. »Ich werde dafür sorgen, dass du dich unglaublich königlich fühlst.«

Ich musste schlucken, als er meinen Unterleib erreichte. »Ich akzeptiere deine Art der Anbetung.«

Er krallte sich in meine Schenkel, drehte mich auf den Rücken und spreizte meine Beine. Ich sehnte mich nach mehr, wollte, dass er sein Gesicht an meinem Unterleib vergrub und das plötzliche, quälende Pochen linderte.

Doch er küsste und leckte und reizte mich weiter, bis ich vor Verlangen triefte.

Lord Zebulon küsste mich und schluckte mein begieriges Wimmern. »Königin«, sagte er, umfasste meine Brust und umkreiste meine Brustwarze mit den Fingern, bis ich mich aufbäumte. »Das gefällt mir.«

Zane bewegte sich weiter nach unten und strich mit den Lippen über die Innenseite meines Schenkels. Er ließ einen Finger über meine heiße Spalte gleiten, bis ich vor Verlangen bebte.

Ich keuchte. »Macht Euch das zum König, mein Herr?«

»Auf jeden Fall«, murmelte Lord Zebulon, während er mit den Zähnen über meine Unterlippe strich.

Zane lachte leise an meinem Schenkel. »Spreiz deine Beine weiter, meine Königin. Ich habe vor, mich an dir zu ergötzen.«

Ich tat, wie geheißen.

Und während sie mich mit ihren Mündern bis zur Besinnungslosigkeit verehrten, wurde mir klar, dass ich endlich das Heilmittel für mein Problem mit der Selbstbeherrschung gefunden hatte. Es wurde mir in der Form eines tödlichen Dämonischen Lords und eines sündhaft sexy Inkubusprinzen verabreicht.

Ich konnte mich nicht beklagen. Ich fand sogar, dass ich mich verdammt glücklich schätzen konnte.

Die beiden Lieben meines Lebens hatten endlich erkannt, dass wir zusammengehörten.

Und genau das hier war unsere Version eines perfekten Happy Ends.

EPILOG
ZEBULON

EINIGE WOCHEN SPÄTER

MEINE VERDAMMTEN FEHLER verfolgten mich weiterhin. Zuerst hatte Amarella versucht, Guinevere die sukkubischen Verbrechen anzuhängen. Und jetzt hatte meine verdammte Tochter einen Weg aus Ashmedais Gefängnis gefunden. *Unglaublich.*

Doch statt mich mit der Suche nach meinem fehlgeleiteten Kind zu beauftragen, hatte Ashmedai den Fall Xai und Evangeline übertragen. Ich hatte den Grund dafür nicht verstanden, bis ich sein Reich besucht und die hübsche kleine Nephilim an seiner Seite gesehen hatte.

Er hatte eine perfekte Partnerin für sich gefunden.

Und er hatte diese ganze ausgeklügelte Scharade inszeniert, um sie zum Bleiben zu bewegen.

Eigentlich war es verdammt brillant.

Nur war der Plan in die Hose gegangen, als Evangeline entführt worden war. Jetzt war Xai rasend vor Wut und die Wucht, mit der er Ashmedai vor ein paar Stunden geschlagen hatte, deutete darauf hin, dass er gewinnen würde, wenn die beiden tatsächlich die Fäuste fliegen ließen.

Glücklicherweise schien sein Vorhaben, Evangeline ausfindig zu machen, den gefallenen Engel vorerst zu besänftigen.

»Er wird dich umbringen, wenn er herausfindet, dass du Kalida befreit hast«, sagte ich beiläufig. Xai war bereits mit Tax und Remy aufgebrochen, um einen bestimmten Bereich der Hölle zu durchsuchen, und hatte mich mit Ashmedai allein gelassen. Trudy war zu ihrem Quartier geschlendert – das sich natürlich innerhalb Ashmedais Gemächern befand – und hatte dabei lässig ihr langes, dunkles Haar zurückgeworfen. Sie wollte dem Erzdämon die Hölle heißmachen. Ich war fast traurig, es nicht bezeugen zu können.

»Ich habe sie nicht freigelassen«, murmelte Ashmedai. »Ich habe mich nur nicht eingemischt, als ich die magische Störung gespürt habe.«

»Weil du eine Ausrede gebraucht hast, um Trudy mitzunehmen.«

»Sie war durchaus hilfreich, ja.« Er sah mich an, wobei seine violetten Augen wissend aufflackerten. »Nur um das klarzustellen, ich hätte sie auch ungeachtet dessen mitgenommen.«

»Natürlich«, erwiderte ich. »Wird meine Tochter dieses Mal getötet werden?«, fragte ich, um das Thema zu wechseln.

»Ja.«

»Gut.« Sie hatte den Tod verdient. Außerdem war ich es leid, jedes Jahr zu sehen, wie er sie sieben Höllenjahre lang folterte. »Brauchst du noch etwas von mir?« Ich wusste, dass es etwas geben musste, denn er hatte mich aus einem bestimmten Grund zurückgehalten. Genauso wie er mich mehrere Minuten lang hatte knien lassen, bevor ich mich wieder erheben durfte. Es war alles ein Machtspiel, um meine Unterwerfung zu gewährleisten, wenn ich die

Aufgabe für ihn erfüllen sollte, die er mir gleich auftragen würde.

»In der Tat, ja«, murmelte er. »Erinnerst du dich an Prinzessin Kayla?«

»Ja.«

»Sie wird dir bald ein Geschenk schicken. Du musst dafür sorgen, dass dieses Geschenk an Bael geliefert wird.«

Ich zog eine Augenbraue in die Höhe. »Was für ein Geschenk?«

Er verzog die Lippen zu einem Lächeln. »Eines, das kein Geschenk sein will.«

»Ich verstehe.« Ich strich mit einer Hand über meine Krawatte. »Wird erledigt.«

Er nickte. »Enttäusche mich nicht, Zebulon.«

»Das würde mir im Traum nicht einfallen, mein Prinz.«

»Und grüße Guinevere von mir.« Seine Augen funkelten. »Sie steht dir übrigens gut.«

Ihre Aura schien um die meine zu kreisen, als ihre sukkubische Energie hier in der Hölle ihre Besitzansprüche geltend machte. Ich betrachtete sie als eine Verstärkung meines natürlichen Duftes. Zanes Eau de Cologne umgab mich ebenfalls und tränkte mich mit einer berauschenden Mischung sexueller Pheromone.

Statt ihm zu antworten, verbeugte ich mich. »Ich werde das Geschenk erwarten.«

Er nickte. »Sieh zu, dass du mit den Überprüfungen nicht nachlässt, Zebulon. Die Machtverschiebung hat gerade erst begonnen.«

»Ja, mein Prinz.«

Er entließ mich mit einer abwinkenden Handbewegung und ich teleportierte mich zurück auf die Erde zu den beiden Dämonen in meinem Bett.

Das ist jetzt mein Leben, erkannte ich und lächelte bei dem Anblick. *Und ich würde es gegen nichts in der Welt eintauschen wollen.*

Die Geschichte geht weiter mit Die Prinzessin von Bael

Die Erbin von Bael

Eine einfache Mission wird gefährlich, als die Tochter des Todes von einem alten Feind auf der Suche nach Rache entführt wird. Und nun ist es an mir, sie zu finden, und ich werde jeden töten, der sich mir in den Weg stellt.

Der Sohn des Chaos spielt keine Spielchen. Ich bin bewaffnet, ich bin stinksauer und ich will Evangeline zurück. Es ist an der Zeit, dass Himmel und Hölle den wahren Erzengel in mir kennenlernen.

Alle werden bezahlen.
Viele werden sterben.
Silber wird töten.

Und eine neue Macht wird sich aus den Schatten erheben

…

Die Prinzessin von Bael

Eine unabhängige, übersinnliche Liebesgeschichte über Feinde, die zu Geliebten werden.

Ein Leben voller Rache und Jahrzehnte voller Schmerz …
Er hat sie in der Hölle zurückgelassen. Sie ist zurückgekehrt, um ihn
dafür bezahlen zu lassen.

Kay

Vor langer Zeit bin ich auf den Trick eines Erzengels
hereingefallen.
Er hat mich bis in alle Ewigkeit an sich gebunden.
Dann ließ er mich allein in der Hölle zurück.

Ich bin nicht mehr die Frau, die ich früher einmal war.
Ich bin stärker. Schneller. Härter. Und tödlich.

Ich bin an der Reihe, Gerechtigkeit widerfahren zu lassen.

Ich werde dich holen, Erzengel Ezra.
Und deine kostbare Göttlichkeit ebenfalls.

Ezra
Vor langer Zeit habe ich einen Dämonen-Halbling
verführt, mir zu helfen, das Gleichgewicht zu bewahren.
Ich habe mich auf einen heiligen Bund eingelassen.
Dann habe ich sie ohne ein Wort verlassen.

Ich bin nicht mehr der Erzengel, der ich früher
einmal war.
Ich bin gebrochen. Ich leide. Zerstört von meiner
Gefährtin.

Und nun will sie mich holen, schwingt eine Klinge mit der
Absicht, mich zu töten.
Ich werde nicht vor dir knien, Prinzessin von Bael.
Ich bin bereit zu kämpfen.

Anmerkung der Autorin: *Die Prinzessin von Bael* ist eine
unabhängige, übernatürliche Liebesgeschichte aus der
Reihe »Auferstanden aus der Dunkelheit«. Die Bücher
dieser Serie können in beliebiger Reihenfolge gelesen
werden. Dieser Teil enthält gewalttätige Elemente und
sinnliche Abschnitte. Kay ist tödlich. Ezra ist tödlicher. Sie
sind buchstäblich füreinander bestimmt. Doch es ist
verboten. Spaßig. Und unglaublich verlockend.

USA Today Bestsellerautorin Lexi C. Foss ist eine Schriftstellerin, verloren in der Welt der Computer. Sie lebt mit ihrem Mann und ihren pelzigen Freunden in North Carolina. Wenn sie nicht gerade schreibt, ist sie mit Sicherheit auf Reisen. Viele der Orte, die sie schon besucht hat, lassen sich in ihren Büchern wiederfinden, einschließlich der mystischen Welt von Hydria, die auf der griechischen Insel Hydra basiert.

Lexi ist ein bisschen verschroben, trinkt viel zu viel Kaffee und schwimmt gern. Tschüss!

Würden Sie gern über Neuerscheinungen informiert werden? Dann tragen Sie sich für ihren Newsletter ein:
https://www.lexicfoss.com/deutschen-newsletter

Besuchen Sie Lexi im Netz!
https://www.lexicfoss.com/aktuell

E-Mail: lexicfoss@gmail.com

BÜCHER VON LEXI C. FOSS

Akademie der Mitternachtsfeen:

Buch Eins

Buch Zwei

Buch Drei

Buch Vier

Ellas Mitternachtsmärchen

Auferstanden aus der Dunkelheit:

Die Tochter und der Tod (Buch 1)

Die Geliebte und die Sünde (Buch 2)

Die Erbin von Bael (Buch 2.5)

Die Prinzessin von Bael (Buch 3)

Der Sohn und das Chaos (Buch 4)

Gefangene der Hölle (Buch 5)

Die Blutallianz:

Chastely Bitten – Keuscher Biss (Buch 1)

Royally Bitten – Königlicher Biss (Buch 2)

Regally Bitten – Majestätischer Biss (Buch 3)

Rebel Bitten – Rebellischer Biss (Buch 4)

Kingly Bitten - Royaler Biss (Buch 5)

Cruelly Bitten - Grausamer Biss (Buch 6)

Ewiger Biss (Buch 7)

Eigenständige Die Blutallianz:

Crave Me - Verlangen des Schicksals

Blood Day - Bluttag

Das Noir Reformatorium:

Das Noir Reformatorium: Die Ankunft (Buch 1)

Das Noir Reformatorium: Erster Verstoß (Buch 2)

Das Noir Reformatorium: Zweiter Verstoß (Buch 3)

Das Noir Reformatorium: Dritter Verstoß (Buch 4)

Das Noir Reformatorium: Vierter Verstoß (Buch 5)
(demnächst erhältlich)

Die Wölfe des V-Clans

Blutsektor

Nachtsektor

Die Wölfe des X-Clans

Der Ursprung

Andorra Sektor

Das Experiment

Pfeil des Winters

Bariloche Sektor

Königin der Elemente:

Buch Eins

Buch Zwei

Buch Drei

Königin der Elementefeen: Die nächste Generation

Eigenständige Fee-Romane

Königin der Winterfeen

Unsterblich verflucht:

Blood Laws – Blutgesetze (Buch 1)

Forbidden Bonds – Unsterblich entfesselt (Buch 2)

Blood Heart – Blutige Unschuld (Buch 3)

Blood Bonds – Unsterblich geboren (Buch 4)

Angel Bonds – Himmlische Bande (Buch 5)

Blood Seeker – Die Fährte des Blutes (Buch 6)

Blood Burden – Himmlische Bürde (Buch 7)

Wicked Bonds - Himmlisch verrucht (Buch 8)

Blood King - Herrscher des Blutes (Buch 9)

Unterweltfeen

Gefangene der Unterweltfeen

Wärter der Unterweltfeen

Kommandant der Unterweltfeen

Prinz der Unterweltfeen

König der Unterweltfeen

Eigenständiger dunkler Liebesroman

Insel der dunkelsten Begierden

Mit der Wahrheit spielt man nicht

Scarlet Mark: Killians Versuchung

Eigenständiger paranormaler Liebesroman

Rotanev – Eine Poseidon-Erzählung

Carnage Island: Wolfsklauen und verbotene Bisse

Beanspruche mich

Violet – Dynastie der Vampire

www.ingramcontent.com/pod-product-compliance
Lightning Source LLC
Chambersburg PA
CBHW020923020726
47495CB00002B/319